언제나
극본에 의마를 부여해주시는 건,
배우분들이며, 스텝분들이며
시청자들과 독자들입니다
깊이 감사드립니다.

　　　　　　김 영 현　2019. 7

어디로든 또 한걸음!
우리의 이야기는 이렇게 이어집니다.
함께 한 모두에게
고마움을 전합니다.

　　　　2019년 7월에　박 상 연

아스달 연대기
I

김영현 박상연 대본집

아스달 연대기 1

초판 1쇄 발행 2019년 7월 10일
초판 2쇄 발행 2019년 10월 4일

지은이 | 김영현·박상연
펴낸이 | 金滇珉
펴낸곳 | 북로그컴퍼니
편집부 | 김옥자·김현영·김나정
디자인 | 김승은·송지애
경영기획 | 김형곤
주소 | 서울시 마포구 월드컵북로1길 60(서교동), 5층
전화 | 02-738-0214
팩스 | 02-738-1030
등록 | 제2010-000174호

ISBN 979-11-90224-01-7 04810
ISBN 979-11-90224-00-0 04810(세트)

김영현 · 박상연 대본집

아스달
연대기

I

예언의 아이들

북로그컴퍼니

차례

=

기획안 I

기획의도

아스 지도 (초기 ver.)

about 아스달 WORLD

about Characters

=

작가 - 김영현, 박상연
보조작가 - 류상희, 김지현, 양연우
일러스트 - 양천삼

가상의 대륙, 아스!
그곳에 최초의 도시, 아스달이 생겨났고,
도시가 요동치며, 최초의 국가가 만들어지고 있다!

그 중심에 선 각자 다른 욕망을 가진 인물들!
그들은 각각 어떠한 국가를 만들려 하는가!
또한! 결국! 누가! 그곳을 차지하게 되는가!

문명의 시작! 영웅들의 뜨거운 이야기!

아직 국가와 왕을 만나지 못했던 멀고 먼 옛날
아스 대륙에 세워진 최초의 도시.. 최초의 국가.. 그리고 최초의 왕..!
시원 설화인 단군설화를 재해석하고 판타지적 설정을 첨가하여,
가상의 땅 아스에서 처음으로 '나라'라는 것이 만들어지는 과정을
각기 다른 모습의 영웅들을 통해 그리려 한다.

사람의 이야기이자 통합의 이야기!

네 명의 영웅, 세 개의 종(種), 두 개의 사랑, 하나의 전설!
이 드라마에는 사람족과 사람의 아종(亞種)으로서
사람과 모습은 흡사하지만 많은 것이 다른 뇌안탈이 등장한다.
자유의 땅, 달의 평원의 뇌안탈과 탐욕의 땅, 아스달의 사람족.

이들은 신체적인 특징이 다르지만, 더욱 다른 것은 그들의 생각이다.
사람과 뇌안탈 간의 대립과 화합을 통해 진정한 '통합'을 그리려 한다.

원형적 사랑의 이야기!

이(利)로 맺어졌으나, 누구보다 폭발적이고 원초적인 사랑.
지고지순했으나, 권력의 대결에서 결국 또 다른 선택을 하게 될 사랑.
생물학적으로 종(種)이 다른 불가능해 보이는 사랑.
여러 가지 모양의 사랑을 하는 인물들을 통하여,
보다 근원적인 인류 원형의 '사랑'을 보여주려 한다.

나무에서 내려온 인류가,
불을 다스려 칼을 쥐었고
결국 바퀴를 만들어 길을 열었고,
마침내 씨를 뿌려, 땅에 머물렀어도
아직 국가와 왕을 만나지는 못했던
멀고 먼 옛날,

호모사피엔스는 아직 꿈을 만나지 못했고
하여, 아직 저 대자연의 위대한 피라미드
정상에 군림하지는 못했던,
옛 어머니들의 웅혼한 땅,
이곳 아스.

아스 지도 (초기 ver.)

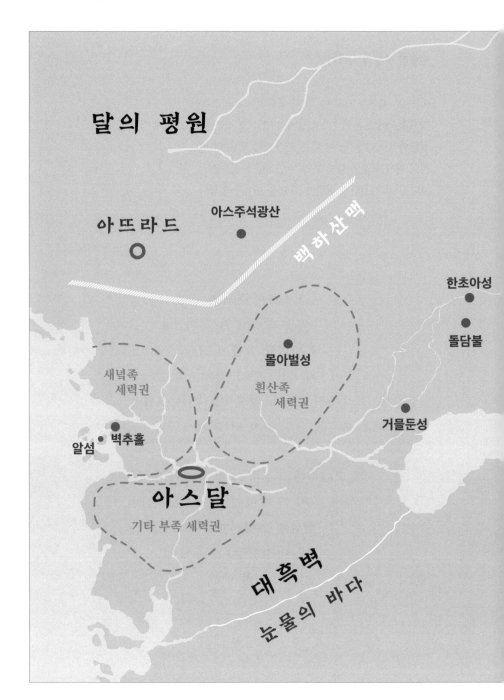

달의 평원

아뜨라드

아스주석광산

백하산맥

한초아성

돌담불

몰아벌성

새녁족
세력권

흰산족
세력권

거믈둔성

알섬 · 벽추훌

아스달

기타 부족 세력권

대흑벽

눈물의 바다

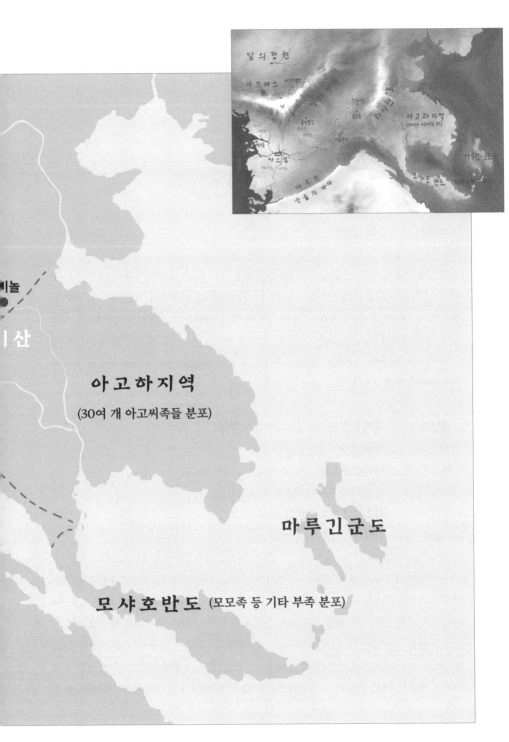

아고하지역

(30여 개 아고씨족들 분포)

마루긴군도

모샤호반도 (모모족 등 기타 부족 분포)

아스의 하늘(天)

≫ 아스의 여덟 신(神)

아스에 사람이 살게 된 것은 수천 년 전이었다. 지구 위, 어느 곳에서나 사람이 사는 곳마다 신이 탄생했다. 본래는 여섯 신이었다. 지금 아스의 신은 모두 여덟이지만 수백 년 전만 해도 여섯이었다. 이 여섯 신들이 아스에 언제 어떻게 등장했는지 정확히 알 수는 없다. 단지 짐작할 수 있는 것은, 대자연 어머니의 축복을 받은 이곳 아스에 찾아 들어온 많은 부족들의 신들이 다신교의 형태로 혼재되다가 긴 세월을 거쳐 현재에 이르렀다는 것 정도뿐이다. 본래의 여섯 신은 다음과 같다.

태양의 신   **아이루즈** (유래가 알려지지 않음, 無性)
달의 신   **이래** (소수부족의 신으로 추정, 여신)
대지의 신   **다라부루** (새녘족의 신, 여신)
바람의 신   **윤슬** (소수부족의 신으로 추정, 남신)
물의 신   **이소드넝** (흰산족의 신, 여신)
사냥의 신   **미하제** (바토족의 신, 남신)

아스의 사회에서 신앙의 충돌이란 첨예한 문제가 아니었다. 유력한 부족들로 아스달 연맹이 건설된 후에는 더욱 그랬다. 다른 신을 믿는 다른 부족이 유입되면, 다른 신도 이 아스의 신전에 편입되어 함께 섬겨졌다. 신앙으로 인한 탄압은 존재하지 않았고 서로의 신에 대해서 존중했으며 자신이 믿지 않는 신일지라도 그 신전 앞에선 예를 표했고, 그들의 신들은 아직까지 모든 사람에게 은혜롭고, 자비로웠다. 천년에 가까운 오랜 세월이 지나면서 본래의 여섯 신들이 그 연원을 알 수 없을 정도로 아스의 부족사회에 깊이 융합

된 결과였다. 다만 일곱 번째 신과 여덟 번째 신은 그 연원이 알려져 있다.

　200여 년 전, 화합과 통일의 신 **아라문**이 등장해 일곱 번째 자리를 차지했고 여덟 번째 자리는 몇십 년 전에 등장한 **에차빕**의 자리였다. 불의 신, 에차빕은 서쪽 바다에서 커다란 배를 타고 온 해족들의 주신(主神)으로, 금속과 불을 다루는 재주가 뛰어났던 해족들에게 어울리는 신이었지만 불과 수십 년 만에 원래 아스에 살던 사람들에게도 제법 인기 있는 신이 되었다. 아스가 문명화되는 과정에서 불을 다루는 것이 전보다 훨씬 중요해졌기에, 그러한 사회문화가 반영된 현상이었다. 하지만 역시 가장 사랑받는 신은 지금부터 설명할 일곱 번째 신, 바로 **아라문 해슬라**, 화합과 통일의 신이었다.

≫ 아라문 해슬라

　흰산족은 흰머리산 산기슭 주변에 살던 부족으로 최초로 아스에 정착한 인류였으며, 흰머리산 정상에 있는 화산 호수인, 성스러운 하늘못은 그들의 성지였다. 그들의 주신(主神)인 물의 신 **이소드녕**이 잠들어 있는 곳이기 때문이었다. 이들은 주로 수렵 채집을 했으며 험준한 흰머리산의 산세만큼이나 거칠고 용맹한 부족이었다. 또한, 아스에 최초로 정착한 흰산족, 그중에서도 아사氏의 가문은 자연에 대한 우월권과 신성권을 가지고 있었다. 한편 새녘족은 흰머리산 남쪽, 아스강이 흐르는 비옥한 평원과 숲에 살고 있었다. 이들은 아스 전체 인구에서 가장 많은 숫자를 차지하고 있는 가장 번성한 부족으로, 뛰어난 기마술을 자랑하는 전사들이었으며, 최초로 말을 탄 부족이기도 했다. 기마술이 뛰어난 새녘족이 현실적인 힘의 우위에 서는 것은 당연한 결과였다. 이후, 농경이 시작되면서 한정된 비옥한 땅을 사이에 둔 흰산족과 새녘족 간의 다툼이 빈번하게 일어났다.

　그러던 어느 날, 아스달에 큰 문제가 생기고 말았다. 흰산족의 씨족어머니가 될 아사씨족의 유일한 직계 후계자였던 **아사신**이 연인이었던 **리산**과 함께 사라져버린 것이었다. 몇 날 며칠이 지나도 아사신은 돌아오지 않았다.

　고향을 떠난 얼마 뒤, 결국 아사신에게 자신 때문에 고향에서 벌어지고 있는 비극의 소식이 들려왔다. 아사신은 이 소식을 듣고 몸을 가눌 수 없는 괴로움에 빠졌고, 죄책감과 자책감으로 밤잠을 이루지 못했다. 그녀는 태양의 신 아이루즈에게 아스에서 벌어지는 비극을 멈춰달라고 치성으로 빌었고 결국 그녀 앞에 아이루즈의 신탁과 아이루즈의 아들이라는 한 사내가 나타난다.

그렇게 아사신의 사자는 아이루즈의 말, '칸모르'를 타고 아스로 돌아간다. 그리고는 갖은 고초와 우여곡절을 겪으며 연맹을 창시한다. 이 과정의 이야기는 아스달에서 가장 인기 있는 신화가 되었다. 그는 아스달 연맹을 창시한 것에 그치지 않고 나아가 아스의 모든 부족을 통일시킨다. 그의 능력이 워낙 출중했기도 했지만, 그는 훗날 위대한 어머니로 불리는 아사신께서 직접 보내신 사자이기에 정통성과 명분을 가지고 있는 터였다.

이렇게 횐산족과 새녁족을 비롯한 부족들은 아사신의 사자(使者)인, 그 사내 앞에 통일되었고 그들이 서로 섬기던 신들도 통합되어 하나의 신전에 그 위(位)가 모셔졌다. 위에서 이야기한 여섯 신이 한 신전에 거하게 된 것이다. 이 위대한 업적을 쌓은 아사신의 사자는 누구였을까? 아사신이 고향의 비극을 멈추기 위해 보낸 그 사자가 바로, 아라문 해슬라였다. 그는 통일과 화합 이후로도 훌륭히 아스달을 다스렸고 아스의 수많은 군소 부족을 거두었으며 더욱 이 땅을 번영시켰다. 그리고 스스로 승천하여 태양신 **아이루즈**의 곁으로 가서 별이 되니, 그가 바로 아스의 일곱 번째 신(神), **아라문**이다.

≫ 아라문의 미스터리

훗날, 아스의 사람들은 몇 가지 의문에 대해 토론하곤 했다. 과연 아사신이 리산과 도주하여 도착한 곳은 어디일까? 아이루즈의 계시로 위대한 어머니 아사신과 아라문이 만난 약속의 땅, 바로 그 성지를 경배하기 위해서라도 이것은 중요한 문제였다. 아스 대륙 남쪽 어딘가의 마을이라는 이야기도 있고, 멀고 먼 바다 건너의 외딴섬이라는 이야기도 있지만 진실은 감추어져 있었다. 또한 의문은 이것만 있는 것이 아니다. 아스달을 번영시켰음에도 어느 날 갑작스레 죽게 된 탓인지 아라문의 죽음과 더 나아가 아라문의 정체에 대해서까지 아라문에 대한 모든 것이 비밀에 싸여 있고, 이에 대해 수많은 음모론적이야기가 퍼져 있다. 사람들은 단지 그가 태양신 아이루즈의 아들이라는 이야기를 하지만 그것만으론 설명되지 않는 것이 많았다.

그렇기에 더욱더 사람들은 기다린다. 언젠가 다시 아라문 해슬라가 재림하여, 칸모르를 타고 바람의 망치를 휘두르며 새로운 세상으로 자신들을 인도하리라고. 이리하여 현재 아스달에서 가장 인기 있는 신은, **아라문 해슬라**다.

아스의 땅(地)

≫ 아스의 지형

아스는 앞의 지도와 같이 남북으로 길게 뻗은 대륙이다. 동서로 긴 대륙과는 달리 남북으로 뻗어 있기에 각 지역의 위도 차로 인한 일조량의 차이가 클 법도 하지만 남쪽 바다에서 북쪽 바다로 흘러드는 난류로 인해 기후는 전체적으로 온화한 편이고 사계절의 변화는 뚜렷하다. 하지만 아스 대륙엔 두 개의 거대한 자연적인 경계가 존재한다. 하나는 대륙의 상단 중앙을 동서로 가로지르는 '백하산맥'이고, 또 하나는 대륙의 하단 중앙의 거대한 단층 지대인 대흑벽이다. 이 두 자연적 경계로 인해 삼등분된 아스 대륙의 경계선 이남과 이북은 기후가 변화무쌍하다. 드물긴 하지만 백하산맥 이북엔 눈이 내리고 이남엔 꽃이 피는 경우도 있으며, 해발 고도가 낮은 대흑벽 이남엔 비가 내리고 그 이북엔 햇살이 눈부시기도 하다.

백하산맥의 주산(主山)은 역시 산맥 중앙에 우뚝 솟은 '흰머리산'이다. 흰머리산은 휴화산으로서 정상에는 화산호인 **하늘못**이 있는데, 이곳은 흰산족의 주신(主神) **'이소드 녕'**의 성지이기도 하다. 하늘못 주변으로 '끓는 개울', 즉 온천이 여러 곳에 흩어져 있고 또 그 주변으로는 흰산족의 제관들이나 씨족어머니가 물의 여신, 이소드녕에게 제사를 지내기 위해 지어놓은 작은 움막과 신전들이 곳곳에 배치되어 있다.

'아스'는 흰머리산 남쪽 기슭에서 남으로 이어지는 아스강 유역의 비옥한 대지를 일컫는 말이자, 이 대륙을 지칭하는 말이기도 하다. 아스달은 아스 지역의 중심지로서, 아스달의 중간에는 **'거치즈멍'**이라 불리는 거대한 바위가 서 있다. 거치즈멍의 높이는 약 100길이 넘고, 둘레도 100장이 넘는다. 연맹인들은 이 거치즈멍을 아라문의 신전 삼아 경배하곤 한다. 이 바위 정상에는 작은 연못과 소나무가 있다고 하는데, 밑에서 보면 소나무가 얼핏 보이긴 하지만 연못은 올라가본 사람이 없으므로 확인할 수는 없다. 거치즈멍의 하단에는 거대한 손가락 문양이 조각되어 있는데, 이는 아라문이 연맹을 창시하고 그 권능을 증명하기 위해 새겼다고 한다.

현재 아스달에는 아라문 해슬라가 통일한 흰산족과 새녁족, 그리고 수많은 군소 부족들이 어우러져 살고 있다. 이러한 **'아스달'**에서 훗날 아스 대륙 최초의 도시와 최초의 국가가 세워지게 되는 것은 당연한 일이었다.

≫ 흰머리산 이북(以北)

흰머리산 이북에도 비옥하고 기름진 너른 땅과 울창한 숲이 펼쳐져 있다. 이 지역이 '달의 평원'이라 불리는 이유는 흰머리산에 올라 내려다보면 마치 달이 땅에 박힌 듯이, 묘한 빛깔의 둥그런 지형이 있기 때문이다. 어떤 때 보면 누르스름하기도 하고, 어떤 때는 창백한 흰빛을 띠는 동그란 모양의 이 원형의 지대를 빽빽한 떡갈나무가, 일부러 조경을 한 것처럼 둥그렇게 둘러싸고 있는 모습이 신비롭다.

'달의 평원' 지역이 흰머리산 이남 '아스달' 지역과 다른 점은 소소하게 여러 가지가 있겠으나 가장 두드러지는 차이는 바로 달의 평원에는 아스달과는 달리 두 가지가 존재하지 않는 것이다. 하나는 호랑이다. 호랑이는 흰머리산 이북에 살지 않는다. 또 하나는 사람이다. 사람 또한 흰머리산을 넘어 달의 평원에 들어가지 않는다. 흰머리산 정상 하늘못 근처에 살고 있는 흰산족의 제관들에게도 북방한계선은 딱 거기까지이다. 왜일까? 왜 달의 평원엔 호랑이와 사람이 살지 않을까?

그것은 바로, 달의 평원에 사람과 비슷하지만 다른 존재, 뇌안탈(雷眼-탈)이 살고 있기 때문이다. 호랑이는 이미 그곳에서 자신이 먹이사슬의 피라미드 정상에 군림할 수 없음을 깨닫고 남하했고, 사람들은 화합과 통일의 신 아라문이 재림한다 해도 사람과 다른 저 뇌안탈들을 화합시킬 수는 없다고 생각하고는 백하산맥을 자연의 벽으로 삼아 그들과 교류하지 않았다. 굳이 흰머리산 이북의 땅이 필요하지도 않았기에 사람들은 그런 위험을 감수할 이유가 없었다. 뇌안탈들도 흰머리산 이남으로 넘어오는 일은 거의 없었다. 그들 역시 그럴 필요가 없었기 때문이다. 그들은 그들대로 달의 평원에서 나름대로 그들의 삶을 행복하게 영위하고 있었다. 새녘족과 흰산족이 훗날 단결하여 흰머리산을 넘어 진격하기 전까지는.

≫ 아스달 이남(以南)

아스달 사람들이 보기에 이곳은 **'이아르크'**라는 이름으로 불리는 미개와 야만의 땅이었다. 아스달 사람들은 오래도록 그 지역에 대해 무지했다. 사람이 살고 있는지, 어떻게 살고 있는지에 대해 관심도 없었고 알 수도 없었다. 불과 이십여 년 전에야 비로소 그 지역에 다녀온 일부 호기심 많은 사람들이 생기게 되었고 그곳에 사는 사람들을 '두발로 걷는 짐승'이라는 비하적 의미로 훗날 **두즘생**이라 부르게 되었다. 두즘생들은 불은 피울 줄 알았지만, 기껏해야 돌칼을 쓰는 정도였고 바퀴도 몰랐고 수레는 본 적도 없었으며 씨를 뿌려 땅을 일구지도 못했기에 정착도 할 수 없어 그저 30~40여 명의 단위로 이리저리 떠도는 씨족들이 대부분이었다.

그러나 아스달 이남의 사람들이 아스달 사람들과 교류도 없이 이렇게 살아가게 된 가장 큰 이유는 아스달에서 남쪽으로 내려오다 보면 마주하게 되는 거대한 단층 지대인 절벽이 존재하기 때문이다. '대흑벽'이라 불리는 거대한 자연의 경계이다. 이곳의 또 다른 별명은 '끝의 시작'이었다. 거대한 단층이 절벽으로 나타난 지형으로, 아스와 아스 이남은 평균 해발고도가 1000m 이상 차이가 난다. 대흑벽은 아스에서 남쪽으로 내려오다 보면 마주치게 되는데, 아래를 내려다보면 구름으로 그 끝이 보이지 않고, 항상 안개가 자욱한 지형적 특성으로 인해 정말 세상의 끝에 서 있는 듯한 기분을 느끼게 된다.

거대한 현무암으로 이루어진 이 절벽엔 곳곳에 크고 작은 구멍이 수없이 뚫려 있는데, 각 구멍은 서로 연결이 되어 있기도 하고 막혀 있기도 하다. 구멍이 뚫린 거대한 치즈를 생각하면 비슷할 것이다. 이 중에 어떤 구멍(구멍이라고 하기엔 동굴에 가깝지만)을 따라 내려가야 절벽 아래로 갈 수 있는지는 소수의 사람들만이 알고 있다.

운 좋게 구멍 하나를 잘 골라서 이 절벽을 잘 내려온다면 기막히게 아름답지만 무서운 자연을 만나게 된다. 절벽 아래에는 거대한 유황 소금사막이 펼쳐져 있는데 노랗고 붉은 소금의 대지는 비현실적인 천상의 아름다움을 보여주지만 하늘 아래 가장 뜨거운 땅이기도 한 이곳은, 어떤 생물도 살 수 없는 저주와 죽음의 땅이다. 웬만큼 두꺼운 신발을 신지 않으면 발을 대기조차 어려운 이 뜨거운 땅을 걸어서 통과한 사람은 아스의 긴 역사에도 많지 않았다. 이아르크의 한 씨족인 와한족은 이 땅을 **눈물의 바다**라 불렀다. 실제로는 물 한 방울도 없는 땅이지만, 끝도 없이 펼쳐진 빛나는 소금 결정과 천연 유황들은 마치 거센 파도가 몰려오다가 그 상태로 정지한 거대한 바다와도 같았다.

드라마의 시작 시점으로부터 십여 년 전에야 비로소, 일부 호기심 많은 이들에 의해

저 소금사막을 건너면 그래도 사람들이 살 만한 곳이 나온다는 것이 알려지면서 간혹 이 절벽을 오르내리는 사람들이 조금 생기게 된 것이다. 아스달 사람들은 아예 이곳은 저주받은 곳이라 여기며 오래도록 관심조차 두지 않았지만, 이 길고도 아름답지만 끔찍한 사막을 지나쳐가면 나오게 되는 '사람이 살 만한' 땅에 대한 정보가 천천히 퍼지기 시작했다.

소금사막 너머엔 고원이 있었다. 그곳 고원의 남부는 비도 많이 오는 삼림지역이고, 동부는 기후가 건조하며, 또 고원과 고원 사이의 저지대는 강을 중심으로 기름진 땅도 존재한다. 그러다 보니, 이곳엔 여러 개의 씨족이 제각각 그곳의 동식물을 식량으로 삼아 생활했다. 이들은 아스달처럼 체계화된 신앙도 없었고 단지 씨족어머니라 불리는 여인이 천기를 읽는다고 믿었을 뿐이다. 그들은 비록 어려운 자연환경에 놓여 있었지만, 각각의 씨족들이 단결하여 스스로의 규율과 삶의 방식을 정하며, 그들 삶의 주인으로 살고 있었다.

≫ 그리고 이곳 아스달

아라문 해슬라가 새녈족과 흰산족, 그리고 수많은 군소 부족을 통일한 이래, 그들은 모두 함께 어울려 살았다. 각 부족의 부족장들이 모여 부족 연맹장을 추대하고 연맹장은 각 부족의 의견을 물어 조화롭게 그들을 다스렸다. 연맹이 탄생한 이래로 사람들은 존경의 의미를 담아서 부족 연맹장을 '니르하'라 불렀으며, 각 부족의 부족장들은 '어라하'라 불렸다.

각 부족 사람들은 하나의 연맹장 아래, 화합하고 함께 노력했다. 각 부족이 각자의 지역에서 쌓은 지식들을 나누고, 기록하여 발전시키니 그 번영의 속도는 눈부실 정도였다. 이러한 급격한 발전은 50여 년 전, 멀리서 온 이방인의 방문으로부터 급격히 가속되었다.

새녈족과 흰산족을 주축으로 수많은 군소 부족이 어우러져 살아가고 있는 아스달의 서쪽 바다에서 당시 아스 사람들로서는 상상하기 힘든 큰 배를 타고 이방인의 무리가 도착했다. 그들은 해족이라 불리는 일군의 무리였다. 그들은 아스의 사람들보다 훨씬 뛰어난 과학기술을 가지고 있었다. 아스의 사람들은 처음에는 경계했으나 해족은 그들에게 우호적인 태도를 보였고 친선하길 원했다. 당시 새녈족의 어라하인 산웅은 아라문의 화합 전통에 따라 그들을 받아들여야 한다고 주장하여 연합을 이끌었고, 해족은 아스의 사람들에게 청동을 다루는 기술, 농경을 할 수 있는 식물의 종자 등을 전했다. 그 종자들은 수세기간 농경에 적합하게 변이된 종자들만을 모아온 것으로, 짧은 시간 쉽게 개발될 수 있는 것이 아니었다. 한창 발전 일로에 있던 아스달은 해족의 결합으로 날개를 단 듯이 번영을 향해 날아올랐다.

이제 아스달은 수많은 군소 부족들 위에 새녘족, 흰산족, 해족 3대 세력이 연맹의 상층부를 차지하는 형태로 개편되었고 문명이 발달함에 따라 자연스럽게 부족별로 분업이 이루어졌다. ① 가장 숫자가 많고 평원에서 오래도록 싸워온 새녘족은 외부의 침입에 대비해 군사를 기르는 역할이었다. ② 흰산족은 원래부터 신비로운 힘이 있다고 믿어지는 부족이었다. 당연히 제의를 관장하는 신전을 맡았다. 당시 제사는 가장 강력한 정치행위였고 신앙은 아스의 사람들이 하나로 단합할 수 있는 유일한 질서이자, 체계였다.

흰산족의 어라하는 아스달의 대제관으로서 해족이 믿는 불의 신, 에차빕을 아스의 신으로 편입시켰다. 이렇게 에차빕은 아스 공통의 신전에 모셔졌으며 아스의 8神은 완성되었다. 그리고 ③ 해족은 과학기술과 필경관 관련 업무를 관장했다. 또 그들에겐 그들만의 문자가 있었다. 그리고 해족에게 있어 가장 중요한 일은 불을 다루어 청동을 제조하는 기술이었다. 소수부족임에도 해족이 연맹의 상층부를 차지할 수 있었던 것은 바로 이 청동 제조의 핵심 기술을 비밀로 했기 때문이었다.

이 세 부족의 행복한 동거는 아스에 풍요로움과 번영을 가져왔다. 해족이 전한 농사 기술로 생산량은 비약적으로 증대되었다. 하지만 그들은 그 과정에서 한 가지를 깨닫지 못했다. 풍요로워진 만큼 그 이면의 재앙이 다가오고 있다는 것을 몰랐다. 그 재앙의 이름은 바로, 인구의 증가였다. 아무리 농사 기술이 좋아도 한정된 땅에서 나올 수 있는 식량의 증가는 누구의 말처럼 산술급수적인 것이었고 영양 상태의 개선과 치안의 확보로 인한 인구의 증가는 기하급수적인 것이었다. 이제 아스달은 점점 커가는 도시 문명으로 인해 식량이 더 필요했고, 청동기 문명과 도시의 유지를 위해 더 많은 주석이 필요했고, 새로운 땅이 필요했다. 아무도 입 밖에 함부로 꺼내긴 힘든 일이었지만 아스달의 뜻 있는 사람들은 흰머리산 이북을 바라보기 시작했다. 아무도 실감하거나 예측하지 못한 그때부터 비극은 준비되고 있었다.

아스달 World의 사람들(人)

≫ 사람

아스달 world에서 '사람'이란 말은 '인간'이란 단어와 동의어가 아니다. 아직 이 세계에 '인간'이라는 단어는 출현하지 않았다. '사람'은 우리가 알고 있는 그 의미와 아주 정확히 일치하지는 않는다. 외형상은 정확히 일치하나 우리가 알고 있는 '사람', 호모사피엔스와는 내부적으로 여러 가지가 조금씩 달랐다. 그중 대표적으로 다른 것은 '사람'은 꿈을 꾸지 못한다는 것. 꿈은 아직 사람의 것이 아니었다. 꿈은, 지금부터 설명할 호모사피엔스의 형제, 뇌안탈의 것이었다.

≫ 뇌안탈(雷眼-탈)

아스의 북쪽, 흰머리산 이북 달의 평원에서 볼 수 있는 이 뇌안탈들은 사람이 아니다. 외형적으로 비슷한 부분이 더 많긴 하지만 상당 부분 상이하다. 뇌안탈이란 말은 물론 '사람'들이 그들을 부르는 말이다. 이 세상 어떤 종족도 남들과 어울리기 전에 스스로에게 이름을 붙이지 않는다. 사람들은 흰머리산 이북에 사는 그들을 "눈동자 안에 번개가 들어 있는 얼굴"이라는 뜻으로 **뇌안탈**(우레 뇌雷, 눈 안眼-얼굴 탈)이라 불렀다.

<u>뇌안탈은 네안데르탈인을 모델로 한 가상의 종족이다. 지금까지의 인류학과 유전자 연구가 우리에게 전해주는 네안데르탈인에 대한 정보는 다음과 같다. 그들은 호모사피엔스보다 훨씬 더 강한 힘을 가지고 있었고 뇌의 용적도 현생 인류보다도 컸지만 결국 호모사피엔스에게 패배해 역사, 아니 생물사에서 사라졌다는 것이다.</u>
<u>뇌안탈은 그에 기반해 창작된 종족으로 '사람'의 가장 강력한 적으로 등장하게 될 것이다.</u>

뇌안탈은 태생적으로 사람은 도저히 당해내지 못할 힘과 빠르기를 가지고 있었다. 그들은 사실 도구를 사용하기 전에 이미 먹이사슬의 피라미드 정상을 차지했다. 흰머리산 이북에서 호랑이가 사라진 것은 우연이 아니었다. 호랑이는 모두 흰머리산을 넘어 남쪽으로 내려왔다. 뇌안탈은 도구를 쓰기도 전부터 맨손으로 호랑이를 잡았다. 뇌안탈은 사

람과는 달리 남녀 간 힘과 빠르기가 그리 차이 나지 않았기 때문에 여자 뇌안탈도 마찬가지였다. 그들은 모두 스무 살이 되기 전에 호랑이나 큰곰을 잡은 경험을 했다.

- 뇌안탈과 사람의 차이

뇌안탈이 사람과 가장 구별되는 특징은 피의 색깔이 푸른색이라는 것이다. 피가 푸르기에 겉으로 드러난 부분 중에 두드러지게 다른 점은 입술 또한 푸르다는 것이다. 뇌안탈(雷眼-탈)이란 말의 어원인 **'눈동자 속의 번개'**는 평소엔 드러나 있는 것이 아니었다. 고통, 혹은 분노나 슬픔 등의 격정적인 감정에 휩싸일 때, 눈동자의 색도 변하면서 눈동자 안이 번개처럼 번득였는데, 이것은 사람의 눈물과 비슷한 현상이었다. 뇌안탈의 안구가 건조한 것은 아니었으나 뇌안탈은 사람과 달리 슬프거나 아플 때 눈물을 흘리지는 않았다. 대신 눈동자에 번개가 나타나는 것이다.

그 밖에 내적으로 가장 중요한 특징은 바로 뇌안탈은 꿈을 꾼다는 것이다. 사람은 꿈이라는 것을 아직 모르던 시대다. 다만, 사람 중에 꿈을 꾸는 자는 따로 있었다. 바로 '당골'(무당)들이었다. 그들 또한 수련을 통해야만 가능했다.

- 뇌안탈의 사회와 종교

뇌안탈은 무리를 짓지 않았다. 정확히는 무리를 지을 이유가 전혀 없었다. 무리는 약한 자들의 것이지, 뇌안탈 같은 최강의 생물에겐 필요 없는 것이었다. 무리를 짓지 않으니, 위계나 질서 따윈 없었다. 그들은 모두 서로를 평등한 생물로 바라보았다. 어떠한 경우에도 그들에게 있어 최상의 가치는 '개체의 의사와 결정'이었다. 누구도 서로를 억압할 수 없고 누구도 서로에게 복종하려고 하지 않았다.

심지어 그들이 믿는 신도 위계가 없었다. 그들은 신이란 단어 대신 '정령'이란 단어를 썼다. 정령은, 풀에도 꽃에도, 나무에도, 바위에도, 숲에도 어느 곳에나 있는 것이었고 뇌안탈은 그런 정령을 섬기는 것이 아니라 서로에게 그러하듯 정령을 친구로 대했다. 그들은 아침에 일어나 자기가 누웠던 자리에 있던 풀의 정령들과 굿모닝 인사를 하는 것으로 하루를 시작했다. 아스의 사람들과는 달리 애니미즘과 유사한 전통을 갖고 있었던 것이다.

그들은 핵가족 단위로 생활했다. 어머니와 아버지, 그리고 자식들. 농경 따위는 몰랐고 그저 사냥하고 채집했다. 그렇게 독립적인 각자의 생활을 하다가 1년에 한 번 겨울이 물러간 후 첫 번째 초승달이 뜨는 날, 달의 평원 한가운데 있는 <u>아뜨라드</u>(뇌안탈어로 '달의 조각'라는 뜻)에 모두 모여서 축제를 연다. 물론 동족을 1년 만에 만나는 기쁨도 있겠지만 이 축제의 목적은 실은 다른 데 있었다. 바로 짝짓기였다.

한 가족 단위에서 성인이 된 자식은 이 축제 기간 동안 짝을 찾아야 한다. 여기서 짝을 찾지 못한다면 다시 1년을 기다려야 했다. 뇌안탈들은 나이가 차서 임신이 가능하거나 임신을 가능케 한다 하여 성인으로 인정받는 것은 아니었다. 뇌안탈의 성인식은 특별했다. 뇌안탈은 일정 나이가 되면 혹독하기 그지없는 의례를 통과하는 것으로 성인으로 인정받을 수 있었는데 그 통과의례는 죽음의 고통을 뛰어넘는 엄청난 것이었다. 그 의례의 의미는 자신의 삶을 속박하는 그 어떠한 것이 발생했을 때 당시의 고통을 상기하며 자존과 자유를 지켜내라는 것이었다.

성인 의례는 고통스러운 만큼 몸에 끔찍한 상처를 남기는데, 이 상처가 뇌안탈에게는 18세가 넘어야 나오는 주민등록증 같은 것이었다. 이 상처가 있어야만 초승달 대축일에 이성을 만나고 이성에게 어른으로 인정받을 수 있다. 짝짓기를 하기 위해 갓 성인이 된 뇌안탈들은 서로의 상처를 뽐내며 상대를 고른다. 그리고 이성과 사랑을 나누는 데 성공한 뇌안탈은, 축제가 끝나면 부모와는 이별이다. 부모로부터 독립하여 새로운 이성과 함께 새로운 가족의 일원으로 길을 떠나는 것이다. 물론 1년에 한 번씩 초승달 대축일에 만날 수 있다.

그들은 헤어질 때면 '달의 인사'라는 것을 한다. 초승달 대축일에 만나고 칠주야를 즐기고 그러고는 다시 만날 것을 기다리면서 나누는 말이다.

"이사드 아즈나무" [iʂaːd ɑʒnʌm]

"다시 만나자"는 뇌안탈 언어인데, 이들은 헤어질 때 인사가 이것밖에 없다. 대축일을 끝내고 헤어질 때도, 죽음을 앞둔 상태에서 생과 이별할 때도 같은 인사를 한다. 이사드 아즈나무… 그들은 자신들이 죽으면 달로 간다고 생각했다. 만약 그 누구도 없이 홀로 죽게 된다면 달의 인사를 나눌 수 없는 것이고 따라서 달에 갈 수도 없다 생각했다. 그래서 짝짓기는 중요했다. 죽어서 모두 달에서 만나려면 반드시 자기 임종을 지켜줄 누군가가 필요했다.

• 뇌안탈, 진정한 차이

뇌안탈과 사람, 가장 닮은 종임에도 불구하고 가는 길은 너무나 달랐다. 이 차이는 과연 어디서 온 것일까? 진정한 차이는 입술 색깔, 신앙, 꿈 등에서 비롯된 것이 아니었다. 이 차이는 오로지 힘에서 기인했다.

뇌안탈은 자연계에서 가장 강한 존재이기에 무리를 지을 필요가 없었고 무리를 짓지 않으니 위계나 속박 또한 생겨날 리 만무했다. (하지만 누구나 알듯이 위계와 속박이 문명을 탄생시킨다) 그들은 무엇에게도 기대지 않는 강자들로, 스스로 말미암고(자유自由) 스스로 우뚝(자존自存) 섰다. 그들은 자유의지 그 자체였다.

하지만 사람은 달랐다. 사람은 날카로운 발톱과 강한 이빨이 없었고, 뇌안탈처럼 빠르고 강하지도 않았기에 무리를 지어야 했고, 단결을 해야 했으며, 단결엔 위계와 질서가 필요했고 이렇게 지배와 종속이 탄생하게 되었다. 또한 수렵과 채집의 고단하고도 위험한 삶이 '집단적 농경'이라는 달콤한 유혹에 넘어가는 것은 당연한 결과였다. 생산력의 발전은 잉여자원을 만들었고 잉여자원은 사유재산 제도로 귀결되었으며, 이 모든 것은 사실 한 방향을 향하고 있었다. 바로 '**국가**'였다.

≫ 이그트

사람과 뇌안탈의 이종교배종을 일컫는 말이다. 뇌안탈과 사람이 성적으로 끌리는 것이 불가능하진 않지만 적어도 아스에선 쉽지 않은 일이다. 아스달 이남 지역의 사람들은 뇌안탈을 아예 모르고, 아스달의 사람들은 그들을 그저 말하는 괴물쯤으로 취급하며 두려워하는 것이 사회 일반의 인식이기 때문이다. 이그트를 본 사람이든, 아닌 사람이든 한 가지는 명백히 동의할 것이다. **"이그트는 불길하기 짝이 없는 존재다."**

이그트는 보라색의 피가 흐른다. 이그트는 뇌안탈처럼 꿈을 꿀 줄 안다. 이그트는 사람보다 빠르고 강하지만 그 힘이 뇌안탈에게 미치지는 못한다. 이그트는 쓸데없는 호기심이 많고 당장은 헛돼 보이는 것에 목숨을 걸고 도전하기도 한다. 이그트는 끝없이 상상한다. 이그트는 의심이 많고 타자를 믿지 않으려 하지만 반면에 사람보다도 뇌안탈보다도 외로움을 많이 타고 고독하다.

그리고 먼 훗날, 이그트는 과연 어떤 존재였는지 그 정체가 밝혀진다.

≫ 흰산족

앞서 설명했듯이 현재 아스의 3대 세력 중의 하나로 문명화 과정에서의 분업을 통해 아스달에서 신전의 제의를 관장하고 있다. 그들의 원래 신은 오직 물의 신 이소드닝이었으나 현재 흰산족의 어라하는 아스의 여덟 신을 모두 모시는 대제관이다. 대신전을 관리하며 대신전 안 가운데에서 늘 불타고 있는 '꺼지지 않는 불'을 신성하게 여긴다. (이 '꺼지지 않는 불'의 정체는 오래전부터 그 자리에서 흘러나오는 천연가스다) 아라문의 화합과 통일에 적극 동의한 이래, 아스의 수많은 군소 부족과 새녁족, 해족의 단합과 협력은 바로 흰산의 제의 없이는 이루어질 수 없는 일이었다.

본래 흰산의 제관 출신들은 신비한 능력이 있다고 믿어졌다. 하지만 지난 몇십 년간 그런 것을 보인 일은 없다. 단지 그들의 제의가 여덟 신들에게 닿는다는 믿음은 아스의 누구라도 갖고 있을 것이다. 주로 여인들의 영능이 뛰어난 편이기에, 다른 부족에 비해 흰산족은 남녀 간의 지위가 평등한 편이다. 현재 흰산의 어라하는 남자이지만 여자도 얼마든지 어라하가 될 수 있다. 위대한 어머니 아사신도 흰산족의 제관 출신으로 어라하 후보였었다.

현재의 어라하는 **아사론**. 신(神)은 아니지만 아스달에서 위대한 어머니로 떠받들어지는 아사신이 아스 땅을 떠난 이후로, 후손이 끊어진 직계 가문을 대신하여 아사가문의 후계를 이은 방계 가문 출신이기도 하다.

≫ 새녁족

역시 아스달의 3대 세력 중 하나로 아스달에서 가장 많은 숫자를 차지한다.

가장 먼저 말을 길들인 종족이기에 말에 대한 애착과 자부심이 대단하다. 서쪽 먼 곳에서 온 해족들은 이곳 아스달에 이르기까지의 긴 행로를 통해 수많은 종족을 보고 경험해왔지만 새녘족만큼의 기마술은 본 적이 없었다. 해족은 아스달보다 훨씬 발달한 문명에 속해 있다가 아스달에 온 부족이었지만 새녘족이 기마에 쓰는 '등자'를 보고 엄청난 충격을 받았다. 해족이 속해 있던 문명에서 말의 '안장'까지는 사용했지만 '등자'는 상상치 못했던 것이다. 그만큼 새녘족의 기마술은 뛰어난 것이었다.

'등자'로 인해 새녘족은 고삐를 잡지 않고도 말을 탈 수 있었고, 이는 말 위에서 두 손이 자유로워짐을 의미하는 것이었다. 새녘족의 전사들은 말을 달리며 양손으로 창을 쓸 수 있었고 말 위에서 활도 쏠 수 있었다. 이것은 이 시대에 가장 전율스러운 공격술이었다. 새녘족의 기마병은 그야말로 최강 중에 최강이 되었다.

이 많은 숫자의 새녘족 모두가 아스달에서 전사의 계급에 속한 것은 아니었다. 아스달에서 몇십 년 전부터 시작된 '집단적 농경'의 원동력은 새녘족의 노동력에 뿌리를 두고 있었다. 뛰어난 전사들만 추려져서 아스달의 무력을 담당하는 군검부의 일을 맡았고, 나머지 전사들은 기꺼이 스스로를 풍요롭게 만들어준다는 농사꾼이 되었다. 모두가 평등한 새녘족의 전사로서 살아왔으나 이로부터 전사 계급과 생산 계급이 나눠지게 된 것이다. 처음엔 문제가 없었다. 하지만 농사일은 그들이 상상했던 것과는 달랐다. 풍요로워질수록 인구가 증가했기에, 한 사람당 돌아오는 몫은 도무지 늘어나지 않았던 것이다. 전사에서 농사꾼이 된 많은 이들이 슬슬 불만을 가지기 시작했다. 이것이 현재 새녘족의 사회문제이기도 하다.

현재의 어라하는 **산웅**이다. 산웅은 능력과 인품을 인정받아 이른 나이에 어라하가 되었고 해족과의 협상을 통한 연대를 훌륭히 이뤄냄으로써, 아스달의 모든 군소 부족 어라하들이 모이는 어라아지에서 후임 연맹장에 추대되었다.

≫ 해족

큰 배를 타고 아스달에 도착했다. 우여곡절이 있었지만 그들은 끝내 아스인들과 싸우지 않고 평화롭게 정착하는 데 성공했다. 해족이 그들과의 전쟁을 원하지도 않았고 할 수도 없었을 뿐만 아니라(당시 아스달에 도착한 해족은 100여 명 남짓이었다) 흰산족과 새녘족이 아라문 해슬라가 제창한 '더 크고 더 강한 하나'라는 통일과 화합의 가치 아래 함께하고 있었기에 이 낯선 이방인에게 관용을 베푼 요인도 있었다.

이들의 도착이 아스달에 가장 혁명적인 것은 아스달이 본격적인 청동기 시대로 진입했다는 것이었다. 무기와 제기는 물론 신분이 높은 지도자들의 장신구에까지 청동기가 쓰였다. 금속이란 당연히 대지의 신 '다라부루'가 내려준다고 생각하던 새녘족과 흰산족은 해족이 광석을 녹이고 그것을 섞어 더 강하고 아름다운 금속이자 최초의 '합금'인 청동을 만들어내는 것을 보고는 마치 신을 바라보듯 해족을 바라보았다.

해족이 오기 전, 아스에 아예 농경이 없었던 것은 아니었다. 하지만 초보적인 수준의 원시농경이었는데, 그 이유는 대체 이 자연계에 있는 수천, 수만, 아니 수십만의 식물 중에 과연 어느 것이 작물화할 수 있는 것인지에 대한 정보가 없었기 때문이다. 사실 인류가 작물화하여 재배할 수 있는 식물의 종류는 전 식물종의 만분지일도 되지 않는다. 그것을 알기 위해선 오랜 세월 동안의 시행착오와 그 착오에 대한 경험 정보가 있어야 가능한 일이다. 해족은 작물화할 수 있는 식물에 대한 리스트를 가지고 있었다..! 리스트뿐이겠는가! 오랜 세월에 거쳐 농경이 가능한 형태로 돌연변이 해온 종자, 예를 들면 꼬투리가 터지지 않는 콩 종자나 다 자라도 줄기가 흩어지지 않는 보리와 밀의 종자도 가지고 있었던 것이다. 생각해보라! 수확할 시기에 꼬투리가 다 터져 콩이 땅에 떨어져 있거나, 줄기가 다 흩어져 보리가 땅에 떨어져 있다면 어떻게 수확할 수가 있겠는가? 그런 종자를 가져옴으로써 아스엔 대규모 집단 농경의 신호탄이 올랐다. 또한 이들에 의해 돼지와 닭의 집단 가축화도 진행되었으니, 그야말로 천지가 개벽할 듯한 변화였다.

현재 해족은 아스달에서 각종 과학기술과 농경기술을 연구하고 그들만의 문자로 방대한 정보를 기록하는 필경관을 운영하고 있다. 아스에 도착할 때 해족의 인구는 얼마 되지 않았으나, 이제는 그 숫자도 꽤 늘어 번성했다.

이들이 대체 어디로부터 아스달까지 왔는지 그들 외엔 누구도 정확히 알지 못한다. 그저 '레무스'라 불리는 멀고 먼 서쪽이라고 알려져 있을 뿐이다. 아스에서 태어난 해족의 젊은 사람들은 자신이 비롯된 고향에 대해 그저 전해지는 이야기를 들을 뿐이었다. 그 전해지는 이야기는, 그들의 문명은 서쪽 끝에 있었고 어느 날 '재앙'에 가까운 궤멸적인 타격을 입고 자신들이 정착할 땅을 찾아 먼 길을 왔다는 것이다. 그 '재앙'이 무엇이었는지에 대해선 정보가 없으나 해족의 한 원로가 무심코 흘린 말로 유추하자면 그 재앙이 화산이나 지진 같은 자연적인 재해가 아니었다는 것이다.

현재 해족의 어라하는 **미홀**이다. 그는 해족이 가장 적은 숫자의 부족임에도 불구하고, 어라아지와 연맹궁 회의에서 상당한 지분을 행사하는 정치가다.

≫ 아스의 문자

아스달에는 문자가 있다. 해족이 오기 전에도 아스달에는 문자가 있었다. 해족 사람들이 처음 이곳에 와서 놀란 것 중에 하나는 자신들보다 과학기술이 한참 뒤떨어진 이곳 사람들이 꽤나 발달된 형태의 문자를 가지고 있다는 것이었다.

아스달의 문자는 새녘족이 쓰던 것으로 갑골문의 형태를 가진 표의(表意) 문자였다. 그들 스스로 만든 것은 아니고 수백 년 전 어디선가 전해진 것이라는데, 그 연원은 정확히 알려진 바가 없다. 현재 아(我)문자라 불리는 이 글자는 아라문 해슬라가 아스달을 통일한 이래, 공식 문자이기도 하다.

해족도 당연히 그들의 고유 문자를 가지고 있다. 해족의 문자는 아스달에서는 서쪽에서 온 문자라 하여 서(西)문자라고 불리며, 현재 거의 해족들만 쓰고 있다. 해족은 어려서부터 문자 교육을 하는 전통을 가지고 있고 아스달에서 태어난 아이들에게도 고향말을 가르치기 때문에 해족은 거의 모두 문자언어와 음성언어에서 바이링귀스트(bilinguist)들이다.

다른 부족들은 아스의 공식 문자인 아(我)문자가 아닌 해족의 문자를 굳이 알 필요가 없었기 때문에 해족의 문자는 마치 그들만의 암호 같은 것이 되었다. 해족은 자신들의 문서는 오직 자신들의 문자로 기록했다.

≫ 와한족 마을 사람들

대흑벽 아래, 이아르크 지역의 한 씨족 사람들이다.

아스달에선 미개하다 하여, '두즘생'이라 불리는 무리들로 앞서 설명했듯이 수렵과 채집, 물물교환을 하는 씨족민들이다. 이들에겐 당연히 문자 따윈 없었고 농경은 상상도 못했다. 바늘이 있긴 했지만 동물의 뼈를 이용한 굵은 뼈바늘이었기에 아스달 사람들이 보기에는 바느질이 형편없는 옷을 입고 다녔다. 당연히 말을 탈 줄도 몰랐고 그저 대나무에 돌칼을 간신히 부착한 창을 만들어 무리를 짓고 사냥을 해서 단백질을 보충하는 수준이었다.

그래도 와한족의 전사들은 나름 훌륭한 사냥꾼들이었는데, 거대한 대형동물을 사냥할 때면 길게는 몇 달씩 마을을 떠나기도 했다. 이들이 언제 어떻게 돌아오느냐에 따라 이 부족의 한 계절이 달려 있었다. 씨족어머니라 불리는 여인이 길한 때와 방향을 일러주곤 했다.

Main Character

≫ 은섬 (남)

- **사람 아사혼과 뇌안탈 라가즈의 아들**
- **이아르크 와한족의 일원이자, 아스달의 이방인**
- **훗날 타곤의 가장 강력한 적(敵)**

아스달에서 도저히 용납될 수 없는 이종(異種) 간 사랑의 결실.
은섬은 사람족과 뇌안탈의 대전쟁 속에서 태어난, 사람과 뇌안탈의 혼혈인 '이그트'다.

'푸른 객성(초신성)이 나타난 날 태어난 아이는 재앙을 몰고 온다'는
아스달의 예언이 무색하게 은섬이 태어나던 날, 하늘엔 푸른 객성이 밝게 빛났다.
은섬의 어머니 아사혼은 어떻게든 은섬을 살리기 위해, 아스달에서 도망쳐 이아르크
로 간다. 하지만 아사혼은 그 와중에 죽음을 맞이하게 되고…
어린 은섬은 이아르크에 살고 있던 와한족에게서 길러진다.

보라색 입술과 등의 껍질, 사람과는 다른 독특한 외모의 은섬을 와한족은 용케 거두었
지만, 은섬은 와한족 사람들과 외관만 다른 것이 아니었다.
은섬에겐 한 번 본 동작은 제아무리 복잡할지라도 다 따라 하는 능력이 있었다.
그래서 복잡한 씨족어머니 춤을 외우고는 탄야에게 가르쳐주었다.
또 엄청난 힘과 빠르기를 자랑하는 은섬은, 사냥 실력 또한 다른 동무보다 월등했다.
뇌안탈에는 못 미치지만, 웬만한 사람은 이그트의 빠르기나 힘을 당할 수 없었다.
이런 은섬의 능력은 와한족 사람들에겐 낯선 것이었다.

와한의 일원이지만 철저한 이방인이었던 은섬을 어려서부터 함께 자란 동갑의 와한족 소녀 탄야만이 유일하게 두둔했다. 은섬에게 탄야는 어렸을 적부터 가족 같은 존재였고 탄야는 혼자였던 은섬을 유난히 챙기고 보살피던 속 깊은 소녀였다.

은섬은 그런 탄야가 좋았다.

은섬의 남다른 성격과 능력은 문제를 일으켰고, 결국 추방될 위기에 처한 은섬!

같은 시각, 은섬의 위기와 함께 이아르크 땅에도 거대한 위기가 다가오고 있었다.

이아르크 정벌을 선언한 아스달의 연맹장 산웅의 명에 따라, 타곤의 대칸부대 전사들이 대흑벽을 내려오고 있었고, 와한족은 그들에게 무참히 짓밟힌다.

그렇게 아스달로 끌려가는 탄야와 와한을 구하기 위해

은섬은 드디어 자신의 비밀의 근원인 아스달로 향하는데..!

≫ 타곤 (남)

- · 아스달 부족 연맹장인 산웅의 첫째 아들
- · 천재적인 전략가이며 문무를 겸비한 군검부의 무장이자, 대칸부대의 수장
- · 뇌안탈과의 대전쟁을 승리로 이끈 영웅

아스달의 연맹장인 산웅의 아들이자, 천재적인 전략으로 뇌안탈과의 대전쟁을 승리로 이끈 1등 공신이다.

뇌안탈과의 대전쟁 이후, 연맹장 산웅은 최후의 한 마리까지 말살하라는 뇌안탈 대사냥을 선언했고, 타곤은 기꺼이 대사냥에도 앞장서서 자신의 능력을 증명했다. 타곤이 지휘하는 대칸부대의 무력은 뇌안탈뿐만 아니라, 반란을 일으킨 변방의 부족들에게까지 미쳤다. 아스달 내에서 타곤의 성망은 높아져만 갔다.

타곤이 모든 부족의 영웅이 되어갈 때, 그를 불안한 시선으로 보는 이가 있었으니...

놀랍게도 그의 친아버지인 산웅이었다!

처음엔 아들이 낸 기묘한 책략에 기뻐했지만, 갈수록 타곤의 이름이 드높아지자, 그는 아들이 불편해졌다.

결국 권력욕에 사로잡힌 산웅은 타곤을 치기 위한 덫을 놓게 된다.

이 일은 아버지와 아들의 전쟁을 초래하고,
타곤은 아버지 산웅을 뛰어넘고 아스달을 차지하려 하는데...

아스달의 영웅의 칭호를 갖게 된 타곤!
그러나 미개와 야만의 땅 이아르크에서 또 한 명의 영웅이 북상하고 있었으니...
은섬과의 만남이 멀지 않은 타곤이었다.

≫ 탄야 (여)

· **열손의 딸, 와한족의 씨족어머니 후계자**
· **푸른 객성(초신성)의 기운을 안고 태어난 예언의 아이**

탄야가 태어나던 날, 탄야의 어머니는 사랑스러운 딸을 마주하지 못하고 절명했다.
탄야가 태어나던 그날은 은섬이 태어나던 날과 같았으며, 그날은 푸른 객성이 나타난
날이었고 푸른 객성에 대한 와한의 예언은 아스달과는 달랐다.
'껍질을 깨는 자, 푸른 객성이 나타나는 날, 죽음과 함께 오리라.
하여, 와한은 더 이상 와한이 아니리라'

탄야는 총명하고 씩씩한 와한족 소녀이며, 와한의 씨족어머니후계자다.
그녀는 아직 활과 화살이 발명되지 않은 이아르크 땅에서도 돌끈 던지기(슬링)로
사냥감을 명중시키는, 한 어른의 몫을 충분히 하는 와한족 전사다.

사람은 꿈을 꾸지 못하지만, 당그리(무녀)들은 꿈을 꿀 수 있어야 그 자격이 주어지는
시절이었다.
꿈을 만나기 위해서는 부단한 수련이 필요했고, 탄야는 아직 꿈을 만나지 못했다.
뿐만 아니라 초설에게 씨족어머니 대대로 내려오는 정령춤을 외우지 못한다며 혼이 나
기 일쑤였다. 그렇게 탄야가 풀이 죽어 있을 때면, 어느새 은섬이 다가와 몰래 엿보고 외
워둔 정령춤의 동작을 가르쳐주곤 했다.
탄야는 은섬이 꿈을 만난다는 것을 알게 되자, 처음엔 수상히 여겨 의심도 하고 질투
도 했지만 저도 모르게 그런 은섬을 좋아하게 된다.

평화롭던 어느 날, 아스달의 대칸부대가 와한의 마을에 도착하고,

결국 탄야는 와한족 사람들과 함께 멀고 먼 아스달로 끌려가게 되는데...
그렇게 그녀는 점점 자신의 운명과 주어진 사명에 가까워지고,
푸른 객성의 아이로서 와한족의 진실과 마주하게 된다.

≫ 태알하 (여)

· **해족의 어라하(부족장)인 미홀의 딸**
· **격물사(과학자)이자, 전사, 욕망의 정치가**

해족은 바다 건너 아주 먼 곳에서 이주해온 이방인이자, 아스달에 정착한 지 그리 오래되지 않은 부족이었다. 해족의 어라하 미홀은 자신들의 뛰어난 기술력을 무기로 삼아 아스달에서 살아남기 위해 부단히 노력했다.

태알하는 미홀의 딸로, 어려서부터 아버지의 모습을 보며 깨달은 바가 있었다.
강자가 되지 않으면 죽는다. 강자가 될 수 없다면, 강자의 편에 서야 한다.
해서 가장 중요한 것은 누가 강자인지에 대한 판단뿐이다.
그것은 그녀의 가슴에 깊이 새겨졌다.

해족 출신들은 모두, 격물(과학) 각 분야의 전문가로 키워지는데, 태알도 예외는 아니었다. 하지만 그녀의 관심은 격물(과학)이 아닌 권력에 있었다.
그녀는 격물을 다루기보다 격물사(과학자)를 다루고자 한 것이다.
태알하는 사람을 다뤄 역사의 방향을 이끌면 되는 것이고, 그런 자가 권력의 정점에서 웃을 수 있다고 생각했다.

아버지 못지않은 통찰력과 분석력이 있던 태알하는 빠르게 아스달의 변화를 감지한다.
직접 겪지는 못했지만, 역사를 통해 알 수 있었다. 폭발적으로 증가하고 있는 아스달의 농경과 생산력의 발전이 결국 국가의 탄생을 가져온다는 사실을.
국가는 폭풍 같은 욕망의 거침없는 질주 속에서 시작된다고 믿고 있던 태알하는 타곤을 발견한다. 저 사내다..! 저 사내를 움직여보겠다..!

타곤은 아스달의 영웅으로 우뚝 올라섰고
모든 건 그녀의 욕망과 계획대로 되는 듯했다.

그녀는 타곤의 정치적 동지로 최고의 권력을 누리게 된다.
태알하는 거침이 없었고, 아스달이 자신의 것 같았다.
하지만 태알하의 강력한 적은 의외의 곳에서 출현하게 되는데...

≫ 사야 (남)

- **은섬의 쌍둥이 형**
- **타곤의 양자(養子)이자, 후계자**

사야의 기억이 시작된 곳은 이곳, 필경관의 탑에서부터였다.
태어나서부터 내내 이 작은 방에 갇혀 지내는 동안,
사야는 아버지라는 타곤을, 얼굴 한번 제대로 보지 못한 채 자라야 했다.

보랏빛 입술과 등의 껍질, 그리고 피..
사야는 자신이 남들과 다른 존재, '이그트'임을 알았고,
이를 드러내는 것이 아스달에서 얼마나 위험한 일인지 태알하로부터 배웠다.
어쩌다 해투악이나 태알하와 함께 밖에 나가서 세상을 구경하긴 했지만
거의 대부분은 필경관 안에서의 삶이었다.

태알하의 감시 아래, 갇혀 있는 사야가 할 수 있는 거라곤
필경관의 책들을 모두 읽는 것밖엔 없었다. 해족의 필경관에는 당시로선 어마어마한
양의 책들이 있었고, 사야는 그것들을 수도 없이 읽고 새겼다.
그렇게 사야는 책 속에서 세상을 보았고, 세상을 배웠다.
아스달과 그 주변 부족과 문명들뿐만 아니라, 멀리 레무스에 관한 것까지 모두!
종교와 역사는 물론 정치와 군사에 대한 것도 모두 섭렵했다

그러던 어느 날, 사야는 껍질이 모두 떨어졌고, 어떤 와한의 소녀는 방문을 열었으며
그의 마음은 움직였다.
작은 방에 갇혀 있던 사야의 세상은 이제 탑을 벗어나 아스달 너머로 뻗게 된다.

새녘족 / 대칸부대 전사들

≫ 산웅 (남)

- **타곤의 아버지**
- **새녘족의 어라하이자 아스달의 부족 연맹장**

젊은 나이에 부족 연맹장의 지위에 오른 산웅은 용감하고, 사람을 따르게 하는 포용력이 있었으며, 총명하고 일 처리는 공정했다.

뇌안탈과의 대전쟁을 지휘했고 대승을 거두지만, 이 전쟁의 영웅은 산웅이 아닌, 그의 아들 타곤이었다. 산웅은 아들을 향한 질투를 그저 작은 불편함 정도로 여겼으나, 결국 타곤의 성망이 연맹장인 자신을 위협할 수준에까지 이르자 결국 끔찍한 결심을 하게 된다.

≫ 단벽 (남)

- **산웅의 아들이자 타곤의 이복동생**
- **현 아스달의 위병단 총관이자 새녘족의 어라하(부족장) 후계자**

단벽은 일찌감치 새녘족 어라하 후계자로 인정받고 있었기에 형님이긴 하지만 굳이 어머니가 누구인지 알지도 못하는 타곤을 견제할 이유가 없었다. 어린 시절부터 타곤을 유난히 경계하고 미워하는 아버지 산웅을 이해하지 못했으며, 늘 타곤에 대해 미안함과 안쓰러움을 갖고 있다. 뛰어난 검술과 무력을 지녔으며, 새녘족과 아스달 연맹인들에게 신망이 높다.

≫ 무백 (남)

- **대칸부대의 전사이자 무광의 형**

정직하고 올곧은 성품으로, 소수부족인 물길족 출신임에도 대칸들과 연맹인들의 신임을 받는다. 명실공히, 자타공인 대칸 최고의 전사로 불릴 만한 무예 실력을 갖추고 있다.

연맹장 산웅에게 은혜를 입었고 연맹에 충성을 다하는 무인이다. 타곤과는 생사고락을 함께했으나, 타곤에게 반기를 들게 된다. 또한 아스달이 이아르크를 침략하는 데 맨 앞줄에 섰던 무백은 결국 탄야를 돕게 된다. 과거 아사혼과 깊은 인연이 있다.

≫ 길선 (남)
· **대칸부대 출신, 현재 위병단의 단장**

흰산족 출신으로, 타곤과 뇌안탈 대사냥을 함께했으나 그 후, 가장 먼저 아스달로 돌아와 위병단에서 성내의 치안을 담당하며 높은 분들을 모시는 정치군인의 길을 택한다. 이해관계를 따지는 데 능하고, 추세를 파악하는 빠른 눈을 가졌다.

≫ 연발 (남)
· **대칸부대의 전사**

새녁족 출신으로, 타곤에 대한 충성심으로 대칸 내에서 맡은 일을 우직하게 수행하나, 위로는 무백과 길선, 아래로는 무광과 기토하에게 치여 늘 억울하다. 호탕하고 붙임성이 좋은 편이며 보기와 달리 총명하다.

≫ 기토하 (남)
· **대칸부대의 전사**

흰산족 출신으로, 사람으로선 믿어지지 않는 힘을 지녔고 무술도 뛰어난 편이다. 술과 도박을 좋아하며 포악한 성격이지만, 외모나 용력에 어울리지 않게 미신을 신봉하고, 불길한 징조엔 겁을 먹고 벌벌 떨기도 한다.

≫ 무광 (남)
· **대칸부대의 전사, 무백의 동생**

잔인하고 더러운 일을 하는 데 도덕적인 갈등이 없고, 타곤의 명이라면 뭐든 감정 없이 행한다. 형님인 무백이 오로지 연맹에만 충성하며 권력이나 이익은 고려치 않는 태도가 늘 불만이다. 이아르크인들을 가장 잔인하게 다루고 거리낌 없이 죽인다.

≫ 양차 (남)

· **대칸부대의 전사**

청동으로 만든 신무기를 잘 다루며, 늘 입가리개를 하고 다니는데 과거 어떤 일로 인하여 침묵의 벌을 받고 있는 중이다. 타곤은 이런 양차에게 은밀한 명을 내리기도, 자신의 속마음을 드러내기도 한다. 대칸부대 내에선 무백과 싸워도 뒤지지 않을 거라는 평가를 받는 차세대 최고의 전사다.

≫ 박량풍 (남)

· **대칸부대의 전사**

소수부족 출신으로는 드물게 제관 수련까지 받았던 대칸의 전사로, 어리바리한 겉모습과는 달리 눈치가 빠르고 머리가 좋아 주어진 일을 확실하게 처리한다.

≫ 대대 (남)

· **연맹궁의 필경장**

연맹궁에서 일어나는 일들을 기록하는 필경사들의 우두머리이며, 행정 관료다. 다만 대대는 그에 그치지 않고, 연맹장을 곁에서 모시고 보필하는 역할도 겸하고 있다. 권력의 추세에 대한 판단은 하지 않고, 오직 연맹에 충성을 바치는 강직한 학자이기도 하다.

≫ 소당 (남)

· **위병단의 단장**

아스달 성내의 치안을 담당하는 위병단의 1단장으로, 길선과는 어린 시절 친구다.

≫ 편미 (남)

· **위병단의 단장**

아스달 성내의 치안을 담당하는 위병단의 2단장으로, 역시 길선, 소당과는 어린 시절 친구다.

≫ 거매 (남)

· 대칸부대의 전사

≫ 홍술 (남)

· 대칸부대의 전사

≫ 초리곤 (남)

· 대칸부대의 전사

≫ 나린 (여)

· 단벽의 어린 딸

흰산족

≫ 아사론 (남)

· 흰산족의 어라하(부족장)
· 아스달의 제의와 제례를 주관하는 대제관

아스달의 여덟 신을 모두 모시는 대신전을 주관하는 대제관으로, 아스달 권력의 최정점에 있다.

다만 한 가지, 아사론의 유일한 약점이라면 위대한 어머니 아사신의 직계가 아닌, 방계라는 것이다. 신의 말을 전달하는 자리에 있지만, 스스로 신을 만나지 못하는 아사론은 영능보다는 뛰어난 정치적 판단과 술수로 가문을 이끌어왔다.

≫ 아사사칸 (여)

· 아사가문의 일원이자 흰산의 어머니

흰산의 신성동굴을 지키는 흰산족의 원로이며 아사씨의 가장 높은 어른으로, 대신전의 결정에 막대한 영향력을 행사한다. 아사씨들의 신성한 권능과, 이로부터 비롯된 아스달 연맹을 지키는 것을 사명으로 여긴다.

≫ 아사못 (여)

- **아사가문의 일원이자 신녀**

아사론 밑에서 아스달 내의 제의와 제례를 주관하고, 신전의 관리를 도맡아 하고 있는 아사론의 심복. 자신의 몸은 아이루즈에게, 마음은 이소드녕에게 바쳐졌다고 생각하는 일말의 타협도 없는 원칙주의자이며, 아사론보다도 더 엄격한 원리주의자다.

≫ 아사욘 (남)

- **아사가문의 일원이자 제관**

흰머리산에 있는 신성동굴에서 이소드녕만을 모시다가 아사론의 눈에 들어 대신전으로 옮겨와 여덟 신(神)을 모시는 제관이 되었다. 총명하며, 현실적인 실리를 추구하는 편이라 때때로 아사못과 부딪친다.

≫ 아사무 (여)

- **아사가문의 일원이자 무녀**

이소드녕의 말을 전달하는 아름다운 무녀. 항상 취해 있는 듯 몽롱한 얼굴과 말투로, 신전 안에서 곡성(哭聲)을 하거나 춤을 추며 신탁을 받는다.

≫ 아사혼 (여)

- **아사가문의 일원이자 은섬과 사야의 어머니**

뇌안탈에게 손시시(선물)를 전하는 역할을 맡았던 그녀는 불타는 아뜨라드에서 사람족의 비열함을 보았다. 그 후 뇌안탈인 라가즈와 함께 그곳을 탈출했고, 그와 마음을 나누어 이그트(혼혈아)인 은섬과 사야를 낳았다. 대칸부대에게 쫓기던 아사혼은 어린 은섬을 데리고 대흑벽 아래 이아르크로 향한다.

해족

≫ 해미홀 (남)

- **해족의 어라하이자 태알하의 아버지**
- **아스달의 과학기술과 정보를 주관하는 불의 성채의 주인**

약 50년 전, 아스달에 도착한 미홀은 어린 나이였다. 하지만 해족의 어른들을 도와 대규모 집단 농경을 시작했고, 청동기를 만들어 아스달에 풍요를 선사했으며 현재는 해족을 이끄는 어라하가 되었다.

미홀은 급변하는 아스달의 정치 상황을 살피면서 모든 수를 헤아렸고, 해족의 사명과 해족의 생존을 위해 지모와 방략을 펼쳤다. 그러나 그가 미처 가늠하지 못한 것이 하나 있었으니 바로 그의 딸 태알하였다.

≫ 해투악 (여)

- **태알하의 최측근 하호, 전사**

매사 수다스럽고 어리바리하지만 태알하의 수족 같은 인물이다. 몸집이 커 움직임이 둔할 것이란 예상과는 달리 무예에 능한 해족의 여전사 출신이다. 수줍은 말투로 자신을 공격하는 자들의 팔을 꺾어버리는 것이야말로 해투악의 매력이다.

≫ 해여빈 (여)

- **미홀의 최측근 하호**

일생을 해족의 존속에 바쳤다. 미홀의 명으로 제 손으로 키운 태알하를 지금껏 감시해 왔다. 감정 없는 딱딱한 얼굴로 태알하를 질책하기도 타이르기도 한다. 무예가 뛰어나며, 노선이 다른 해투악과 가끔 살벌하게 다툴 때가 있다.

≫ 해흘립 (남)

- **해족의 필경사이자, 미홀의 정보 수집책**

그에게 있어 미홀의 말은 곧 법이다. 빠른 눈치와 뛰어난 실행력으로 미홀의 신임을 받고 있으며 아스달 및 아스 대륙의 모든 부족들에 대해 정보를 수집하고 기록하는 역할을 맡고 있다.

≫ 해알영 (남)

· **해족의 필경관**

불의 성채의 필경관은 5000개 이상의 죽간과 가죽 책을 보유하고 있다. 말이 5000개이지, 당시로서는 아스 대륙과 아니아츠 대륙 전체의 책 분량과 거의 맞먹는 엄청난 양이다. 이 책들을 관리하고 발간하는 알영은 연맹인들에겐 현자 해알영으로 불린다.

≫ 해가온 (여)

· **해족의 농경 기술자**

모든 작물의 종자 계보를 꿰고 있을 만큼 뛰어난 두뇌와 해박한 지식을 가졌다.

≫ 해까닥 (남)

· **해족의 청동 기술자**

평소 주위가 산만하고 덤벙대지만, 해족 최고의 청동 기술자이다.

≫ 해때문 (남)

· **해까닥의 어린 아들**

대화만 듣고 있으면, 누가 아버지고 누가 아들인지 헷갈릴 만큼 아버지인 까닥에게 면박을 주며 수시로 티격태격한다.

와한족 사람들

≫ 열손 (남)

· **와한족 씨족장이자 탄야의 아버지**

와한족의 씨족아버지. 뛰어난 손재주로 그릇이나 작은 조각상, 가구나 무기 등 만드는 것이라면 다 잘했다. 그가 만든 물건은 주변 씨족에서도 처음 보는 진귀한 물건이라 교환 품 중 가장 으뜸으로 쳤다.

그러던 어느 날, 아스달의 전사들이 이아르크에 도착했고 열손은 아스달로 끌려갔다. 한창 문명이 발전하던 아스달에서 열손같이 빨리 배우고 손재주가 뛰어난 사람은 가장 중요한 인재였다. 순박했던 열손은 그 순박함만큼이나 누구보다 빨리 문명을 배워나갔 고, 아스 역사에서 중요한 역할을 하게 된다.

≫ 쵸셜 (여)

· **와한족의 씨족어머니**

씨족어머니로서 와한족의 추앙을 받는 존재. 푸른 객성의 기운을 안고 태어난 탄야를 자신의 후계자로 삼아 가르치고 길렀다.

그녀는 당그리(무당)로서 오래전부터 이아르크 땅과 와한족에게 거대한 변화가 몰려오 고 있는 것을 느꼈고, 그 변화의 핵이 탄야가 될 것임을 짐작했다. 탄야와 예측불허의 이 상한 일을 벌이는 은섬이 가깝게 지내는 것이 늘 불안했다. 와한의 씨족어머니들에게 대 대로 내려오는 금기를 떠올려보면, 은섬의 존재는 와한족에게 위태롭기만 하다.

≫ 달새 (남)
· **와한족 최고의 전사이자 와한족의 씨족장 후계자**

와한족 최고의 사냥꾼이며 씨족장 후계자였지만, 아스달로 끌려오면서 모든 것이 희미 해졌고 오직 살아남는 것이 목표가 되었다. 이아르크에선 은섬과 항상 티격대는 라이벌 이었으나 훗날 은섬의 가장 가까운 조력자가 된다.

≫ 뭉태 (남)
· **와한족 출신의 전사**

겁 많고, 타고난 것이 둔했기에 사냥할 때 실수를 많이 한다. 하지만, 사람이라고는 믿어지지 않는 힘을 지녔다. 이 겁 많고 힘이 센 청년은 아스달의 잔인한 무력 앞에 가장 먼저 무릎을 꿇는다.

≫ 터대 (남)

· **와한족 출신의 전사**

넉살이 좋고 순박한 와한족이다. 달새 다음으로 사냥을 잘하는 와한족 전사.

≫ 북소 (남)

· **와한족 출신의 전사**

육안으로 보기엔 큰 형님 같아 보이지만, 속은 뭇 어린아이만큼이나 여리다. 먹는 것을 좋아해 이아르크에서는 늘 육포를 입에 달고 다닌다.

≫ 도티 (여)

· **와한족 출신의 어린아이**

와한족 사람들이 무참히 죽고 잡혀가던 날, 그 속에서 용케 살아남았다. 그 후, 은섬과 함께 아스달로 들어가 충격적인 세상을 경험한다. 야무진 말투로 은섬에게 잔소리를 해대지만 존재만으로도 은섬에게 힘이 되는 아이.

≫ 둔지 (남)

· **와한족 출신 어른**

아스달로 끌려가게 되는 와한족의 남자 어른.

≫ 검불 (남)

· **와한족 출신 어른**

아스달로 끌려가게 되는 와한족의 남자 어른.

≫ 아가지 (여)
· 와한족 출신 어른

서글서글한 성격의 와한족 여자 어른.

≫ 우루미 (여)
· 와한족 출신 어른

도티의 엄마. 와한족에서 돌끈 던지기(슬링)을 가장 잘하는 여자 어른.

뇌안탈

≫ 라크느루프 (남)
· 뇌안탈들에게 가장 추앙받는 사냥꾼이자 추장

대전쟁이 벌어지자 앞장서서 싸웠다. 비록 달의 평원을 잃었으나, '사람' 따위는 이길 수 있다 자만했었다. 그러나 그들은 군대가 있었고, 전략과 전술, 발달된 여러 가지 도구들이 있었다. 결국 그는 사람족의 욕망을 얕보았던 자신을 책망하며 도주했고, 대사냥 이후에도 그의 시신은 발견된 적이 없다.

≫ 무트루브 (여)
· 뇌안탈 당골

그녀는 다른 뇌안탈들과는 달리 사람족이 만든 문명의 생리를 이해하고 있었다. 이를 거부하면 전쟁이 일어날 것을 알고 있었고 그래서 어떻게든 전쟁을 막기 위해 사람족이 보낸 손시시를 받았던 것이다. 하지만 그것은 함정이었고 종(種) 최대의 비극은 그로부터 시작되었다.

≫ 이쓰루브 (남)

· 라크느루프를 잇는 위대한 사냥꾼이자 차세대 추장

하늘못 반칼곶에서 대추장인 라크느루프를 호위하며 사람족과의 역사적인 회담에 참여했던 인물. 이쓰루브는 처음엔 사람족에 호의적이었다. 하지만 그들은 전염병을 선물했고, 병든 뇌안탈들은 그들의 활에 쓰러졌으며, 남은 뇌안탈들은 뿔뿔이 흩어질 수밖에 없었다.

대전쟁 당시 북쪽으로 도망친 이쓰루브는 간신히 살아남은 뇌안탈을 규합했으나 고작 다섯 명, 더구나 모두 사내들뿐. 이대로 뇌안탈이란 종은 끝날 것인가. 이쓰루브는 뇌안탈 종(種)의 운명을 걸고 아스달로 향한다.

≫ 라가즈 (남)

· 위대한 사냥꾼이자 은섬과 사야의 아버지

함께하자며 손시시(선물)를 보낸 사람족의 음모를 알게 된 라가즈는, 처음엔 사절단으로 이를 가져온 아사혼을 죽이려 했지만, 그녀도 이용당했을 뿐이라는 것을 알고는 함께 탈출했다. 결국 라가즈는 아사혼과 마음을 나누었고 은섬과 사야라는 결실을 보게 된다.

≫ 로띱 (남)

· 대전쟁과 대사냥의 생존자

대전쟁 당시, 아기였던 로띱은 라가즈와 아사혼의 손에 구해져 그들과 함께 도주생활을 이어왔다. 그 후, 로띱은 생존하여 이쓰루브와 합류한다. 사람의 손에서 자란 탓에 아스달과 사람에 대해 많은 것을 알고 있다. 어려서 겪은 여러 가지 일들로 인해 마치 세상일에 초연한 현자 같은 태도를 갖고 있다.

≫ 노스나호 (남)

· 대전쟁과 대사냥의 생존자

로땁과 마찬가지로 라가즈와 아사혼의 손에 구해져 그들과 함께 도주생활을 이어왔다. 그 후, 노스나호는 생존하여 이쓰루브와 합류하게 된다.

바치두레

≫ 하림 (남)
· 아스달 약바치

흰산족 출신 아스달 최고의 약바치(의사). 외과술은 물론 생약 또한 한눈에 꿰고 있는 의술의 천재다. 뛰어난 의술을 이용하여 타곤의 책략을 현실로 만들어낸 인물. 하림이 없었다면, 뇌안탈과의 대전쟁에서 아스달은 승리하지 못했을 것이다. 전쟁에서 많은 뇌안탈들이 죽고, 숨겨진 음모를 알지 못한 채 사절단으로 떠났던 아사혼마저 생사를 알 수 없게 되자, 하림은 오랜 세월 죄책감에 시달린다.

≫ 채은 (여)
· 아스달 약바치, 하림의 딸

하림의 딸로 어려서부터 자연스럽게 아버지의 의술을 익혀왔다. 영리하고 총명한 탓에 연맹인들은 하림이 없다면 채은부터 찾고는 한다. 하림 역시 채은에게 많이 의지한다. 뇌안탈과 이그트에 대한 편견이 없는 편이라, 이아르크에서 올라온 은섬을 도와준다.

≫ 눈별 (여)
· 채은의 동생

하림이 전쟁통에 전장에서 데려온 여자 아이. 하림과 그의 처 감실은 고아였던 눈별을 딸로 여기고 정성껏 키웠다. 워낙 몸이 약하여 제 몸 하나 지키지 못할까 싶어, 하림은 눈별에게 검술을 가르쳤다. 동작은 그럴듯하나 힘과 체력이 없어 조금만 연습해도 헉헉거린다. 그런 눈별을 보살피고 지켜주는 건 든든한 언니 채은이다.

≫ 스천 (남)

· **약전 하호**

소수부족 출신의 약전 하호. 하림과 채은의 말이라면 무슨 일이든 따른다.

≫ 감실 (여)

· **하림의 처**

자신의 딸 채은과 하림이 전쟁통에 데려온 눈별을 모두 정성껏 사랑으로 키웠다.

≫ 모명진 (여)

· **염색전 바치**

흰산족 출신의 염색 공방을 운영하는 장터의 바치.

≫ 울백 (남)

· **바치두레(상인연합)의 장(長)**

새녘족 출신이며, 아스달 장터에서 가장 영향력이 있는 바치두레 장.

≫ 트리한 (남)

· **바치두레의 일원**

자신이 흰산족이라는 것에 대한 자부심이 강하고 아사씨를 신봉한다.

≫ 라임 (남)

· **바치두레의 일원**

아스 대륙 출신은 아니나, 아스달 연맹인으로서 자부심을 갖고 있다.

어라아지

>> 초발 (남)
- **호피족의 어라하**

호피족의 어라하, 잇속만 챙기는 아사씨에 대한 불만이 가득하다.

>> 다와 (여)
- **까치놀족의 어라하**

>> 쿵퉁 (남)
- **바토족의 어라하**

>> 흑갈 (남)
- **가라말족의 어라하**

>> 보단 (여)
- **연달족의 어라하**

돌담불 사람들

>> 잎샹 (남)
- **아고족 출신의 돌담불 깃바닥 노예**

살아남기 위해서라면 의리도 정도 없는 준비된 배신자. 같은 아고족의 배신으로 돌담불로 팔려와 깃바닥 노예가 되었다. 하는 짓은 경망스럽고 입만 열면 거짓말이다. 겉으로는 밝아 보이나, 누구보다 세상에 대해 비관적이며 아무도 믿지 않는다.

≫ 바도루 (남)

· 캐란족 출신의 돌담불 깃바닥 노예

지금은 뿔뿔이 흩어진 캐란족 최고의 전사. 다혈질이긴 해도 의리가 있다. 하루하루의 끼니를 걱정해야 하는 깃바닥 생활로 인해, 무리에 도움이 되지 못하는 약자를 핍박하게 된다.

≫ 올마대 (남)

· 아스달 출신의 돌담불 깃바닥 노예

아스달에서 금기시되는 '흰산의 심장' 장로로 활동한 전력 탓에 추포되어 돌담불로 유배되고 노예 신세가 되었다. 희망 없는 깃바닥 암흑 속에서 의지할 것은 오로지 위대한 어머니 아사신의 가르침뿐이다.

≫ 사트닉 (남)

· 모모족 출신의 돌담불 깃바닥 노예

만나기로 했던 부인과의 약속을 지키지 못한 채 노예로 붙잡혔다. 병이 깊어 제 몫의 일을 거의 하지 못해 깃바닥 다른 노예들에게 핍박을 받는다.

≫ 차나라기 (남)

· 물길족 출신의 돌담불 깃바닥 노예

본성이 나쁘진 않으나, 살기 위해 강자인 바도루 옆에 붙어 그를 부추기고 동조한다.

≫ 쇼르자긴 (남)

· 아스달 하호 출신으로 돌담불 관리인 골두의 수하

골두를 두려워하면서도 몰래 보석을 빼돌릴 만큼 보석에 미쳐 있다. 보석을 모아 아스달로 올라가서 떵떵거리며 사는 것이 일생의 꿈이다. 개인적인 원한으로 유독 남들보다 이그트를 더 증오한다.

≫ 골두 (남)

· **아스달에서 파견된 돌담불 관리인**

돌담불의 우두머리. 잔인한 방법으로 노예들을 관리해왔다. 세파와 탐욕에 찌들어 닳고 닳았다.

≫ 거한 (남)

· **돌담불 소속 골두의 수하**

장신의 키와 커다란 덩치가 위압적이며, 괴력의 소유자다. 골두에 충성한다.

용어정리

S#	장면(Scene)을 의미하며 같은 장소, 같은 시간 내에서 이루어지는 일련의 행동이나 대사가 한 씬을 구성한다.
ins.cut.〉	인서트 컷(insert cut)의 줄임말로, 삽입 장면을 의미한다. 주로 한 장면이 짧게 삽입되는 경우를 가리킨다.
플래시컷	화면과 화면 사이에 삽입하는 빠르게 움직이는 화면. 화면의 속도를 높이거나 시각적인 충격 효과를 만들려 할 때 사용된다.
(NA.)	내레이션(narration)의 줄임말로, 장면을 해설하는 목소리나 등장인물이 말로 하지 않는 목소리를 말한다. 등장인물의 생각을 표현할 때 자주 쓰인다.
(E)	효과음(effect)의 줄임말로, 등장인물은 보이지 않고 소리만 나는 경우에 쓰인다.
C.U.	클로즈업 피사체를 크게 찍는 근접촬영을 의미한다.
F.O.	페이드아웃(Fade-Out). 화면이 처음에는 밝았다가 점점 어두워지는 상태.
(cut.)	장면을 중지한다는 의미. '한 장면'을 뜻하기도 한다.
cut. to	한 장면에서 다른 장면으로 특별한 효과 없이 넘어가는 것을 의미한다.
(OL)	오버랩(over lap)의 줄임말로, 앞 장면에 겹쳐서 다음 장면이 나오는 기법. 대사에서 OL은 호흡을 주지 않고 앞사람의 말을 끊고 말을 할 때 쓰인다.
dis.	디졸브(dissolve)를 의미하며, 하나의 화면이 사라짐과 동시에 다른 화면이 점차로 나타나거나, 블랙이나 화이트 화면과 기존 화면이 겹칠 때 사용된다.
몽타주	따로따로 촬영한 화면을 적절하게 떼어 붙여서 하나의 긴밀하고도 새로운 장면이나 내용으로 만드는 일, 또는 그렇게 만든 화면을 의미한다.
F.I.	페이드인(Fade-In). 어두웠던 화면이 점차 밝아지는 상태를 말한다.
줌 인	카메라의 위치는 고정한 채 줌 렌즈의 초점 거리를 변화시켜 피사체에 가까이 가는 것처럼 보이게 하는 촬영 기법.
팬	카메라 높이는 고정시킨 채 좌우로 움직여 촬영하는 행위. 광장 등 넓은 광경을 포착하거나 움직이는 피사체를 포착할 때 자주 쓰인다.
틸 업	카메라를 밑에서 시작해 위로 움직여 나가는 기법.

세상 모든 전설의 시작

1부

S#1. 움집 안(낮)

움집 천장과 엉성한 벽 틈으로 햇빛이 새어든다.
흙바닥에 쌓아 놓은 마른 풀잎 위에, 아기를 돌보다
지쳐 엎어진 채, 잠이 든 것 같은 여인 아사혼이 있다.
옆에 연보라색 입술의 예쁜 아기가 천진하게 웃고 있다.
이때 뱀 한 마리가 아사혼과 아기 옆으로 다가온다.
악몽을 꾸는 듯 숨을 몰아쉬며 괴로워하는 아사혼.
목엔 아사씨의 문장이 새겨진 목걸이가 모퉁이가 깨진 채 걸려 있다.

ins.cut.〉 꿈속
10세 정도의 어린아이 두 명(남녀)의 이중 웃음소리와
잔인한 미소가 얼굴이 잘 구분 안 될 정도로 짧게 지나가고

현실의 아사혼의 거친 호흡과 괴로운 표정. 뱀은 점점 다가온다.

아사혼   (잠꼬대, 나지막이) 아.. 안 돼... 안 돼요..
아이신   (남녀 이중 음성, E) 그 아이는 저주받았다. 아이를 다오..!

ins.cut.) 꿈속

어지러운 이중 웃음소리가 격해지고 주변에 있는
기괴한 나무와 꽃들이 플래시컷들로 획획 지나가고

현실의 아사혼 괴로워하고, 뱀이 아기 바로 앞에서 고개를 쳐드는데,

아사혼 아.. 제발.. 제발..

뱀이 아기를 확 물려는데, 아기의 눈에 안광이 번쩍하고,
이어지는 아사혼의 날카로운 비명!

S#2. 타이틀

-아스달 연대기-

S#3. 원시림 숲 일각1(멀리서 부감, 낮)

끝도 없이 펼쳐진 빼곡한 원시림이 상당히 먼 부감으로 보여진다.
지평선의 둥근 느낌이 보일 정도로 높은 하늘에서 본 원시림.
카메라가 천천히 지면을 향해 들어가며 내레이션.

(NA.) 나무에서 내려온 인류가
불을 다스려 칼을 쥐었고
바퀴를 만들어 길을 열었고
마침내 씨를 뿌려 한 땅에 머물렀어도
아직 국가와 왕을 만나지는 못했던
멀고 먼 옛날

어느새 지면 가까이 내려온 카메라.

빽빽했던 숲 사이로 비로소 뭔가가 보이기 시작한다.
매우 빠른 짐승 같은 움직임들과 비명소리, 고함소리들이 들린다.
계속되는 내레이션.

(NA.)   호모사피엔스는 아직 꿈을 만나지 못했고,
아직 저 대자연의 위대한 피라미드 정상에 군림하지는 못했던,

카메라, 좀 더 속도를 내서 거대한 나무들이 있는 숲 사이로
내려가면 원시림 안쪽에 부감으로 작게 보이는 혈투의 느낌.
다수가 포위하고 달려드는데, 한 점의 짐승 같은 움직임이
눈에 띄게 빠르다.

(NA.)   옛 어머니들의 웅혼한 땅! 이곳 아스!

카메라, 부감에서 원시림 숲속 지면으로 바뀌는데, 이때 확
뿌려지는 피! 그와 함께 누군가 쓰러지는 느낌. 무광이다.
옆으로 누워 쓰러진 무광의 시선으로 맨발이 보인다.
도드라진 푸른 혈관이 기묘한 문양을 이뤄, 맨발을 휘감고 있다.
공포에 떠는 무광, 고개를 돌려 맨발의 주인을 보는데,
후광으로 모습이 정확히 보이진 않는다. 뇌안탈 라가즈다.

라가즈   (뇌안탈어) 땅은 모두의 것이다.

라가즈, 공포에 떠는 무광을 뒤로한 채 믿을 수 없는 빠르기로
날듯이 사라진다. 안도의 한숨을 내쉬는 무광, 라가즈가 간 쪽으로
연기탄을 쏜다.

길선   (E) 발사!

S#4. 원시림 숲 일각2(낮)

연기 나는 곳을 향해 일제히 화살을 발사하는, 길선과 대칸 11조원들!

S#5. 원시림 숲 일각1(멀리서 부감, 낮)

고요한 원시림 한 곳에서 수십 개의 화살이 솟구친다.
동시에 새떼들이 화르륵 날아오른다.
공중으로 올라온 화살을 카메라가 따라간다.

S#6. 원시림 숲 일각1(낮)

무광, 쓰러진 채로 어떻게든 일어서려고 하다 고개를 들어 보는데,
수십 개의 화살이 날아오고 있다. 경악하여 머리를 감싸고 몸을
굴려서 화살을 피하는데, 엉덩이에 하나를 맞고 만다.

무광   (악을 쓰며) 여기가 아냐! 아니라고!!
(엉덩이의 화살을 뽑으며 울상) 이런 빌어먹을...!

이때, 대칸부대 13조 대칸들과 무백, 기토하 등이 급히 온다.

무백   (나지막이) 사격 중지..!
대칸들   (모두 외친다) 사격 중지..!!!

무백, 둘러보면 여기저기 흩어져 있는 대칸의 시체들.
시체1은 마치 동물이 찢은 것처럼 팔이 떨어져 있다.
시체2는 관절이 기이하게 꺾여 마치 구겨진 모습.

기토하   (분통이 터져) 이런! 진짜 뇌안탈 한 마리한테 다 당한 거야!!
고작 한 마리한테..!!!

무백	...! (무광 보며) 무광아!
무광	(쓰러진 채로, 무백에게) 난 괜찮소! 형님, 빨리요! 저쪽이요! 저쪽!

무광이 가리킨 쪽을 보면, 연기가 오른다. 무백, 수신호를 하면,
13조 대칸들이 일제히 이를 악물고 그쪽을 향해 뛰기 시작한다.

S#7. 원시림 숲 일각4(낮)

결연한 표정으로 뛰는 무백의 얼굴.
이를 악문 기토하의 살벌한 눈빛.

ins.cut.〉숲 일각
길선의 11조도 결연한 표정으로 뛰고 있다.

뛰고 있는 13조 대칸들 각각의 모습이 교차로 보여진다.
가쁜 그들의 호흡소리와 심장소리가 화면을 가득 채우는데,
무백, 뭔가 느낌이 온 듯! 달리면서 청동검을 뽑는다.
기토하도 청동도끼를 치켜든다. (슬로우 걸리고 사운드 아웃)
기합을 지르며 달려드는 무백 살벌한 눈빛 클로즈업. 그 위로,

무백	(NA.) 어디서부터... 잘못된 걸까...

뒤에 따르는 대칸들도 일제히 창을 드는데,
무백이 이 악물고 기합을 외치는, (하지만 들리지 않는)

S#8. 하늘못 반칼곳(회상, 밤)

무백	(NA.) 그래... 거기서부터다.

흰머리산 정상의 하늘못에 밤안개가 가득하다.
(자막: 하늘못: 흰머리산 정상)
하늘못 북쪽에서 남쪽으로 다리처럼 뻗은 반칼곶의 남쪽 끝에
사람들이 북쪽을 보고 서 있다. 군데군데 햇불이 밝혀져 있고,
산웅, 미홀, 단벽, 길선, 아사혼, 앞 씬과 달리 말끔한 옷을 입은
무백의 표정이 긴장되어 있다.
그 뒤로 무백이 이끄는 호위전사들이 도열해 있다.
맨 앞에 산웅 앞으로 긴 테이블이 마련되어 있고
테이블 위에 뭔가가 있는데 비단에 덮여 보이지 않는다.
산웅은 장식된 곰의 머리 가죽을 모자처럼 쓰고 있다.
모두들 긴장된 표정이다. 이때,

길선　　　　오.. 옵니다..

반칼곶 북쪽 끝에 햇불이 하나 보인다.
어둠 속에서 그들이 점점 다가오자
모두들 긴장하고 무백은 침을 꿀꺽 삼킨다.

무백　　　　(NA.) 난 그날 거기서 푸른 입술과 푸른 피... 뇌안탈, 그들을 처음 보았다.

다가온 것은 달랑 네 명. 햇불을 든 이쓰루브와 라가즈, 맨 앞에 오고
무트루브와 라크느루프가 뒤를 잇는다. 어둠 속인 데다가 모두
호랑이의 두개골 뼈를 기괴하게 뒤집어쓰고 있어서 전체 모습을
파악하긴 어렵지만 압도적인 느낌.

라크느루프　(뇌안탈어) 말하라 사람의 입이여, 무엇을 원하는가?
아사혼　　　원하는 것을 말하라고 합니다.
산웅　　　　함께하길 원하오.

무트루브가 라크느루프에게 귀엣말로 통역하자,
라크느루프가 이해하지 못하겠다는 표정으로 산웅을 다시 본다.

라크느루프 (뇌안탈어) 함께? 함께라고?

　　　사람이여, 우린 모든 게 다르다.
　　　뭘 위해 함께하자는 건가?

　　　아사혼이 산웅에게 작은 소리로 통역하고
　　　미홀도 그 말에 귀를 기울인다.

미홀　　　풍요를 위해서입니다.

라크느루프 (뇌안탈어) 풍요? 대자연 어머니는 모든 것을 주신다!
　　　무엇이 더 필요한가?

　　　산웅이 손짓하자 무백이 긴장한 채 테이블 앞으로 나가서는
　　　비단천을 확 걷어버린다. 빛나는 다섯 개의 청동접시에 각각
　　　콩, 보리, 수수, 쑥, 마늘이 있다.
　　　이쓰루브가 횃불을 들고 가까이 오고 무트루브와 라크느루프가
　　　가까이 가서 살핀다. 라크느루프가 청동접시에 놓인 곡물을 하나씩
　　　손으로 들어 보이며 말한다.

라크느루프 (뇌안탈어) 콩, 보리, 수수... 그리고...

　　　그런 라크느루프를 긴장하여 보는 산웅과 무백, 사람들.

라크느루프 (뇌안탈어) 쑥과... 마늘... 이게 뭔가?

산웅　　　재배와 농경이오!

　　　라크느루프와 이쓰루브, 무트루브가 모두 놀라서 서로 보는데,

산웅　　　당신들의 강력한 힘과, 우리 사람의 기술!
　　　당신들의 비옥한 대지, 달의 평원과
　　　우리 아스달의 지혜와 문명!

무트루브   ....

산웅   우리가 힘을 합치면
          상상도 하지 못했던 풍요를 이룰 수 있소!

무트루브가 라크느루프에게 바쁘게 통역한다.
라크느루프 듣고는 놀라는 표정이다.

라크느루프 (뇌안탈어) 풍요? 무엇을 위해?

산웅   나라..

라크느루프 ...?

산웅   함께 나라를 만듭시다!

라크느루프 ...!

산웅   우린 나라를 통해! 모든 살아 있는 것들을 지배하고
          그 위에 서게 될 겁니다.

라크느루프 ...!!!

산웅   나라를 건설하기 위해선 반드시...!
          대규모의 농경이 필요하오...!
          당신들 달의 평원에..!

라크느루프는 심각하게 산웅을 보고 잠시 침묵이 흐른다.
사람들 모두가 긴장하여 라크느루프의 답을 기다린다.

라크느루프 (뇌안탈어) 사람이여..!
          당신들은 우리의 달의 평원이 필요하나
          우린... 당신들의 어느 것도 필요하지 않다.

아사혼이 작은 소리로 통역하자,
산웅은 뜻대로 안 된다는 듯 눈을 감았다 뜬다.

라크느루프 (뇌안탈어) 무엇보다...
          (쑥과 마늘을 들며) 쑥과... 마늘

우린 이런 걸 먹지 않는다!

하고는 돌아서 가는 라크느루프. 이쓰루브와 라가즈가 뒤를 경계하다가
돌아선다. 산웅, 안타까운 표정으로 무트루브를 본다.
무트루브도 산웅을 보다가 돌아서 간다.
아사혼, 역시 안타까운 표정인데, 가던 라가즈가 돌아서 아사혼을
본다. 아사혼도 라가즈를 보는데. 다시 가는 라가즈.
횃불들의 불빛 사이로 돌아선 뇌안탈들의 등엔 제각각 독특한 문양의
돌출된 푸른 반점이 보이고, 라크느루프의 등엔 호랑이 머리 가죽이
보인다. 그렇게 어둠 속으로 멀어지는 호랑이의 머리.
보는 산웅, 미홀, 단벽, 아사혼, 길선 그리고 무백의 참담한 표정.

무백　　(NA.) 호랑이 머리는 그렇게 멀어져갔다.
　　　　그들은 우리 사람이 가지고 있는 무엇도, 필요하지 않았다.

S#9. 반칼곶 근처(회상, 밤)

연발과 일군의 전사들이 긴장한 채 대기하고 있다.
이때, 북쪽에서 내려오는 사람들의 모습이 보인다.
산웅, 미홀, 단벽, 무백, 길선, 아사혼과 호위전사들이다.
산웅과 미홀의 얼굴에 수심이 가득하다.
연발이 자리에서 벌떡 일어나 다가가 예를 취한다.
수심에 가득 찬 산웅과 미홀이 말없이 지나간다.
무백과 길선도 따라가려는데 연발이 끼어든다.

연발　　아사혼님.. 어찌 되었습니까?
아사혼　...
길선　　그 짐승들이 말을 알아들을 리가 있겠어?!
연발　　...! 그럼?
무백　　(심각) ...

연발	(위기감으로) 이제 어쩝니까?
길선	어쩌긴! 전쟁이야..!
연발	... 예? 저놈들이랑 어찌 싸웁니까?
	저것들은 괴물이에요! (아사혼 보며) 아사혼님,
	아사론 니르하께서도 전쟁하라 하실까요? (자막: 니르하: 아스달의 최고 존칭)
아사혼	(심각) ...
길선	방법이 없잖아? 달의 평원을 차지하지 못하면,
	아스달 사람들 반은 굶어 죽을 테니..!
아사혼	연맹장 산웅 니르하께서는 손시시(자막: 선물)를 보내,
	다시 한 번 설득해본다 하셨습니다.
길선	... (비웃듯) ..
아사혼	제가, 손시시를 가지고 아뜨라드로 곧 갈 겁니다..!
길선	쓸데없는 짓이죠! 짐승들한테! (하고는 가버린다)
아사혼	(그런 길선 보는데)
무백	(연발에게) .. 타곤님은? 타곤님은 어디 계신가?
연발	(한쪽을 가리키며) 저기...

연발이 가리킨 쪽을 보면, 쪼그려 앉은 소년 타곤의 뒷모습.
무백, 가서 보면, 흰별삼광새(별삼광조)에게 벌레를 먹이로 주고 있다.
흰별삼광새의 꼬리깃에 길게 흰 광목천이 매달려 있는 클로즈업 cut.

타곤	(다가온 것 느끼고, 계속 먹이 주며) 이 흰별삼광새.. 참 재밌지 않아요?
	해가 뜨면, 흰산을 넘어오고.. 해가 지면, 흰산을 넘어 돌아가고...
무백	협상이 결렬됐습니다..
타곤	...... (피식) 그럼 전쟁인가...? (하고 이제야 무백을 보는 타곤의 미소)
무백	(NA.) 그랬다, 전쟁이었다.

S#10. 몽타주(회상)

\#. 절벽(밤)

온 갑옷에 피 칠갑을 한 무백이 급히 올라오면,
절벽 끝에서 산 너머 어딘가를 바라보고 있는
산웅, 아사론, 미홀, 타곤의 모습.

무백   (NA.) 하지만.. 전쟁은 어이없을 정도로 빨리 끝났다.

미홀   (아사론에게) 대제관 니르하! (산웅 보며) 연맹장 니르하! 성공입니다!

산웅   이제 시작인가 봅니다.

아사론   ....

무백   (NA.) 그날의 태양은 북쪽에서 떠올랐다.

\#. 불타는 아뜨라드가 부감으로 보인다.
\#. 모두, 흥분된 얼굴로 여명을 바라본다. 타곤만이 무표정하다.
\#. 산속(밤)
초승달 대축일, 뇌안탈들이 하나둘씩 모이고 있다.
모두 즐거워 보인다.

무백   (NA.) 그들이 일 년에 단 한 번 한자리에 모이는 초승달 대축일.
일곱 낮과 일곱 밤 동안 벌이는 축제... 다시 없을 기회였다.

\#. 하림과 사람들이 마굿간에서
말 밑에 깔려 있는 비단을 수거하는 (cut.)

무백   (NA.) 우린, 일부 짐승과 뇌안탈만 걸리는 돌림병이 있다는 걸 알아냈고

\#. 그 비단을 깨끗하게 털고 접는 사람들의 모습.
그 작업을 보고 있는 하림의 빛나는 눈빛 (cut.)

무백   (NA.) 산웅이 그들에게 보낸다던 손시시는..

\#. 앞의 비단이 곱게 장식된 채 말에 실려 어딘가로 가고 있다.
그 행렬의 맨 앞엔 아사혼이 있다.

무백   (NA.) 그 돌림병에 걸린 말과 가축, 그들을 감쌌던 무 포였다.

         #. 뇌안탈들이 아뜨라드에 모여 있는 부감 롱 풀샷.
         #. 아뜨라드 근처 움막(밤)
         움막에서 급히 나오는 아사혼. 놀라 보면 움막 앞에
         뇌안탈이 푸른 피를 토하며 아기를 안은 채, 쓰러져 있다.
         놀라 주저앉는 아사혼. 뇌안탈에게 천천히 다가간다.
         품에 안겨 있던 뇌안탈 아기를 살펴보는 아사혼.

무백   (NA.) 그리고 아사혼은... 희생자였다.
아사혼   (경악, E) 무슨 말이에요, 그게?

         #. 아뜨라드 숲 일각(밤)
         전사1, 제발 작게 말하라는 모션 하며 긴장된 표정으로 있고,
         전사2는 조금 떨어져 망보고 있다.
         아사혼, 뇌안탈 아기를 안은 채 놀라 서 있다.

아사혼   (놀라) 아뜨라드 전체에 불을 질러요?

         #. 절벽 일각(밤)
         타곤, 화살에 불을 붙여 아뜨라드 쪽으로 쏜다.
         타곤이 화살을 쏘자, 뒤에 전사들 일제히 불이 붙은 화살을 쏜다.

전사1   (E) 예.. 이제 곧 여긴 불길에 휩싸일 겁니다. 허니 절 따르십시오!

         #. 아뜨라드로 날아가는 흰별삼광새 무리들.
         꼬리에 길게 달린 광목천에 불이 붙어 있다.
         불이 붙은 채 아뜨라드로 날아가는 흰별삼광새떼.

무백   (NA.) 우린 아뜨라드에 거대한 불을 질렀다.

#. 거센 불길이 마치 태풍처럼 휘몰아쳐가는 아뜨라드.
#. 아뜨라드의 불이 붙은 뇌안탈들이 비명을 지르며 쓰러진다.
사방에서 불화살이 날아오고 있다. 아이 뇌안탈, 푸른 피를 쏟으며
쓰러진다. 아기를 안고 오는 엄마 뇌안탈, 쓰러진 아이 뇌안탈을
보더니 오열한다. 원망하듯 하늘을 보는 엄마 뇌안탈.
#. 밤하늘을 지나는 새들의 행렬이 마치 유성우가 떨어지는 것 같다.
#. 정신없이 도망치는 뇌안탈들. 엄마 뇌안탈, 아기를 안고 도망치다
쓰러진다. 이때, 나타나는 황망한 표정의 라가즈. 여자 뇌안탈 절명.
미치겠는 표정의 라가즈, 죽은 엄마 뇌안탈 옆에 아기 안아보는데,
눈물이 그렁하다.
#. 아뜨라드 숲 일각(밤)

전사1   (다급) 어서요..! 빨리 나가야 합니다..!
아사혼   그럼... (뇌안탈 아기를 보며) 갑자기 도는 이 돌림병이.. 혹시..!
           내가... 가져온 손시시 때문에...!
전사1   그럼요..! (속 터진다) 아사혼님! 어서요..!
아사혼   ...!!! 누구의 명으로 이런 비열한 짓을 한단 말이오!
           (무섭게) 니르하께서 아시면,
전사1   (말 끊으며) 아사론 니르하..! 그리고 산웅 니르하..
           두 분의 명입니다.
아사혼   (놀라) ...!
전사1   어서요! 가셔야 합니다..!
아사혼   (냉정해지며 차가운 말투로) 나 가지 않는다.
전사1   ....
아사혼   가서 전해라. 아스달 연맹을 건설한 아라문 해슬라는 죽었다.
           그의 이름을 빌려 쓰는 쥐새끼들만 있을 뿐.

전사1, 어쩔 줄 모르고 아사혼을 보는데, 갑자기
피를 토하는 전사1. 라가즈가 어느새 뒤로 나타나
전사1의 심장을 뒤에서 꺼냈다. 전사1, 신음하다 쓰러진다.

놀라는 아사혼. 전사1, 절명. 이를 숨어서 보는 전사2.
리기즈, 이시혼을 확 본다. 긴장하는 아사혼.

라가즈   (비틀거리며 다가오며, 뇌어) 너희 사람들은... 악귀다..!

아사혼, 공포에 질려 뒷걸음치는데
라가즈 다가오며 아사혼에게 손을 뻗다가 아사혼이 안은 아기를 본다.
이상한 듯 멈칫하고, 아사혼은 그런 라가즈를 본다.
라가즈, 아사혼을 바라보다가 갑자기 푸른 피를 토한다.
그리고는 힘에 부치는 듯 풀썩 무릎을 꿇는다.
라가즈의 등엔 강보에 싸인 뇌안탈 아이 둘이 보인다. 병들어 있다.
얼이 빠진 채, 멍하니 보던 아사혼.
갑자기 떨어진 곳에서 다시 불길이 확 일어나자 정신 차리며.

아사혼   (뇌어) 정신 차려요..! 여길 빠져나가야 해요...!
라가즈   (뇌어) 너희 사람들은...
아사혼   (뇌어, 울컥) 미안해요...! 하지만 아이들을 살려야죠, 함께..!

놀라 보는 라가즈.

#. 아까보다 더 밝아진 북쪽 하늘을 보는 산웅을 비롯한 사람들.
#. 아뜨라드 외곽 일각
길선과 기토하를 비롯한 전사들이 불길이 치솟는 숲 앞에
배치되어 있다. 칼을 들고 있는 전사들,
활시위를 재고 있는 전사들, 그물을 들고 있는 전사들,
이때, 어둠 속에서 튀어나오는 뇌안탈의 실루엣!
화살이 일제히 날아가고 뇌안탈 피하다가 몇 대를 맞는다.

기토하   (좋아하며) 이 짐승 새끼들! 생각보다 별거 아니네!
길선   병들었으니까..

이때 그물이 날아가고, 움직임이 자유롭지 않은 뇌안탈을,
칼을 든 전사들이 잔인하게 도륙한다.
푸른 피가 사방으로 튄다.

무백   (NA.) 뇌안탈은 사람의 몇 배나 되는 힘과 빠르기가 있었고
달이 없는 밤에도 볼 수 있는 눈이 있었고
최강자로서의 존엄과, 꿈을 만날 수 있는 영능이 있었으나
사람에겐 불이 있었고 칼과 무예가 있었고...

#. 절벽
북쪽 하늘을 보는 산웅을 비롯한 사람들.

무백   (NA.) 계략과 음모가 있었고
탐욕을 채우는 의지가 있었고 무엇보다...

연발이 급히 와서 산웅 앞에 무릎을 꿇는다.

연발   연맹장 니르하, 대성공입니다!

모두가 다행이라는 듯 미소 지으며 좋아한다. 산웅의 입가에도
미소가 번진다. 산웅, 타곤을 본다.

산웅   (타곤에게) 자랑스럽구나 아들아, 타곤 너의 공이 으뜸이다!
무백   (NA.) 무엇보다... 타곤이 있었다.
초승달 대축일, 흰별삼광새, 불, 그리고 돌림병, 이 계획은 모두,
젊다기보다는 어린, 저 소년이 세운 것이었다.

타곤, 쑥스러운 듯 수줍게 미소를 짓는다.

#. 막사 안(낮)
아사론, 미홀이 있다.

아사론	우리가 이겼지만 전멸시킨 게 아니오. 살아남은 것들이 있어요.
	호랑이보다 위험하고 쥐새끼보다 더러운 놈들입니다.
미홀	허면 아사론 니르하께선 다른 생각이 있으십니까?
산웅	(이때 들어오며) 예. 전쟁이 끝났으니 사냥이지요.
아사론	...!
미홀	...!
산웅	(걸어와 자리에 앉으며) 최후의 한 마리까지 모두 죽여야 합니다.
	대사냥을 시작합니다.
무백	(NA.) 우린 이겼지만 두려웠고,
	그래서 잔인해졌다..

#. 곳곳에 불이 붙은 뇌안탈의 숲 부감 풀샷.

#. 하늘이 빠르게 계절과 낮밤의 변화를 보여준다.

#. 그 사이에 낮하늘에 뜬 푸른 객성의 발광.

#. 태어나는 아기 울음소리, 아이를 받는 손. 등등이 빠르게 지나간다.

S#11. 원시림 숲 일각5(낮)

(7씬 연결)

무백 뭔가, 느낌이 온 듯 달리면서 청동검을 뽑는다.

기토하도 청동도끼를 치켜든다.

어딘가로 달려드는 무백의 살벌한 눈빛 클로즈업.

무백	(NA.) 전쟁은 짧았지만 사냥은 길었다.
	병들지 않은 뇌안탈은 정말... 강했다.

한껏 기합을 지르고 숲 사이 공터로 들어온 13조 대칸들.

분명 뭔가를 느끼고 돌진했는데 아무것도 없다.

모두 그 자리에 정지하여 경계 자세를 취한다.

무백, 긴장한 채로 온몸의 감각을 곤두세워,
어디서 달려들지 모르는 뇌안탈을 찾으려 한다.
이때 바스락, 하는 나뭇잎 소리! 모두 그쪽을 향해
감각을 집중한다. 우거진 수풀 사이로 뭔가 있는 듯하다.

ins.cut.〉 수풀 안
어둠 속에 가려진 뇌안탈 라가즈 신체가 드문드문 보인다.
푸른 혈관이 도드라져 추상화처럼 덮인 팔뚝과 허벅지, 긴장된 턱,
그리고 파란 입술이 보인다.
라가즈의 등에 강보가 묶여 있다. 라가즈는 13조 대칸들의
모습을 주시한 채, 조심스럽게 가슴의 끈을 풀어,
강보를 안아 천천히 내려놓는다. 그러자 보이는 라가즈의 등엔
돌출된 푸른 반점이 호랑이의 문양처럼 보인다.
강보 옆에 약초 꾸러미를 놓으며, 강보에 입을 가까이 가져간다.
(강보로 얼굴이 덮여 있어 얼굴이 정확히 보이지 않는다)

라가즈   (작은 소리로, 뇌안탈어) 아가야, 동생 약이야.. 잘 지키고 있어.

강보가 꿈틀거린다. 라가즈, 결연한 표정으로 일어선다.
라가즈 눈빛을 빛내며 쓰으! 소리를 낸다.
숲 공터, 대칸들은 소리를 듣는다. 긴장!!

기토하   (긴장하여 작은 소리로) 저기야! 가까이 있어!

ins.cut.〉 라가즈의 악문 푸른 입에선 쓰으! 소리가 계속 나고
꽉 쥔 주먹과 떨리는 어깨와 등에 푸른 반점과 푸른 혈관들이
도드라져 올라오는 느낌. 마치 문신이 새겨지는 것 같다.
눈은 번개눈이 된다.

무백, 공포와 긴장 속에서 이를 꽉 악물고 청동검을 쥔 손에는
더욱 힘이 들어간다. 다른 대칸들도 긴장하는데,

쓰으! 소리는 점점 밭아진다.

그러다 콰광! 하면서 라가즈가 수풀 속에서 튀어나온다.

동시에 무백도 라가즈를 향해 달려든다.

뒤에 대칸들도 기합을 지르면서 뒤따라 달려든다.

라가즈에게 돌진하는 무백! 역시 달려드는 라가즈!

격돌 직전의 무백! 그리고 라가즈!

무백, 달려드는 라가즈를 향해 칼을 휘두르는데

그 순간 라가즈는 점프 직전, 고개를 숙이며 양팔로 땅을 짚는다.

마치 표범이 네 발로 뛸 때처럼!

순간 목표물이 확 낮아지자 무백이 휘두른 칼끝이 허공을 가른다.

당황하는 표정의 무백, 황급히 고개를 돌려 뒤를 보면,

라가즈는 자신을 지나치고 네발로 뛰어,

뒤따라오던 기토하를 비롯한 대칸들을 공격한다.

라가즈, 거구의 기토하가 든 방패와 부딪히자, 기토하는 날아가고

그 뒤에 대칸들 둘이 순식간에 찢겨진다.

사람은 할 수 없는 엄청난 빠르기와 몸놀림!

무백, 다시 뒤를 돌아 기합을 지르며 라가즈에게 달려드는데

이때, 이를 보고 있는 누군가의 시선. 로띱이다.

S#12. 원시림 숲 일각6(낮)

로띱이 뒤를 연신 돌아보며 뛴다.

뛰다가 나뭇가지에 옷이 걸려 넘어진다. 찢겨진 옷자락 사이로,

돌출된 푸른 반점과 푸른 입술이 보인다.

로띱　　(녀안탈어, 마음의 소리 E) 아사혼에게 알려야 해!

S#13. 움집 안(1씬과 같은 곳, 낮)

아사혼이 악몽을 꾸는 듯 뒤척이고 있다.
식은땀이 나고, 괴로운 표정을 짓는 아사혼.

아사혼   (잠꼬대, 작은 소리) 아.. 안 돼.. 제발..
아이신   (E) 아사혼아...

S#14. 아사혼의 꿈

아스와는 다른 특이한 자연환경의 숲이 보이고,
아사혼은 강보에 싸인 아이를 꼭 안고 있다.
그 앞에 빛을 등진, 얼굴이 보이지 않는
10세 정도 되는 아이가 있다. (아이의 목소리는 남녀 이중 화음)

아이신   아사혼... 그 아이를 다오..
아사혼   (다급히 간절히) 안 됩니다. 이 아이는 아파요.
아이신   푸른 객성(자막: 초신성)이 나타나던 그날, 태어난 아이다.
         재앙을 가져올 거야. 내게 다오.
아사혼   싫습니다!

아이가 다가온다. 아기를 싼 강보를 안으며 공포에 떠는 아사혼.
아이는 한 손엔 꽃을 들었고 또 한 손에는 뼈로 된 망치를 들었다.

아이신   그럼 그 아이의 형을 데려갈까?
아사혼   (놀라 간절) 안 돼요!! 대체 아이들이 무슨 죄가 있나요?
아이신   허면 아이들의 아버지를 데려갈 것이다..!
아사혼   ...! 예에?
아이신   아사혼 네년이 선택한 일이다.
         너 또한 날 다시 만나는 날,
아사혼   ...
아이신   죽는다..!

| 아사혼 | (놀라!) |
| 아이신 | 살고 싶다면 내게서 도망쳐라, 멀리. |

하며 빛 속으로 돌아서서 가는 아이신.

아사혼	(놀라 보며) ...! 제발...!
아이신	(가다 멈추고 돌아보며) 노래하는 자를 쫓지 마라...
아사혼	..!

S#15. 움집 안(낮)

| 아사혼 | 안 돼! |

아사혼, 꿈에서 깨어 일어난다. 꿈과 현실이 분간이 안 되는 듯
일어서서 그 아이신을 찾고 있다.

| 아사혼 | 안 됩니다! 살려주세요! |

하다가, 뭔가 이상한 듯 주위를 살핀다. 햇빛이 새어들고 있는
조용한 움집 안이다.

아사혼	(얼이 빠진 듯) 이게... 뭐지?
	(마음의 소리 E) 설마.. 꿈? 이게 꿈이라는 건가?
	사람인 내가 꿈을 꾸다니.. 난 제관 수련도 하지 않았는데...
아이신	(E) 그 아이를 다오..

아사혼, 꿈의 목소리를 떠올리고는 다급히 강보로 가는데
강보는 풀어져 있고 아이가 없다. 화들짝 놀라는 아사혼!

| 아사혼 | 은섬아. 은섬아! |

다급히 나가는 아사혼.

S#16. 움집 밖(낮)

튀어나오는 아사혼. 노스나호가 아기를 둥기둥기 까불고 있다.
노스나호도 뇌안탈의 특징이 보인다.

아사혼   은섬아!
노스나호   (뇌안탈어) 아기가 열이 다 내렸어! 나은 거 같애! 아사혼.

아사혼, 다급히 아기를 받고는 꼭 안는다.

아사혼   (아기 안은 채로) 은섬아.. 다행이야, 정말
        정말.. 다행이다..

이때, 급하게 뛰어 들어오는 로떱.

로떱   (뇌안탈어) 사람들이 왔어! 라가즈가 싸우고 있어!
아사혼   !!!

        ins.cut.〉 1부 14씬 중,
아이신   아이들의 아버지를 데려갈 것이다..! (cut.)

로떱   (뇌안탈어) 라가즈가 너희 큰애를 들쳐 업고 싸우고 있어!!!
아사혼   ...!!!
노스나호   ..!! (로떱과 아사혼 번갈아 보며, 뇌안탈어) 어쩌지?

아사혼, 아이를 강보에 싸더니, 등에 들쳐 업고는 결연한 표정으로

아사혼	(뇌안탈어) 어디야?
노스나호	(뇌안탈어) 어쩌려고?
아사혼	(결연하게, 뇌안탈어) 가야지..!
	(뇌안탈어) 우리 큰애 데려와야지.
로띱	(뇌안탈어) 말도 안 돼! (손 내밀며) 아기 이리 줘..
아사혼	....?
로띱	(뇌어) 넌 사람이야! 등에 업은 건 이그트고!
	(자막: 이그트: 뇌안탈과 사람의 혼혈잡종)
아사혼	(뇌어) 그래서?
로띱	(뇌어) 넌 사람이고, 아사가문이잖아.
	사람족 사이에선 너희 씨족은 함부로 못한다면서..
아사혼	...
로띱	(뇌어) 넌, 아기만 없으면..! 빠져나갈 수 있어..!
	아기 줘!
노스나호	(번갈아 보며 어쩔 줄 모른다) ...
아사혼	(결연하게, 뇌어) 너흰 몰라.. 사람 중에 그런 엄마는 없어..!

아사혼, 아이를 업고는 뛰쳐나간다.
미치겠는 표정의 로띱, 노스나호.

S#17. 원시림 숲 일각7(낮)

강보의 아이를 업고 뛰는 아사혼의 모습.

S#18. 원시림 숲 일각5(낮)

라가즈를 둘러싸고 무백과 13조의 대칸들이 격렬하게 싸우고 있다.
이미 10여 명의 쓰러진 대칸들이 보인다.
라가즈의 맨주먹을 방패로 방어하는 대칸1. 방패가 부서지면서

가슴을 맞고 그대로 나가떨어진다. 이를 악문 대칸들 다시
공격하고 라가즈 믿어지지 않는 빠르기와 힘을 보인다.
확 튀어 오르는 라가즈. 이때 어디선가 날아온 청동추가
공중의 라가즈의 발목에 감기고, 라가즈가 땅에 떨어지는 순간,
라가즈 목에도 올가미가 걸린다. 발목과 목이 동시에 확 당겨진다.
보면, 길선의 11조가 두 방향에서 나타나 올가미를 건 것이다.
청동추를 던져 감은 것은 11조의 양차, 입가리개를 하고 있다.
목을 부여잡고 괴로워하는 라가즈. 팽팽하게 당겨지는 줄!

길선   (악을 쓰며) 무백! 뭐해? 쑤셔!!

무백과 13조 대칸들이 라가즈에게 달려든다.
라가즈 옆구리에 박히는 칼! 푸른 피가 솟구친다.
라가즈 괴성을 지르며 몸부림치자, 줄이 끊어진다.

ins.cut.〉 일각
라가즈와 대칸들의 난전을 보는 누군가의 시점 샷.
라가즈의 움직임을 따라 누군가의 화살이 계속 움직이며
기회를 엿본다.

무백이 청동검을 들고 기합을 지르며 돌진한다.
라가즈의 공격을 현란하게 몸을 비틀며 흘려버리고
무백의 칼이 라가즈의 명치를 꿰뚫는다.
라가즈, 비명을 지르며, 칼이 가슴에 꽂힌 채로
무백을 위에서 내려친다. 그대로 땅에 쿵! 쓰러지는 무백,
얼굴 위로 푸른 피가 뿌려진다.
라가즈, 쓰러진 무백을 향해 주먹을 치켜든다.
동시에 무백, 쓰러진 채 공포로 눈을 질끈 감으며 칼을 뻗는다.

기토하   (뛰어들며, 다급히) 아, 안 돼!!

ins.cut.) 화살을 활에 재어 겨누는 누군가의 손, 발사!

이때 날아온 화살이 라가즈의 목을 꿰뚫는다.
더 이상 버티지 못하고 주먹을 치켜든 채,
한쪽 무릎을 쿵! 하고 꿇는 라가즈.
이때, 기토하를 비롯한 13조 대칸들이 달려들어
라가즈를 난도질한다. 이곳저곳에 튀는 푸른 피!
라가즈 결국 쓰러진다. 대칸들, 숨을 헉헉거리며 본다.

라가즈   (죽어가며, 멍하게 읊조리는 뇌어) 어젯밤 꿈을 만났다. 너희들의 마지막
         날이었어. 모두 서로 죽고 죽이게 될 거다.

라가즈, 힘겹게 말을 내뱉더니 고개를 떨군다. 라가즈 절명.

기토하   (헉헉) 뭐랜 거야? 이 새끼?
무광   (헉헉, 엉덩이 상처 때문에 절뚝이며) 뒤는 모르겠고 앞엔 꿈 얘기 하던데..?
기토하   꿈? 그게 뭐야?
무광   그 왜 있잖아요, 저 짐승들 자면서 뭐... 헛것을 본다잖아요.
기토하   잘 땐 잠을 자야지. 보긴 뭘 봐.. 하여간 (시신에 칵! 침 뱉으며)
         기분 나쁜 것들이야..
무백   (라가즈 목에 꽂힌 화살을 보며) 누가 쏜 거냐.
         (하면서 화살 확 뽑는데, 화살촉 끝에 붉은색 장식, 놀라며) ...!!!
타곤   (E) 접니다..!

하는데 저쪽 구석에서 오는 타곤.
무백, 놀라서 타곤을 본다. '타곤님!', '타곤님이시다..!' 하는데.
11조의 길선, 연발, 그리고 많은 대칸들도 모두 놀란 채
예를 취한다. 대칸들 대부분 아직도 숨이 가쁘다.

타곤   (앳된 미소 지으며) 고생하셨어요.. 다들.
길선   역시 대단하십니다! 화살 한 방에! 헌데 이곳은 어찌..?

타곤	(미소 지으며) 어찌 보면, 제가 시작한 일인데..
	여러분 손에만 맡겨둘 순 없죠. 앞으로 이 사냥,
	제가 직접 지휘할 거예요.
무백	...!
타곤	(미소) 예, 아버지 산웅 니르하의 명이십니다..!
길선	(반색) 아스달의 이그트 소탕에도 큰 공을 세우셨다고 들었는데..
	저흰 너무 좋습니다! (웃는다)
타곤	(주위를 살피며) 또 전사들이 다치고 상했군요...

이때, 한 부상당한 대칸2가 부축을 받다가 쓰러진다. 상처가 깊다.
비명을 지른다. 급히 다가가 앉으며 눈을 맞추는 타곤.

대칸2	(타곤을 보고는 힘겹게) 타.. 곤님...
타곤	(대칸2의 상처를 보고는 괴로운 듯 눈을 감았다 뜨는데)
기토하	(대칸2 손잡으며, 안타깝게) 조금만 참어, 임마 죽기 전에 올림사니를 해야
	신께 더 가까이 가지..!
	(자막: 올림사니: 죽기 전 혹은 죽은 후에 신께로 인도하는 의식)
	막사에 가면 제관이 있어...!
대칸2	(울먹) 틀렸어요. 못 견뎌.. 요. (하면서 피를 토해낸다)
연발	(보고는 안타깝) 그럼 어떡하라고!! 여긴 제관이 없는데..!
대칸2	타곤님.. 타곤님께서 해주세요..
타곤	...!
무백	...!
기토하	...!
무광	...!
길선	...!
모두	(놀라며 술렁거리며 타곤을 본다)
무광	(타곤 눈치 보며) 아무리 타곤님이래도.. 타곤님이 제관도 아니고..
	아사씨도 아니구...
연발	(안타깝지만) 야, 야.. 빨리 옮겨. 뭐해?
타곤	예. 제가 올림사니 하겠습니다.

모두들	...!!!

모두 한번 술렁이며 '그래도 될까?' 하는 눈빛으로 타곤을 본다.

무백	(특히 불안하고 날카로운 눈빛으로 보는데)
대칸2	(신음, 간절히) 고맙습니다. 타곤님..
모두	('어째야 되지?' 하는 분위기인데)

타곤, 아랑곳 않고 대칸2의 앞에서 무릎 꿇은 채 손을 잡으며

타곤	어느 신을 믿나요?
대칸2	아라문.. 아라문 해슬라를 믿습니다.
타곤	(얼굴 가까이 하며) 아스달을 하나로 조화롭게 이끄시는 통일과 화합의 신, 아라문 해슬라여, 우리의 전사를 받아주소서.
모두	(어찌할 바를 몰라 주저하는데)
타곤	(살짝 고개를 돌려) 형제를 보내는 일입니다. 함께하지 않습니까?
모두	(눈치 보는데)
길선	(나서며) 우리의 전사를 받아주소서! (대칸들 돌아보며) 야! 타곤님 말씀 안 따를 거야? 올림사니도 못하고 그냥 보낸 형제가 몇 명이야! 엉!

그러자 하나둘씩, "우리의 전사를 받아주소서.." 한다.

타곤	(그러자 다시) 아스달을 하나로 조화롭게 이끄시는 통일과 화합의 신, 아라문 해슬라여, 우리의 전사를 받아주소서.
모두	(이번엔 모두 다 같이) 우리의 전사를 받아주소서..!

무백만이 입을 다물고 있다.

타곤	두 개의 목소리와 한 송이 금은화와 바람의 망치와, 또한 칸모르와 함께 재림하실 아라문의 이름 앞에,
모두들	지금 떠나는 형제의 가족을 보살필 것을 맹세합니다.

| 타곤 | (대칸2에게) 이제 당신의 가족은 나의 가족입니다. |
| 대칸2 | (울먹) 고맙습니다... |

하자, 타곤은 자신의 단도를 꺼내어 대칸2의 손을 꼭 쥐고는
그대로 목줄에 찔러 넣는다.
대칸2, 절명. 타곤 걷고 무백과 길선 따른다.

타곤	(걸으며, 무백에게) 단 하나의 시신도 빼놓지 말고 잘 살펴주세요.
길선	(느닷없이) 닮으셨습니다, 아라문 해슬라와.
무백	(그런 길선을 날카로운 눈빛으로 본다)
타곤	...! (미소) 제가요?
길선	지략과 용맹함까지.. 더구나 이 자상함..
	제가 들어온 아라문의 영웅담과 비슷합니다.
타곤	(피식) 하지만 전 금은화도, 칸모르도 없는걸요.
길선	금은화야 남쪽으로 가면 널려 있죠.. 칸모르는 그냥 전설일 뿐이구요.
타곤	예, 아라문도 그냥 전설입니다. 옛날 얘기...
무백	...
타곤	전 그냥 타곤이구요.
길선	하, 그렇습니까.. (웃는다)

타곤과 길선, 무백이 가면 뒤따르던 기토하랑 연발 대화한다.

기토하	난 그 망치고, 금은화고 다 필요 없는데 칸모르는 정말 탐나..!
	우리 타곤님한테 칸모르 하나 잡아드려야 되는데..
연발	(피식) 니놈이 칸모르를 잡을 수 있으면
	니놈이 아라문 해슬라의 재림이겠지, 이 머저리. (하고 간다)
기토하	하! 그런가.. (호탕하게 웃는다, 웃다 싹 표정 변하며) 뭐 머저리?
	야, 연발! (하고 간다)

S#19. 원시림 숲 일각8(낮)

무백과 길선이 걷고 있고 좀 뒤에 양차가 따르고 있다.

무백 (길선에게) 타곤님을 부추기지 마라.
길선 (멈춰 서며) 부추겨? 내가 뭘?
무백 (역시 멈춰 서) 환산족의 아사씨가 아닌 자가 올림사니를 해도 되는 거냐? 아무리 타곤님이어도...
길선 불안하구나? 내가 먼저 타곤님 눈에 들까 봐? 그치?
무백 (어이없어) 뭐..?
길선 역시 소수부족 출신이라... 질투가 심하네.
무백 ... (노려보다가) 그만하자.. (하고 가려는데)
길선 (막으며) 내가 환산족인 데다가, 입까지 잘 놀리니 부러운 건 알겠는데.. (비아냥거리듯) 넌 대칸 최고의 전사잖아.
무백 (그런 길선을 지지 않고 보는데)...
길선 뭐... (양차를 돌아보고) 쟤가 크면 달라지겠지만..

하고 가는 길선. 무백, 차갑게 가는 길선 보고 양차를 본다.
양차 무표정하다. 가는 무백, 따르는 양차.
그들이 가고 나면 수풀 속에서 조심스럽게 나오는
아기를 안은 아사혼. 두리번거리며 긴장한 표정이다.

S#20. 원시림 숲 일각9(낮)

타곤이 대칸 2명과 함께 걷고 있다.
가다가 멈칫하는 타곤. 뭔가를 느낀 듯, 한쪽 수풀을 본다.

대칸3 왜.. 그러십니까?
타곤 ... (고개를 갸우뚱하며) 저기..

하자 대칸4, 타곤이 보는 쪽의 수풀 쪽으로 간다.

S#21. 원시림 숲 일각5(11씬 라가즈 아기와 있던 곳, 낮)

대칸4가 긴장하여 수풀을 헤치고 들어오는데 웬 강보가 있다.
이상하게 여긴 듯 칼끝으로 툭 건드려보는데,
꿈틀거린다. 울음소리가 들린다.
놀라서 확 물러나는데, 어느새 온 타곤과 대칸3.

대칸3   이게 뭐야? 아기 같은데?
대칸4   산중에 웬 아기가... (하면서 강보의 한쪽을 연다)

드러나는 아기의 등! 돌출된 푸른 반점이 있다!
(아기의 얼굴은 보이지 않는다)
놀라서 확 물러나는 대칸4.

대칸4   이거 뇌안탈 새끼 아닙니까?
타곤   (유심히 보며 칼로 강보 한쪽을 들추는데 아기는 안 보인다) ...
대칸3   아까 그놈 새끼 같은데요? 뭘 그냥 보고 있어? 빨리 죽여.
대칸4   예. (하고 칼을 드는데)
타곤   뇌안탈이 아니네요...

타곤, 강보를 들췄던 칼로 드러난 아기의 한쪽 팔뚝을 살짝 긋는다.
흐르는 보라색 피.

타곤   이그트입니다.. (자막: 이그트 : 뇌안탈과 사람의 혼혈잡종)
대칸3   어떤 미친년이 짐승과 통해서 애를 낳았어?
대칸4   이건 진짜배기네..! 딱 반반 섞인.. 이런 건 처음 보는데요..?

강보에 싸서는 아기 사야를 안는 타곤. (아기 얼굴은 안 보인다)
이 광경을 보고 있는 누군가의 시선.

ins.cut.〉다른 수풀 일가
보고 있는 아사혼, 안절부절못한다.
품에는 은섬이 안겨 자고 있다.

대칸4   (불안 초조) 이그트를 보면 재앙이 닥친다고...

ins.cut.〉다른 수풀 일각
아사혼, 어쩌지 싶어 울상인데 튀어나가려다
다시 품의 아기를 보며 어쩔 줄 몰라 한다.

타곤   (아기를 안은 채) 그런가요..? 재앙이 닥친다고 하던가요?
대칸4   그럼요! 저희 할머니가 항상 그러셨습니다!

ins.cut.〉다른 수풀 일각
아사혼, 품의 아기를 꼬옥 안더니 눈을 질끈 감았다 뜬다.
확 뛰쳐나가려는 순간, 아사혼의 시선으로
타곤이 순식간에 대칸3의 목을 베어버린다.
경악하는 아사혼!

대칸4, 갑작스런 상황에 경악하여, 뒷걸음치며 도망가는데
타곤, 알 수 없는 미소를 짓더니 아기를 안은 채 확 도약을 하여
대칸4를 따라잡아 칼로 벤다. 쓰러지는 대칸4.

타곤   할머니께서 아주 현명하십니다. 이그트를 보면 나쁜 일이 생기죠..

하고는, 대칸4의 목을 그어버리는 타곤.

ins.cut.〉다른 수풀 일각
경악하는 아사혼. 스스로 입을 막는다.

타곤, 아기를 두 손으로 든다. 요란스럽게 우는 아기.

ins.cut.〉 다른 수풀 일각
아사혼, 이제야 타곤의 얼굴을 본다.

아사혼　(마음의 소리 E) 타.. 곤?!

타곤　(아기를 들어 올린 채 햇빛을 받으며 환한 미소로, 뇌어) 반갑다..!

그리곤 아기를 안은 채 가는 타곤.

ins.cut.〉 바라보는 아사혼. 어쩔 줄 모르는데,
이때 들리는 타곤의 허밍.

타곤, '아뜨라드의 붉은 밤' 노래를 허밍하면서 멀어진다.

ins.cut.〉 1부 14씬 중,
아이신　노래하는 자를 쫓지 마라..! (cut.)

공포에 사로잡히는 듯한 아사혼.
그 자리에서 바르르 떨며 멀어지는 타곤을 본다.

S#22 원시림 숲 전경(밤)

로띱　(E, 새소리)

S#23. 원시림 숲 일각10(밤)

뇌안탈 시선의 화면이다. night vision 같다.

로띱이 새소리를 내며 조심스럽게 주위를 살피고 있다.

로띱   (걱정스러운 표정, 작은 소리로) 아.. 사혼.. 아사혼..
       (뇌안탈어, 마음의 소리 E) 설마 따라 죽은 건 아니겠지?

두리번거리며 계속 가는데, night vision으로
한쪽에 뭔가 보이는 거 같다. 조심스럽게 가는 로띱.

S#24. 원시림 숲 일각5(밤)

로띱이 다가가면 어딘가를 보며 주저앉아 있는 아사혼의 모습.
품에는 은섬을 안고 있다. 푸른 반딧불이 날아다니고,
라가즈의 시신에 푸른 피가 살짝 발광하는 듯하다.

로띱   아사혼...
아사혼   (넋 나간 듯) ...

로띱이 고개 들어보면, 나무에 처참하게 걸려 있는 라가즈의 시신.
헉.. 하며 놀라는 로띱. 침통한 표정이다.

로띱   라가즈...
아사혼   (멍) ...
로띱   (뇌어) 달의 인사는 했어?
아사혼   (멍) ...
로띱   (까치발로 간신히 라가즈의 발을 잡으며, 뇌어) 다시.. 만나자 라가즈.
아사혼   ...
로띱   (뇌어) 죽기 전에 해야 할 인사인데.. 라가즈는 달에 못 가겠네.
아사혼   (뇌어) 라가즈는 아라문 해슬라가 데려갔어..
로띱   (뇌어) 너희 연맹을 만들었다던.. 그 아라문? 죽었잖아...
아사혼   (뇌어) 꿈을 만났어.

로띱	(뇌어) 뇌안탈도 아니고, 이그트도 아닌데, 꿈을... 어떻게..?
아사혼	(뇌어) 망치, 금은화꽃.. 아라문 해슬라였어.
	아이들을 주지 않으면 라가즈를 데려가겠다 했구..
	난.. 주지 않았고.. (울먹) 이렇게.. 됐어..
로띱	(뇌어) 꿈일 뿐이야.
아사혼	(눈물 흐르며 울먹이는, 마음의 소리 E) 아니..!
	우리 아이가 태어나던 날, 푸른 객성(자막: 초신성)이 나타났어.
	아스달에선 그날 재앙을 몰고 오는 자가 태어난다고 하지..
	그래서 아라문이 날 저주한 거야, 로띱..!
로띱	(아사혼의 눈물을 보며 걱정되어) 아사혼...
아사혼	(뇌어) 난 아스의 신에게 저주받았어..
로띱	(뇌어) 신이란 건 없어! 보이는 것과 보이지 않는 것이 있을 뿐.
	있다 해도 널 왜 저주하겠어..?
아사혼	(울먹이는 마음의 소리 E) 사람인 내가.. 사람을 배신하고,
	너희들을 도왔고.. 정을 통해 (아기를 보며) 이그트를 낳았으니까..!
로띱	...

ins.cut.〉 1부 14씬 중,

아이신	살고 싶다면 내게서 도망쳐라, 멀리 (cut.)

아사혼	(뇌어, 일어서며) 이아르크로 갈 거야.
로띱	(황당) 이아르크?
아사혼	(뇌어) 아스의 어떤 신도 그 권능이 미치지 않는 곳!
	아라문의 저주가 닿지 않는 곳!
로띱	(뇌어) 대흑벽을 내려가겠다고? 새가 아니고서야..
아사혼	(뇌어) 아래로 내려가는 동굴이 있댔어.
로띱	(뇌어) 수천 개 동굴 중에 하나랬어!
아사혼	(뇌어) 찾아봐야지.
로띱	하...
아사혼	(로띱 보며, 미소 지으며, 뇌어) 고마웠어..!

하고 돌아서 아기를 안고 가는 아사혼.
안타깝게 보는 로띰.

아사혼   (아기를 꼭 안으며, 마음의 소리 E) 이 아이가 재앙을 몰고 오든,
세상을 없애버리든 상관없어. 내가 죽으면 이 아이도 죽어..!
난 살 거야, 살릴 거야 반드시.

S#25. 대자연의 어느 산(낮)

좀 떠나온 듯, 다른 자연환경 풀샷이 보인다.
머리 길이나 모습이 달라져 있는 아사혼. 많이 지쳐 있다.
그 상태로 아기 은섬을 업고 산을 오른다.
허밍 소리가 들리는데, '아뜨라드의 붉은 밤'이다.
아사혼이 멍하게 부르는 허밍.

S#26. 대자연의 어느 강(낮)

아사혼의 허밍 소리가 이어진다. 강을 건너는 아사혼.
수위가 점점 높아지자 두 손으로 은섬을 들어 올린다.
계속 이어지는 허밍. 강물이 턱까지 차오른다.
이때 잠시 허밍이 끊어지는데 이때 아사혼 비추면,
아사혼 코밑까지 물이 올라왔다. 물이 다시 조금 낮아지면
허밍이 다시 이어진다. 이렇게 들렸다 안 들렸다 하면서
두 손으로 아기를 머리에 이고 강을 건너는 아사혼.
아사혼의 모습 점점 작아지면서 거대한 강의 모습이 보이고 F.O.

S#27. 대흑벽 일각1(낮)

아사혼, 아기 은섬을 안고 안개가 자욱한 절벽 끝으로 걸어간다.
절벽 끝에 서는 아사혼. 아래를 보니 안개로 밑이 보이지 않는다.

아사혼   (결심한 듯 큰 숨을 내쉬고는) 은섬아.. 저 아래는 이아르크야.
아스 신들의 힘이 미치지 않는 곳.
우리가 살기 위해선, 저 아래로 가야 해.
(이아르크 전경 위로 E) 저 아래로 내려가는 동굴을.. 찾아야 해.
얼마가 걸리더라도..

아사혼, 바닥과 주변에 나 있는 수많은 동굴을 본다.
카메라 부감으로 빠지면 거대한 대흑벽의 위엄이 드러나고
군데군데 안개로 가려져 있으나,
그 사이로 끝도 없이 펼쳐진 크고 작은 동굴들이 보인다.

대칸들   (연호하는 E) 타곤! 타곤!

S#28. 대칸의 본영 마당(밤)

막사들이 군데군데 보이는 만테이브 본영.
웃통을 벗은 세 명의 대칸들이 타곤(성인)을 떠메고 들어오고 있다.
타곤은 턱뼈 부분을 제거한 해골을 머리에 뒤집어써서
입만 보이고 광대뼈 위로는 보이지 않는다.
모두들 악을 쓰듯 환호성을 지르며, "타곤! 타곤!"을 연호한다.
무백, 길선, 연발, 기토하, 무광, 양차 등의 모습이 보인다.
(달라진 옷과 얼굴에서 세월의 흐름이 보인다. 양차는 성인이 됐다.)
타곤도 취한 듯, 그 분위기에 맞춰 몸을 놀리며 들어온다.
타곤이 지나가는 길이 열리고 양쪽의 대칸들은 타곤에게
술을 뿌리고 타곤도 즐거워한다.
중앙에는 큰 술독이 3, 4개가 배치되어 있다.
곳곳 대바구니에 구운 고기들이 있다.

대나무통 잔에 술을 가득 담고 모두 거나하게 취한 분위기.
타곤, 중앙에 큰 테이블 위에 비틀거리며 올라서다.
자신을 연호하는 대칸들을 지휘하듯 손짓을 하다가 손짓을 확
멈추면 모두 연호를 멈춘다. 취한 듯 비틀거리는 타곤.

타곤   (취한) 여기에는 새녁족도 있고! (새녁족 환호성)
         흰산족! (흰산족 환호성) 해족! (조용..)
         아 해족은 없군.. 그것들이 있을 리가 없지!! (하고 웃는다)
모두들   (웃는다)
타곤   (취한) 여하간..! 우린 부족도 다 다르고...! 또 믿는 신도 다 다를 거다..
         하지만! 우리 대칸은 모두! 하나의 형제다! 긴 것의 끝!
모두들   깊은 곳의 바닥까지!

그러자 모두 "타곤! 타곤!" 연호하며 환호성을 지른다.
타곤은 취한 듯 미소 지으며 그냥 비틀거리고만 있다.
이 광경을 물끄러미 무겁게 보고 있는 무백이 보인다.

타곤   내가 지금 머리 쓰고 있는 게 뭔지 아나?
모두들   압니다!!
타곤   그래! 아스 대륙! 마지막 뇌안탈의... 해골이다!
         방금 머리 가죽과 살갗을 싹 벗겨내고! 그 더러운 푸른 피를
         싹! 씻어낸 따끈따끈한 해골이야!

모두들, 환호성을 지르고 타곤은 비틀거린다.
그 모습을 주시하고 있는 무백. 타곤, 천천히 머리에 쓴 해골을
벗는다. 처음으로 드러나는 성인 타곤의 얼굴!!!
약간 수줍은 듯했던 소년시절의 모습은 보이지 않는다.
탁자 위에 있는 술항아리에서 해골에 한가득 술을 담는 타곤.

타곤   모두들 잔을 채워라!

모두들 잔을 채우고 든다. 내내 취한 목소리에서
갑자기 차분해지고 진지한 표정의 타곤.
한 손으로 술이 가득 찬 해골을 든다.

타곤　　우리가 지키지 못했고, 우리를 지켜준... 우리의 형제들.
모두들　...
타곤　　땅을 떠나, 아스의 신들의 품에 안긴,
　　　　우리의 형제들의... 빛나는 죽음을 위하여.. (잔을 들며)
기토하　(울먹, 잔을 높이 들며) 빛나는..! 죽음을.. 위하여
연발　　빛나는 죽음을 위하여!

여기저기서 '빛나는 죽음을 위하여'를 외치며 모두들
잔을 들이켠다. 타곤도 해골에 든 술을 벌컥벌컥 마신다.

무백　　(잔을 들이켜며, 마음의 소리 E) 빛나는 죽음 따윈 없다.
　　　　죽음은 빛을 잃는 것이야..

다 마신 타곤이 해골을 뒤집어 탁자에 쾅 하고 놓더니,
일순간 청동검을 뽑아 내려친다. 두 동강 나는 뇌안탈 해골!

타곤　　이제! 십 년의 대사냥이 끝났다! 그리고!
모두들　(집중하며 본다)
타곤　　돼지가 들어온다..!

이때, 연주하는 악단과 함께 두 명의 대칸이 거대한 돼지 바비큐를
양쪽에서 떠메고 들어온다. 환호성이 커지고, 몇몇은 연주되는
음악에 맞춰 춤을 추기 시작한다. 흥이 오른 기토하와 무광 등등
너덧 명이 탁자 위로 올라가 춤을 추기 시작한다.
타곤도 기토하와 무광 등의 몸짓을 같이 하며 열심히 춤을 춘다.
이때 밑에서 춤을 추던 연발이 입가리개를 하고 있는 양차의
손을 잡아 춤을 추려고 하는데 양차, 어딘가를 보고 얼어붙어 있다.

연발이 웃으며 뭐야? 하며 양차가 보는 쪽을 보고 놀라서 멍해진다.
탁자 위에서 춤을 추는 타곤도 한쪽을 본다.
타곤의 취한 시선, 흐리다.
보면, 태알하가 해투악과 함께 들어오고 있다.
태알하, 광경을 보고 한심하다는 표정.

타곤   (취한 시선으로 보며) 태.. 알하?
태알하   (어이없다는 듯) 하..!

타곤, 태알하를 알아보고는 바보처럼 미소 짓더니,
비틀거리다 탁자 아래로 쿵 하고 떨어진다.
놀던 대칸들 '타곤님!' 하면서 달려간다.
한심스럽게 보는 태알하.

S#29. 타곤의 개인 막사 안(밤)

누군가의 손이 의자에 앉아 있는 타곤의 뒷덜미를 잡아서 물이
가득 찬 항아리에 확 담근다. 부글부글 물에 머리를 박는 타곤.
태알하가 타곤을 항아리에 처박았다. 다시 꺼내는 태알하.
그러다 쿵쿵 냄새를 맡고 물 항아리가 아니라는 걸 깨닫는 태알하.

태알하   어머나! 술이잖아..! (하면 휘청하며 뒤로 넘어가는 타곤 보고) 어!
          (하며 재빨리 부축) 아 어떡해.. (하면서 수건을 다른 항아리에 적셔,
          타곤의 얼굴을 닦다, 냄새 맡고는) 이것도야? 잘 돌아간다,
          항아리마다 다 술이야!

하며 태알하가 타곤을 놓자, 타곤이 다시 뒤로 넘어간다.
태알하, 능숙한 움직임으로 빠르게 슬라이딩해서,
타곤의 뒷통수가 자신의 허벅지에 안착하게 한다.

타곤	(눈 감은 채 기분 좋아, 태알하에게 파고들며) 태알하..
태알하	(타곤의 손길을 막아내고 확 일어나며) 정신 차려..!
	(탁자로 가 술을 따르며) 니가 맡기고 간 애가.. 벌써 열 살이다..!
	혼인도 하기 전에 어디서 애나 집어 오고..
타곤	(몸을 일으키며) 10년... 10년이네. 벌써..
태알하	그 10년 동안 우리 몇 번 봤는지 알아? 그나마 내가 이렇게, 전쟁터마다
	찾아오지 않았으면...! (속 터진다) 으휴...
타곤	(피식하고는 물을 따라 마시며)...
태알하	(죽간 내밀며) 이거... 그 애가 쓴 글발. (자막: 편지).
타곤	(피식) 글자를 가르쳤어? (펴보며) 아버지..??
태알하	너를 아버지로 알게 하라며..
타곤	(계속 글발 보며) ...
태알하	(심각) 무슨 생각인 거야?
타곤	...
태알하	그 애 발각되면 우린 둘 다 죽어... 어쩌려구 그래?
타곤	좀 더 크면 그 푸른 껍데기는 다 떨어질 거야. 뇌안탈은 그게 평생 가지만,
	걘 이그트니까..
태알하	그니까.. 무슨 생각이냐고..
타곤	(뭔가 생각하는 듯) ...
태알하	타곤..!
타곤	너랑 혼인할 생각.
태알하	(심각함을 유지하려다가 터져 나오듯 바보같이 피식) ...
타곤	화내다가도 막 좋아?
태알하	(피식 웃고는) 슬퍼.. 아스달에 돌아와야, 혼이이고 뭐고 하지.
타곤	...! 무슨 소리야..?
태알하	아고족이 반란을 일으켰어. 니가 진압하러 가야 돼.
	연맹장의 명령이야. 니네 아부지.
타곤	(심각) ...... 아고족 지들끼리 싸우느라 바쁘지 않아...?
태알하	또다시 힘을 합쳤대, 그래봐야 얼마 못 가겠지만.
타곤	....
태알하	뭐라 말 좀 해봐.

타곤	(싸늘하게 표정 변하며) 가라면 가야겠지. 아버지 명인데..
태알하	(그런 타곤 보더니, 미소로 얼굴 쓰다듬으며) 연맹장.. 너네 아부지 말야.. 너 질투하는 거 알아?
타곤	(태알하 손을 살포시 잡고 미소) 또 풀어봐.. 아버진 요즘 뭘 하고 있어?
태알하	(귀에 입을 대고 간질이며 미소로) 이.. 아르크..
타곤	...!
산웅	(놀라 E) 이아르크..!

S#30. 연맹궁 대회의실(낮)

산웅과 미홀이 커다란 테이블에 앉아 있다.
산웅의 뒤엔 단벽이 있고, 미홀의 뒤엔 흘립이 있다.

산웅	대흑벽을... 내려갈 방법을 찾았다구요?
미홀	예..

하는데, 바깥에서 대대(필경장)가 들어오더니,

대대	흰산족의 어라하(자막: 부족장)이시며, 아스달 연맹의 대제관이신 아사론 니르하께서 오십니다! (자막: 니르하: 아스달의 최고 존칭)

하면, 산웅과 미홀이 자리에서 일어난다.
이때, 아사뭇과 아사욘을 대동하고 들어오는 아사론.
산웅, 양손을 벌려 인사하며 "대제관 니르하!"
하고 인사하면, 아사론도 같은 제스처로 "연맹장 니르하!"
미홀도 양손 벌려 인사하며 "대제관 니르하!"
하면, 아사론도 인사받으며 "예, 해족의 미홀님.."
그리고는 셋이 모두 각자 자리에 앉으며

아사론	어라아지(자막: 전체 씨족장 회의)를 소집하자고 하셨다면서요?

산웅	예.
아사론	음.. 대사냥을 끝낸 대칸부대의 전공을 논의해야겠지요.
산웅	아닙니다. 그들의 다음 일 때문입니다.
아사론	다음 일?
미홀	예.. 달의 평원에서 농사를 지으려면,
아사론	(삐딱하게) 이미 해족의 대단하신 기술로 어마어마한 물길을 만들고 있지 않습니까?
산웅	예.. 허나 일할 사람이 모자랍니다.
아사론	(미소로 비웃듯) 땅이 부족하다 하여, 달의 평원을 차지했어요. 근데 이제는 사람이 부족해진다..? 사람이 많아지면 다음엔 또, 땅이 부족하다 하시겠군요.
미홀	(지지 않고 미소로) 그런 부족함, 세상을 앞으로 나아가게 하는 겁니다. 우리 해족은 이미 레무스에서 겪은 일이지요.
아사론	(미소) 예, 그러다 결국 망하고 멀리 아스까지 오셨지요.
미홀	(미소 짓다가 표정 굳으며) ...!
아사론	(그런 미홀은 무시하고 산웅 보며) 이젠 더 끌어올 사람이 없어요. 어라아지를 연다 하여 없는 사람이 생기겠습니까? (미소)
산웅	이아르크가 있지 않습니까?
아사론	(미소 싹 가시며, 놀라) ...!!!
미홀	예... 이아르크엔 많은 두즘생(자막: 두 발로 걷는 짐승, 이아르크인을 낮추어 부르는 말)들이 있습니다.
아사론	(크게 놀라며) 이아르크요? 대흑벽을 어찌 내려갑니까?
산웅	해족의 바치(자막: 장인 혹은 기술자)들이 가능하답니다.
미홀	.. 아마 10년은 걸리겠지만 해낼 겁니다..! (하고는 승리의 미소)
아사론	(그런 미홀을 보다가 미소로) ... 대단하시구만...
산웅	...
아사론	하늘을 나는 날개라도 만드시는 겁니까? 대흑벽을 내려간다고요? 어떤 기술인지 우리도 좀 알려주세요.
미홀	(당황, 산웅 보다가) 해족의 기술은 해족 외엔 알 수 없습니다.. 아시지 않습니까, 니르하..
아사론	그럼 저는 휜산의 원로들께 뭐라 말합니까?

이번에도 뭔지 모르지만 해족들이 다 알아서 할 테니,
우린 닥치고 기다리자고 할까요?

산웅 (심각하게) 대제관 니르하...

아사론 (탐탁지 않은 듯) 해서.. 그 일을 또 타곤에게 맡기겠다구요?

산웅 .. 예..

아사론 (단도직입) 아들을 미워하시는 겁니까?

산웅 (당황)

미홀 (궁금한지 확 산웅의 표정을 살핀다)

아사론 그러지 않고서야.. 10년을 고생한 아들을 돌아오지도 못하게 하고
이번엔 또.. 그런 데로 보낸다..?

산웅 (당황했다가 웃으며) 이 일을 해낼 사람으로 타곤만 한 사람이
있겠습니까? 이아르큽니다.. 이아르크..

짐짓 웃는 산웅과 그런 산웅을 보는 미홀과 아사론의 표정.

S#31. 대흑벽 전경(낮)

(자막: 이아르크 대흑벽)
안개에 싸인 대흑벽의 전경이 부감으로 보인다.
군데군데 수많은 동굴들이 보인다.

S#32. 대흑벽 동굴 안 + 절벽 밖(낮)

어린아이가 횃불을 들고 줄을 몸에 맨 채, 동굴을 올라오고 있다.
그러다 구멍 밖으로 고개를 내밀면, 천길 낭떠러지. 조금 떨어진
구멍까지 아슬아슬하게 점프해서 다른 구멍으로 들어가는 아이.

S#33. 대흑벽 동굴 밖(낮)

대흑벽에 난 구멍 위로 나오는 아이의 뒷모습.
카메라 빠지면 커다란 대흑벽의 위용.
아이, 횃불을 내팽개치고는, 몸에 묶인 줄을 풀더니,
손에 뭔가를 꽉 쥐고 뛰기 시작한다.
카메라, 뛰는 아이의 모습을 부감으로 쫓아간다.

S#34. 대흑벽 움집 앞(낮)

움집 앞으로 뛰어오는 아이. '엄마' 외치면서
움집 안으로 급히 들어간다.

S#35. 대흑벽 움집 안(낮)

문이 벌컥 열린다. 아이가 들어온다.

은섬   엄마! 엄마!

아사혼이 돌아본다. 10년 세월로 늙고, 초췌하고 병들어 보인다.
아사혼 앞엔 등나무 등의 나무줄기를 꼬거나 이어붙인
엄청 긴 로프가 말려 있고, 움집 벽엔 복잡하게 표시된
동굴 지도가 붙어 있다 아사혼의 손은 거칠게 부르터 있다.

아사혼   (멍하게, 나무줄기를 꼬며) 은섬이 왔니...?

이때, 손에 뭔가를 움켜쥔 아이의 모습이 드러난다.
어린 은섬이다. 흙투성이에 등 쪽에 돌출된 푸른 반점이 있고
입술은 보라색이다.

은섬	(손에 쥔 소금을 내보이며) 찾았어요!
아사혼	뭘?
은섬	저 아래.. 소금사막이라고 했죠? 엄마가 그렇게 가고 싶어 하던 저 아래!
아사혼	...! (떨리는 목소리로) 그.. 그래서?
은섬	저 아래 갔다 왔어요! 통하는 구멍을 찾았다고요!
	아래서 가져온 거예요! 이거! (하고 소금을 내민다)

아사혼, 떨리는 손으로 소금을 받아, 혀에 대본다. 경악하는 아사혼.

아사혼	아.. 드디어.. 드디어..!
은섬	가요! 저 아래로 가요!
아사혼	(감격하여) 가자.. 이아르크로!

S#36. 대흑벽 동굴 안(낮)

각각 짐을 둘러멘 채,
횃불을 들고 좁은 동굴을 내려가는 아사혼과 은섬.

S#37. 눈물의 바다가 펼쳐지는 동굴 밖(낮)

동굴을 나오는 은섬과 아사혼.
놀라운 광경에 할 말을 잃고 멍하니 본다.
광활하게 펼쳐진 소금사막. 유황과 소금에 변색되어
붉고 노란빛이 아름답게 시야를 가득 채운다.
뒤돌아 위를 보면, 끝도 없이 위로 뻗은 대흑벽의 위용.
안개에 가려 그 끝이 보이지도 않는다.
환희에 젖는 아사혼의 표정.
그런 아사혼의 표정을 보며 덩달아 좋아하는 은섬.

S#38. 눈물의 바다(낮)

눈물의 바다를 걷는 아사혼과 은섬의 모습.
말린 식물로 만든 슬리퍼 형태의 신발을 보면, 땅에 닿을 때마다
약간씩 김이 나며 타는 느낌이다. 바닥이 엄청 뜨거운 대지다.

은섬   저긴 뭐가.. 있어요?
아사혼   (따뜻한 미소) ... 새로운 세상과 새로운 사람이 있겠지..
은섬   .. 근데 엄마.. 난 사람이 아니에요? 왜 엄마랑 피 색깔이 달라요...?
아사혼   ..! (걷다 멈춰 앉아, 눈높이를 맞추고) 피 색깔로 사람이 정해지는 게 아냐.
          사람이란 건... 사람 속에 사는 게.. 사람이야...
은섬   (모르겠는 표정으로 보다가) 바닥이 너무 뜨거워요...

보면 은섬 신발의 한 부분이 검게 타들어가 툭 하고 끊어져 있다.
맨발로 바닥을 대보다가 '아 뜨거' 하며 발을 떼고 한 발로 서는 은섬.
아사혼, 그런 은섬을 업는다. 그리고 계속 길을 간다.
열기와 유황 냄새, 뜨거운 바닥으로 인해 괴롭지만
한 발 한 발 가는 아사혼의 입가에 미소가 번진다.
그리곤 '아뜨라드의 붉은 밤'을 허밍한다.

ins.cut.〉1부 14씬 중,
아이신   아사혼 네년이 선택한 일이다.
          너 또한 날 다시 만나는 날, 죽는다..! (cut.)

아사혼   (비웃는, 마음의 소리 E) 웃기지 마, 아라문. 여기는 이아르크야..!
          (미소 지으며) 아스의 신인 너희들의 땅이 아니야!
은섬   엄마.. 괜찮아? 엄마..

아사혼의 시선이 점점 흐려진다. 흐려진 시선 속에,
저 멀리 숲이 보인다. 그리고 그 너머로 지는 해가 보인다.

아사혼 정신을 차리려 애쓰면서 이를 악문다.

S#39. 금은화 숲(14씬과 같은 곳, 밤)

해가 졌다. 숲으로 들어오는 아사혼. 가쁜 숨을 헐떡인다.
업은 은섬을 내려놓는 아사혼.
은섬, 아사혼의 상태가 이상하다고 느끼고 걱정되는 듯 바라본다.

아사혼   가자... (하며, 은섬의 손을 잡다가 비틀거리더니, 쓰러진다)
은섬   (놀라서) 엄마, 엄마..!
아사혼   (미소 지으며) .. 은섬아.. 물 좀..

은섬, 짐 속에서 가죽 수통을 꺼내 아사혼에게 주는데,
자꾸 입가로 물이 흐른다. 점점 혼미해지는 아사혼.
은섬, 급히 엄마의 발을 본다. 신발을 벗겨보니, 화상을 입어
피와 진물이 섞여서 흉측한 모습이다. 놀라는 은섬.

은섬   엄마, 잠깐만!

하고는 일어나 주변의 풀들을 본다. 그러다 금은화를 발견한다.
금은화의 가지들을 거칠게 뽑는 은섬.
그리고는 아사혼 곁으로 와서 돌을 집어 금은화 꽃과 가지를
짓찧으려고 하는 그때..! 여기저기 부스럭거리는 소리!
긴장하는 아이 은섬!!
보면 은섬의 뒤쪽 20m쯤에 나타난 늑대 떼들!
어둠 속에서 그릉그릉거리며 천천히 다가온다.
공포로 떠는 은섬!!
한두 마리씩 으르렁거리는 늑대들!
달려들듯이, 점점 위협적으로 으르렁거린다.
은섬, 벌벌 떠는 표정이 싸늘하게 변한다.

은섬의 뒷모습을 바라보는 늑대의 시선 컷에서,
금방이라도 달려들듯한데, 이때..!
은섬, 갑자기 뒤를 확 돌아 눈빛을 빛낸다.
번개눈이다! 보라색 혈관들이 도드라지고, 등의 푸른 반점도
더욱 도드라지더니 온몸의 털들과 머리털마저 선 은섬!
아직 어리지만 동물의 본능으로 최대한 무서운 모습을 보인다!
은섬이 이를 악물고 내는 '쓰!' 소리가 살벌하기까지 하다.
늑대들, 갑작스런 목표물의 행동에 다가오다 멈칫한다.
은섬이 이제 완전히 돌아서서 두 팔을 땅에 짚고
마치 맹수처럼 쓰으으으! 소리를 내며 안광을 빛낸다.
늑대들도 지지 않으려는 듯 더욱 으르렁거리는데.
대장으로 보이는 늑대, 금방이라도 달려들듯한데,
어디선가 날아온 돌멩이가 대장늑대의 머리에 명중한다.
은섬의 번개눈, 원래대로 돌아오고, 놀라서 보면
횃불을 든 사람들(와한족)이 보인다.
늑대들 당황하는데, 또 한 마리가 그들이 던진 창에 당하고,
와한족들이 횃불을 들고 달려와 늑대 떼를 쫓는다.
갑작스런 상황에 어리둥절한 은섬.
와한족들이 다가온다. 열손, 초설, 어린 탄야 등 여러 명이다.
경계와 공포의 시선으로 그들을 보는 은섬.
탄야의 손에는 뼈망치가 들려 있다.

열손	(횃불로 은섬 쪽을 비추며) 진짜 사람이 있네...?
은섬	도와주세요.
초설	...!
탄야	...!

와한족들도 놀라 서로를 본다.

탄야	... 얘 우리말을 해요!
은섬	(벌떡 일어나 엄마 쪽으로 가며) 엄마가 아파요.. 엄마가..! 여기요..!

아사혼, 혼미한 정신 속에서 은섬이 다가오는 것을 본다.
은섬이 손에는 아직 금은화가 들려 있다.
뭔가 이상한 것을 느끼는 아사혼!
그러다 이 숲의 특이한 자연환경을 눈여겨본다.
그러다 특이한 한 나무에 시선이 멈춘다!
경악하는 아사혼!!

ins.cut.〉 1부 14씬 중,
꿈에 있었던 그 나무!

그리고는 아사혼, 은섬의 손에 들려 있는 금은화를 본다.

ins.cut.〉 1부 14씬 중,
아이신의 한 손에 들려 있던 금은화!

탄야와 열손이 은섬을 따라 아사혼에게 가까이 간다.
아사혼을 살피는 열손과 탄야. 탄야의 손에는 뼈망치가 들려 있다.
아사혼, 탄야의 손에 들린 뼈망치를 본다.

ins.cut.〉 1부 14씬 중,
아이신 한 손에 들려 있는 뼈망치.

아사혼	(경악하여, 마음의 소리 E) 설마...!
은섬	엄마, 정신 차려봐요.. 엄마..
탄야	(아사혼의 발을 살피며) 눈물의 바다를 건너왔나 봐요!
열손	뭐어?
초설	(경계하며 보는) ..!!

아사혼, 혼미한 의식 속에서 탄야를 본다. 그리고 은섬을 본다.
아사혼, 금은화를 쥔 은섬의 손과 뼈망치를 든 탄야의 손을

갑자기 동시에 확 잡는다. 놀라는 탄야와 은섬!
그리고는 둘의 얼굴을 본다.

ins.cut.〉1부 14씬 중,

아이신　(이중 음성) 살고 싶다면 내게서 도망쳐라, 멀리 (cut.)

후광으로 잘 보이지 않았던 꿈속의 아이신의 얼굴이
순간 확 또렷해진다. 은섬의 얼굴이다...!

현실의 아사혼 경악한다!!

ins.cut.〉1부 14씬 중,

아이신　(가다 멈추고 돌아보며, 이중 음성) 노래하는 자를 쫓지 마라... (cut.)

이번엔 탄야의 얼굴이다.
경악과 공포에 떠는 아사혼.

은섬　(다급히) 엄마, 왜 그래. 이거 놔봐. 치료해야 돼요..
탄야　(놀란 얼굴로 아사혼을 본다) ...
아사혼　(갑자기 은섬의 멱살을 확 잡으며) 날.. 이용했구나.. 아라문!
은섬　..! 뭐? 뭐라구요?
탄야　...??

이때, 아사혼에게 남녀 아이의 웃음소리 같은 환청이 들린다.

아사혼　(이를 악물며, 눈물 흘리며) 이아르크로 오기 위해... 날.. 이용했어...!
은섬　..!! 엄마..
탄야　(놀라서 은섬과 아사혼을 번갈아 보며) ...

꽉 쥔 두 손에 힘이 풀리는 아사혼.
이제야 꿈속의 아이신이 아닌 은섬의 모습이 또렷이 보인다.

아사혼   (눈물이 흐르는 채 옷 속에 있던 자신의 목걸이를 꺼내 손에 쥐여주며)
         껍질이 떨어지면 이곳으로 돌아가거라.. 아라문.
은섬   엄마!! 무슨 소리야!

아사혼의 시선이 점점 흐려지면서 자신을 간절한 눈빛으로 보는
은섬과 놀라서 어리둥절한 탄야의 얼굴을 번갈아 본다.

아사혼   (은섬 보며, 마음의 소리 E) 내가 아라문을 데려온 것인가...?
         (탄야 보며, 마음의 소리 E) 아라문에게 데려온 것인가...?

'엄마!'를 울부짖는 은섬과 놀란 탄야의 모습이 점점 흐려지면서
F.O. 아사혼 절명.

S#40. 와한족 은섬의 나무집 전경(낮)

은섬   (E) 엄마... 어.. 엄마..

S#41. 와한족 은섬의 나무집 안(낮)

큰 소리로 "엄마!" 하며 벌떡 일어나 앉는 20세 전후의 청년.
보라색 입술이 두드러지는 성인, 은섬이다.
잠에서 깨기가 무섭게, 주위를 보며 놀란다.
은섬을 둘러싸고 내려다보고 있는 와한족의 기괴한 시선!
둔지, 검불, 터대, 북쇠, 뭉태 등등이다.
은섬, 당황한 채로 그들을 보는데 이때, 그들을 젖히고
가운데서 나타나는 열손. 심각한 표정이다.

열손   (노려보며, 이 악물고) 은섬이.. 네놈이... 정말.. 정말..

꿈을 만나는 것이냐? 지금..! 꿈에서 깬 것이 맞느냐!!

당혹스러운 은섬의 얼굴에서 END.

"지도, 뇌안탈, 이그트" from 무광

화면에 아스 대륙 전체의 지도가 펼쳐진다. 카메라가 아스달을 비춘다.
(자막 : 아스달)

무광   (NA.) 여기가 아스달.. 아라문이 세우신 연맹의 중심..!
북쪽엔 위대한 흰산이, (흰산의 위용!)
남쪽 저 아래엔 거대한 대흑벽이! (대흑벽의 위용!) 아스 대륙을 감싸고 있지.
저 대흑벽 아래엔 짐승 같은 야만인들이 산다더군.
뭐 상관없어. 문제는 북쪽이지.

카메라가 아스달에서 흰산을 너머 달의 평원으로 올라간다.

무광   (NA.) 아스달 북쪽 흰산 너머에 거대한 벌판이 있어. 바로 '달의 평원'이야...
뇌안탈.. 그 짐승들이 살고 있는 곳.. 아, 아니지.
살았던 곳이지, 이제.

지도를 배경으로 뇌안탈의 목을 치는 무광. 불타는 아뜨라드
푸른 피가 솟구쳐 화면을 덮는다. 그 위로,

무광   (NA.) (잔인한 피식) 다 쓸어버렸으니까, 우리가..

뇌안탈의 모습이 나온다.

무광   (NA.) 뇌안탈.. 엄청나게 빠르고 믿을 수 없을 만큼 강하지.

(빠르게 움직이고 강하게 싸우는 뇌안탈의 모습) 근데 왜...

약하디약한 우리 사람 따위에게 당하셨을까? (피식) 멍청하니까.

(씹어뱉듯 미소) 누가 누굴 따르는 법도 없고 지멋대로 위아래가 없는

짐승이니까. 지들은 스스로 말미암는다고 하는데 대체 뭔 소리야? (비웃음)

근데 더 기분 나쁜 게 뭔지 알아? 피 색깔? 파랄 수도 있지. 그게 아니라

우리 사람은 제관들이 오랜 수련을 통해서, 꿈을 만나고 신을 만나는데,

저것들은 처자면서, 그냥 꿈이란 걸 만난대. 악귀에 씌인 거지.

(칵! 침 뱉는 소리) 저렇게 멸망하는 게 당연해.

아, 그리고 더 기분 나쁜 것들이 있어. 이그트...

여자 뇌안탈과 남자 사람이 나온다. 그리고 보라색 입술의 아기.

무광   (NA.) 믿어지지 않지만 사람 중에 뇌안탈과 붙어먹는 것들이 있어.

그 잡종이 이그트야. 이것들도 꿈을 만나. 아.. 슬까스른 것들..

어디서든 보면 꼭 얘기해줘. 그 모가지에서 보랏빛 피를 쏟게 만들 테니.

세상 모든 전설의 시작

2부

S#1. 금은화 숲(1부 14씬과 같은 곳, 밤)

아사혼의 시선이 점점 흐려지면서 자신을 간절한 눈빛으로 보는
은섬과 놀라서 어리둥절한 탄야의 얼굴을 번갈아 본다.

아사혼   (은섬 보며, 마음의 소리 E) 내가 아라문을 데려온 것인가...?
         (탄야 보며, 마음의 소리 E) 아라문에게 데려온 것인가...?

'엄마!'를 울부짖는 은섬과 놀란 탄야의 모습이 점점 흐려지면서
F.O. 아사혼 절명.

S#2. 와한족 은섬의 나무집 전경(낮)

은섬   (E) 엄마... 어.. 엄마..

S#3. 와한족 은섬의 나무집 안(낮)

큰 소리로 "엄마!" 하며 벌떡 일어나 앉는 20세 전후의 청년.
보라색 입술이 두드러지는 성인 은섬이다.
잠에서 깨기가 무섭게, 주위를 보며 놀란다.
은섬을 둘러싸고 내려다보고 있는 와한족의 기괴한 시선.
둔지, 검불, 터대, 북쇠, 뭉태 등등이다.
은섬, 당황한 채로 그들을 보는데 이때, 그들을 젖히고
가운데서 나타나는 열손. 심각한 표정이다.

열손	(노려보며, 이 악물고) 은섬이.. 네놈이... 정말.. 정말..
	꿈을 만나는 것이냐? 지금..! 꿈에서 깬 것이 맞느냐!!
은섬	(당혹스러운 표정으로) ...
뭉태	(어른들에게 이르며) 틀림없어요! 맨날 이래요!
북쇠	(육포 먹으며) 그래서 일부러 나무 위에서 자는 거래요. 안 들킬라구.
은섬	(당황)
검불	아니, 꿈을 만난다고? 정말로?
둔지	.. (놀라며) 애가 어떻게 꿈을 만나?

하면 모두, 은섬을 의심스럽게 보고, 은섬은 당황하는 모습 위로,

둔지	(E) 은섬이는 꿈을 만난다.

S#4. 와한족 씨족회의실(낮)

둔지가 심각하게 얘기하자, 다들 놀라서 웅성웅성거린다.
보면 은섬, 무릎을 꿇은 채 앉아 있고,
가운데는 열손, 그 옆엔 초설이 있고, 와한족의 사람들은 은섬을
둘러싼 채 앞줄은 앉고, 뒷줄은 서 있다. 모두 진지하다.
그 와중에 북쇠는 계속 육포를 씹고 있다.

둔지	씨족어머니처럼 수련을 오래 해야 꿈을 만날 수 있다.

은섬은 수련 안 했다. 근데 꿈을 만난다.

모두	(진지)
열손	....
초설	....
은섬	.. (어찌 설명해야 할지 난감) ..
탄야	.. (어째야 하나 싶어 은섬 본다) ..
터대	(이때 일어나며) 열손! 내가 말하겠다.
열손	(고개를 끄덕)
터대	(탄야 보며) 탄야는 푸른 객성(자막: 초신성)의 아이고,
	씨족어머니를 이을 사람이다.
탄야	.. (내 얘기는 왜?) ..
터대	근데 탄야는 여지껏 꿈을 못 만난다. 근데, 은섬이는 꿈을 만난다.
	은섬이가 탄야의 꿈을 훔친 것이다!!!

사람들이 모두 진지하게 고개를 끄덕이자, 답답한 탄야가
일어나서는,

탄야	꿈은 그런 게 아니에요..
열손	(무시하고 은섬에게) 은섬, 너는 꿈을 훔쳤는가?
탄야	그런 게 아니라니까요!
열손	(탄야 보며) 은섬이 말해야 한다. 또한 (둘러보며) 이곳은!
	판가름의 장소다. 모두가 높낮음 없는 판가름의 말을 써야 한다! 알겠는가!
탄야	(어쩔 수 없이 물러서며) 알았다.
열손	(은섬 보며) 탄야의 꿈을 훔쳤는가?
모두들	(은섬 본다)
은섬	....
모두들	(보는데)
은섬	.. 내가 꿈을 만나는 건 사실이다.
	그러나 사람은 다른 사람의 꿈을 뺏을 수 없다!
	모두! 꿈을 모르지 않나!
모두들	????

은섬	(설명해보려) 꿈이란 건.. (모두 집중) 내가 밤에 누워서.. 응?
모두들	(그런 은섬의 말을 하나하나 듣는 듯 누구는 눕는 흉내도 낸다)
은섬	눈을 감고 자는 동안.. (답답해서) 응? (사람들의 표정) 나도 모르게 누군가가 나타나거나.. 내가 어딘가로 가게 된다. 나도 모르게! 응?
모두들	('누가 나타난대' 등등 웅성웅성거리자)
초설	(그런 은섬을 유난히 불길하게 본다) ..
은섬	나도 모르게 나타나는 게 중요하다. 나도 모르게 나타나는데 내가 어떻게 뺏을 수가 있나 응?!
모두들	.. (반신반의) ...
은섬	또 난 원래부터! 이 마을에 오기 전부터 꿈을 만났는데 이게 어떻게 탄야의 꿈을 뺏은 것인가? 응?

모두들, 다시 웅성이고, 열손은 매우 진지한 표정으로 초설과
귓속말을 한다.

터대	거짓말이다!! 세상에 그런 사람은 없다. 어떻게 원래 꿈을 만난단 말인가!!
뭉태	(일어나며) 맞다! 은섬이가 꿈을 훔친 건 확실하다!
검불	뭉태는 그렇게 생각한 까닭을 말하라.
뭉태	(어리바리하지만 확신에 차서) 탄야는 푸른 객성이 나타나던 날 태어났다. 근데! 은섬이도 딱 그날 그때 태어났다고 한다! (그게 증거라는 듯 뽐내며 사람들 보는데)
아가지	그게 왜..?
뭉태	(당황, 어리바리) 같은 날 태어났으니까.. 뺏는 거죠.. (하고는 동의 구하며 초설에게) 그죠 초설어머니?
열손	(뭉태를 보며 그런 말투 쓰면 안 된다는 쓰읍!)
뭉태	그렇지 않은가? 초설어머니?
초설	(고개를 가로저으며) 꼭 그렇지는 않다.
뭉태	그런가? (하며 바로 수긍하여 앉는다)
북쇠	(무게감 있게 조용히 손을 든다)

열손	북쇠.. 말하라
북쇠	(먹던 육포를 조심스럽게 옆에 놓는)
	은섬이가 초설어머니의 정령춤을 추는 걸 봤다. (심각) 똑같았다.
모두	(놀라고)
우루미	똑같이 한다고? 그 복잡한 것을?
북쇠	탄야의 꿈을 뺏으려고.. 춤을 훔쳐본 거다!
	그런 수련을 해야 꿈을 만날 수 있으니까.
터대	정령의 춤은 초설어머니와 씨족어머니 후계자만이 춰야 한다!!

모두, 끄덕끄덕하면서 '맞다..' '그렇게 꿈을 훔쳤군.'
등등 또 웅성이는데..

은섬	난 그냥.. (이유를 설명하려다가는) .. 우연히 한 번 보고..
둔지	그걸 한 번 보고 따라 한다는 게 말이 되나?
탄야	(간절해서 둔지에게) 은섬인 진짜 한 번 본 건 다 따라 한다.
	(그리고 모두에게) 그리고 나한테 가르쳐주려고 외운 거다.
	내가 아직도 초설어머니 춤을 너무 어려워하니까.
열손, 초설	(그런 탄야의 말을 경청하자)..
북쇠	(심각하게 탄야에게 충고) 탄야! 은섬한테 속는 거다..
	은섬인 머리가 고장 났다.. 거짓말도 너무 잘 지어내고..
	몸에 이상한 푸른 껍질도 있다.
뭉태	맞다! 피 색깔도 보랗다! 디게 이상하다!
북쇠	그래서 탄야, 너의 것을 훔치는 거다! 도둑이다!
탄야	아니라니까!
달새	(E) 북쇠 말이 맞아요!!

하면 모두들 들어오는 달새를 본다. 열손. 초설. 탄야. 은섬 등등

열손	달새! 그게 무슨 소린가?
달새	은섬인 도둑이에요!! 말 도둑!!
	우리가 사냥했던 말을 은섬이 훔쳤다구요!

은섬   (들켰구나 싶은) ..

하자, 진지한 표정을 짓고 있으나 적의는 없던 와한족 사람들의
얼굴이 모두 험악해진다. 위기감을 느끼는 은섬. 놀라는 탄야.

S#5. 숲, 말 빼돌린 곳(낮)

말의 네발이 묶인 채 옆으로 누워 있다.
와한족 사람들은 말을 둘러싸고 보면서 분노하고 있다.

달새   이것 보세요! 은섬인 거짓말쟁이에 도둑놈이구! 이상한 놈이라구요!!
         어떻게 다 같이 먹는 씨족의 말을 혼자 먹겠다고 훔칠 수가 있어요?

모두, 분노의 말을 쏟아내며 은섬을 보고,
탄야도 물증을 보자, 놀라서 은섬을 본다.
은섬, 역시 크게 당황하여 아무 말도 못하는데..

열손   (은섬에게) 우리 와한족에게 이보다 더 큰 죄는 없다.
은섬   ....
탄야   ....
열손   니가 훔쳐둔 것이 맞아?
은섬   ....
열손   대답해!
탄야   (속이 타 은섬만 보는데)
은섬   (결심한 듯 '.. 예' 하려는데)
탄야   (다급함에) 은섬인 혼자 말을 먹으려고 그런 것이 아닙니다..!
은섬   (어쩌려고 이러나 싶고) ..
달새   (속 터지고 화나서) 또 은섬이를 감싸는 거야?
초설   (탄야를 날카롭게 보며) 탄야 너는, 은섬이가 말을 빼돌린 걸
         알고 있었느냐?

탄야	예. 저도 알고 있었어요. 근데..
	은섬이는 혼자 말을 차지하려고 그런 게 아니라..
달새	그럼 뭐야?
탄야	....
은섬	(애가 어쩌려고 이러나 싶은 듯 탄야를 보는데) ..
달새	(몰아붙이며) 왜 그런 거냐고? 말을 해봐!
탄야	(나오는 대로 뱉어보자) 우리 모두를 위해서 말을 잠시 빼돌린 거예요!
은섬	(경악, 마음의 소리 E) 무슨 소리야? 우리 모두를 위해서라니?
달새	그게 무슨 소리야? 우리 모두를 위해서?
열손	(탄야 보고)
모두	(탄야 보며)
초설	우리 모두를 위해서라는 게 뭐냐?
탄야	(당황한 채로) .. 우리 와한족 모두를 위해서.. 은섬이가..
	(마음의 소리 E) 아.. 뭐라고 그러지..
	(하다가는 도저히 생각이 안 나자, 은섬이의 팔을 툭 치며) .. 말씀드려..
	어쩔 수 없어...
은섬	(황당해서 기가 막히는데) ????
열손	말해봐라. 우리 모두를 위해서 말을 어쩌려고 한 것이냐?
은섬	저는.. (아 뭐라고 말하지..?) .... 저.. 저는!
탄야	.. (침을 꿀꺽이며 보고) ..
달새	.. (예의 주시)
은섬	(말을 한 번 보더니 에라 모르겠다) 말을 타보려고 했습니다!
초설	(불길한 느낌의 경악) ...!!
모두들	(무슨 소린가 싶어서 멍한데 그 위로) ...
탄야	(은섬보다 더 경악하는 E) 뭐어어어어?? 그게 무슨 소리야 이 머저라!
북쇠	(그새 육포 한 입 먹으며) 그게 무슨 소리야?
터대	말을 어쩐다고?
북쇠	말을 탄다고 하지 않았어?
뭉태	(어리숙한) 타는 게 뭐야? 타? 말을 불에 태운다고?

모두들, 어이없어 웅성웅성하는데.

은섬	(이젠 어쩔 수 없다 싶어) 예! 말을 타보려고 했습니다!
	말을 탈 수 있다면.. (울상, 마음의 소리 E) 아.. 내가 뭔 소리를 하는 거야..
	(다시 현실 소리로) 매일 먼 데 가서 수련하고 다시 와야 하는 탄야한테두..
탄야	(황당)
은섬	(다시 현실 소리로) 다른 부족하고 맞바꿈을 할 때
	멀리 가야 하는 열손아버지한테두..
	얼마나 좋을까 생각해서.. (마음의 소리 E) 이게 말이 되는 거야..?
	(다시 현실 소리로) 말을 타보려고 했습니다! 진짭니다..!
	말은 우리보다 빠르게 뛰니까요.

하는 순간, 마을 사람들 잠시 정적!! 그 위로,

| 초설 | (불길한 마음의 소리 E) 대체 저 아이는 어찌... 저리도... 매번...! |

하는 순간 사람들, 모두 웃음이 터지고,
'말을 무슨 수로 타나' '말도 안 돼' '저게 미쳤네' 등등
은섬을 비웃고 비난한다.
은섬은 끝이구나 싶은 표정인데..

북쇠	내 말이 증명됐다. 은섬은 머리가 고장 났다.
	하는 말도 생각도 다 괴상하다.
	예전엔 우리가 먹기도 모자란 도토리를 땅에 묻은 적도 있다.
	다시 자랄 거라면서..
달새	맞아요! 은섬이를 당장 추방해야 합니다!
사람들	(고개를 끄덕이는)
탄야	은섬이의 괴상한 생각 때문에 도움받은 적도 많잖아! 아니야?
	우리 사는 집에 구멍을 내서 빛이 들어오게 해준 게 누구야?
사람들	(그도 맞는지 또 고개를 끄덕인다)
달새	하지만 이번엔 말을 훔쳤다구요! 추방해야 해요 씨족장님!
탄야	말을 타려고 했다잖아요!

달새	그게 말이 돼?!

심각한 열손이 마을 사람들과 은섬 탄야를 번갈아 본다.
그리고는 열손, 초설과 작은 소리로 의논한다.
초설이 뭔가를 속삭이면, 심각하게 고개를 끄덕이는 열손.
이를 보는 탄야, 은섬.

열손	씨족장 나 열손! 현명한 생각을 하겠다.
모두	(보는데)
열손	앞으로 달이 다시 꽉 찰 때까지 은섬은 말을 타보라!
은섬	...!
탄야	...!
열손	만약 그때까지 말을 타지 못한다면
	은섬을 이 마을에서 추방할 것이다..!

열손의 현명함에 감탄하며 고개를 끄덕이는 마을 사람들.
'아 현명해' '현명하구만' '현명의 씨앗이야'
뿌듯해하는 열손.
아쉽지만 수긍을 하는 달새.
복잡한 표정의 은섬과 은섬을 바라보는 탄야의 모습.

S#6. 와한족 마을 입구 (낮)

초설과 열손 오는데, 초설의 표정이 너무 안 좋다.

열손	(걸으며) 얼굴빛이 안 좋아요. 왜 그러십니까?
초설	옛 어머니들로부터 전해 내려오는 말에 따르면..
열손	따르면요?
초설	(심각) ...
열손	따르면 뭐요? 뭐가 있어요?

초설	아니에요.. 아닙니다.
열손	아이고오.. 또, 또 또.. 그러신다.. 말을 꺼내질 마시든가..
초설	(미소 짓고는) 우리 옛 어머니들 말씀, 우리 와한의 시조이신 흰늑대할머니가 남기신 말씀. 다 이 말이 저 말 같고 저 말이 이 말 같아서 뭘 입에 담아야 할지, 뭘 뱉지 말고 꾹 삼켜야 할지.. 둔해서 아직도 감이 안 와요.
열손	쯔쯧.. (열손의 작업실로 들어온다)

S#7. 와한족 열손의 작업실(낮)

열손의 작업실인 듯 순구리를 두드려 만든 그릇들도 있고,
옥으로 만든 장신구도 있고, 새깃털로 만든 장신구나 직물도 있다.
한쪽엔 만들다 두고 간 눌비비가 있다. 열손과 초설이 들어온다.

열손	(탁자에 있던 시스트룸을 주며) 어때요? 감쪽같이 잘 고쳤죠?
초설	이야.. (살피며) 대단하세요. 정말 대단해요.
열손	난 내가 하는 일이 제일 좋아요. (작업장을 둘러보며) 정령들 눈치 안 보고 하늘님 살피지도 않고, 그냥 뚝딱뚝딱 만들면 만드는 대로. (만들던 눌비비로 가 끈을 감으며) 은섬인.. 참 우리랑 다르죠?
초설	그래요.. 달라요. 너무 여러 가지로..
열손	(일하며) 하지만 그날 탄야가 그 숲에 누군가 있다고.. 가야 한다고.. 그렇게 은섬일 만나게 된 거잖아요.
초설	예.. 그날이 탄야가 처음으로 꿈을 만난 날이었죠.
열손	그게... (일하는 거 멈추며) 마지막 꿈이기도 했고...
초설	...
열손	탄야가 씨족어머니가 되긴 되겠어요? 왜 꿈을 못 만나는 거야.. 춤을 못 외워서 그런가?
초설	.. 딸을 믿으셔야죠. 푸른 객성.. 그 예언의 아이인데요.
열손	(한숨) ... 아.. 그 객성... 정말.. 정말.. 밝았죠.
초설	그럼요. 대낮에도 훤히 보였으니까요...

열손	.. 근데.. 푸른 객성의 예언이라는 게...
	(읊으며) 껍질을 깨는 자! 푸른 객성이 나타나는 날,
	죽음과 함께 오리라! 하여 와한은 더 이상 와한이 아니리라!
초설	왜요?
열손	이게 좋다는 건지.. 안 좋다는 건지..
초설	흰늑대할머니의 예언이라는 게 원래, 좋다 나쁘다로 가를 수가 없어요.
열손	(못 알아들었으나, 이해한다는 듯 고개를 끄덕이는데)
초설	그냥.. 큰일이 일어날 거다.. 그래도.. 너희 안에 채비된 자가 있다.
	너무 두려워하지 마라.. 그런 뜻이에요. (하다가 열손이 만드는 것을 보며)
	근데 이번엔 또 누굴 주려구요?
열손	아! 이거? 우루미가 불 피우는 게 너무 힘들다고 해서..

하고는 열손이 다 만든 눌비비(펌프 드릴)를 시연한다.
금세 불이 붙는다. 놀라는 초설!

초설	열손어른의 손재주는 정말.. 대단해요..
열손	(눌비비 돌리며) 편할라구요. 원래 게으르다 보니... (하다가 뜬금없이)
	은섬이도 편할라고 그랬다잖아요. 말을 타보겠다고...
초설	...!
열손	정말 엉뚱하긴 한데.. 된다면 얼마나 편할까요?
초설	(심각, 마음의 소리 E) 그리돼선.. 안 되지.. 결코..!

S#8. 숲, 말 빼돌린 곳(5씬과 같은 곳, 낮)

여전히 말은 발이 묶인 채 누워 있고, 말을 보며 서 있는 은섬.
은섬의 왼손엔, 꿍돌로 만든 목걸이가 있고, 오른손엔 돌칼이 있다.
왼손에 든 목걸이를 보다가는, 목걸이를 꽉 쥐고는 돌칼을 들며

은섬	(작은 한숨과 함께) 탄야.. 미안하다..

하고는 앉아, 한 손으로 말의 목을 쥐고서는 돌칼을
말의 목에 갖다 댔다가 찌르려고 높이 드는데, 이때!!
뒤에서 날아오는 모래돌(사암)!! 은섬의 뒤통수를 가격한다.
모래돌이 확 터지며 흩날린다.
은섬, "악!" 소리 지르며 뒤돌아보는데..
탄야는 이미 슬링에 두 번째 돌을 넣어 천천히 돌리고 있다.
탄야의 슬링 돌리는 분위기와 아우라가 전사급이다.

은섬   (분위기 눈치채고는) 야아.. 왜 이래?!
탄야   (슬링 돌리며 차갑게) 너! 떠나려는 거였지, 나한테 말 한마디 없이!
은섬   아니.. 그게 아니라..
탄야   (슬링에 점점 가속이 붙으며) 떠나려니까 말 가죽이 필요했지?
        눈물의 바다를 건너려면 튼튼한 신발이 있어야 하니까!
        떠나려니까 고기도 많이 (모래돌을 슬링하며) 필요했을 테고!!

돌이 은섬에게로 날아간다!

은섬   (급히 피하면서) 일단 내 말은 들어보고..

하면, 탄야 다시 돌을 던진다!!
은섬, 돌이 날아오자, 피하지만 은섬의 목덜미 쪽을 맞히면서
모래돌이 부셔져 모래가루가 눈이고 얼굴에 튄다.
은섬, 다급히 눈을 닦아내며

은섬   아이 씨!! 내 말 들어보라니까!

하고는 탄야 보는데,
탄야, 냉랭한 표정으로 슬링을 돌리며 은섬 쪽으로 다가오자,
은섬, 안 되겠는지 일단 피한다.
탄야, 슬링 돌리며 은섬을 쫓는다!

S#9. 와한족 숲 일각1(낮)

기기묘묘한 울창한 숲 사이를 무조건 달려 도망가는 은섬!
슬링을 돌리며 쫓아가는 탄야!
은섬 도망가다가 살짝 돌아보는데, 탄야 눈빛이 장난이 아니다!
달리는 은섬! 쫓는 탄야!
도저히 안 되겠는지 나무 뒤쪽으로 숨어보는 은섬.
그러나 여지없이 숨은 곳으로 돌이 날아오고!
은섬, 아파하며 다시 뛴다.
이상과 같은 그림 위로 흐르는 (E)

은섬   (E) 내가 잘못했어!! 내가!!
탄야   (E) 니가 떠나기 전에!! 우리 마을서 추방당하기 전에!!
        내가 죽일 거야!!

등등의 고성만이 가쁜 호흡과 함께 오간다.

S#10. 와한족 숲 일각2(낮)

쫓던 탄야, 순간 은섬을 시야에서 놓쳤다.
탄야, 숨을 가쁘게 쉬며 우뚝 서서는 주위를 찬찬히 둘러본다.
오른쪽부터 왼쪽으로!
왼쪽부터 다시 오른쪽으로!!
그리고 천천히 뒤돌아 다시 왼쪽부터 오른쪽!
오른쪽에서 다시 왼쪽으로 시선이 옮기는 듯하다가는
시선이 문득! 위쪽 나무를 향하자!
나무 위에서 뛰어내려와 탄야를 덮치는 은섬!
은섬이 탄야가 힘을 못 쓰도록 탄야의 몸을 눕혀, 그 위로 은섬이
올라간 상태로,

은섬	(헉헉) 제발 내 말부터 들어봐!
탄야	떠나려고 말 빼돌린 거지?
은섬	....
탄야	맞아? 아니야? 그거부터 대답해.
은섬	.. 그건.. 맞는데..

은섬이 잠시 한눈을 파는 사이 은섬이를 가격하고,
빠져나오는 탄야. 다시 슬링을 잡으려는데, 은섬이 막고,
다시 몸싸움을 하는데, 그 바람에 탄야가 잡아챈 은섬의 옷이,
확 찢어진다. 은섬이 넘어지고 은섬은 탄야의 슬링을 막으려고
두 팔로 커버하는데, 아무 일도 일어나지 않는다.
은섬, 손을 치우고 보면, 탄야 놀란 표정으로 한 손에,
찢어진 은섬의 옷자락을 들고 우두커니 서 있다.
탄야, 은섬의 찢겨진 옷 사이에 푸른 반점을 놀라서 보고 있다.
놀란 표정으로 천천히 걸어오는 탄야. 은섬, 알았구나 싶어서
툭툭 털고 일어난다. 다가온 탄야, 은섬의 윗옷을 확 찢는다.
드러나는 은섬의 앞쪽 상반신! 아무것도 없다.
탄야가 은섬을 천천히 뒤로 돌려 등을 보자,
은섬의 등에 군데군데 푸른 껍질이 떨어져 있고
떨어진 곳에 푸른 자국이 남아 있다.
이를 보는 탄야. 그 위로,

ins.cut.〉 1부 39씬 중,

아사혼	껍질이 떨어지면 이곳으로 돌아가거라.. 아라문. (cut.)

탄야, 은섬의 등을 보는데, 은섬, 뒤돌아 탄야를 본다.

탄야	(아주 담백한 말투로 바뀌었다) 껍질이 다 떨어졌네..
은섬	... 응. 얼마 전에..
탄야	그럼 떠나려고 한 게 맞네.

은섭	.. 응. 맞아.
탄야	눈물의 바다를 건너서?
은섭	(끄덕이며) 오랜만에 엄마가 꿈에 왔어.
탄야	껍질 떨어졌으니.. 돌아가라고?
은섭	아니. 그냥 보다가 사라지셨어. 마치 그때처럼.
탄야	....
은섭	왜 그런 말을 했는지.. 아무 얘기도 없이 죽던 그날처럼..
탄야	돌아가라는 거, 좀 이상해..! 너희 엄만 그때 아팠어.
	너를 아라문이라고 불렀잖아?
	니 이름을 모르는 것두 아닌데!
은섭	나도 그렇게 생각하고 잊어버리려 했어. 근데.. 엄만..
	내가 기억하는 첫 순간부터.. 아팠어..
	근데두 하루도 쉬지 않았어. 대흑벽 내려가겠다고.. 이리저리 뛰어다녔지.

ins.cut.〉 1부 35씬 중,
초췌하고 멍하게 나무줄기를 꼬는 아사혼 모습.

은섭	그런 날들을 10년을 보내고 내려온 거라구...
탄야	....
은섭	근데.. 내려오자마자.. 날 보고 (피식) 이용? 내가 이용했다면서..
	다시 돌아가래.
탄야	....
은섭	(픽 웃고는) 그리고는 돌아가셨지. 난 물어볼 곳도..
	알아낼 곳도.. 없고.. 그렇다고.. 엄마 말을. (순간 감정 치받치며)
	잊을 수도 없어.. 그럴 수 있음.. 머리라도 깨고 싶다.. (피식)
탄야	(OL) 나한테는 언제 말하려고 했어? 가기 전날? 아니면 가는 날?
은섭	...
탄야	그래도 내가 널 살려줬다면 살려준 사람이고,
	동무라면 동무인데..
은섭	....
탄야	...

은섬	...
탄야	... 나도 꿈이라는 걸 만날 수 있어서
	네 맘을 다 알 수 있으면 좋을 텐데.. 나는 모르겠다.
은섬	...
탄야	.. 떠날 줄은 알았어.
	엄마 말인데 어쩌겠어.. 가라.
은섬	...
탄야	말 엉덩이 가죽으로 만든 신발이라야 오래가. 만들어서 가.

하고는 가는 탄야.
잡지 못하고는 보는 은섬.

S#11. 와한족 숲 일각3(낮)

가는 탄야. 담담하다.

S#12. 와한족 숲 일각2(낮)

가만히 있는 은섬.

ins.cut.〉 2부 10씬 중,

탄야	.. 나한테는 언제 말하려고 했어? 가기 전날? 아니면 가는 날? (cut.)
은섬	(마음의 소리 E) 가려고 했는데, 니가 그렇게 물으니까...
	(그 말에 대답하듯 한숨처럼 소리 내어) 안 갈까 했다...
초설	(E) 가겠다고 한 약속은 어쩌고?
은섬	(보면 초설이다)
초설	분명 내게 떠난다고 했다. 푸른 껍질이 떨어지면.. 바로 떠난다고..
은섬	....

초설	아니냐?
은섬	......
초설	떠나.. 미련 갖지 말고.
	여긴 니가 있을 곳이 아니다. (하고 초설 가는데)
은섬	왜 그렇게 절 싫어하세요?
초설	(가던 길을 멈춘다)
은섬	전, 탄야의 꿈으로 여기 왔잖아요. 저도 와한 사람이에요..
초설	(돌아보며) 탄야가 니가 올 거란 걸 맞추기는 했다만,
	은섬이 니가... 우리 와한에 길한 사람이 될지...
	아니면 와한에 불길한 사람이 될 것인지는 알 수 없지.
은섬	그럼 전.. 와한에 불길한 사람이라는 건가요? 왜요? 어디가요?
초설	(그런 은섬을 본다)
은섬	(본다)
초설	와한의 처음 할머니가 흰늑대할머니인 것은 알 것이다.
은섬	.. (고개를 끄덕) ..
초설	흰늑대할머니로부터 씨족어머니한테로만 대대로 내려오는 주문이 있지.
은섬	....
초설	그 주문은 결코 해선 안 되는 세 가지에 관한 거다. 와한 사람들은 몰라.
	원래 하지 말라고 하면, 하는 사람들이 생기기 마련이니까.
	넌 떠날 사람이니 말해주마.. 첫 번째,
은섬	....
초설	대흑벽을 우러르되 그곳을 넘지 마라. 넌 넘어왔어.
은섬	하지만..
초설	씨앗의 지혜를 배우되 그것을 키우지 마라.
	아무도 그런 생각조차도 못할 때, 넌 도토리 씨앗을 묻었어.
은섬	...
초설	그리고 오늘.. 말을 타보겠다 했다.
은섬	(보는데)
초설	짐승과 이야기를 나누되 그들을 길들이지 마라. 이게 세 번째다.
은섬	....
초설	넌 절대 와한의 사람이 될 수 없어. 돼서도 안 되고.. (하고 가려는데)

은섬	.. 그럼 전.. 뭐가 돼야 하나요?
초설	...
은섬	엄마랑 같이 산 세월도 사라지고.. 탄야와 같이 산 세월도 사라지면.. 이곳의 사람도 아니고.. 저곳의 사람도 아니면 전.. (하고 터져 나오려는 눈물을 꾹 참으며) 사람이 사람인 건 사람 속에 있어서라고 했어요.. 돕고, 같이 웃고, 같이 울고.. 그래서 탄야는 와한의 탄야고, 달새는 와한의 달새고, 모두가 어디의 누구인데! 전 대체 어디의 누군가요? 전.. 무엇의 은섬인가요?
초설	(마음은 아프지만 꾹 참으며) 그게 네 운명이겠지.. 그걸 찾는 게..
은섬	(허탈한 웃음이 나오며) 아....
초설	(어둡게 보며) ...
은섬	(태도 바꿔 생긋 웃으며) 좀만 있다 떠날게요.
초설	...!
은섬	(밝게) 탄야 정령춤 못 외우잖아요. 그거 다 외우게 할 때까지만요.
초설	.....
은섬	(미소 가시며 간절하게 눈물 맺히며) 제발요, 어머니..
초설	...
은섬	(눈물 그렁해서 바라보며) ...
초설	이번 꽃의 정령제 때까지다.
은섬	...!
초설	정령제 마지막 날까지 어떻게든 춤을 가르쳐주거라.

하고는 초설은 가고, 가만히 뒤돌아 있던 은섬은
갑자기 달리기 시작한다.

S#13. 와한족 신성한 곳 가는 길(낮)

야생 소뼈가 무수히 걸려 있는 숲을 걸어가는 초설.

S#14. 와한족 숲 일각4(낮)

탄야도 걸으며 눈물을 흘리고 있다.

S#15. 와한족 은섬의 나무집 + 물속(낮)

눈물을 흩뿌리며 달려오는 은섬. 눈동자가 보랏빛으로 도드라진다.
맹렬한 기세로 달려오더니 나무 위에서 강물 속으로 다이빙하여
뛰어든다. 바닥 밑까지 내려가더니 몸에 힘을 풀고 누워버린다.
누운 자세로 서서히 떠오르는 은섬. 카메라 아래에서 보니,
은섬의 등 뒤 푸른 반점이 보인다.
눈물은 보이지 않고 우는 듯한 표정만 보이는 은섬.
이윽고 물 위에 떠오르자, 눈동자의 보랏빛이 사그라진다.

S#16. 와한족 신성한 곳(밤)

소뼈의 숲을 걸어오면 엄청나게 크고, 특이한 고목이 있다.
그 고목등걸엔 불이 타오르고 있고, 한쪽엔 가죽으로 된
신성꾸러미가 가죽 끈으로 나무에 매달려 있다.
소뼈 등으로 장식된 제사단도 보인다.
불 앞엔 초설이 서서 두 손을 하늘로 향한 채, 새소리를 내고 있다.
이때 오는 탄야. 초설 옆으로 와서 선다.

탄야   (불에 예를 갖추며) 나는 보기를 원하므로 당신에게 왔습니다.
초설   불로부터 세 걸음...

하고, 불을 앞에 두고 초설과 탄야가 뒤로 세 걸음을 걷는다.
탄야, 새소리 내자, 흰별삼광새(별삼광조)가 날아오더니,

탄야와 초설 주변을 맴돈다. 초설은 큰 동선을 만들며
춤을 추기 시작한다. 따라 하는 탄야.
초설의 소리와 함께 춤이 점점 빨라지고 따라 하는 탄야.
초설의 춤이 점점 더 빨라지고 따라 하는 탄야.
춤이 점점 빨라지자 탄야, 자꾸 틀린다.

초설 (낮은 소리로 꾸짖는) 그러니 여지껏 꿈을 못 만난 거다.
탄야 ....
초설 춤을 외우고, 꿈을 만나야..
   우리 와한의 처음이신 흰늑대할머니의 주문을 배울 것이 아니냐?

탄야, 초설의 꾸짖음에 표정이 복잡하고 슬프다.
이를 뒤에서 보고 있는 은섬.

S#17. 대흑벽 근처 일각 (낮)

대흑벽 끝은 보이지 않는 곳.
아스달의 대칸부대가 열 맞춰 걸어가고 있다.
열의 중간쯤.. 연발, 기토하, 무광 셋이 말을 타고 가고 있다.
그들의 뒤로는 양차 등 대칸들이 걷고 있다.

기토하 십 년.. 자그만치 십 년 동안 뇌안탈 때려잡고 났더니,
   아고족이 반란을 일으켰다, 동쪽으로 가라. 그거 죽자 살자 진압했더니,
   이번엔 남쪽 가서 두즘생을 잡아와라?!
   (자막: 두즘생: 두 발로 걷는 짐승, 이아르크인을 낮추어 부르는 말)
연발 뭘 죽자 살자 해. 타곤님이 아고족 이간질시켜서 간단하게 끝냈는데.
기토하 (짜증) 아! 하여간..! 에잇.. (걷는 양차에게) 야, 양차! 얼마나 더 가야 되냐?
양차 (그런 기토하 보다가 무시하듯 고개 돌리고 걷는다)
기토하 아 저 새끼가! (다가가서)
무광 아! 쟤 말하면 안 되잖아요. 벌받는 애한테...

기토하	아니 이게 어떻게 쟤가 벌받는 거냐고! 우리가 이렇게 답답해 죽겠는데!
	우리가 벌받는 거지..! 그리구.. 쟤 아까 눈빛 봤지?
	아주 말 못하는 벌 받는 게 아주 니르하야!
	(때리려는 시늉하며) 저걸 그냥...!
연발	(피식 웃으며) 야.. 근데 막상 못 때리겠지? 너도 쟤 좀 무섭지?
기토하	무섭기는..! 에잇!
연발	솔직히 무백 형님도.. 쟤랑 싸워서 확실히 이긴다고.. 장담은 못하실 거다.

이때, 앞에서 뿌우우우 소리 들린다. 그러자 행렬 멈춘다.

기토하	다 왔나 본데.

하고는 말에서 내려 대칸들을 헤집고는 앞으로 나간다.
그리고는 기토하의 시선으로 펼쳐지는 대흑벽의 위용!
기토하와 따라온 연발과 무광, 놀라운데..
그들의 시선을 따라가면, 대흑벽 앞에서
도르래를 이용한 거대한 거중기 공사를 하고 있다.

S#18. 대흑벽 하늘사다리 위쪽(낮)

돌방아를 이용한 도르래 거중기가 있다.

대칸5	시작하라!!!

하는 순간! 대칸들 20여 명이 거대한 돌방아를 돌리기 시작한다.
첫 시연하는 상황인 듯, 긴장한 채 보고 있는 무백의 뒷모습. 이때!

무광	(E) 형니이임!!!

무백이 뒤돌면, 무광이 반갑게 걸어오고, 무백 미소 짓는데..

기토하와 연발이 무광을 앞지르며 달려오더니
연발과 기토허기 무백을 얼싸안는다. 무광은 옆에서 웃기만 한다.

연발   (안았던 걸 풀며) 이게 다 뭐예요? 타곤님은 어디 계시구요?

하는데, 대칸 한 명이 큰 소리로, "올라온다!!" 소리치자
무백이 뒤돌아 그쪽을 본다. 모두들 같이 본다.
이때 구름 위로 나무로 만든 하늘사다리가 보이고
거기에 타고 있는 늠름한 타곤의 모습이 보인다!!
경악하는 연발! 기토하! 무광!
카메라, 쭉 빠지면 대흑벽에 건설된 나무 하늘사다리가 보인다!!
감격하여 보는 무백. 놀란 연발과 기토하, 무광.
이때, 하늘사다리에서 내린 타곤이 다가온다.

타곤   (연발, 기토하, 무광에게) 먼 길 고생했다.
연발   (너무 놀란 채) 대체 이런 걸 어떻게..!!
타곤   (씨익 웃더니, 몸을 돌려 다시 구름 쪽을 보면서) .. 이아르크..

S#19. 와한족 신성한 곳(낮)

혼자 춤을 추고 있는 탄야. 며칠을 계속 춘 듯 초췌하고 지쳤다.
그러다 힘이 풀리며 주저앉는다. 짜증이 나 눈물도 날 것 같다.
이때, 뒤에서 초설이 걸어와 선다. 탄야는 초설이 온 걸 알지만
고목나무만 보며 초설에게 얘기한다.

탄야   저는 정령의 소리도 듣지 못하고..
초설   ......
탄야   어머니처럼 정령을 부르는 춤도 외우지 못하고..
          여지껏 꿈도 만나지 못하는데..
초설   ......

탄야	.....
초설	.....
탄야	(울컥 울먹이며) 왜 은섬일 따라서 도망치지도 못하죠?
초설	... 묶여 있으니까..
탄야	제가요? 제가 뭐에 묶여 있는데요?
초설	.. 이름..
탄야	....?
초설	와한족이라는 이름.. 탄야라는 이름.. 열손의 딸이라는 이름..
탄야	...
초설	씨족어머니 후계자라는 이름..
	푸른 객성 그 예언의 아이라는 이름...
탄야	....
초설	...
탄야	(피식) 이름은 묶는 거네요. 주문처럼..
초설	...
탄야	은섬이도 다른 이름에 묶여 떠나려는 걸까요?
초설	.. (미안함에 주저하다) 땅도 이름 없는 풀은 내지 않는 법인데..
	그 아이라고.. 다르겠니?
탄야	....
초설	더구나 은섬이는 대흑벽을 내려온 아이잖니. 다시 돌아가야지.
탄야	근데 흰늑대할머니도 대흑벽을 내려왔다고 하지 않았나요?
	흰늑대할머니는 안 돌아갔잖아요.
초설	어미가 남긴 마지막 말이잖니..
탄야	.. (결국 그런 건가? 받아들여야 하나?) ....
초설	근데 당장은 안 떠날 모양이다..
탄야	(처음으로 초설을 돌아보며) ...!
초설	그 아이를 잠시 묶어둔 게 (그게 탄야 너다라는 눈빛으로) 있는 거 같더구나.
탄야	...!!

하고 가는 초설.
탄야, 가는 초설을 멍하게 보다가,

갑자기 생기가 돌더니 벌떡 일어나 간다. 그 위로,

은섬   (분위기 확 바뀌어 장난기 있는 E) 우리 탁 터놓고

S#20. 숲, 말 빼돌린 곳(5씬과 같은 곳, 낮)

말은 나무에 목이 묶인 채 몸을 구부리고 앉아 있다.
말 앞에는 물통, 풀 등이 있고, 말 앞에 은섬이 쪼그리고 앉아
말에게 말을 하고 있다.

은섬   얘기해보자. 너 이런 놈 아니잖아.
도우리 ...
은섬   넌 원래 먹는 것도 서서, 노는 것도 서서 하는 놈이잖아.
      아니.. 목 좀 묶었다고 사흘 내내 앉아만 있으면 너 엉덩이에 구더기 생긴다.

      그리고는 힘으로 말을 일으켜 세우려 힘을 써보며

은섬   자.. 이제 일어나야지! 벌떡!
도우리 (멀뚱) ..
은섬   (화내며) 야!!
탄야   (시크하게) 뭐하고 있는 거냐?
은섬   목을 묶었더니 말이 일어나질 않네.. 참 나..
      목을 풀면 도망갈 텐데..
탄야   아니.. 간다며? 안 가고 지금 뭐하는 거냐고?
은섬   (역시 시크하게) 갈 거야. 너 춤 배우고, 꿈 만나고..
      씨족어머니 되는 거 보고..
탄야   왜?
은섬   뭐.. 날도 덥고.. 너 나 없으면 초설어머니 춤은 어쩔 거야?
탄야   (픽 웃고는) 남 걱정할 처지는 아닌 거 같은데..
      (말을 보며) 일으키지도 못하면서 탈 수 있겠어?

은섬	(갑자기 확 짜증나는 듯) 그러니까.. 어떻게 저렇게 고집이 세냐?
	꼭 너 같애. (하다가는 갑자기 뭔가 좋은 생각이 난 듯) 야, 야!
탄야	왜?
은섬	말을 타기만 하면 되는 거잖아.
탄야	.. 그래서..?
은섬	쟤가 안 일어나니까..
	그냥 저렇게 앉은 상태에서 내가 올라타면 되잖아. 타긴 탄 거잖아.
탄야	야!!!
은섬	왜?
탄야	너 막...
은섬	막 뭐...?
탄야	사실은... 막.. 재밌는 거지?
은섬	아냐.. 심각해... 이거 꼭 타야 한다고.. 아님 그냥 쫓겨날 테니까.
탄야	그니까 그니까.. 잘못하면 쫓겨나니까 힘들긴 하지만..!
은섬	...
탄야	재밌지?
은섬	... (눈치 보다가) 뭐.. 쪼끔?
탄야	야!
은섬	아 몰라.. 나도 왜 그런지. 근데 막 이런 게.. 입술이 마르는 것도 같으면서
	가슴팍을 누가 막 간질이는 것도 같고, 그래서..
	(눈치 보며) 재밌네.. 싶기도 하구.. 이거 무슨 병인가?
탄야	너 진지하게 안 할래? 제대로 못하면, 넌 추방이야.
	도둑질하다가 추방되면, 눈물의 바다까지 가지도 못해.
	다른 부족 사람들한테 걸려서 죽는다구.
은섬	...
탄야	재미있는 거만 찾다가 너 죽을 수도 있다고! 이 머저라!!
은섬	걱정 마, 그동안 별일 다 있었지만.. 죽기는커녕,
	발톱 하나 으깨지지도 않았고 코 하나 뭉개지지도 않았으니까!
탄야	어휴.. 맨날 그 소리..! 그래 맘대로 해봐라!

하곤, 은섬에게 가져온 작은 당근을 손에 쥐여주고는

가는 탄야. 걱정스러운데...

도우리 (마음의 소리 E) 이름을 다오.

탄야, 놀라서 뒤돌아본다. 은섬인가? 근데 은섬은 자기가 준
당근을 지가 먹고 있다. 탄야, 말을 본다. 말, 당근을 먹고 있는
은섬을 황당하게 보다가 다시 탄야를 본다.
탄야, 끌리듯 말에게 다가간다. 은섬, 탄야가 왜 이러나 싶어 본다.
탄야, 천천히 말에게로 간다. 그리고는 말을 보며

탄야 (떨리고 기쁜 마음의 소리 E) 너야..? 니가 나한테 말건 거야..?
지금 처음으로 내가 정령의 소리를 들은 거야..?
도우리 (다시 당근을 먹는 은섬을 황당하게 보며 딴청부린다)

ins.cut.〉 2부 19씬 중,
탄야 제가요? 제가 뭐에 묶여 있는데요?
초설 이름.

탄야 (뭔가 깨달은 듯) ...!! (은섬 보며) 너 애한테 이름은 지어줬어..?
은섬 (당근 먹으며) 이름..? 아니.
탄야 ...!!

탄야, 뭔가 느낀 듯 이젠 말과 눈높이를 맞추며 앉는다.
그리고는 말에 머리를 맞대고 속삭인다.
은섬, 의아한 채로 뭐하는 짓이지 싶어 쳐다본다.

탄야 (마음의 소리 E) 내가 들은 소리가.. 내가 잘못 들은 건지,
정말 니가 말을 건 건지는 나는 모자라서 모르겠어..
은섬 (왜 저러나 싶고)
탄야 (마음의 소리 E) 하지만.. 나, 와한의 탄야. 껍질을 깨는 자.
와한의 씨족어머니 후계자, 깨어 있는 모든 정령과,

깨어날 모든 정령들에 이어진 와한의 당그리(자막 : 당골, 무당), 나 탄야..!
너에게 이름을 준다. 너의 이름은 도우리.
(간절하게) 은섬이를 도와줘 제발.

하고는 고개를 떼더니, 늘 차고 다니는 돌칼로 도우리 목의 줄을
확 끊으려 한다. 경악하는 은섬, "안 돼!!!!"

탄야 내가 딴 걸로 애를 묶었어. 될진 모르지만.

하더니, 심호흡을 하고 도우리를 바라보며 간절하게
눈을 감았다 뜨더니, 확 줄을 끊는다.
은섬 놀라서 보는데, 탄야가 계속 도우리의 눈을 보며
천천히 일어나자, 도우리도 탄야와 함께 일어난다.
은섬은 혹여 도망갈까 봐 긴장하여 막아서는데,
도망가지 않는 도우리!
탄야, 경이롭게 이 광경을 본다. 은섬도 경이롭게 본다.

은섬 .. (놀란 채로) 어.. 어떻게 한 거야..?
탄야 (으쓱) 땅도 이름 없는 풀은 내지 않는 법이야.. (하고는 간다)
은섬 뭐라는 거야?
탄야 (가면서 E) 걔 이름은 도우리야!! (하고는 가고)

은섬은 긴장한 채 도우리를 본다. 서 있는 도우리.
도우리를 보는 은섬. 씨익 웃으며..

은섬 짜식.. 서니까 키 크네..

S#21. 눈물의 바다(낮)

노랗고 붉은, 아름다운 눈물의 바다를 건너오는 아스달의 군대!!

무백, 무광, 기토하는 말을 타고 오고 있다. 안자족 포로가 맨 앞에
있는데, 팔이 묶이고 목에 걸린 줄이 무광의 말에 연결되어 있다.
그 위로 북적대며 왁자지껄한 와한족의 소리가 오버랩 되면서

S#22. 와한족 마을 마당(낮)

마당 가운데에 열손의 작업실에 있었던 교환용 물건들을 북쇠가
정리하고 있고, 마당 곳곳엔 예쁜 꽃들과 풀들, 나뭇가지 등등
자연물이 흩어져 있는데..
여인들은 여인들끼리 남자들은 남자들끼리 서로 얼굴과 몸에
분장해주느라 왁자지껄하다.
이때 이미 분장을 끝낸 열손과 탄야가 나온다.

열손   (북쇠에게) 달새, 뭉태, 터대는 어디 갔어?

S#23. 숲, 말 훈련하는 곳(낮)

말 등에서 내동댕이쳐지고 있는 은섬.

ins.cut.〉 일각
달새, 뭉태, 터대가 그런 은섬을 보고 있다.
다들 신나는 표정이다.

다시 일어난 은섬, 탄야가 했던 것처럼 해보려는 듯
말의 머리를 잡고, 예의 바르게 속삭여본다.

은섬   한 번만 태워줘.. 한 번만..

하고는 말의 옆구리 쪽으로 움직여 타려고 하자, 바로

뒷발질하는 도우리.

ins.cut.〉일각

터대   야, 글렀다 글렀어..

뭉태   근데 왜 도망을 안 치지?

달새   (뭉태 보며) ...

뭉태   (갸우뚱) 그렇잖아. 풀어놨는데 도망을 안 가.

달새   그게 뭐! 어차피 못 타면 추방인데!

하고는 가는 달새. 따라가는 터대, 뭉태.

S#24. 와한족 숲 일각5(낮)

열손, 둔지, 검불, 북쇠 등의 순으로 와한족이 물건을 들고
이동하는데.. 이때, 오는 달새, 뭉태, 터대.
뭉태, 혼자서 어마어마한 짐을 졌다.

둔지   (뭉태 보고) 이야.. 뭉태 넌 타고났구나..! 힘이 점점 세지는 거 같아.

뭉태   (좋아서 히) ...

북쇠   그럼 뭐해요. 겁이 많아서 사냥 가면 도망 다니기 바쁘고.

뭉태   (확 째려보는) ...

검불   (열손에게) 안자족 놈들이 유난히 형님이 만든 걸 좋아하니까..

열손   (기분 좋고)

검불   멧돼지 다섯 마리는 주겠지?

뭉태   (흐흐 좋아 웃으며) 그럼 오늘부터 한동안 잔치하는 거죠?

열손   (신나) 이따 안자족이랑 얘길 해봐야 알지..

하며 들떠서 가는 와한족 사람들.

S#25. 와한족 마을 마당(낮)

마을 마당에 돌화덕을 준비하고 있는 여인들.
이리저리 뛰어다니는 아이들. 올미, 도티 등의 아이들이 서로 분장을
해주며 장난치고 있다. 초설은 사람들에게 뭔가를 지시한다.
분장한 탄야는 초설의 옆을 졸래졸래 따라다니고 있다.

초설   (아가지에게) 아무래도 돼지일 테니까..
          가서 나나잎을 좀 더 꺾어 와야겠어.
아가지   예..

하고는 가는 아가지와 우루미, 그리고 아이들.

초설   (탄야에게) 넌 왜 똥 마려운 돼지처럼 옆에서 그러고 있어?
탄야   저 그게 아니라.. 오늘 의식에.. 은섬이도..
은섬   (E) 어머니 부르셨어요?

탄야, 보면 은섬이 들어온다.
들어오던 은섬, 분장한 탄야의 모습을 본다. 예쁘다. 좋다.
탄야도 그런 은섬을 보며 벌써 표정이 한껏 밝아졌다.

초설   (그런 은섬과 탄야를 보다가) 은섬이도 채비하거라.
은섬   예. (하고 가면)

탄야, 쪼르르 가서 회칠 그릇과 자연물들을 챙기더니,
은섬이가 가는 쪽으로 간다. 보는 초설.

S#26. 와한족 예쁜 물가(낮)

은섬이의 얼굴과 가슴에 분을 발라주고 있는 탄야.

가슴에도 분을 바르느라, 상의는 젖혀진 채 있다.
그런 탄야의 분장한 모습을 하나하나 보는 은섬.
눈.. 코.. 입.. 꽃들.. 너무 예쁘고 좋다.
은섬, 점점 탄야의 입술 쪽으로 다가가려는데..

탄야 그러다 묻는다.

하자, 은섬, 움찔하며 똑바로 선다.
탄야는 씩 미소 지으며 억새풀이나 꽃 등등으로
얼굴을 정성스레 꾸며준다. 물가로 가 얼굴을 비춰본다.
씨익 웃어 보이는 은섬.

은섬 초설어머니 춤.. 너 매번 틀리는 데 있잖아. 이제 잘 외웠어? 따라 해봐.

하고는 현란하고 복잡하며 리듬감 있는 춤을 추는 은섬.
탄야, 은섬을 보며 춤을 따라 한다.

탄야 (춤을 따라 하며) 야... 진짜 어떻게.. 한 번 본 동작을 다 따라 하냐...
은섬 (춤추며) 넌 새소리를 정말 잘 내잖아.. 난 그게 더 신기해.

함께 춤추는 탄야와 은섬. 그러다 탄야가 멈추고 숨을 몰아쉰다.

탄야 (주위를 한번 살펴보고) 너 이거 진짜 내 앞에서만 춰야 해.
    걸리면 안 돼..!
은섬 그건 걱정 말고 빨리 따라 하기나 해.
탄야 이제 나도 꽤 한다고. 잘하면 이번 정령제 마지막 날이면
    될 것도 같아.
은섬 (우울, 마음의 소리 E) 정령제가.. 끝나면...
탄야 그러니까 내 걱정은 말고 넌 어때?
은섬 쪼오끔씩 등에 오래 붙어 있긴 해.
탄야 얼마나 쪼끔?

은섬   아주 쪼오끔..

탄야   일루 와, 마저 해야지. (은선이 오면) 뒤돌아.

하면, 은섬 뒤를 돈다. 탄야, 은섬의 등판을 본다.
이제 껍질은 완전히 벗겨지고 푸른 반점 자국만 남았다.
보는 탄야. 작은 한숨을 쉬며 반점에 분칠을 해준다.

탄야   어제도 꿨어..? 어무니 꿈?

은섬   아니. 어제는 맨날 꾸던... 갇혀 있는 꿈..
       (앞을 보며) 돌로 사방이 막혀 있는 그런 곳에 내가 갇혀 있어..

탄야   ....

은섬   무두질한 가죽 위에 이상한 그림을 그려서는 걸어놨고..
       나무 조각을 실로 엮어서 돌돌 말아놨는데..
       난 그걸 펼쳐보면서 웃어..

탄야   .... 어떻게 꿈을 그렇게 쉽게 만날까....

하는데, 은섬, 확 돌더니 탄야를 안듯이 팔로 탄야의 목을 감싼다.

탄야   뭐하는 거야?

은섬   너 씨족어머니 되는 날.. 이거 꼭 걸고 해.

탄야   이거?

하고 보면, 탄야의 가슴 쪽에 목걸이가 걸려 있다.
가죽 끈에 돌 하나를 끼운 목걸이. 돌의 모양은 양쪽 끝은
뾰족하고, 옆 날은 둥글게 다듬어져 있다.

탄야   꿍돌이네.. 이거 이렇게 둥그렇게 만들려면 되게 오래 걸리는데.

은섬   그럼.. 너 꿍돌이 얼마나 단단한지 알지?
       매일매일 보름달을 네 번 만날 동안이나 갈고 다듬었어..!

탄야   (자신의 목에 걸린 꿍돌 보며) 치.. 이런 거에 내가 넘어갈 줄 알고?
       속을 안 썩여야지. (미소) 이쁘긴 하다..!

은섬   (그런 탄야 보며 웃지만 너무 슬프다)

S#27. 야외 교환 장소(낮)

숲 사이 분지 같은 교환 장소로 들어오다가 달새, 북쇠가
뭔가를 보고 경악한다. 안자족의 시체가 있다.
이내 따라 들어오는 열손, 둔지, 검불, 터대, 뭉태 등등
역시 경악한다.
달새가 손으로 지시하자, 청년 와한족들이 열손을 중심으로
어른들을 둘러싸고 경계 태세를 취한다. 열손이 시체 쪽으로 가자,
사방을 예의 주시하며 움직이는 청년 와한족들.

열손   (시체의 상처를 보며) 어떻게 이런.. 날카롭고 깊은 상처가..!

하며 긴장하는 열손과 와한족들의 표정 위로
말이 '히히잉' 하는 이펙트가 선행한다.

S#28. 와한족 숲 일각6(낮)

분장한 은섬이 도우리를 잡으려고 뛴다.
뛰는 도우리에 올라타려다 실패하는 은섬.

은섬   야!! 도우리!! 너 도망갈 거면 이름 내놓고 가!!

하며, 도우리가 가는 쪽으로 뛰어간다. 왼쪽이다.
은섬, 왼쪽으로 돌자 경악!
피 흘리며 비틀거리는 안자족 전사가 나온다.

은섬   (놀라며) 어? 안자족?

은섬, 디가가서 전사를 부축한다. 쓰러지는 안자족 전사.

안자족	피투..
은섬	피투.. 피투? 뭐더라.. 아, 왔다..!
안자족	따나.. 넹카위..
은섬	따나.. 따나.. 넹카위 뺏다.. 뺏는단데?
	따나? 아 땅..!
	땅을 뺏으러 왔다고? (하며 안자족 전사에게 말을 시키려는데)

이때, 은섬의 바로 옆 나무에 확 꽂히는 화살!!
놀라는 은섬! 화살을 본다. "이게.. 뭐지?" 하며 뒤돌아보면
대칸6이 활을 잰다. 은섬, 활을 처음 봐서 뭔지 모른다.

은섬	(그를 보며) 뭐지..? 손에 뭘 든 거야..?
대칸6	(큰 소리로 어딘가를 향해) 여기 한 마리 있습니다!!
은섬	(의아, 놀람) .. 우리말..?!

하며 경황이 없는 사이, 화살을 쏘는 대칸6!
은섬, 핑~ 소리를 내며 날아오는 화살을 가까스로 피하지만,
목을 스쳐 지나갔다. 은섬의 목에서 보라색 피가 살짝 맺힌다.
은섬, 처음으로 활의 위력을 느끼며 뛴다. 은섬은 무기도 없다.
대칸6, 짧은 청동칼을 뽑아 들고, 은섬을 쫓는다.

S#29. 와한족 숲 일각7 (낮)

뛰는 은섬. 쫓는 대칸6.
이렇게 뛰는 은섬을 느닷없이 옆쪽에서 덮치는 대칸7!
예상치 않은 일격으로 넘어진 은섬, 황급히 다시 일어나는데..
대칸7, 청동칼로 일어나는 은섬의 목을 찌르려는데,

은섬이 재빠르게 피하며 팔 힘으로 대칸7과 힘겨루기를 한다.
그 와중에 은섬의 팔이 찔렸다. 찔린 곳에서 보라색 피가 흐르자,

대칸7 (은섬과 힘겨루기 상태에서 놀란 채) .. 너 이그트구나..!
은섬   (뭔 소린가?) 이그트..?

하는 순간, 그사이 쫓아온 대칸6이 공격하려는 것이 보인다.
은섬, 순간 괴력으로 대칸7의 멱살을 한 손으로 잡아
대칸6쪽으로 메친다!
대칸7, 대칸6의 칼에 찔려 즉사!
놀라는 대칸6, 다시 공격하려는데, 거의 일직선으로
날아오는 은섬의 주먹에 뒤로 나가떨어진다.
대칸6, 머리가 돌에 부딪히며 즉사!
헉헉거리며 놀란 얼굴로 죽은 대칸6과 대칸7을 보는 은섬.
대칸7이 쥐고 있던 청동칼을 보고, 자신의 팔에 난 상처를 본다.
그리고는 대칸7의 청동칼을 빼내 쥐어본다.
빛난다. 경이로운 표정이다.

은섬   .. 이게 무슨 돌인데. 이렇게..

보는 은섬의 위기감 그 위로,

초설(E) 안자족이 죽었다구??

S#30. 와한족 마을 마당(낮)

와한족들 모두, 교환하러 갔던 열손과 둔지, 검불, 달새, 뭉태, 북쇠,
터대 등을 보고 있다. 탄야도 의아한 표정이다.

터대   (흥분 상태다) 예.. 안자족이 공격당했어요! 분명 와비족입니다!!

열손	(반박은 하지 못하지만, 뭔가 께름칙한 표정)
초설	(놀라서) 와비족과는 얼마 전 만나, 앞으로 전쟁을 하지 않기로 했다! 근데 왜..?
북쇠	(역시 흥분) 보나 마나죠. 와비족이 약속을 깬 거예요! 와비족을 쳐야 해요!

이때, 헐레벌떡 들어오다가 이 광경을 보는 은섬.

초설	전쟁은 쉬운 일이 아니다. 많은 사람이 죽게 될 거야.
달새	족장만 잡으면 됩니다..!
초설	..!
터대	..!
북쇠	..!
탄야	..!
달새	제가 터대 북쇠만 데리고 가겠어요..!
둔지	그래서 어쩌려고..!
달새	족장만 잡아서 안자족이 원하는 만큼, 보상을 하게 하고..! 우리는 받을 고기를 받으면 됩니다..!

둔지, 터대, 북쇠 모두 감탄하며 고개를 끄덕이며
"오 현명하다..!" "오 현명의 씨앗이군." 하고
열손은 뭔가 께름칙한 듯 생각에 열중이다.
그런 열손을 역시 심각하게 보는 탄야. 달새는 우쭐한다. 이때,

은섬	(E) 와비족이 아닙니다..!!

모두 확 돌아보면, 은섬이다.

S#31. 와한족 숲 일각7(낮)

무백의 대칸들이 흩어져 있는 가운데,
은섬에게 죽은 대칸6과 대칸7을 보는 무백.
주변 숲에서 그들을 보고 있는 도우리의 모습.

무백 (심각하고 의아) 어찌 된 걸까..? 누가...?
탄야 (놀란 E) 그럼 누군데?

S#32. 와한족 마을 마당(낮)

(30씬 연결) 모두가 있는 가운데..

은섬 그건 모르겠어, 근데! (초설과 열손 보며) 땅을 뺏으러 온 사람들이랍니다!

모두들, 그 말에 "땅?" "땅을 뺏어?" "뭔 소리야?" 하며 웅성웅성.

열손 그게 무슨 말이야? 땅을 뺏는다니?
   안자족이 언제 땅을 가졌었더냐?
초설 땅을 가졌다는 말은, 하늘과 바람을 가졌다는 말과 똑같다.
   가질 수도 없고 가진 적도 없는데 어떻게 뺏는다는 거냐?
은섬 모르겠습니다! 그렇게 얘기했습니다..
달새 저 자식 또 거짓말입니다!
탄야 ...
은섬 거짓말 아냐, 달새!
   안자족 전사가 그렇게 얘기했어, 땅을 뺏으러 왔다고!
   그리고.. 이거 보세요 (하고는 큰 나뭇잎으로 싼 청동칼을 펴 보인다)
열손 (받아서 유심히 보는) ...!
은섬 이런 걸 쓰고 있었어요, 더구나!
탄야 더구나 뭐?
은섬 우리하고 같은 말을 써요..
모두 (경악) ....!

탄야	(경악하여) 우리말을 쓴다고?
달새	(회내며) 이 거짓말이라니까요!
초설	(놀란 채로) 그 안자족 전사는 어딨느냐?
은섬	다쳤어요. 제가 데려오겠습니다. 직접 들어보세요!

하고는 뛰어가는 은섬. 보는 마을 사람들. 보는 탄야.

탄야	(열손을 돌아보며) 아버지.. 대체..
열손	(탄야의 목소리가 들리지 않은 채로 청동검에 얼이 빠져) 이럴 수가..!

S#33. 와한족 숲 일각8(낮)

급히 뛰어가는 은섬. 어느새 도우리가 옆으로 와, 같이 뛰고 있다.

S#34. 와한족 씨족회의실(낮)

초설과 탄야는 알 수 없는 불길함에 심각하고,
열손은 청동검을 이리저리 뜯어보며 심각하다.
다른 사람들은 혼자 열을 내며 얘기하는 달새를 쳐다보고 있다.

달새	은섬의 말 중에서 말이 되는 게 하나라도 있는가! 이아르크에 우리말을 쓰는 부족은 없다!
모두	(끄덕끄덕)
달새	근데 그런 부족이, 땅을 어째? 뺏으러 왔다고?
모두	....
달새	은섬은 그 보랏빛 입술을 열기만 하면 거짓말이다! 말을 훔쳐놓고는 말을 타려고 했다고 거짓말을 했다. 아닌가? 탄야!!
탄야	(답을 못하는데) ...
모두	(그런 탄야를 보고) ...

달새	난 더 이상은 은섬과 함께할 수 없다.
	애초에 은섬은 우리와 너무도 다르고, 낯선 자다.
	당장 추방해야 한다.
초설	....
열손	....
탄야	(다급한 맘으로) 은섬이 안자족 전사를..
달새	(말 끊으며) 은섬을 추방하지 않으면 내가 떠나겠다!
모두들	("달새가 떠나면 큰일이다" "전쟁을 못한다" 등등 웅성웅성)
달새	난 말을 탄다는 황당한 말을 들어준 거부터가 참을 수가 없다!

하고는, 회의실 밖으로 나가버리는 달새.
당황한 마을 사람들이 달새를 말리러 급히 따라 나가는데!

S#35. 와한족 마을 마당(낮)

달새가 회의실 밖에 우뚝 서 있다!
우르르 나온 마을 사람들도 모두 그 자리에 우뚝 선다!
뒤에 나온 탄야, 뭔가 싶어 달새가 보는 곳을 보면,
말을 타고 마을 입구로 들어오고 있는 무백과 양차 등 대칸들!
와한족은 와한족대로.. 생경함에 말을 못하고 멍하니 보고 있고
대칸부대는 대칸부대대로, 너무 예쁘게 분장을 하고 있는
와한족의 모습을 보고, 잠시 멍한 채로 서 있는데.. 이때!

도티	(와한족 여자아이. 천진한 얼굴로 다가가며) .. 말.. 말을 타고 있어..
와한족들	(신기한 듯이 말 탄 사람들을 보고 있는데)
올미	(와한족 남자아이. 뛰어나오며) .. 은섬 수수(자막: 수수: 삼촌, 씨족의 모든
	남자를 이르는 말)가 맞았다!! 말 탈 수 있다!!
기토하	어..? 얘네 뭐야 우리말을 써..?
무백	...!!

하며 올미가 말을 탄 대칸부대 쪽으로 다가가자,
무광이 다가오는 올미를 순식간에 베어버린다.
가까이 있던 도티에게 쫙 흩뿌려지는 피!
순간! "악!" 비명을 지르는 도티!! 와한족들 경악!!!

무백   장전!!

하면, 대칸부대 전사들 화살에 불을 붙여 잰다.
와한족들, 혼비백산하여 비명 지르며 흩어진다.

무백   발사!!

불화살이 마을로 날아오고, 집에 불화살이 꽂힌다.
불화살에 맞을 위기에 놓인 도티를 낚아채는 탄야!
초설 역시, 쓰러진 올미를 안고 도망가려다가
대칸부대가 쏜 화살이 옆구리 쪽에 확 스친다. 피가 튄다!
와한족은 이리저리 난리가 나는데..
무광의 대칸부대는 이제 칼을 뽑아 들고 마을 마당 쪽으로 온다.

무광   자! 사냥을 시작한다!!

이미 집에 불은 붙기 시작했고,
대칸부대 전사들은 닥치는 대로 죽이기 시작한다.
그새 돌망치를 잡아 든 달새는, "탄야! 애들 데리고 피해!"
하면 탄야는 도티를 안은 채 다른 아이들을 끌고 어딘가로 가고
달새는 시간을 벌어주기 위해 대칸들과 싸운다.
이내, 북쇠와 터대 및 청년들 합류해서는 싸운다.
한쪽의 뭉태는 벌어지는 상황에 압도당해서는 벌벌 떨고 있고,
그런 뭉태를 잡아 끌고 가는 탄야!
그때 대칸 몇이, 달새네 쪽으로 그물을 던진다.
달새, "피해!!" 소리쳤으나,

이미 그물에 덮여서 허우적거리는 터대, 북쇠 등!!
용케 피한 달새만이 그들을 막아보려 하지만 역부족이다.
이제 그들조차 없자, 아이들과 노인들을 무자비하게 학살하는
대칸부대. 와한족의 예쁜 꽃분장과 대비되며 참혹함이 고조된다.
청동사슬로 노인의 목을 휘감아 죽이는 양차를 보며 경악하는 탄야!
죽고, 숨고, 도망가고, 맞서 싸우고, 누군가를 보호하고, 끌려가는
열손! 초설! 둔지, 검불, 탄야 등등등...

S#36. 대흑벽 전경(낮)

대칸 부대의 막사촌이 있고, 타곤의 막사가 보인다.

S#37. 대흑벽 위 타곤의 막사 안(낮)

연발과 타곤, 해투악이 있다.
탁자 위엔, 넓은 가죽에 이아르크의 80여 개 씨족과 부족들이 표시된
지도가 있다. 안자족 포로가 목에 줄이 걸린 채, 웅크리고 있다.

연발	대흑벽 내려갈 때만 해도 걱정도 하고 기대도 했는데.. (픽 웃는다)
타곤	기대? 무슨 기대?
연발	아라문 해슬라 전설에서 보면, 아버지 리산과 위대한 어머니 아사신이 도주한 곳이 이아르크일 수도 있다잖아요.
타곤	근데?
연발	그럼 아사신의 사자, 아라문이 오신 곳도 이아르크겠죠.
타곤	그래서?
연발	그래서는요.. 그러면 여기 혹시 칸모르라도 있지 않을까 했죠.. (웃음)
해투악	(슬그머니 끼어들며) 여기 칸모르가 있어요?!
연발	그럼 좋겠다 이거지. 으아..! 아라문 해슬라께서 타시던 세상 최고의 말..!!

S#38. 와한족 마을 마당(낮)

제압당한 와한족 사람들.
초설, 열손, 둔지, 검불, 우루미, 아가지, 터대, 북쇠, 뭉태 등이 있다.
분장했던 꽃이며 갈대 등에 피가 흐르고,
여기저기 찢긴 상처에 묶인 채로,
서로서로 불안한 눈빛만을 주고받는다.
모두의 모습이 다 엉망에 피범벅이 돼 있어, 초설의 옆구리 쪽에서
나고 있는 출혈은 신경 쓸 새도 없다.
뭉태는 두려움에 거의 실신 지경이다. 그런 뭉태를 너무 걱정스러운
눈빛으로 보는 탄야. 뒤를 돌아 혹시 은섬이 오지 않는지 본다.

기토하   이제 이동한다!! 모두 일어나!!

하면 모두들 일어나는데, 손은 손대로 묶어 연결하고,
목은 목대로 묶어 줄줄이 6명씩 연결해놓았다.
그렇게 꽁꽁 묶여 끌려가는 와한족들.
탄야는 계속 뒤를 돌아보며 은섬이를 찾지만, 보이지 않는다.

S#39. 와한족 마을 어귀(낮)

이제 마을 입구를 벗어나고 있다.
무백, 무광, 기토하 등 10명 정도의 대칸만 말을 타고
나머지 대칸들은 와한족들을 이끌고 가고 있다.
계속 뒤를 돌아보는 탄야. 은섬의 모습은 보이지 않는다.
이때...! 앞의 언덕에 서 있는 말 한 마리! 말 등 위의 누군가!
그러나 햇빛을 등지고 있어 보이지 않는다.
얼어붙어서 보는 탄야!! '설마...' 하고 보는데..
말이 이쪽으로 달려오기 시작한다!

200미터.. 100미터.. 50미터!!
은섬이다!! 세차게 말을 몰고 오는 사람은 바로 은섬이다..!

터대 은섬.. 은섬이다!!!!!!!

하자, 말을 타고 가던 무백이 홱 돌아본다. 두즘생이 말을 타다니!
점점 다가오는 말! 경악하여 보는 무백!
와한족 사람들은 놀랍고 감격스런 눈으로 은섬을 본다.
초설, '이것이었나' 싶은 놀라운 눈빛으로 말 탄 은섬을 본다.
용기를 얻은 북쇠가 옆에 있던 대칸을 밀치고 줄을 끊어보려 한다.
달려온 대칸8이 칼로 위협하자, 다른 와한족들도 동물의 소리를
내며 동요한다.

ins.cut.〉 일각
창을 들고 숨어 있는 달새. 보고 있다.

말을 타고 온 은섬, 돌도끼로 탄야를 연결했던
줄을 끊는다. 그리고는 탄야를 도우리에 태우는데..
이때 뒤에서 달려 나오던 무광, 창을 던진다.
가까스로 피하는 은섬, 달려 나간다.
이때, 대칸들이 은섬에게 달려가려는데, 대칸8이 어디선가
날아온 창에 맞고 쓰러진다. 보면 달새다.
대칸들 달새에게 달려든다. 필사적으로 싸우는 달새.
무광이 대칸들에게 '비켜' 하고 외치며 말을 타고 달새에게 달려든다.
달새, 창을 들고 말 위의 무광을 노리며 기합을 지르는데,
무광 한쪽 등자에 몸무게를 실으며
몸을 눕혀 피하고는 칼로 달새를 베려 한다.
달새 경악하여 피하다가 칼 끝에 살짝 맞고 쓰러진다.
무광, 달새를 죽이려다가 에잇! 하면서 거칠게 발로 짓이긴다.
은섬, 이를 보고 달려드는데, 청동철퇴를 든 기토하,
은섬의 앞을 가로막는다.

이때, 슬로우로 도우리가 그런 기토하를 뛰어넘는데, 이때!!
도우리가 공중에 뜬 상태에서, 도우리에 타고 있던 탄야의 발목에
청동추가 날아와 감긴다! 양차다.
그러나 도우리는 그대로 전진하고, 양차가 줄을 당기자,
탄야는 뒤로 쫙 당겨져 바닥에 뒹군다.

은섬   (경악하여) 탄야!!!!!!!

경악한 은섬은 급히 말에서 내려, 줄에 끌려가는 탄야를 잡는다.
양차가 탄야를 잡아당기고 은섬이는 맞서며, 줄을 풀려는데
탄야, 저쪽에 있는 와한족들을 본다.
그들을 진압하려는 대칸부대에 의해
무차별 구타를 당하는 모습이 지평선 위로 보인다.
은섬은 계속 탄야의 줄을 풀려 하는데!
그런 은섬의 손을 막는 탄야의 손!!!

탄야   빨리 가!
은섬   안 돼!
탄야   (단호) 난 푸른 객성의 아이야! 와한과 함께 있어야 해..!
은섬   ....
탄야   살아! 살아서 언젠가 언젠가..! 꼭 우릴 구하러 와..!
은섬   (탄야를 뜨겁게 보며) ...
탄야   (눈물이 그렁하다)
은섬   이름을 줘..!
탄야   ...!
은섬   내가 포기하지 못하게 이름을 줘..!

이때 어느새 온 기토하가 양차와 함께 줄을 확 잡아당기니
탄야가 확 끌려간다. 멀어지는 탄야의 얼굴 클로즈업!

탄야   꾸우움! 니 이름은 꿈이야!! 나의 꿈이자 와한의 꿈!!

(이후엔 E로 소리만) 그러니 꼭 나를 만나러 와야 해!!

은섬, 눈물을 흩뿌리며 그런 탄야를 뒤로하고 도우리에 올라탄다.
뛰어나가는 도우리! 이때 한쪽에서 보고 있던 무백, 명령을 내린다.

무백   쫓아!!!!!!

죽어라 쫓는 무백과 5~6마리의 기병대!!!

S#40. 멋있는 벌판(낮)

죽어라고 달리는 도우리와 은섬! 평원으로 접어든다.
뒤에 죽어라 따라오는 기병대.
어느새 무광과 대칸들의 말이 양옆에서 나란히 뛰고 있다.
양옆에서 창으로 공격해오는 대칸들과 무광!
은섬, 가까스로 피하는데! 이때 빛나는 도우리의 눈빛 클로즈업!
갑자기 그 자리에서 앞다리를 치켜들며 "히이이잉" 한다.
그러자 갑자기 무광과 대칸들의 말이 확 뒤처진다.
반면 앞으로 쏜살같이 나가는 도우리.

무광   (당황하여 말에 채찍질하며) 이게 왜 이래! 말이 왜 이래!

무광의 말이 달리지만, 속도가 나지 않는다.
도우리는 점점 멀어져간다.
뒤에 오던 무백, 말에 박차를 가하며 달려 나가려는데..!

무백   (마음의 소리 E) 왜 이러지..? 말이 나가질 않는다..!

무백, 뒤를 돌아 기토하와 무광의 말을 본다.
모두 달리긴 하지만, 속도가 나지 않는 느낌.

모두들 당황하는 느낌!

무백   (마음의 소리 E) 저 말들도.. 설마..! 설마..!!!!
           (하면서 도우리를 보며) 저 말이... 칸모르..?!!
해투악   (E) 칸모르가..

S#41. 대흑벽 위 타곤의 막사 안(낮)

이젠 편안하게 앉아 차를 마시는 타곤, 연발, 해투악.

해투악   그렇게 빨라요?
타곤   (일어서서 차를 따르며) 빨라서가 아니야.
연발   세상에 생긴 최초의 말에서부터 맏이에서 맏이로만
           내려온 말이라는 거지.
해투악   ... 그래서요?
연발   떼를 지어 이동하던 야생마의 기억이 뼈에 새겨져,
           그 어떤 말도 칸모르 앞으로 나서지 못해.
           아무리 채찍질을 해도, 쫓을 수가 없다는 거지!
해투악   이야..! 정말 그런 게 있다면..!
타곤   (찻잔에서 입을 떼며, 피식) 전설이야.. 그냥 옛날 이야기..

S#42. 멋있는 벌판(낮)

말을 달리며 앞을 보는 무백의 놀란 얼굴.
멀어지는 도우리와 은섬이 보인다.

무백   (경이로운 마음의 소리 E) 저게 칸모르라면..

이를 악물고 도우리를 타고 달리는 은섬의 모습, 그 위로!

무백　(경이로운 마음의 소리 E) 아라문... 해슬라...?

　　　　카메라 빠지면서 대평원이 펼쳐지고 달리는 은섬은
　　　　점점 작아진다. 그 위로,

(NA.)　나무에서 내려온 인류가
　　　　불을 다스려 칼을 쥐었고
　　　　바퀴를 만들어 길을 열었고
　　　　마침내 씨를 뿌려 한 땅에 머물렀어도
　　　　아직 국가와 왕을 만나지는 못했던
　　　　멀고 먼 옛날
　　　　호모사피엔스는 아직 꿈을 만나지 못했고
　　　　아직 저 대자연의 위대한 피라미드 정상에 군림하지는 못했던
　　　　옛 어머니들의 웅혼한 땅
　　　　이곳 아스!

　　　　2부 END.

"아사신, 아라문 해슬라" from 무백

거치즈멍이 높이 솟아 있는 옛 아스달 벌판. (아직 성이 건설되기 전)
텅 빈 벌판이 보이고 바닥을 클로즈업하면, 작은 돌과 흙과 먼지들이 멀리서
의 말발굽 충격으로 진동하고, 그 진동이 점점 커지다 화면 확
넓어지면, 양쪽 끝에서 새녘과 흰산의 전사들 각각 천여 명이
격돌한다. 이런 화면과 함께 무백의 내레이션.

무백   (NA.) 200년 전 이곳엔, 연맹도, 성벽도, 평화도 없었다.

흰산 하늘못 앞에서 기도하는 남녀 제관 수련생들 10명(15살 정도)
거의 졸고 있다. 이때 살금살금 다가가 그들의 머리를 이리저리 연결하여
묶고 있는 발랄한 신녀의 모습이 보인다. 그러다 할머니 신녀가 호통치자,
아사신(15살)은 웃으며 도망가고, 나머지 수련 제관들 놀라
일어나다가는 머리가 하나로 묶여 서로 끄댕이를 잡는 형국이다.
난리가 난다. 보는 아사신. 장난스럽게 웃는다.

무백   (NA.) 이 철없어 보이는 어린 소녀가.. 훗날 아스달 연맹의 위대한 어머니,
신성한 어머니라 불리는 아사신이다.

아사신이 리산에게 눈치를 보내 만난다. 격렬하게 키스를 하는 둘.

무백   (NA.) 소녀 아사신에겐 연인이 있었는데, 조금 문제가 있었다.
그리고 어느 밤.

도망치는 아사신과 리산.

무백   (NA.) 이 철없는 소년, 소녀는 그렇게 아스달에서 사라져버렸다.
아사신과 리산은 행복했을까? 그렇지 않았던 것 같다.
리산은 병으로 일찍 죽었고, 아사신은 자신의 어리석음을 참회하며,
동굴에 들어가 신의 말씀을 듣고, 깨달음을 얻었다 한다.
(동굴에서 참선하는 아사신)
그리고 아사신의 사자가 그로부터 10년 후, 아스달에 나타난다.

누군가가 말을 타고, 아스달이 보이는 언덕에 올라 거치즈멍을 본다.

무백   아사신은 어느 날, 자신 때문에 벌어진 고향의 비극을 알았다.
아사신은 아이루즈신께 눈물로, 여든여덟의 밤과 낮을 빌었다 한다..
결국 그 기도가 신께 닿아,
아이루즈께선 아들을 내려보냈고, 그 아들은 아사신의 가르침을 받은 후,
칸모르라는 말을 탄 채, 아스달에 나타났다.
그가 이 연맹의 창시자인 아라문.. 해슬라다. (아라문 해슬라 동상 보여지며)

세상 모든 전설의 시작

3부

S#1. 1, 2부 하이라이트

S#2. 멋있는 벌판(낮)

무백   (경이로운 마음의 소리 E) 저게 칸모르라면..

이를 악물고 도우리를 타고 달리는 은섬의 모습, 그 위로!

무백   (경이로운 마음의 소리 E) 아라문... 해슬라...? (2부 엔딩 지점)

카메라 빠지면, 도우리를 탄 은섬은 계속 달리고 있다.
뒤쫓는 기토하와 무광, 그리고 맨 앞의 무백!!
그들의 모습이 부감으로 보여지는 가운데,
은섬과 도우리는 멀리 달아난다.
그사이, 기토하와 무광의 말이 무백의 말을 따라잡는다.
기토하와 무광, 옆에서 나란히 달리는 무백에게

기토하   (말 달리는 채 흥분하여 큰 소리로) 형님! 저거 칸모르 아닙니까?!

무광	(역시 큰 소리로) 형님 말도 앞으로 안 나갔죠?
무백	(역시 말 달리며) 돌아가서 이 상황을 전해! 난 저놈을 쫓을 테니!!

하며 무백의 말은 앞으로 달려 나가고,
기토하와 무광은 말머리를 돌려 왔던 길로 다시 달린다.

S#3. 숲 일각1(낮)

은섬을 태운 채 달려 들어오는 도우리!
은섬 도우리의 갈기를 잡고 있다. 무표정한 듯하지만
눈물을 참고 있는 얼굴. 그 위로,

ins.cut.〉 2부 39씬 중,
기토하가 잡아당기는 줄에 끌려가는 탄야의 얼굴 클로즈업.

그렇게 달려가는 은섬과 무심히 달리는 도우리에서,

S#4. 숲 일각2(낮)

쏜살같이 달려 들어오다가 멈추는 도우리!!
은섬, 도우리가 멈추자마자 순식간에 도우리의 등에서 내리더니,
한쪽에 있는 작은 개울로 자신의 얼굴을 확 처박는다.
개울 안, 은섬의 눈이 보랏빛으로 빛난다. 그 위로,

ins.cut.〉 2부 39씬 중,

탄야	살아! 살아서 언젠가 언젠가...! 꼭 우릴 구하러 와..! (cut.)

은섬, 미칠 거 같다. 어찌할 줄을 모르겠는 듯 눈물은 흐르는 채
물에서 고개를 확 들며 거친 숨을 몰아쉬는 위로,

은섬	어떻게 해야 돼...? 구해야 되는데.. 그놈들이 누군지도 모르겠고
탄야	(E) 꾸우움! 니 이름은 꿈이야!! 나의 꿈이자 와한의 꿈!! (cut.)
은섬	(목소리 점점 커지며) 그놈들은 너무 강하고.. 너무 많고..!
	너무....! (고개를 휙 돌려 도우리를 보며)

도우리, 은섬 바로 옆에서 아주 평화롭게 풀을 뜯어 먹고 있다.
보는 은섬. 황당해서 멍하게 본다.
그러다가는 은섬, '픽..' 실소가 나오려는 순간!
풀을 먹던 도우리의 눈빛이 날카로워진다.
순간 은섬의 눈빛도 날카로워진다. 뒤에 무엇인가가 느껴진다.
긴장된 순간! 은섬과 도우리가 고개를 똑같이 아주 미세하게
살짝 돌린다. 이때 '쓰으윽' 칼을 뽑는 소리가 난다.

ins.cut.〉20미터쯤 뒤의 숲길
칼을 뽑은 무백의 모습.

긴장하는 은섬!! 긴장하는 도우리!! 긴장하는 무백!!
이때 "쫘꽝!" 하는 효과음과 함께 무백이 칼등으로
말 엉덩이를 탁 튕기며 기합을 지르며 튀어 나가고!
동시에 은섬은 도우리의 갈기를 잡고는
날아오르듯 도우리의 등에 뛰어오르며, 튀어 도망간다.
필사적으로 쫓는 무백.

무백	(쫓으며, 마음의 소리 E) 저게 정말 칸모르라면..
	세상 어떤 말도 따라잡지 못한다..

하면서 재빠르게 칼을 활로 바꿔 들고, 등 뒤의 화살을 뽑는 무백!
화살을 재는 무백. 화살을 잰 무백의 시야로,
앞에 뛰는 도우리와 은섬이 왔다 갔다 한다.
필사적인 얼굴로 달리는 은섬의 모습. 컷.

은섬이를 향해 시위를 당기고 있는 무백의 시점. 컷.
필사적으로 달리는 은섬의 얼굴. 컷.
활시위를 놓는 무백. 컷.
"핑" 하는 소리! 소리를 듣고 놀라는 은섬의 얼굴!

ins.cut.) 2부 28씬 중,
대칸6이 화살을 날릴 때 났던 핑~ 소리. (cut.)

은섬, 경악한 얼굴로 순간, 고개를 확 숙인다.
그사이, 화살의 시점으로 은섬의 머리 옆을 지나가는 화살!
은섬, 슬쩍 돌아보니 무백, 다시 화살을 잰다.

은섬   (도우리의 갈기를 잡은 채, 마음의 소리 E) 저 이상한 무기를...
         또 피할 수 있을까? (다급) 어째야 하지, 어쩌지..!

순간, 뒤에서 나는 '핑!' 하는 소리. 이번에도 몸을 젖히는데
화살이 은섬의 팔뚝을 스쳐 옷이 확 뜯겨진다.
더욱 낭패라는 생각에 이를 악무는 은섬!
이때, 도우리가 "히이이잉!" 하면서 멈춘다!
놀라는 은섬!

은섬   (놀란, 마음의 소리 E) 왜? 왜 멈춰?

하는데 도우리 확 돌아선다! 다시 한 번 놀라는 은섬!
그리고는 무백 쪽을 향해 달리는 도우리!
역시 놀라는 은섬!

은섬   (놀라는 마음의 소리 E) 도울아! 어쩌려는 거야..!

무백도 은섬이 갑자기 회전하여 자신을 향해 돌진하자 당황한다.
은섬, 그런 무백을 본다.

은섬   (도우리의 뜻을 알겠다는 듯 결연한 마음의 소리 E) 그래..!

은섬, 그리고는 이를 앙다물며 떨어지지 않으려, 자세를 낮춘 채
도우리의 갈기를 꽉 잡는다!
무백도 은섬 쪽을 향해 달려오고 있다!
그런 무백을 향해 정면으로 달려가는 도우리와 은섬!

은섬   (놀라다가, 마음의 소리 E) 달새가 그랬지, 난 사람이 아니라고.
너무 빠른 눈을 가졌다고..!

무백, 마주 달려오는 은섬을 보며 빠르게 다시 화살을 쏜다.
핑! 날아오는 화살을 유연하게 피하는 은섬.
무백, 급히 다시 화살을 두 개를 잰다.
양쪽 등자에 몸무게를 싣고, 몸을 일으켜 동시에 쏜다.
은섬의 시야에 들어오는 날아오는 두 개의 화살!
다시 몸을 젖혔다 눕히며 피한다. 은섬, 이를 악물며 미소!
점점 서로 거리가 좁혀지자 무백, 결심한 듯 기합을 지르며
칼을 뽑는다.
칼을 뽑은 무백의 앞으로 돌진해가는 도우리와 은섬!!
드디어 은섬의 말과 무백의 말이 맞부딪히려는 찰나,
무백의 말이 방향을 확 꺾어 피한다!
그 바람에 말에서 떨어지는 무백, 짧은 비탈길로 구른다.
급히 일어나는 무백! 얼른 뛰어 올라가는데, 자신의 말이 도우리를
따라가고 있다. 무백, 그런 자신의 말을 맹렬히 쫓아간다.

S#5. 숲 일각3(낮)

맹렬히 뛰는 무백의 모습 위로,

산웅   (E) 무백아..

ins.cut.) 새로 찍는 회상, 거치즈멍, 아라문 해슬라 동상 앞(낮)
무백은 무릎을 꿇고 있고, 산웅이 무백에게 칼을 하사하고 있다.

산웅   칸모르 같은 사내가 되어라.. 강하고 빠를 뿐 아니라..
       모든 이들이 따르는 그런 사내! 먼 옛날.. 칸모르가 뛰면

다시 현실. 죽어라 뛰는 무백 그 위로,

산웅   (E) 적군의 말들까지 모두 칸모르를 따라갔다더구나.

이젠 지쳐서 헉헉대는 무백. 결국 멈춰 선 채
멀리 달려가고 있는 도우리와 은섬, 자신의 말을 본다.

무백   (마음의 소리 E) 칸모르.. 정말.. 칸모르란 말인가..!!

S#6. 눈물의 바다(낮)

노랗고 붉은 기운의 사막 위를 걷고 있는 이아르크인들의 풀샷.
소금사막 위엔 반만 자른 통나무가 깔려 있다.
카메라 가까이 가면, 6인 1조로 손은 손대로 목은 목대로 줄줄이
연결되어 묶여 있는 와한족이 통나무 위를 한 줄로 걷고 있다.
탄야와 달새는 여기저기 상처가 난 채 가고 있고, 다른 사람들도
정령제 꽃장식이 흐트러진 채 표정은 공포에 젖어 있다.
이때 힘에 겨워 풀썩 쓰러지는 초설!
그러자 초설과 함께 묶여 있던 탄야 등이 함께 우르르 쓰러진다.
그제야 눈치를 챈 탄야가 초설을 보니, 식은땀이 흐르고 있다.

탄야   (초설의 손을 만져보더니) 어머니.. 몸이 너무 뜨거워요.. 괜찮으세요..?

| 초설 | (정신이 혼미하지만 참으며) 난 괜찮다. 괜찮아.. 헛디딘 거뿐야. |

하는데, 피가 배어 나오는 초설의 옆구리 클로즈업.

탄야	(초설의 상처는 보지 못한 채) 이 사람들은 대체 누구죠?
	우릴 어디로 데려가죠?
초설	(고통스런 표정으로 마음의 소리 E) 그곳으로 가는 걸까..?
탄야	(초설이 답이 없자, 마을 쪽을 돌아보며 E) .. 은섬아...

S#7. 와한족 마을 마당(낮)

앞에서와는 달리 비장한 느낌의 은섬이
처참한 상태의 마을을 보고 있다.
죽은 마을 사람들.. 짓밟힌 꽃들.. 내팽개쳐진 음식들..
그러다 자신의 발 옆에 차인 탄야의 꽃화관을 발견한다.
천천히 탄야의 꽃화관을 주워 본다.
그리고는 탄야의 꽃화관을 꽉 쥐고는, 어딘가로 간다.

S#8. 와한족 열손의 작업실(낮)

들어오는 은섬! 열손의 작업실에 만들어져 있는 짧은 돌칼들,
슬링, 돌도끼 등을 집어 자신의 양쪽 발목에 하나씩,
또 등 뒤에 하나, 허리춤에 하나 등 무기를 장착한다.
또 올가미를 집어 들고, 온몸에 무기를 최대한 장착하고는
비장한 모습으로 마당으로 나오는데..

| 도티 | (떨리는 목소리로 E) 은섬 수수.. |

S#9. 와한족 마을 마당(낮)

마당으로 나온 은섬, 놀란 채 한쪽 구석을 본다.
한쪽 구석에서 조심스럽게 나오는 도티! 은섬을 보자,

도티	(울면서 달려오며) 은섬 수수! (자막: 삼촌, 씨족의 모든 남자를 이르는 말)
은섬	도티야..! (하고는 얼른 자세를 낮춰 달려오는 도티를 안아 다독인다)
도티	(겁에 질려 벌벌 떨며) .. 다 죽였어.. 오류이.. (울컥) 올미.. 막세.. 다..
	무서운 사람들이.. 번쩍번쩍하는 이상한 칼을 들고.. (울음이 터진다)
은섬	(너무 안쓰러워 더 꼭 안아주며) 괜찮아.. 이제 괜찮아..
	내가 구할 거야.. 구하러 갈 거야..
도티	(고개를 저으며) 수수.. 안 돼.. 그 사람들 너무 무서운 사람들이야.

하며, 도티가 울자, 끌어안았던 도티를 풀어 도티의 얼굴을 잡고는

은섬	도티야.. 우리가 어떻게 해야 할지 몰라서.. 막 힘들 때..
	씨족어머니께서 어떡하라고 하셨지?
도티	음.. 힘들 때? (생각하는 듯하다가) .. 정령의 소리를 들으라고..
은섬	응. 근데 은섬 수수가 저기 (도우리 힐끔 보고) 말의 정령의 소리를 들었어.
도티	뭐래?
은섬	(도우리 힐끔 보고는) 돌아서서 달려들어라..!
도티	진짜? 어떻게? 그 사람들 되게 많았어.. 더 많을지도 몰라.
은섬	너 달새 수수가 한 말 기억나?
도티	달새 수수?

ins.cut〉2부 30씬 중,

둔지	그래서 어쩌려고..!
달새	족장만 잡아서 안자족이 원하는 만큼, 보상을 하게 하고..!
	우리는 받을 고기를 받으면 됩니다..!
은섬	그 사람들을 다 무찌를 수는 없지만, 그쪽 족장을 잡으면

우리 와한족 사람들하고 맞바꿈 할 수 있어.

예전에 달새 수수도 그런 적 있었잖아, 그치?

도티   .. (생각난 듯) 어! 맞다!!

하는데, 갑자기 뒤에서 들리는 부스럭 소리!

순식간에 도티를 자기 뒤로 확 숨기며 돌도끼를 들고 돌아보는 은섬!

그새 또 바닥의 꽃을 먹고 있는 도우리의 뒤로 와 있는 무백의 말!

은섬, 급히 무백의 말 앞쪽으로 달려가 살핀다.

따라온 자는 없다! 무백의 말을 살피는 은섬.

은섬   (도우리에게) 야, 좀 물어봐, 얘 왜 왔는지.

도우리   (아랑곳하지 않고 또 먹기만)

도티   정령님이 말 안 하고 먹기만 해.

은섬, 그런 도티의 말에 피식 웃음 나고, 도티의 손을 잡고 가려다

다시 돌아서 무백의 말을 본다.

퀵 줌으로 안장 컷! 퀵 줌으로 등자 컷!

ins.cut.〉 3부 4씬 중,

무백, 양쪽 등자에 몸무게를 싣고, 일어서서 동시에 쏜다. (cut.)

은섬   (도우리에게 심각하게) 너 옷 한번 입어볼래..?

먹다 말고 씹으면서 은섬을 보는 도우리!

S#10. 대흑벽 아래쪽 사막(낮)

통나무 위를 묶인 채로 걸어가고 있는 와한족 사람들.

다들 대체 어디로 가는 걸까 무섭고 의아한 듯 두리번거리는데..

열손, 눈치를 보다가 결심한 듯, 대칸9에게

열손	이쪽으로는.. 길이 없습니다. 우릴 어디로 끌고 가는 거요?
대칸9	(갸우뚱하며) .. 볼수록 희한하네.. 두즘생들이 어떻게 우리말을 하지..?
열손	.. 아니 어디로 가는 거냐구요?
	이쪽은 막혀 있어요. 이쪽도 저쪽도 갈 데가 없습니다.
대칸9	알어. 우린 위쪽으로 가는 거야. (손가락으로 가리키며) 저 위로..
열손	거긴.. 새가 아니고서는.. 갈 수가..

하는데 대흑벽의 코너를 돈 이아르크 포로 대열의 앞쪽에서부터
웅성거리는 소리가 들린다.
의아한 열손, 달새, 둔지, 검불, 터대 그리고 탄야, 초설,
우루미, 아가지 등이 드디어 앞을 보며 코너를 돌자!
순식간에 경악하는 표정으로 바뀌는 열손, 달새, 둔지, 검불, 터대
그리고 초설, 탄야, 우루미, 아가지 등등
그들의 시선으로 대흑벽에 설치된 하늘사다리가 보인다!!
다들 입이 다물어지지 않는다. 특히 더 경악하는 열손.

열손	(흥분되고 떨리며) 대체.. 이런 걸.. 어떻게...!!

열손, 너무도 놀라운 눈빛으로 대칸9를 보다가, 이제는 움직이는
하늘사다리를 따라 열손의 시선도 올라간다.
초설, 역시 너무 경악한 듯 이까지 덜덜 떨며 하늘사다리를 본다.
탄야, 역시 놀랐으나 초설이 걱정스러워 바라보는데

초설	(신음과도 같은 작은 소리로) .. 모든 정령이.. 말을 멈췄고,
탄야	.. 예?
초설	살아 있는... 모든 것이.. 생기를... 잃는다..
탄야	(걱정과 의아) ...?
초설	.. 생기를.. 잃는다..

S#11. 몽타주(낮)

이후 음악이 흐르면서,
#. 드디어 하늘사다리에 타는 탄야 등의 와한족들의 모습.
#. 하늘사다리에 탄 와한족들의 공포에 휩싸인 표정.
#. 한쪽에 있던 대칸10이 위쪽을 향해 육중한 소리를 내는
소라나팔을 분다.
#. 공포에 휩싸인 탄야와 다른 와한족들의 얼굴 컷컷컷.
#. 하늘사다리를 묶은 줄 C.U. 팽팽하게 당겨 있다.
도르래 등의 기계장치 C.U. '삐걱' 육중한 소리를 내며
드디어 돌아간다.
#. 하늘사다리에 탄 와한족들 하늘사다리가 움직이니 놀라
주저앉는 등, 공포에 휩싸인다.
#. 올라가기 시작하는 하늘사다리.
#. 와한족들의 표정. 컷컷컷.
#. 대흑벽 아래에서 중간 기착점까지 하늘사다리의 움직임. 풀샷.
#. 중간 기착지.
거대한 방아 같은 것을 돌리고 있는 수십 명의 노예들.
노예들의 발에는 나무족쇄가 채워져 있다. 그들 이마의 구슬땀!
#. 중간 기착지를 통과하며 그들을 보는 탄야와 와한족의 표정들.

대칸9   (E) 저쪽이야..!

S#12. 대흑벽 하늘사다리 위쪽(낮)

먼저 타고 올라온 이아르크 포로들이 다리를 후들거린다.
쓰러지는 이들이 속출하고, 토하는 사람도 여기저기 있다.
대칸 전사들은 그런 포로들에게 "일어서 이 새끼들아!!"
"정신 차려!!" 등등 소리소리 지르고,
이때 하늘사다리에서 내려서 오는 기토하와 무광.

무광	티곤님한테 칸모르 애긴 하지 마요..
기토하	왜애..?
무광	확실치도 않은 걸로 맘 뺏기게 하지 마시라구요.
	그깐 칸모르 없어도 아라문 해슬라 되실 분입니다.
기토하	아니 어차피 무백 형님이 칸모르 데리고 오면..
무광	아, 그럼 그때 말하면 되지!
기토하	...? (따라가며) 야..! 너 지금 반말했지?
무광	아닌데.. 요?
기토하	이 새끼가..!

티격태격하며 타곤 쪽으로 가는 둘.
그런 그들의 뒤로 하늘사다리에서 내리고 있는 탄야, 초설, 달새,
뭉태, 북쇠 등 와한족 사람들. 일부는 털썩 주저앉았고, 일부는 토하고,
뭉태는 이미 오줌을 쌌다.
열손만이 도르래를 보며 마치 신을 만난 것 같은 느낌이다.

열손	.. 어떻게 이런 게... 이건 말도 안 돼..

하며 보는데, 대칸들은 소리소리 지르고..
초설은 넋이 나간 듯 보인다. 탄야는 그런 초설을 걱정스레 본다.

S#13. 대흑벽 위 타곤의 막사 앞 (낮)

타곤, 해투악, 연발 있는데, 기토하, 무광이 온다.

무광	(들어오며) 타곤님.. 이제 다 끌고 올라왔어요!!
해투악	노예가 한 이천 명 된다면서요? 다들 큰 부자 되시겠다.
기토하	부자가 돼도 아스달에 가야 뭘 누릴 거 아냐..?
타곤	그래 가자.

모두들	..!!
타곤	오늘, 바로 아스달로 출발한다!
기토하	(믿기지가 않는 듯 흥분해서) 진짜요? 진짜 가는 겁니까?
타곤	명이 내려왔어...
무광	(너무 신나서) 아..! 이게 얼마 만입니까?

이때, 막사 앞으로 끌려온 와한족 사람들이 지나간다.
타곤, 와한족 사람들을 본다. 망가진 꽃장식이 기괴해 보인다.
대칸들이 거적 같은 것을 거칠게 던지고 있다.
와한족들, 거적을 하나씩 받아 몸을 감싼다.

기토하	(타곤이 그들을 보자) 아 맞다..! 저기 이상한 애들 보이시죠.
타곤	(물끄러미 보는데)
기토하	쟤들, 우리말 써요!
타곤	뭐?
기토하	쟤네 우리하고 똑같은 말 쓴다니까요. 와 진짜 신기해요. 노예값 한 서너 배는 더 받겠죠?
연발	(나서며) 야.. 그게 사실이면 열 배도 받겠다.

타곤, 놀라워 와한족 사람들을 다시 보다가,
탄야와 시선이 마주친다.

연발	이번엔 타곤님께서도 아스달서 누리실 거 다 누리시는 거겠죠? 잠깐잠깐 들르신 거 말곤 10년 동안 제대로 계신 적도 없었잖아요.
타곤	(탄야에게 시선을 고정한 채) 글쎄..

하면서도 타곤, 계속 탄야를 보고 있다. 이상한 느낌이 든다.

기토하	이번에도 또 그러면 제가 아스달을 부숴버릴 거예요.
무광	그럼요..! 우린 언제나 타곤님과 함께합니다!
연발	(모션 취하며) 긴 것의 끝!

기토하	(모션 취하며) 깊은 곳의 바닥까지! (하고 웃는다)
디곤	(탄야를 보고 있으면서도 빙긋 기토하와 무광을 향해 웃어주는데)
기토하	(기분이 좋아) 아.. 길선 형님 못 본 지도 한참이네..
	자기 혼자만 쏙 빠져가지고 아스달에서 꿀 빨고 있겠죠?
주모자1	(E) 길선님!! 살려주시오!!

S#14. 연맹궁 앞 일각(낮)

주모자1의 목을 치는 위병단 복장을 한 길선!
앞쪽엔 묶여서 무릎 꿇고 있는 사람들 열댓 명과 위병들 있고,
주변엔 구경하는 각종의 사람들, 지나가는 사람과 가마,
계단을 오르는 사람, 양과 염소 등을 끌고 가는 사람 등등 북적인다.

길선	네놈들은 연맹의 곡식을 훔쳤다!
	주모자 둘의 목을 치고 나머진 발목을 자를 것이다! 다음!
	공포에 떨며 묶여 있는 사람들 중,
	위병1이 초발을 일으켜 세워 끌고 나오려 하자
초발	(울분에 차 외친다) 우리 호피족이 무슨 잘못을 했소?
	우린 달의 평원의 검은 돌이 깨지도록 땅을 갈았고!
사람들	....
초발	무릎이 먼지흙이 되도록 물길을 팠소!
	헌데 어찌 우리 호피족은 굶어 죽어가고,
	아무것도 안 한 아사씨의 창고는 곡식이 넘쳐난단 말이오?
길선	아사가문은 이곳 아스에 가장 먼저 온 씨족이다!
	아사가문에 바치는 곡식은 아사가문의 것이 아니라,
	신들에게 바치는 것이다!
초발	(크게 비웃는) 허! 달의 평원을 개간하는 데
	대체 흰산의 주신 이소드녕께서 뭘 했는데요? 더구나, 지금의 아사씨는..!

위대한 어머니 아사신의 곁다리 핏줄일 뿐!
그 피가 이소드녕께 정말 닿긴 닿는답니까!!

길선　너 이 자식.. 혹시 흰산의 심장 아냐?!

사람들　(웅성)

초발　그게 무슨 모함이요? 흰산의 심장은 8년 전에 다 때려잡았잖소?

길선　아무리 때려잡아도 남는 놈들은 남아서..
아라문 해슬라는 이그트네.. 아사씨는 직계가 아니네.. 떠드니까.. 너처럼..

초발　(OL) 지금의 아사씨가 한 게 없는 건 사실 아니요!
달의 평원에 살던 뇌안탈 놈들을 쫓은 건 타곤님이시고!
강도 없는 달의 평원에 물줄기를 끌어오신 분은 해족의
어라하(자막: 부족장)이신 미홀님이니까요!

사람들　(공감하는 듯 웅성인다. "그건 그렇지", "맞는 소리야" 등등)

길선　(사람들이 웅성이자) 뭐하느냐? 얼른 데리고 나오지 않고!!

위병들, 초발의 양팔을 끼고는 끌고 나오려는데
안 끌려가려고 버티며 소리 지르는 초발.

초발　하늘 아래, 아스 땅 위에!!

위병들　(그 소리에 멈칫)

초발　.. 모든 씨족은 높낮음이 없다..
이것이 아스달 연맹을 만드신 아라문 해슬라의 말씀이시오!!

'아라문' 이름이 나오자 그곳에 있는 사람들 중,
몇몇이 기도하듯 두 손을 모아 "아라문이시여!" 읊조린다.
그러자, 초발도 "아라문이시여!"를 외친다.
보던 길선 "이 새끼들이!" 하며 위협하고는 위병들에게
"꿇려!" 하면 위병들, 초발의 무릎을 꿇린다.
길선, 다가가 초발의 목을 치려는데..! 이때!

단벽　(E) 멈춰라!

길선이 놀라 보면, 북적이던 사람들 쫙 갈라지더니 그 사이로
산웅과 단벽, 그리고 산웅의 호위전사들 6명이 걸어온다.

길선   (반무릎을 꿇으며) 니르하!!

하자, 모인 군중들도 모두 반무릎을 꿇으며 "니르하..!"를 외친다.

산웅   (길선과 초발을 보며 근엄하게) 어찌 죄를 지은 자가 큰소리를 내는가?
길선   신전으로 들어가는 곡식을 훔친 자들입니다.
초발   아스달의 연맹장이시며 새녘족의 어라하이신 산웅 니르하시여!
산웅   ...
초발   예, 훔쳤습니다. 허나, 제 말이 틀렸습니까?
          아사가문이 뭘 했기에 달의 평원에서 나온 곡식을 그리도 차지합니까!
산웅   무엇으로도 훔친 죄를 돌이킬 수는 없다.
          또한, 아사가문의 이름을 욕되게 입에 담은 것도,
          연맹장으로서 용서할 수 없는 일이다.
초발   억울합니다!
산웅   허나, 연맹장의 힘으로 처형을 잠시 미루겠다.
          이 일에 대해서 대제관이신 아사론 니르하와 다시 상의할 것이다.

하고는 산웅, 바로 돌아서 간다. 단벽과 호위전사들 따른다.
그러자, 길선 및 위병들과 군중들 모두 인사하고는 웅성거린다.
그런 산웅을 보는 길선. 그리고 감격한 초발과 호피족들.
가는 산웅 뒤에 대고 "고맙습니다! 고맙습니다, 연맹장 니르하"

S#15. 연맹궁 회랑 (낮)

회랑을 걸어가는 산웅과 단벽. 뒤엔 호위전사 6명.
앞쪽에 오는 사람들이 산웅에게 "니르하" 하고 인사하면,
인자하게 인사받는 산웅. 단벽과 걸어가며 대화한다.

산웅	아까 그자만 빼고, 나머지의 목을 모두 베거라.
단벽	(크게 놀라) 예?? 우두머리의 목만 베는 것이 아니구요?
산웅	(고개를 끄덕하자)
단벽	큰 소동이 날 겁니다. 가뜩이나 아사씨들에 대한 불만이 하늘을 찌르는데..
산웅	그래서 그리하라는 것이다..
단벽	(놀란다) ...?
산웅	그 죽음의 원망이 나에게 이르기 전에, 아사씨에게 미칠 것이다.
단벽	아버지.. 그럼 아까 그자는 왜 살려두십니까?
산웅	말이 많고 빠르고 시끄럽더구나.. 더 떠들게 하라. (하고는 가면서 혼잣말) 뭐 틀린 말도 아니고..

그렇게 앞서가는 산웅을 보는 단벽.

S#16. 연맹장의 침소 앞 복도(낮)

산웅, 혼자 걸어와서는 자기 방의 문을 연다.

S#17. 연맹장의 침소(낮)

들어오는 산웅.
대체적으로 어두운 방에 빛이 비치는 밝은 한 곳이 있다.
그곳으로 들어가자, 갑자기 산웅의 목을 휘감는 누군가의
팔과 손에 들린 칼! 놀라 긴장하는 산웅.

산웅	누.. 누구냐..?

누군지는 어둠에 가려 보이지 않고, 밝은 부분은 산웅의 얼굴과

산웅의 목을 휘감은 칼과 손뿐! 더욱 힘이 들어간다!
디욱 긴장하는 산웅!

태알하   (E) 나 좋아, 안 좋아?
산웅   (목소리에 안도의 한숨) 하...

산웅의 목에 칼을 들이댄 손목을 따라가면 태알하의 나신이다.

산웅   이게 대체 무슨 짓이냐, 칠 장난이 따로 있지.. 이게 무슨..
태알하   안 좋아..?
산웅   (어이없어서) 하....
태알하   안 좋구나? (하며 손을 푼다)

하고는 태알하, 로브 같은 것을 획 걸치고 가려 하고, 산웅 뒤돈다.

산웅   (태알하의 나신을 보며, 미소로) 좋기만 하겠느냐...
태알하   (멈칫하고는 돌아서서 활짝 미소 짓는다)
산웅   해투악은?
태알하   (산웅에게 안기며) 곧 오겠지이.
산웅   (태알하 보며) 타곤의 움직임을 빨리 알아야 해.
태알하   (품에서 떨어지며) 역시 나한텐 마음이 하나도 없어.
         오로지 타곤. 타곤. (바로) 아들은 왜 그렇게 미워해?
산웅   ..... 미워하지... 않아...
당골   (E) 타곤을 죽여야 한다..!

ins.cut.〉 새로 찍는 회상, 새녘족의 움막(낮)
새녘족의 씨족어머니가 젊은 산웅을 보며 엄하게 말하고 있다.

산웅   (당황) 아직 어린아이일 뿐입니다.
당골   (가까이 하며 작은 소리로) 그저.. 어린아이가 아니질 않느냐..!
         널 죽일 것이고, 많은 생명을 해칠 것이다. 또한! 연맹을 무너뜨릴 것이다!!

산웅	하... 말도 안 됩니다..
당골	다라부루께서 내리신 신탁이야!!
산웅	...!!
당골	새녁과 새녁을 따르는 부족의 생명이 모두 너에게 맡겨져 있다! 모르느냐?
산웅	.. 압니다.. 압니다!! 너무도 잘 압니다!! 허니 제가 잘.. 가르쳐서..
당골	그 아이가 널 죽이지 않는다 해도, 그 아인 네 발목을 잡을 거야. 흰산족이 어떡하든 네 약점을 찾아낼 테니까..
산웅	.....

ins.cut.〉 새로 찍는 회상, 숲길(낮)
젊은 산웅이 어린 타곤의 손을 잡고 가고 있다.
타곤은 불안한 눈빛으로 아무 말도 없이
깊은 숲으로 들어가는 아버지를 흘낏흘낏 본다.
산웅은 차마 아들은 보지 못한 채 감정을 숨기며 걷고 있다. 그 위로,

산웅	(참담한 마음의 소리 E) 니 운이 닿는다면.. 살.. 것이다..

ins.cut.〉 새로 찍는 회상, 검은 숲(밤)
공포에 사로잡힌 어린 타곤이 "아버지" "아버지"를 부르며 산웅을
찾고 있다. 들짐승의 눈빛! 으르렁거리는 소리. 공포에 떠는 타곤.

ins.cut.〉 새로 찍는 회상, 검은 숲2(밤)
타곤의 '아버지' 소리가 들리지만, 산웅이 눈물을 흘리며 달리고 있다.

ins.cut.〉 새로 찍는 회상, 타곤의 옛집 마당(밤)
마당의 계단에 산웅이 고개를 파묻고는 앉은 채 흐느끼고 있다.
이때, 문 열리는 소리와 함께 '아버지' 하는 소리가 들린다.
경악하여 보는 산웅. 옷이며 얼굴 등이 여기저기 찢기고 터진 채로
눈물로 범벅이 된 어린 타곤이 집으로 들어와 있다.
그리고는 안도감에 울면서 산웅에게 안기는 어린 타곤.

(*숨겨진 컷 있음)
흥분한 산웅은 눈물을 흘리며 그런 타곤을 부둥켜안는다.

산웅   내가 대체 무슨 짓을 한 것이냐? 미안하다 타곤..
       내가 잘못했다.. 잘못했어. (cut.)

ins.cut.) 새로 찍는 회상, 타곤의 옛집 거실(밤)
어린 타곤이 겁에 질려 산웅을 보고 있고 산웅은 타곤의 손을 잡고
얼굴을 가까이 한 채, 이야기한다.

산웅   넌 아라문 해슬라가 될 거다. 내가 그리 만들 거야.
       다라부루의 말씀이 틀렸다는 걸 내가 보이고 말 거다.
       넌 결국 아라문 해슬라의 재림이 될 거다!

태알하   타곤은 왜 그렇게 미워하냐구?
산웅   (멍하게 회상에 잠겨 있다가는) 미운 게 아니라, 무섭다...
태알하   무섭다구?
산웅   결국 내가 타곤을 죽이게 될까 봐..
태알하   ...!! (심각하게 보다가는 픽 웃고는) 에이.. 타곤을 너무 크게 생각하네.
       타곤은 암것도 몰라. (탁자로 가며) 순진하게 연맹에서 시키는 일만 한다구.
       타곤이 인기가 좋긴 하지만.. 애송인데 뭐.. (술잔 따르며)
산웅   (그런 태알하를 알 수 없는 표정으로 보며) ...
태알하   (힐끔 보고는) 왜 그렇게 봐..?
산웅   ...... 혼인하자.
태알하   ...!!!
산웅   ....
태알하   (돌아본다) ...
산웅   싫은가..?
태알하   (시큰둥한 척) 우리 아버진 좋아하겠네.
       근데.. 당신과 내가 혼인하는 거.. 우리 둘의 문제가 아니잖아.
       당신 말대로 권력..! 아스달의 판도가 바뀌는 일인데..

산웅	...
태알하	흰산족이 가만있겠어? 특히 그 천년 묵은 뱀 같은 아사론이..?
아사뭇	(E) 아사론 니르하.

S#18. 대신전 불의 방(낮)

젊고 아리따운 무녀 아사무가 물 위에서 부드럽고 가벼운
춤을 추고 있다. 아사론은 꺼지지 않는 불을 향해 정좌해서
앉아 있다. 아사론 앞의 탁자에는 화려한 호리병이 놓여 있다.
풀이나 나뭇가지를 등잔불에 태워서 호리병에 넣자,
거기서 연기가 올라온다. 아사론이 호리병에서 나오는 연기를
천천히 흡입하더니 '하..' 취해서 양팔을 옆으로 벌리며
점점 몸을 뒤로 젖힌다.
이때, 아사론 뒤쪽으로 아사뭇이 들어와 아사론 옆에 선다.

아사론	(감았던 눈을 천천히 뜨며 아사뭇을 본다)
아사뭇	신을 만나고 계신데.. 송구합니다..
아사론	(양팔을 벌린 채) 말하라...
아사뭇	산웅 니르하의 방에 은밀히 드나들던 자가,
아사론	...
아사뭇	새녁족의 당그리(자막: 당골, 무당)가 아니라, 미홀의 딸 태알하였답니다.
아사론	.....!
아사뭇	.. 놀라지 않으십니까?
아사론	(신탁을 내리듯 눈을 감고) 밝은 것이 상하고.. 어둠에 물처럼 잠긴다..
아사뭇	(신탁을 듣자 너무 걱정스러운 듯) 미홀이 해족을 이끌고 아스달 땅에 왔을 때, 그때.. 내쳤어야 했습니다. 그들이 가져온 청동과 농경술은 위험한 거였어요..
아사론	....
아사뭇	미홀은 그사이에 너무 컸습니다. 만약 태알하와 산웅이 혼인이라도 한다면...

아사론	그럴까..?
아사못	니르하, 산웅은 미홀과 손잡고 우리에게 맞서려는 게 분명합니다..!
아사론	(두 팔을 벌리고 하늘을 보며 실실 미소를 지으면서도 의미심장한 표정) ....
미홀	(기쁜 듯 E) 됐다..!

S#19. 불의 성채 미홀의 방(낮)

미홀, 태알하 있고, 뒤에 여비가 있다.

미홀	수고 많았다...
태알하	(탁자 위의 살구 하나 집어 먹으며) 아.. 자존심 상해..
	이 태알하가, 혼인하잔 얘기 듣는 데 대체 얼마나 걸린 거야?
	(살구 또 한입 베어 먹으며) 타곤은 사흘 만에 혼인하자고 했는데..
여비	(타곤 얘기를 하는 태알하의 표정을 살핀다) ...
태알하	(묘한) 그러고 보면 타곤은 정말 어려요, 아버지.
여비	(그런 태알하의 마음을 살피려는) ..
미홀	산웅을 타곤 따위와 비교할 순 없지.. 니르하지 않느냐?
	이 아스달에 니르하로 불릴 수 있는 자는, 단둘..! 아사론과 산웅.
	만만치 않은 사내들이다...
태알하	아... 니르하께서 내게 청혼을 하셨으니... (피식)
미홀	산웅이 너와 혼인한다는 건 결심이 섰다는 것!
태알하	그렇죠. 아사론과 했던 연합을 끝내고,
	우리 해족이랑 연합을 하겠다는 건데..
미홀	그게 첫 번째.
태알하	그럼 두 번짼요?
미홀	.. 타곤.
태알하	...!
미홀	타곤이 너와 어떤 사이인지 산웅이 모르지 않는다.
	그런 너에게 청혼을 했다는 건, 타곤을 치겠다는 거지.
태알하	(심각해지며) ..!

미홀	(태알하를 돌아보며, 비장하게) 너의 길고 긴 여마리(자막: 첩자) 짓도..
	이제 머지않은 거 같구나.. (하고 태알하 보면)
태알하	(미홀에게 미소 지어 보인다) ...

S#20. 불의 성채 태알하의 방(낮)

급히 들어오는 태알하, 급히 술을 찾아 잔에 따르더니 마신다.
이어서 한 잔을 더 마시는 태알하. '크으..'
조용히 따라 들어와 있는 여비, 그런 태알하를 본다.

여비	(늘 같은 표정에 늘 사감 같은 말투) 낮부터 왜 술이십니까?
태알하	(아랑곳 않고 한 잔 더 마시며 마음의 소리 E)
	연맹장 산웅도, 아버지 미홀도 마음을 굳혔다..
	이제 타곤은 죽는다.. 타곤은 죽어.
여비	흔들리시면 안 됩니다.
태알하	.....?
여비	태알하님께서 타곤을 버린 게 아닙니다. 타곤이 탈락한 겁니다.
	아버님께서 실망하십니다. 흔들리지 마세요.
태알하	(표정 확 바꾸며) 흔들려? 누가?
	나 태알하, 타곤과 산웅 사이의 여마리를 왜 할까?
	아버지 명령이라서? 아니. 내 목표는 아스달을 내 발아래 두는 거야.
여비	(똑같은 표정과 톤) .. 예..
태알하	(돌아보며) 내 걱정은 타곤이 그냥 당할까..? 하는 거야.
해투악	(아주 놀란 E) 타곤님!!

S#21. 대흑벽 위 타곤의 막사 안(낮)

해투악, 죽간을 펴보며 경악하고 있다.
앞엔 타곤이 있고, 그 앞 테이블엔 빈 죽간들과 죽정(대나무 펜),

검은 그을음을 담아 놓은 작은 흙 그릇이 있다.

해투악 이걸 태알하님께 전하라구요!?
타곤 (상관 않고 미소 지으며 생각났다는 듯) 아, 참 이것두.. (다른 죽간을 내밀며)
탑에 숨겨논 아이한테!
해투악 이거 잘못하면 타곤님이 추방당하는 거잖아요!!
타곤 아.. 걔.. 열두 살 때 봤는데.. 많이 컸겠네...
해투악 (속 터져) 타곤님..!
타곤 (미소) 얼른 출발하거라. 나도 출발해야 한다..
해투악 (그런 타곤 보며 한숨 한 번 쉬더니) .. 예.. 갈게요..

하고는 급히 나가는 해투악.
그 뒤로 '아뜨라드의 붉은 밤' 노래를 작게 허밍하며 타곤도
겉옷을 입는 등 출발 준비를 한다.
해투악, 살짝 뒤를 돌아본다.

S#22. 대흑벽 위 대칸 본영 큰 마당(낮)

대칸부대와 이아르크 포로들이 모두 서 있다.
제일 앞에는 기토하, 연발, 무광 등이 있고,
불안한 탄야와 열손, 와한족의 모습이 컷컷으로 보인다.
초설은 점점 더 아파가는 기색이다.
이때, 타곤이 연발에게로 걸어오며

타곤 (연발에게) 출발하자!
연발 예!

하고는 연발이 "출발한다!!" 하고 외치자,
소라나팔을 든 대칸들이 나팔을 불어 "뿌우우우" 소리 들리는데..
말을 타는 타곤, 연발, 그리고 기토하, 무광.

무광   (탄 채로 뒤를 보며) 무백 형님이 늦어지시네..

기토하   세상에 걱정할 사람이 없어서 니네 형님 걱정을 하나?
        대칸 최고의 전사를!

S#23. 와한족 마을 일각(낮)

말을 잃어 한참을 걸은 듯, 지친 모습으로 걸어오는 무백!
이때, 한쪽에서 부스럭 소리가 난다!
무백, 순간 칼을 뽑아, 소리 나는 쪽으로 간다.

S#24. 와한족 신성한 곳(낮)

칼을 든 무백, 천천히 와한족의 제단 쪽으로 다가온다.
무백, 소뼈 등으로 장식된 제사단을 본다. 기괴한 느낌이다.
이때, 다시 부스럭!! 순간 무백, 그쪽으로 공격 자세를 취하는데..!
그쪽으로 짐승 한 마리가 빠르게 지나간다.
무백, 안도한 뒤 돌아서서 나가려는데, 멈칫 다시 돌아본다.
높은 나무 위에 가죽으로 된 꾸러미가 가죽 끈에 매달려 있다.
무백, 잠시 보다가 활을 꺼내 끈을 맞춘다. 뚝 떨어지는 꾸러미!
무백, 다가가는데 이때!

노파   (E) 안 됩니다! 안 돼요!

보면, 허리가 많이 굽은 노파다. 다쳐서 피를 흘리고 있다.

노파   그 보자기는..

무백   너희 씨족의 신성꾸러미겠지.. (자막: 신성꾸러미: 씨족 대대로 내려오는
        신성한 물건을 담은 꾸러미. 씨족의 역사를 대변한다.)

노파	예.. 허니.. 제발 그것만은.. 그것만은 해치지 마시오..

무백, 무시하고는 꾸러미를 풀어본다.
보면 해골, 동물뼈 등 여러 가지가 있다.
무백, '피식' 냉소 짓다가는 순간 크게 놀란다!!
무백, 어떤 물건을 들어올린다.

무백	(놀란 채, 마음의 소리 E) 이건, 별다야!!?? (노파에게)어디서 난 것이냐..?
노파	놔두시오..! 그건 우리 와한족의 처음이신 흰늑대할머니의 신물이오..!
무백	(별다야 보며, 마음의 소리 E) 말도.. 안 돼..

놀라는 무백의 모습. 그 위로,

대칸10	(E) 무백님은 언제 오시는 거야?

S#25. 대흑벽 하늘사다리 아래쪽(밤)

한쪽에 작은 막사 하나 있고, 대칸10과 대칸11은 보초를 서고 있다.

대칸11	그걸 어떻게 알겠어, 누굴 잡아온다는데..
대칸10	여긴 어두워지면 너무 으스스해.

ins.cut.〉 일각
이를 보고 있는 은섬과 도티. 뒤쪽에 도우리가 있다.
도티는 대칸들 때문인지 겁을 먹고 은섬의 뒤에 숨어 있다.

은섬	(마음의 소리 E) .. 저놈들이랑 싸워야 하나..? .. 될까..?
도티	(은섬의 옷을 잡아끌며) .. 무서워..
대칸10	(순간 도티의 소리 때문인지) 어? 뭔 소리 들리지 않았어?
대칸11	들은 것 같긴 한데..

이 근방 두즘생들은 다 쓸어버렸다고 했는데..

하면서 어둠 속을 향해 가며 칼을 뽑는 대칸10, 11.

대칸10   (걸어오며) 거기 누구냐..?

ins.cut.〉 일각
도티는 뒤로 감춘 채, 한쪽 어깨엔 올가미를 두르고,
손엔 돌도끼를 쥐고 노려보고 있는 은섬!

은섬   (마음의 소리 E) 할 수 있을까..?

ins.cut.〉 2부 39씬 중,
무광 한쪽 등자에 몸무게를 실으며
몸을 눕혀 피하고는 칼로 달새를 베려 한다. (cut.)

ins.cut.〉 2부 4씬 중,
탄야   (간절해서 둔지에게) 은섬인 진짜 한 번 본 건 다 따라 한다. (cut.)

ins.cut.〉 2부 26씬 중,
탄야   (춤을 따라 하며) 야... 진짜 어떻게.. 한 번 본 동작을 다 따라 하냐... (cut.)

은섬   (심호흡 한번 하고, 손에 쥔 돌도끼에 힘이 들어가며 마음의 소리 E) 해보자..
대칸11 (점점 더 걸어오며) 웬 놈이냐 나와라!!

하며 대칸10, 11이 조심스럽게 은섬 쪽으로 오고 있다.
이때, 기합소리와 함께 달려 나오는 은섬.
대칸10, 11 놀라서 칼을 뽑아 든다.
순식간에 맞붙는 은섬과 대칸10, 11.
은섬, 한쪽 등자에 몸무게를 실은 채 돌도끼를 휘두른다.
돌도끼를 맞은 대칸11 쓰러진다.

온섬	됐어.. 도울이! 우리가 해냈어.! 이번엔 저놈!

대칸10은 놀라서 도망가고, 은섬은 쫓는다.
도주하는 대칸10에게 올가미를 던지는 은섬!
올가미가 대칸10의 다리를 낚아채, 도우리에게 끌려가는 대칸10.
그 상태로 조금 달려가다가는 멈추는 도우리와 은섬.
은섬, 말에서 내려서 대칸10에게로 간다. 점점 날은 밝아오고..

대칸10	(이미 다쳐서 힘들다) 두즘생 놈이 말을 타다니! 이런 말도 안 되는..!!
은섬	우리 씨족 사람들 어디로 데려갔어?
대칸10	... 네놈은 누구냐..?
은섬	나는 와한의 은섬..!!
대칸10	(아파서 힘든 말투로) 우리말을 쓰는.. 두즘생이 있다더니.. 니놈들이구나..!
은섬	어디로 데려갔냐고!!!
대칸10	다 올라갔지..! 여긴 한 마리도 없어 두즘생은..!!
은섬	올라가다니? 어디로 올라가?
대칸10	(누운 채 하늘 쪽을 가리키며) 저 위지.. 어디긴 어디야..
은섬	이 위를 어떻게 올라가? 너희도 위로 통하는 동굴을 아는 거야?
대칸10	뭐어?
도티	(너무 놀란 E) 어어어어...!!

은섬, "도티야 왜?" 하며 놀라 본다.
이미 동이 터서 햇빛이 비치고 있는데,
도티가 너무 놀라 입을 벌린 채 은섬의 뒤쪽을 보고 있다.
은섬, 뭔가 싶어 뒤돌아본다.
그제야 눈에 보이는 하늘사다리의 위용! 경악하는 은섬!

도티	(놀라) 은섬 수수.. 이게.. 이게 뭐야?
은섬	(놀란 마음의 소리 E) 말도 안 돼... 하늘을 떠받치는 기둥.. 길고 긴.. 끊어지지 않는 줄.. 엄마와 내가 그렇게 바라고 바랬던 거였는데..!

대칸10	....
은섬	.. 너희들 뭐야? 뭐길래 이런 걸 만들었어? 누가 만들었어?
대칸10	.. 그야.. 산웅 니르하의 명으로...
은섬	.. 누구?
대칸10	아스달의 수장이신 연맹장 산웅 니르하께서...
은섬	그자의 키는 대체 몇 뼘이야? 대흑벽만큼 키가 큰 거야?
대칸10	(황당) ... 뭐?
은섬	(마음의 소리 E) 누굴까? 저런 걸 만든..
	저 대흑벽 너머의.. 어마어마한 거인은.. (하다가 깨달은 듯)..!
	그자가 너희 족장이냐?
대칸10	(황당) 족장? 말하자면.. 뭐 그렇지.
은섬	그자는 어디 있어?
대칸10	당연히 아스달에..
은섬	(결연하게) .. 아스달...!

하며 여명을 받은 하늘사다리를 바라보는 은섬에서,
카메라 더 빠지면서 대흑벽과 하늘사다리의 위용이
풀샷으로 보여지고 F.O. 그 위로,

(E)　　　　(소라나팔을 부는 소리)

S#26. 대흑벽 하늘사다리 위쪽(낮)

소리가 이어지는 가운데 다시 화면 F.I. 되면,
노예들 수십 명이 도르래를 돌리고 있다.

대칸5	(하늘사다리 쪽으로 급히 오며) 무백님이냐?
대칸9	무백님 말고 누가 있겠습니까?

도르래 돌리고 있는 노예들! 끽끽끽 소리를 내는 도르래줄!

이때, 하늘사다리의 꼭대기가 보인다.
보는 대칸5, 9!
점점 하늘사다리는 올라오고, 보이는 도우리의 얼굴!
보는 대칸5, 9!
하늘사다리는 더 올라오고, 이젠 다 보이는데, 도우리의 등 위에
두툼한 뭔가가 있는 듯하다. 도티를 안고 가죽을 뒤집어쓴 은섬이다!
그 앞에는 대칸10이 있는데, 삐져나온 은섬의 팔이 대칸10의
옆구리를 칼로 겨누고 있다. 긴장한 대칸10의 얼굴.
이때, 도착한 하늘사다리의 문을 열어주는 대칸12.
문을 열자마자, 뒤집어썼던 가죽을 휘날리며
튀어나오는 도우리와 은섬, 도티!!
대칸10, 쓰러지며 '잡아!' 외친다.
경악하는 대칸들!!!

대칸5   저거 뭐야! 누구야! 막아!! 막아!!!

하며 막아서려는데, 순식간에 대칸들을 헤치고 나아가는 은섬!
달리는 도우리!!
대칸들 "잡아!!" "막아!!" 시끄러운 가운데
일제히 말에 올라타서 쫓는 대칸들!!
달리는 은섬과 그 뒤를 쫓는 대칸들의 모습에서

S#27. 아스달 성문 안(낮)

많은 사람들이 통행하고 있는 성문 안.
이때 어딘가에서 사람들 두엇이 소리치는 소리가 들려온다.
"전령이다! 전령이다!!"
"타곤님께서 이아르크를 정벌하셨다!"
그 소리에 사람들, 웅성이기 시작한다. 다시 소리가 들려온다.
"타곤님께서 노예를 이끌고 오신다!!"

"두즘생을 이끌고 오신다!!"

"타곤님께서 삼천 명을 이끌고 오신다!!!"

그 소리에 성 안에 있던 사람들, 환호하기 시작한다.

이때, 깃발을 꽂은 전령이 탄 말과 해투악의 말이 달려온다!

사람들, 자연스럽게 그들이 갈 길을 터주며

"타곤! 타곤!!" "대칸! 대칸!!" 외치기 시작한다!

이때, 한쪽에서 이 모습을 보는 아사론과 아사못, 심각한데..

전령과 해투악의 말은 안으로 들어간다.

전령(E)   연맹장 산웅 니르하!!

S#28. 연맹궁 대회의실(낮)

산웅과 미홀 있고, 앞엔 단벽과 관리1, 2, 3 있다.

산웅의 뒤에는 산웅의 호위전사 6명이 서 있다.

그 앞에 연맹궁 위병 6명이 양쪽으로 3명씩 도열해 서 있다.

연맹궁 위병 가운데에 전령이 반무릎을 꿇고 있다.

관리1, 2, 3은 전령이 전하는 말을 밀랍판에 받아 적고 있다.

전령   (산웅에게) 타곤의 대칸부대가 연맹의 명을 완수하였습니다!

산웅   (기쁜 표정으로) 그래..!!! 타곤은 언제쯤 아스달로 돌아오느냐?

전령   대흑벽에서 어제 출발했으나, 이천 명 넘는 두즘생을 이끌고 오니,
          아마도 사흘쯤 걸릴 듯합니다!

산웅   그래!! (하고는 젊은 관리3에게) 술과 음식을 내어주거라!

관리3   예.

전령   고맙습니다.. 니르하!!

산웅   (떠보듯) 혼자 온 게냐?

전령   아닙니다. 해족의 해투악과 같이 왔습니다.

산웅   (미소로) .. 그런가..?

미소가 가시며 의미심장한 표정을 짓는 산웅. 그를 보는 미홀.

태알하　(E) 투악아..

S#29. 불의 성채 태알하의 방(낮)

이미 죽간을 펴보고 놀라고 있는 태알하.

태알하　이게 정말 맞아? 타곤이 직접 쓰는 걸 봤어?
해투악　.. 그럼요. 제가 몇 번이나 물어본 걸요.
　　　　　아니 왜 꽁꽁 숨겨도 모자른 걸, 밝히라고 하시는지.. 더구나 산웅 니르하게.
태알하　(죽간 보며 마음의 소리 E) 이건... 자살 행위야..
태알하　....
해투악　어쩌실 거예요? 타곤님이 시킨 대로만 하실 거예요?
　　　　　아니면, 타곤님이 이렇게 하라고 했다고 다 보고하실 거예요?
태알하　(심각한 OL) 혹시 이걸 줄 때, 흥얼거리지 않았어?
해투악　예?
태알하　이걸 줄 때, 뭐 노래 같은 걸 흥얼거리지 않았냐고..?
해투악　아 글쎄요.. 제가 잘.. (하다가는)

ins.cut.〉 3부 21씬 중,
작게 허밍하며 출발 준비를 하는 타곤. 살짝 뒤돌아보는 해투악.

해투악　아! 맞아요. 콧노래를 부르셨어요..!
태알하　....!!!!!
해투악　왜요? 그게 뭔데요?
태알하　.. (의미심장한데) ...

S#30. 연맹궁 내부 뜰(낮)

따사로운 햇살 아래 산웅과 단벽, 호위전사 6명이 걷고 있다.
이때, 맞은편에서 태알하가 걸어온다.

태알하   (예를 취하며 아주 깍듯하게) 니르하..
산웅   (놀라는 척) 태알하님.. 오랜만에 뵙습니다. 연맹궁엔 무슨 일이십니까?
태알하   아버지를 뵈러 왔습니다. 저희 아버지가 실은.. (하며 주저하는 척하자)

산웅, 잠시 보다가 손을 들자 단벽, "예." 하고는
호위전사와 함께 물러난다.

태알하   (산웅 옆으로 다가가, 흉내 내며 낮은 소리로) 태알하님 오랜만에 뵙습니다.
         하.. (믿지 않게 째려보며) 가증스러워.
산웅   (바로) 해투악이 왔다고?
태알하   엄청난 걸 들고 왔던데?
산웅   (눈빛을 반짝이며) 무엇이냐?
태알하   .. (산웅을 보며) ..

ins.cut.〉 3부 29씬 중,
해투악   타곤님이 시킨 대로만 하실 거예요?
         아니면, 타곤님이 이렇게 하라고 했다고 다 보고하실 거예요?

태알하   (여전히 산웅을 본다)
산웅   보는 눈들이 있다. 자리가 좋지 않아. 빨리 얘기하거라.
태알하   올림사니는 누가 하지?
         (자막: 올림사니: 죽기 전 혹은 죽은 후에 신께로 인도하는 의식)
산웅   무슨 소리야..?
태알하   올림사니를 누가 하냐구?
산웅   신의 영능을 가진 아사씨의 제관이 하지.
태알하   그렇지 않은 자가 올림사니를 하면..?
산웅   당연한 걸 어찌 물어..? 그거야.. (하다가 뭔가 깨달은 듯) 설마..!

태알하	(결심한 듯) 타곤은 끝났어.
산웅	.....!!!
단벽	(너무 놀란 E) 예에..?

S#31. 연맹궁 연맹장의 침전(낮)

단벽, 놀란 채 있고, 앞에 산웅 있다.

단벽	타곤 형님이.. 올림사니를 했다구요??
산웅	그것도 한두 번이 아니라, 수십 번을 한 모양이야.
단벽	...!!!
산웅	죽은 자를 신께 인도하는 올림사니는 신성을 가진 자만의 특권..!
	아사가문이 가장 중하게 여기는 것이지... 헌데 타곤이..
단벽	있을 수 없는 일입니다.
산웅	이 일로 타곤이 신성재판에 회부된다면...?
단벽	아버지...!!
산웅	어찌 되겠느냐?
단벽	(잠시 주저) .. 죽이거나.. 두 발목을 잘라 네발로 추방됩니다...
산웅	.. 아사론이 죽이지는 못할 것이다. 추방하겠지..
	타곤은.. 지금 아스달의 영웅이니..
단벽	.. 하지만...
산웅	(날카로운 눈빛으로 보는데) ....
단벽	타곤을 죽이지 않고 추방한다 해도, 연맹인들의 분노를 헤아리기 어렵습니다.
산웅	그래, 그 분노....
단벽	....
산웅	.. 어디로 향하겠느냐?
단벽	... (하다가 깨달은 듯) ...!!! 허.. 허면?
산웅	신성재판의 처결은 아사론이 하게 된다.
	그 분노는 아사론을 향할 것이고... (미소)
	타곤이 자신과 아사론의 무덤을... 함께 팠구나...!

단벽	(무섭다 싶은데) ...
산웅	단, 이 모든 일에 내가 관련이 없어야겠지. 난... 타곤의 아버지니까.. (잔인한 미소)

S#32. 대신전 복도(낮)

급히 뛰어가는 관리3, 당황하고 다급한 표정이다.

S#33. 대신전 아사론의 집무실(낮)

연맹장의 집무실과는 달리, 화려하고 큰 청동거울과 고급스러운 집기들이 많고, 풍성한 과일들이 있다. 여인들이 곳곳에서 청동제품들을 닦고 있거나, 음식을 나르고 있고, 소파에 앉은 아사론의 맨발을 정성스럽게 씻기고 있다. 아사못이 보고한다.

아사못	수련이 덜 된 제관 하나가, 니르하께서 하시는 신성연기를 마시려 했습니다. 제 딴엔 꿈이 만나지지 않으니, 답답하여 그랬나 봅니다.
아사론	쯧쯧... 수련이 되지 않은 자가 하면 목숨을 잃는다 그리 말했거늘..
아사못	매를 치고, 내쳤습니다.

하는데 이때, 관리3이 "아사론 니르하!" 부르며 다급히 들어온다.

아사못	(관리3 보며) 무슨 일이오?
관리3	(돌돌 말린 죽간을 들어 보이며) 이게!! 연맹궁 청원부에 놓여져 있었습니다!!

아사론, 일어나 관리3을 보는데, 표정이 심각해 보이자, 손짓한다.

아사못	(모두에게) 모두 나가거라!!

일하던 여인들, 모두 일제히 나간다.

관리3   (죽간을 아사론에게 주며) 타곤이 전쟁 중에 올림사니를 했답니다!!!
아사론   (놀라고) ...!! (죽간을 받아 읽는다)
아사못   (놀라) 그게 말이 됩니까? 타곤이 그걸 어찌 할 수 있습니까?
관리3   본 사람도 있답니다!!

아사론, 아사못에게 죽간을 넘긴다.

아사못   (흥분) 이런 말도 안 되는..!
        감히 새녘족 따위가 신성한 올림사니를 행하다니!
        타곤이 들어오는 즉시, 신성재판에 올리도록 준비하겠습니다..!

하고는 아사못, 흥분하여 나가려는데,

아사론   (낮고 고요한 톤으로) 타곤의 두 발목을 잘라..
아사못   (나가려다 멈추고 돌아본다)
아사론   네발로 기게 하여 아스달에서 추방하라... 내가 이리 판결한다면..
아사못   ……
관리3   ……
아사론   사람들은 나를, 우리 아사씨를, 어찌 여길까..?
아사못   ....!
아사론   (버럭) 뭘 들었느냐!! 호피부족이 신전의 창고를 습격했다는데도,
        사람들은 그들을 욕하기는커녕, 우리 아사가문이 위대한 어머니,
        아사신의 방계일 뿐이라며, 이소드녕을 욕보인다지 않느냐!!
        이런 때, 내 손으로 타곤의 두 발목을 자른다..?
아사못   그렇다고 이 일을 그냥 묵과한다면 우리 아사씨의 영능은 어찌 되겠습니까?
아사론   (심각) ...
아사못   그냥 넘어갈 수는 없는 일입니다..!
아사론   모르면 되는 것이지.

아사못	...!
아사론	모르는 일은 없는 일이니라. (관리3에게) 이걸 또 누가 보았느냐?
관리3	제가 보자마자 니르하게 가져왔습니다.

아사론, 관리3의 뒤로 가더니 짧은 단도로 목을 긋는다.
소리도 지르지 못하고 쓰러지는 관리3.
그리고는 죽간을 화로에 던져버린다. 놀란 채 보는 아사못.

아사론	(아사못에게) 아스달에 글자를 쓸 수 있는 자는 많지 않다.
	이걸 투서한 자를 찾아내거라.
아사못	(고개로 인사하고는 나간다)
아사론	(의미심장한 혼잣말) 타곤과 나를 한꺼번에 곤경에 빠트릴 이 상황이..
	정말 우연히 생긴 걸까...?

S#34. 아스달 길 일각(낮)

태알하 오는데, 기다리고 있던 해투악이 쪼르르 따라간다.

해투악	어떻게 하셨어요?
태알하	.. (걷기만) ....
해투악	타곤님이 하라는 대로 하셨어요..?
	아니면 타곤님이 이런 걸 시켰다고 다 고하셨어요?
태알하	.. (역시 걷기만) ...
해투악	(동동 거리며) 태알하니임..!
태알하	타곤이 하라는 대로 했어.
해투악	(놀라) 예에에에!!!! (작은 소리로) 어쩌시려구요?
	(하고 깨달은 듯) ... 타곤님을... 선택하신 거예요..?
태알하	그건 아냐. 하지만 타곤이 콧노래를 불렀다며..
해투악	그게 왜요?
태알하	.....

해투악	그게 뭔데요?
태알하	설레는 거야.
해투악	예?
태알하	타곤은 지금 설레고 있다고. 아뜨라드에 불을 지를 때처럼..
타곤(E)	('아뜨라드의 붉은 밤' 허밍 소리)

S#35. 아스달로 가는 길 일각1(밤)

'아뜨라드의 붉은 밤' 노래를 허밍하며 아스달 쪽을 보고 있는 타곤.

ins.cut.〉새로 찍는 회상, 숲속 일각(밤)
누군가 어떤 어린애의 목을 조르고 있다. 어린애는 죽을 듯 괴롭다.

이때, 연발의 말이 타곤에게 다가온다. 눈치채고 허밍을 멈추는 타곤.

연발	대칸들만 가도 아스달 사람들 좋아 죽는데.. 타곤님께서 가시면.. 아휴.. 더구나 두즘생 노예까지 데려가구.. 보통 난리가 아닐 겁니다!
타곤	(피식) 진짜 난리는 시작도 안 했다.
연발	예? 무슨 난리요?
타곤	(모른 척 딴소리) 두즘생들은?
연발	아, 일단 좀 씻기고 멕이고 그러고 있어요.

S#36. 아스달로 가는 길 일각2(밤)

죽 같은 것을 손이 묶인 채로 게걸스럽게 먹고 있는 이아르크인들.
일부는 손이 묶인 채로 근처 물가에 들어가 물을 마시기도 하고
얼굴을 씻기도 한다. 군데군데 경비하는 대칸의 모습이 보인다.
탄야를 비롯한 몇몇은 먹지 않고 있다.

둔지	뭘 뺏지도 않고 죽이지도 않고.. 대체 우리를 왜 끌고 가는 걸까?
검불	그러니까.. 끼니까지 이렇게 먹여가면서..
우루미	(끼니를 보다가는 눈물이 터져 나오며) .. 도티야..
탄야	왜 울어요? 울지 말고.. 드세요..
	(하고는 초설도 보며) 어머니.. 어머니도 드셔야 해요.
초설	(몸이 더 안 좋아져 얼굴은 창백하고, 불길함에 멍하다)
탄야	(걱정스러워 보는데. 그 위로)
우루미	(E) 할머니도 그대로 두고 왔어. 벌레들이 파먹을 텐데..
	우리 도티는 살았는지 죽었는지도 모르고..
탄야	(우루미 보며) 먹어야 살 수 있고, 살아야 도망갈 수 있고,
	도망가야 도티를 찾을 수 있을 거예요.
	(하지만, 우는 우루미를 보자 자신도 울컥하는데)

ins.cut.〉 일각

그런 탄야를 멀리서 보는 시점 샷. 은섬과 도티다.

도티	(울며) 엄마 울어....
은섬	좀만 기다려.. 저놈들 족장을 잡아서...
도티	그 아스달에 있다는?
은섬	(도티 얼굴 똑바로 보며 비장하게) 그래.. 바로 연망장 산웅 니르하...!
도티	연망장? 연맹장 아니었어?
은섬	...? (그러다 진지하게) 아니, 연망장이야.
도티	(울먹이며) 그래? 연망장..? 그럼 연망장 꼭 잡아서 엄마 구해줘야 해..
은섬	(탄야 일행 보면서 비장하게) 그래야지...!

우루미 아직 울고 있고, 다른 사람들도 먹지 못하고 하나씩
꺽꺽거리며 울음이 새 나오기 시작한다. 탄야도 눈물이 날 것 같은데,
이때 저쪽 숲속에서 말 한 마리가 슬그머니 나온다.
보는 탄야. '설마' 싶은 표정으로 다시 본다. 도우리다!!

탄야	(마음의 소리 E) 도우리..?

도우리도 한두 걸음을 더 나와 탄야를 본다!
탄야, 놀라서 주변을 두리번거린다.

ins.cut.〉 일각
은섬이 도티를 안은 채 서서 그런 탄야를 바라본다.

은섬	걱정 마 탄야.. 내가 꼭 너 구해낼게..!
(E)	(큰 문이 열리는 소리)

S#37. 대신전 안(아침)

큰 문을 열고 성질을 내며 성큼성큼 들어오는 아사론의 모습.
아사론의 뒤를 따라 들어오는 아사못. 안에는 아사윤 있다.

아사론	이런 똥 같은!!
아사윤	니르하.. 어찌 그러십니까.
아사론	새녘족 놈이야! 대칸부대 출신이라고!
아사윤	예..?
아사못	그 투서를 한 자가 산웅 니르하의 가죽장 바치 놈이었어..
아사윤	그럼 정말로 이 일을 산웅 니르하께서 꾸민 걸까요?
	아무리 그래도 아들인데...
아사론	음모를 누가 꾸몄는지는 두 번째다...!
아사못	허면...?
아사론	(아사못을 보며) 너는 당장 그 바치 놈을 잡아,
	그놈이 누구한테 이 얘길 했는지 알아내고!
	이야기를 들은 자들이 있거든, 그자들을 모두!
	재물로 달래든, 목숨을 끊든 무엇이든 해서 입을 막아라!
	우선! 타곤이 올림사니를 한 일은 덮어야 한다!

아사뭇	예..!
아사론	(성질이 난 채로) 산웅 이놈이..
	(못 참겠는지 아사욘에게) 안 되겠다. 넌 나를 따르거라..!

S#38. 연맹궁 회랑(낮)

화난 얼굴로 가는 아사론.
따르는 아사욘과 6명의 수호제관들!!
회랑의 왼쪽은 벽이고 오른쪽은 터져 있다.
앞쪽에서 산웅이 단벽과 호위전사 6명과 함께 온다.

아사론	(오는 산웅의 얼굴을 보며 마음의 소리 E) 정말 투서를 사주하였는가.
	갈수록 추해지는구나.. 산웅..
	(픽 웃으며 E) 허나 난 이소드녕의 영능이 임해 있는 대제관 아사론이다.

하고는 걸어가, 산웅 일행과 거의 마주치려는데,
오른쪽 터진 공간으로 이삼십여 명의 사람들이 몰려온다.
아사론, 의아하다. '뭐지?'
하는데, 사람들 모두 아사론 앞에 무릎 꿇으며
"아사론 니르하시여..! 타곤님을 용서해주소서..!"
경악하는 아사론!! 경악한 아사욘과 제관들.
그 앞에 선 산웅이 슬핏 미소 짓는데!!
아사론, 그런 산웅을 노려보는데
순간, 산웅이 그 자리에서 바로 무릎을 꿇으며

산웅	아사론 니르하시여..!
아사론	(당황) ...
산웅	저의 어리석은 아들 타곤이.. 감히 오직 아사가문에만 내려진
	신성을 범했다는 소식을 듣고, 황망하여 달려가던 중이었습니다.
아사론	(이런 버러지 같은 놈!!) ....

산웅	(연기가 일품) 연맹장이기 이전에 아버지인.. 제 마음을 헤아려 제 자식 놈에게 관대한 처분을 하여주실 것을 바라고 또 바라옵니다!! (손을 모으고 고개를 숙이며) 용서하여주시옵소서!!
사람들	(모두) 용서하여주시옵소서!!
아사론	(산웅을 분노로 노려본다) ..
산웅	(고개를 들어 아사론을 보며) 용서하여주시옵소서!!
아사론	.. (끓어오르는 분노를 참으며 본다) ...

S#39. 아스달로 가는 길의 수수밭1 (낮)

"어어어어!!" 비명과 함께 은섬이 도티를 감싸 안고는 포물선을
그리며 땅으로 떨어지고 있다. 쿵!

은섬	(아파하며 도티에게) 괜찮아 도티야?
도티	응. (하고는) 도우리 왜 멈춘 거야?
은섬	보나 마나지 뭐..

하고 보면 도우리 또 처먹고 있다.

은섬	야!! 너 아까도 먹었잖아! 나 도우라고 도우리로 지었는데 이렇게 처먹기만 하면 니가 도우리야? 처먹으리지?
도티	근데.. (도우리 먹는 것을 보며) .. 이게 뭐야..?
은섬	.. 수수네. (도우리에게) 너 진짜 가리는 게 없구나..
도티	그게.. 아니라.. 얘네가 왜 이렇게 나란히 서 있어?
은섬	응?

하고 보며 은섬의 시선으로 카메라 쭉 이어가면
줄이 잘 맞춰진 수수밭의 모습. 은섬의 눈에 엄청 넓은데..

은섬	(신기해 다가가 만지며) 그러게.. 어떻게 이렇게 줄을 맞춰서 자랐지?

하는데 뒤에서 "(E) 야 이 도둑놈들아!!" 소리 들리고
보면, 웬 농부가 돌곡괭이를 들고 달려오고 있다!
놀란 은섬, 농부의 공격을 얼른 피하고..
도티는 얼른 도우리를 데리고 한쪽 옆으로 빠진다.

농부   벌건 대낮에 남의 곡식을 훔쳐 먹어! 겁도 없이!
은섬   (뭔 말?) 예? 이게 누구 건데요?
농부   내 거지! 내 땅이니까!
은섬   .. (혼잣말로 중얼거리며) 내.. 땅..?

ins.cut.〉 2부 28씬 중,
은섬   (앞부분 생략) 아 땅..! 땅을 뺏으러 왔다고? (cut.)

ins.cut.〉 2부 32씬 중,
열손   (앞부분 생략) 땅을 뺏는다니? 안자족이 언제 땅을 가졌었더냐? (cut.)
초설   땅을 가졌다는 말은, 하늘과 바람을 가졌다는 말과 똑같다. (cut.)

은섬   (황당한 표정으로 농부를 보며 마음의 소리 E)
      정말로.. 땅을.. 갖기도 하고.. 뺏기도 한다는 거야..?
      어떻게? 대체 어떻게..?
농부   당연히 내 거지! 내가 씨 뿌리고, 거름 주고, 허리가 휘도록 김맸는데!!
은섬   (이해가 안 돼서) 씨를 뿌려요..? 그럼 이걸 다 일부러 뿌려서...
농부   .. 아니.. 이놈이 근데..

하며 확 다가가 은섬의 멱살을 잡다가! 은섬의 목걸이를 보고 경악.

농부   어! (멱살 놓으며) 아이구.. 살려주십쇼. 아사씨인 줄도 모르고...
은섬   아사.. 뭐요?
농부   (굽신거리다 갑자기 경악하며) 이... 이그트...?!

하면 퀵 줌 되는 은섬의 보라색 입술! 역시 놀라는 은섬!! 그 위로,

ins.cut.〉2부 29씬 중,

대칸7   (은섬과 힘겨루기 상태에서 놀란 채) .. 너 이그트구나...!

은섬   (자신도 너무 궁금했다) 이그트가 뭐예요?
농부   (공포로 뒷걸음치며) .....
은섬   (다가가며) 이그트가 뭐냐구요?

하자, 농부, 기겁하여 "이그트다! 이그트가 나타났다!!!" 소리치며
도망치고! 은섬은 쫓는다!
농부는 계속 소리치며 도망치고! 은섬은 쫓는다.

S#40. 아스달로 가는 길의 수수밭2(낮)

농부를 확 덮쳐 농부를 잡는 은섬.

농부   (은섬의 밑에 깔려 겁먹은 채) .. 살려주세요.. 살려주세요..
은섬   이그트가 뭐예요? 이그트가 뭐냐고!!!
농부   그... 그게..
은섬   죽이지 않아요.. 이그트가 뭐냐구요?!!
농부   .. (겁먹은) .. 우리 같은 사람이랑.. 뇌안탈의 잡종..
은섬   (보다가) .. 뇌안탈은.. 뭔데요?
농부   .. 뇌안탈은..
은섬   (집중해서 보는데) ...
농부   (에이 모르겠다) 괴물이죠..!!

은섬, 충격을 받아 온몸에 힘이 빠진다.
농부, 은섬의 눈치를 보며 허리춤에 있는 돌칼을 잡는다.
은섬, 멍해진 채로 천천히 일어나 돌아서며..

은섬   (중얼) 괴물..? 괴물의 자식... 내가..?

        하는데, 농부, 돌칼을 천천히 꺼내, 결심한 듯 확 찌르려는데..!

도티   (수수밭 속에서) 은섬 수수!!!

        하는 순간, 농부는 은섬을 찌른다. 그러나 동물적 감각의 은섬!
        벌써 휙 돌아, 그 돌칼을 잡아서 농부의 목을 찔렀다!
        농부 눈 뜬 채 절명! 농부의 목에 흐르는 피, 붉다!
        그러나 자신의 손도 다쳐서 흐르는 피, 보라색이다!
        보는 은섬, 다시 중얼 "괴물..."
        이때, 수수밭을 헤치며 나타나는 누군가. 채은이다.
        채은, 은섬의 보라색 피를 본다. 놀라는 채은!
        은섬, 경계하며 돌칼을 잡고 채은을 노려보는데..

채은   (은섬을 진정시키며) 아, 난 괜찮아.. 진정해.. 괜찮아..
은섬   넌 왜 괜찮지..? 괴물의 자식이라는데..?
채은   (단호하게) 아니. 뇌안탈은 괴물이 아니야.
        그건 지금의 아사씨들이 퍼트린 얘기야.
은섬   ....?!

        하고는 은섬 쪽으로 다가가는 채은, 농부의 뜬 눈을 감겨주고
        묵상한다. 그리고는 은섬의 보라색 피를 자신의 손에 묻혀서 본다.

채은   보라색 피.... 정말 이그트구나. (피를 보며) 실제로는 처음 봐..
은섬   ....
채은   (피 보다가 단호하게) 너 이러고 돌아다니면 안 돼.
        니가 죽거나 아니면 지금처럼 사람을 죽이게 돼.

        하고는 채은, 주변 수숫대를 꺾어 농부의 시신을 가리려고 한다.

은섬	(그런 채은을 잡아) 뇌안탈이 괴물이 아니라면.. 그럼 뭐야?
채은	(은섬 보다가) 사람과는 조금 다른 사람..?
	(피식) 근데 사람보다 더 예뻐.
은섬	(그런 채은을 묘하게 보는 데서) ....
아사욘	(E) 니르하..! 안 됩니다!

S#41. 대신전 아사론의 집무실(낮)

아사론 들어오고, 아사못, 아사욘 따라 들어온다.

아사욘	타곤의 발목을 자를 순 없습니다.
	그랬다가는 우리 아사씨를 향해 폭동이 일어날 거예요.
아사못	하지만 이미, 모두가 아는 이상! 어쩔 수 없습니다!
	처벌을 안 한다면, 오랫동안 지켜온 우리의 권능이 흔들립니다..!

하는데, 이때, 문이 열리며 아사사칸을 비롯한 흰산의 원로
할머니들이 우르르 들어온다.

아사사칸	(마지막으로 들어오며) 아사못.. 네 말이 옳다.

아사론, 아사욘, 아사못 모두 놀라며 할머니들을 향해
무릎을 꿇고 엎드린다.

아사론	(엎드리며) 흰산의 어머니시여! 하늘못에서 어찌 예까지..
아사사칸	눈먼 말을 타고 벼랑으로 내닫는 아이를 본 어미처럼,
	참담한 이야기를 전해 듣고, 한달음에 왔네.
아사론	(고개를 숙이며) 흰산의 어머니시여..
아사사칸	신성이 임하지 않은 자가 올림사니 한 것을 인정한다면..
	누구나 신을 만날 수 있다는 이야기예요. 그리되면.

아사욘	(끼어들며) 어머니시여.. 하지만.. 지금 타곤을 처벌하면..
아사사칸	(고개 돌려 아사욘을 확 째려보며)
아사욘	(놀라, 머리 조아리며)
아사사칸	(아까와는 다른 엄중한 말투로)
	백 명 중에 하나.. 천 명 중에 하나.. 만 명 중에 하나가.. 신을 만난다.
	그 선택받은 하나를 중심으로 사람들이 모여 씨족이 되고 부족이 되고
	이렇게 연맹에 이르게 되었다.
아사욘	....
아사사칸	그 선택받은 하나의 권능이 무너진다면,
	사람들은 무엇으로 모일 것이냐? 모이지 않고 흩어진다면..!
	힘을 합치지 않는다면..! 이 사람 세상은...
	예전 짐승 세상으로 다시 돌아가게 되는 것이다..!
아사욘	...
아사론	...
아사사칸	(다시 아사론을 보며) 모두가 선택받았다면..
	모두가 선택받지 않은 것과도 같은 것이다.
	대제관.. 그런 평등은 연맹을 파괴할 겁니다.
	아사씨만의 문제가 아닙니다. 연맹이 깨집니다. 정신 차리세요.

S#42. 아스달로 가는 길의 수수밭3(낮)

도티, 채은, 도우리 있는데, 은섬이 수수밭 속에서 나온다.
은섬이 농부복을 입었다.

도티	(보며) 이상해.
은섬	(도티 보며) 그래? (하고는 채은에게) .. 고맙다..
채은	(하는데 불쑥) 입술 내밀어봐..
은섬	(자기 입술을 얼른 가리며) 왜?
채은	(은섬의 손을 확 치우더니 품에서 뭔가를 꺼내 은섬의 입술에 바른다)
은섬	(당황하며) .. 뭐야 이거?

채은	(발라주며) 네 등엔 아마도 파란 반점이 있겠지만,
	겉으로 드러난 건 입술색뿐이야. 감춰야 돼.
은섬	....
채은	(하고는 보며) 됐다. (하고는) 아, 이거 동생 주려고 만든 건데, 너 가져라.
	(입술연지를 주며) 꼭 바르고 다녀.
은섬	(받으며) 근데 여기는.. 이그트를 굉장히 끔찍하게 여기는 거 같던데..
	넌 아니야? 왜 날 도와주는 거야?
채은	(냉정한 표정으로) 여기까지야. 담에 보면 내가 널 죽일 수도 있어.
	그러니까 얼른 너 살던 데로 돌아가.
	이그트가 뭔지도 모르는 곳에서 온 거 같으니까. (하고 돌아선다)
은섬	뇌안탈은 어디 가면 만날 수 있어?
채은	(다시 돌아서며) 이젠 못 만나.
은섬	...?
채은	(미소로) 우리가 다 죽었거든.

놀라는 은섬. 가는 채은.

S#43. 아스달 성문 앞(낮)

성 앞에 사람들이 분주하게 왔다 갔다 하는 가운데,
비단을 잔뜩 싣고 온 우리츠 상인들과
옥이나 약재 등을 가득 싣고 온 아미느의 상인들도 있다.
그렇게 각각의 특산물을 잔뜩 실은 마차를 끌고 온
상인들이 성안으로 들어가려고 줄을 서 있다.
그런 성문 쪽을 바라보고 서 있는 도티와 은섬, 도우리.

| 도티 | (성벽을 보며) 저 돌절벽은 뭐야? 저런 게 왜 있어? |
| 은섬 | 그러게.. 땅 위에다 저게 뭔 짓이냐? 쓸데없이.. |

그러다가는 도티, 확 무서워하며 뒷걸음친다.

도티	저.. 저기.. 빛나는 돌칼..

초긴장하여 성 앞으로 다가가는 은섬과 도티, 도우리.
성문 앞에 멈춰 서 잠시 심호흡하고는 들어간다.
성문을 통과하는 은섬! 초긴장! 앞에는 위병들이 왔다 갔다 한다.
도티, 역시 바짝 긴장한 얼굴인데, 이때,

위병2	(E) 저기!

하는 순간 도티가 "우앙~" 울음을 터트린다.
은섬, 얼른 뒤돌아서는 애가 울어 난감하다는 듯 위병2를 보자,

위병2	(들어가라는 손짓 하며) 들어가..

하면, 은섬, 얼른 인사하고는 도우리와 들어간다.

도티	(안긴 채로) 은섬 수수 나 왜 꼬집었어?
은섬	(모른 척) 내가 언제? 니가 울었지..
도티	꼬집었잖아! 아프게..
은섬	.. 글쎄..

티격거리며 들어가는 은섬과 도티. 도우리.

S#44. 아스달 성안 장터(낮)

장난기가 완전히 없어진 은섬과 도티, 손을 잡은 채
장터의 광경을 넋을 잃고 본다.

은섬	(수많은 사람의 분주한 풍경과, 높은 건물들을 보며 놀란, 마음의 소리 E)

여기가... 아스달...!!!

그렇게 보는 은섬의 표정과 모습에서 END.

"아라문 해슬라" from 미홀

블랙 화면에 미홀의 목소리

미홀   어떤 죽은 자도 스스로 재림하지 않는다.

거치즈멍 앞의 아라문 해슬라 동상이 보이고, 망치와, 두개의 얼굴과
금은화 꽃다발이 차례로 보이고, 아라문 해슬라의 동상이
살아 움직이고, 수많은 전사들과 함께 진군하는 모습. 전투하는 모습.

미홀   (NA.) 아라문 해슬라.. 아스달 연맹의 창시자, 아이루즈신의 아들이며,
위대한 어머니 아사신의 사자.
두 개의 얼굴과 두 개의 목소리를 가졌고,
바람의 망치로, 맞서는 자는 처절하게 짓밟고,
따르는 자에겐 금은화꽃을 건네 안아주는 200년 전 아스 대륙의 정복 영웅...
칸모르를 타고 재림할 것이라는 예언을 하고는, 승천하여 신이 되었다는..
아스달 여덟 신 중에 하나. 연맹인들이 가장 흠모하는 신,
아라문.. 해슬라..
그가 남긴 것은 저 거치즈멍에 손가락 문양만은 아니다.
(거치즈멍의 손가락 문양이 보인다)

아라문이 연맹인들의 환호를 받으며, 아스달을 행진하고
대신전에 이르러, 대신전 안으로 들어가고, 어느새
아스달의 8신전 안으로 들어가 벽의 조각이 완성되는 모습.

거치즈멍에 새겨진 손가락 문양 클로즈업!

미홀 (NA.) 하지만 내가 맘 편히 아라문 해슬라를 섬길 수 없는 이유는..
그가 다른 신과는 달리.. 재림할 것이라는 예언을 했기 때문이다..
어떻게, 언제, 어디서... 그 아무것도 없다.. 그저 재림한다고 한다.
연맹이 세워진 지 어언 이백여 년..
별로 길지 않은 이 역사에도 자신이 아라문의 재림이라 외치며,
연맹의 균형을 파괴하려는 자들이 있었다. (아히르 연맹장의 모습)
그때마다 아스달의 혼란은 극에 달했고 그때마다.. 피바람이 불었다
폭군 아히르 연맹장, 위병 총관 약산후.. 모두 예외가 없었다.

연맹궁 곳곳에서 반란군과 위병들이 전투를 벌이고, 피바다가 된다.

미홀 (NA.) 그들은 어째서 자신이 아라문이라는 터무니없는 생각을 했을까?
그들은 원래, 모두가 열렬히 칭송하던 아스달의 영웅들이었다.
그렇다.. 어떤 죽은 자도 스스로 재림하지 않는다.
죽은 자의 재림은 살아 있는 자들의 욕망이다.
그래서..

아스달에 입성하는 타곤, 사람들이 환호하는 모습.
손을 들어 화답하는 타곤

미홀 (NA.) 난.. 타곤이 불안하다.

세상 모든 전설의 시작

4부

S#1. 지난 회 하이라이트

S#2. 아스달 성안 장터(낮)

장난기가 완전히 없어진 은섬과 도티, 손을 잡은 채
장터의 광경을 넋을 잃고 본다.

은섬　　(수많은 사람의 분주한 풍경과, 높은 건물들을 보며 놀란, 마음의 소리 E)
　　　　여기가... 아스달...!!! (3부 엔딩 지점)

금은 세공품 상점 앞엔 쉬마그를 두른 아랍풍의 사람들이 물건을 보고
화려한 복색의 아미느와 우리츠의 상인들은 바쁘게 걷고,
커다란 수레에 물건을 싣고 가는 하호(下戶)들이 지나가자,
작은 손수레를 간신히 피하는 노인이 보인다.
그 앞의 가죽 공방과 옷가게에 가죽과 비단들이 진열되어 있다.
일제히 머리에 항아리를 이고 가는 여인들을 피해 길옆으로 비켜선
도티와 은섬은 정신이 없다. 무심하게 그들을 따르는 도우리.
은섬, 멀리 보이는 거치즈멍을 발견한다. 세상에 저렇게 큰

바위가 있나 싶어 보는데, 가뜩이나 휘둥그레한 도티가 입을 쩍
벌리고 있다. 도티의 시선을 쫓아간 은섬도 마찬가지로 놀란다.
몸은 뱀이고 얼굴은 사람인 '이소드녕'의 거대한 신상이
누운 채로 소가 끄는 거대한 수레에 실려 옮겨진다.
그 거대함에 놀란 도티가 뒤로 물러서다 넘어지고,
은섬이 넘어진 도티를 부축해 일으키는데,
무언가를 발견한 듯 끌리듯이 장터 한구석으로 가는 도티.
따르는 은섬. 보면, 한 수레에 실려 있는 커다란 닭장이다.
수십 마리의 닭들이 좁은 공간에 빼곡히 들어 있다.

도티   (멍하게) 이게 뭐야?
은섬   (멍하게) 왜 닭들이 이런 좁은 델..

S#3. 장터 상징물 앞(낮)

장터 공터에 커다란 조형물이 있다. 동그랗게 갈아 놓은 궁석이
수백 개 붙어 있는 그 조형물 앞으로 뛰어와서 서는 도티와 은섬.

도티   이거.. 꿍돌이잖아..? (만지고 살피며) 세상에.. 이렇게 많은
         꿍돌을 어떻게 갈았을까? (하고 은섬을 본다)
은섬   (수많은 궁석을 보며, 놀란 마음의 소리 E) 난 이거 하나 만드는 데
         보름달 네 번은 만났는데... 이 많은 걸 어떻게...
스천   (E) 야!!!

동시에 고개를 휙 돌려 보는 은섬과 도티.

S#4. 장터 일각1(낮)

도우리가 어느 수레에 실려 있는 약초를 우걱우걱 먹고 있다.

그걸 보고 경악한 한 사내(스천)가 "야 이 새끼야!" 하면서 달려온다.
은섬과 도티도 그리로 달려간다.
스천은 달려와 급히 수레부터 빼고, 약초를 살핀다.

스천 야 이 말새끼야! 이게 어떤 약촌데!!!! 구수량을 다 처먹었네!!

하면서 채찍을 들더니 도우리를 향해서 내려치려는데, 그걸 보고
눈빛이 변하며 순식간에 믿어지지 않는 속도로 달리는 은섬!
스천의 다리 부근을 파고들어 넘어뜨린 후,
올라타고는 주먹을 번쩍 치켜든다.

스천 (순식간에 당해 얼이 빠진 채) .. 왜.. 왜.. 왜 이러세요??

사람들, 바로 '뭔 일이야?' '위병 불러' 등등 웅성거리며 모이자,
은섬, 어찌할 바를 몰라 두리번대는데, 이때!

채은 (경악한 얼굴로) 야.! 너...
은섬 (고개 돌려 채은 보고 놀라) ... 어...?
스천 (채은 보더니 울상으로) 주인님...!
은섬 주.. 인.. 님?

S#5. 궁석 공방 앞 좁은 골목(낮)

채은 돌아가라고 했잖아.

채은과 은섬, 그리고 도티가 좁은 골목에 서 있다.

은섬 할 일이 있어.
채은 지금 니가 할 일은, 아스달에서 빨리 나가는 거야.
은섬 나갈 거야. 할 일 하고 빨리 떠날 거야.. (진절머리를 치며) 여기 너무 이상해.

채은	여기선 니가 제일 이상해. 니가 이그트..

이때, 공방 문이 열리고 누군가 나온다. 채은, 말을 급히 멈추고
딴청부리고, 은섬은 공방의 열린 문틈으로 뭔가를 봤다.!

채은	(나온 사람이 지나가고 나자) 여하간..! 넌 지금 빨리..!

하는데, 은섬 무언가에 이끌린 듯 무시하고
공방 문 쪽으로 간다.

채은	야, 너 사람이 말하는데.. (하고 따르는데)

은섬, 공방 문을 벌컥 열고 들어간다.

채은	야..!

S#6. 궁석 공방 안 (낮)

공방에 들어오는 은섬. 얼어붙은 표정이다. 따라 들어온 채은.
그리고 따르는 도티. 은섬의 눈에 비친 방 안의 풍경.
군데군데 햇빛이 들어오지만 어두운 공방 안.
도티만 한 아이들과 여자들 수십 명이 다닥다닥 붙어 앉아서
퀭한 눈으로 발판을 굴러가며 돌아가는 숫돌에 궁석을 갈고 있다.
햇빛이 지난 자리에 먼지가 가득하다.
그중 한 아이가 궁석을 갈다가 무심히 은섬을 본다. 멍한 눈빛.
그 아이의 발목에 나무족쇄가 채워져 있고 줄로 연결되어 있다.
자세히 보니, 모두가 묶여 있다. 충격받은 은섬.

은섬	(아이들 보며) 이게... 뭐야...?
채은	뭐든! 니가 상관할 거 아니고..!

은섬	(채은 확 보며, 나지막이 강하게) 저거! 뭐냐고!
채은	하...
은섬	(노려보며) ...
채은	(한숨) .. 전쟁에서 끌려온 애들이야.
은섬	전쟁? 저 어린애들이 칼 들고 싸웠어?
채은	물론 싸운 건 쟤네 부모들이지.
	너도.. (도티 보며) 애도.. 여기서 잡히면 저렇게 돼. 빨리 떠나..
	(하고 돌아서 나가려는데)
은섬	대흑벽에 세워진.. 어마어마한 사다리.. 그것도 이렇게 만들어진 거야?
채은	.. (보다가) 그렇겠지.
	그걸 만들다가 많은 사람이 죽었다니까..
은섬	.. 장터에서 그 많은 꿍돌을 보면서..
	대흑벽에서.. 그 어마어마한 사다리를 보면서..
채은	....
은섬	엄청난 거인이 있다고 생각했어..
채은	....
은섬	근데.. 그게 아니네.. 그 닭들과 같은 거였어...
채은	뭐?
은섬	장터에서 닭들을 봤어. 수십 마리의 닭들이 작은 궤짝 안에 들어 있었어.
	태어나서 그렇게 끔찍한 건 처음 봐.
채은	무슨 소리를 하는 거.. (야)
은섬	(약간 감정이 격해지며) 너희들이 만든 이 어마어마한 것들!
	이게 거인이 한 게 아니라.. (일하는 사람들을 보며) 이런 사람들..
	니네가 잡아간 우리 씨족 사람들. 그런 수많은 사람들이 한다는 거잖아.
	그 닭들처럼 가둬놓고..! 다 묶어놓고!
채은	...
은섬	(굳은 결심) 우리 씨족 사람들 구해야 돼. 구하기 전엔 못 떠나.
채은	무슨 수로? 니가 무슨 수로 구해?
은섬	연맹장 산웅 니르하를 잡아서.. 교환할 거야.
채은	누구?
은섬	(채은 보며 결연하게) 연맹장..! 산. 웅. 니르하!

채은   (애 뭐래는 거니? 하는 표정)

S#7. 연맹궁 전경(낮)

S#8. 연맹궁이 보이는 일각(낮)

은섬, 채은, 도티, 그리고 도우리.
연맹궁이 보이는 언덕 일각에서 웅장한 연맹궁의 모습을 보고 있다.
그 앞엔 연맹궁을 경비하는 위병들의 모습이 보인다.
도티는 '우와' 하면서 놀란 표정이고, 은섬이는 심각하다.

채은   니가 저길 들어가 산웅 니르하를 어쩐다고?
은섬   ... 잡아야지...
채은   어떻게든 들어갔다 치자. 너 길도 못 찾아.
은섬   ...
도티   은섬 수수 길눈 밝은데..
채은   길눈? 해가 보이고 별이 보일 때 얘기지.
         복도라는 게 뭔지 알아? 회랑이란 게 뭔지 알아?
도티   (모르는 표정으로 본다)
은섬   (보며) 복.. 도?
채은   해도 별도 보이지 않고, 바람도 불지 않는 그런 길.
         그런 게 거미줄처럼 얽혀 있어.
은섬   ...!!
도티   (울상으로) ....
채은   그러니까.. 어서 돌아가.
은섬   ... 나올 때를 노려야겠어. 밖으로 나오긴 할 거 아냐.
채은   나오면 혼자 나오냐? 연맹장은 항상 여섯 명의 호위전사가 둘러싸고 있다고!
은섬   싸워서 이겨야지..
채은   하... 다 죽어도 난 모른다.. (가려다가 돌아서서)

그리고.. 연망장 아니고 연맹장이야.

하고 가는 채은, 보는 은섬.

은섬   ...!! (조심스럽게 도티를 보며)
도티   거봐! 내가 연맹장이라고 했잖아!

은섬, 다시 심각한 얼굴로 연맹궁을 본다.

S#9. 장터 일각2(낮)

심각한 얼굴로 걷는 채은. 스천이 발견하고 바로 따른다.

스천   주인님! 그놈은 어떻게 하셨어요?
채은   그놈이랑 있었던 일 다 잊어버려.
       그놈 모가지가 성벽에 걸려도 모르는 척해.
스천   예에? 아.. 예.
채은   바치두레(자막: 아스달 시장의 상인 조합)는?
스천   예, 지금 하고 있을 겁니다. 들어가셔야죠?

가는 채은과 따르는 스천.

S#10. 바치두레 건물 앞(낮)

장터의 작은 공터에 차양이 쳐진 곳.
그곳에 무질서하게 배치된 의자에 자유롭게 앉은 상인 대표들이
여럿 보인다. 두레장 울백이 앞에 나가서 이야기하고 있다.
채은, 들어와 하림 옆에 앉고 눈인사한다. 옆의 모명진과도 눈인사.

울백	다들 아시죠?! 타곤님께서 신성재판을 받으신대요!!
모두들	(이미 아는 듯) ...
울백	그동안 우리 아스달 사람들이 그분께 얼마나 많은 걸 받았어요?
	타곤님 아니면, 뇌안탈을 어떻게 내쫓을 수 있었겠어요?!

모두들, '맞아!' '그럼!' 하면서 맞장구치는데,
미소를 띠고 듣고 있던 하림의 얼굴이 확 어둡게 변한다.

빠른 ins.cut.〉 #. 불타는 아뜨라드 (cut.)
#. 비명을 지르며 죽는 뇌안탈들의 모습 (cut.)

하림, 일종의 PTSD로 몸이 떨리는데, 이때 하림의 손을 잡는 채은.
하림, 그제야 안정을 찾으며 채은에게 괜찮다는 듯 미소를 짓는다.

울백	저 흰산 너머 아뜨라드를 우리가 어찌 차지했어요!
	산웅 니르하께서 결단을 내리시고!
	타곤님께서! 계획을 세우시고! 거루크미혼께서! 희생하셔서..
모두들	거루크미혼!

하림, 못 견디겠는지, 조용히 일어서 나간다. 보는 채은.

울백	예, 그렇게 얻은 아뜨라드예요! 그동안 끌고 온 노예는 또 얼마고?
	아사론 니르하께서 타곤님한테 이러시면 안 되는 거 아닙니까?
트리한	그렇다고 우리가 연맹의 일을 뭐 어쩌겠어요?
라임	우리가 연맹인이요! 왜 할 게 없어!
트리한	아니 그럼 뭘 할지 자네가 얘기해보게!
라임	거.. 같은 흰산족이라 아사씨 싸고도는 모양인데..!
	사실.. 위대한 어머니 아사신의 핏줄도 다 끊긴 마당에 무슨..!
트리한	(벌떡 일어나며) 뭐야..!!
채은	(역시 일어나며) 그만하세요! 두 분 다 맞는 말이에요!
	(트리한에게) 아저씨.. 앉으세요. (라임에게) 오라버니 앉아요..

둘 다, 참으며 자리에 앉는다.

채은	우리가 할 일이 마땅치 않은 것도 사실이고,
	우리가 연맹인으로서 가만있을 수 없는 것도 맞습니다.
모두들	...
채은	그러니까 일단 모여서.. 우리 마음을 모아서 전해야 해요!
모명진	(채은과 눈 맞추며) 그래도 안 되면?
채은	그래도 안 된다면...
모두들	...
채은	(양손으로 구球를 그린 후 맞잡은 후) 이실로브 세그마..!
	(자막: 신의 뜻이니, 어쩔 수 없다는 옛 흰산어의 관용구)

모두들 고개를 끄덕이며 같은 동작을 취하며
'이실로브 세그마'
하는데, 채은은 나간 하림이 걱정스러운 표정이다.

S#11. 아스달 내 아사혼의 작은 사당 (낮)

하림이 사당 앞에서 작은 향불을 피우고 있다.

채은	(들어오며) 울백 아저씨는 괜히 거루크미혼 얘긴 꺼내가지고..
하림	내 잘못이다. 그때... 죽은 생명이 몇이더냐..
	명색이 병 고치는 약바치라는 놈이 병을 그렇게 이용해먹고..
채은	아버지 심정을 왜 모르겠어요.. 저도 약바친데.. 하지만..
하림	거루크미혼은 잔인하게 죽었을 게다.. 뇌안탈한테...
채은	.. 그래서 아스달은 그분의 희생을 잊지 않고 의인으로 존경하잖아요...
하림	아니... (채은 보며) 이제 너두 알아야 할 것 같구나..
채은	...?
하림	우린 아사혼을 이용한 거다!

	그리고 (비웃듯) 거루크미혼이란 거창한 이름을 붙였지..
채은	…. 이용이요?
하림	아사혼은 끝까지.. 뇌안탈과의 화합을 주장했으니까.
채은	…!!
하림	아스달이.. 아니, 내가… 아사혼을 속여 아뜨라드로 보냈다..

S#12. 대신전 아사론의 집무실(낮)

아사론 시름이 깊은데, 아사못과 아사욘이 들어온다.

아사욘	바치두레(자막: 아스달 시장의 상인 조합)가 열렸습니다.
아사론	…! (고개 들어 보며) 타곤 때문에…?
아사욘	.. 예… 연맹인들의 의지를 전하겠다며..
아사론	(깊은 한숨) 하… (하며 또 오한을 느끼듯 떠는데)
아사못	어쩌실 겁니까?
아사론	… 내 선택만 남았구나…
아사못	…
아사론	하지만 한 가지가 풀리지 않아.
아사못	…?
아사론	타곤..! 타곤은 무슨 생각일까?
	지 아버지와 교감을 하고 있는 걸까..? 했다면 언제부터…?
아사못	(보면)
아사론	신께 여쭙겠다.. 신성한 연기를 준비하거라..
해투악	(E) 대체 타곤님은…

S#13. 불의 성채 태알하의 방(낮)

태알하 심각하고 해투악 옆에서 손톱 소제하고 있다.

해투악	(손톱 다듬으며) 무슨 계획일까요?
태알하	(골똘히 뭔가 생각하며) ...
해투악	(손톱 소제 기구를 들고 태알하 앞으로 확 다가와 손톱 소제 기구를 이리저리 옮기며 말을 빠르게 횡설수설) 아사론 니르하께선 산웅 니르하가 짠 판이라고 생각하잖아요. 근데 사실은 (손톱소제 기구 탁 놓으며) 타곤님이 짜신 거잖아요. (다시 옮기며) 근데 그걸 그냥 태알하님이 그대로 했단 말이에요. (놀라며) ..! 혹시 태알하님이 짜신 거예요?!
태알하	야! 그만 좀 나불대! 도무지 생각을 할 수가 없어, 너 때문에.
해투악	(시무룩) 예.. 아가씨... 죄송해요.
태알하	탑에는 갔다 왔어?
해투악	아.. 아차!
태알하	(황당하다는 듯이 보며) 너.. 정신 안 차릴 거야?
해투악	언제까지 비밀로 하실 거예요? 아, 타곤님 진짜 너무해..! 혼인하기도 전에 애나 데려오고..
태알하	야!
해투악	예, 갑니다. 지금 바로 갈게요!

하고 서둘러 나가는 해투악. 다시 심각해지는 태알하.
고개를 휙 돌려 청동거울을 본다. 거울에 비친 태알하

| 태알하 | (이를 악문, 마음의 소리 E) 타곤.. 대체 무슨 생각인 거야..! |

S#14. 불의 성채 일각 복도(낮)

해투악이 종종걸음으로 걷고 있다. 앞에서 걸어오는 해족 병사 일행.
해투악, 옆으로 피해주려는데 해투악을 둘러싼다.
해투악 어리둥절하다.

| 해족병사1 | 같이 좀 가자. |

해투악   (놀라 더듬으며) 왜... 왜.. 왜요?

해족 병사1이 그런 해투악을 잡으려 손을 뻗는데 해투악, 그 손을
한 손으로 잡아 순식간에 꺾는다.
해족 병사1, 비명을 지르고 다른 해족 병사들 칼을 뽑는데,
해투악도 번개처럼 허리춤에서 칼을 뽑아,
해족 병사1의 목에 칼을 겨눈다.

해투악   (수줍게 당황하며) 아니, 무슨.. 말씀도 안 하시고..
제 몸에 손을 대시면....

병사들, 해투악의 언밸러스한 무력과 말투에 당황하는데, 이때

미홀   (E) 그만두거라.

보면, 미홀이다. 따르는 여비.
해투악 놀라서, '미홀님!' 하는 데서

산웅   (E) 뭐?

S#15. 거치즈멍, 아라문 해슬라 동상 앞(해 질 녘)

산웅이 멍석을 깔고 기도하다 말고, 고개를 돌려 단벽을 본다.
주변에 멀찌감치 호위전사들이 흩어져서 서 있고
역시 기도하는 사람들이 멀리 보인다.
하늘엔 흰별삼광새가 날고 있고 멀리 석양이 지고 있다.

단벽   타곤 형님이 이 일을 그저 당하고 있겠냐고 여쭸습니다.
산웅   이거까지 감내하진 않겠지.
단벽   이 상황을 모를 리는 없을 텐데요. 바치두레까지 열렸다는데

산웅   음... (주변 보며) 이쯤 했으면 됐겠지? 많은 사람이 보고 갔느냐?
단벽   예, 아들을 구하기 위해, 니르하께서 아라문께 정성 들여 빌고 있다..
        그리 말이 퍼지고 있습니다.

        그러자 산웅, 조심스럽게 일어나 예를 취하고는, 석양에 반사되어
        빛나는 아라문 동상을 본다. 클로즈업되는 거치즈멍의 손가락 문양.

산웅   (피식) 아라문.. 아라문 해슬라는 저 손가락 문양을 무슨 의미로 새긴 걸까?

        하고 가는 산웅. 함께 걷는 단벽.

단벽   만약 타곤 형님이 칼을 뽑는다면...
산웅   (피식) 그래봐야 타곤의 칼은 아사론을 향할 수밖에..
        좋은 일이다. 결국 둘 다 사라질 테니.
단벽   아버지를 향한다면요..?
산웅   그럴 리 없다. 욕심이 많은 아이지만 똑똑해.
        아버지를 죽이고서는 지가 원하는 걸 갖지 못한다는 걸 알지..
        연맹인들도 아사론도 그런 자를 연맹장으로 인정할 리가 없으니까.
단벽   꼭 이렇게까지 하셔야 합니까..?
        타곤 형님은 아버지의 인정을 받고 싶을 뿐입니다..!
산웅   네가 잘못 알고 있는 것이다.
단벽   그렇다 해도 형님은 할 수 있는 모든 희생을 했습니다.
산웅   희생..? 아니.. 제 게걸(자막: 욕망)을 채운 거야.
        생명을 해치면서 채워지는 욕망. (상념에 잠기듯) .. 이제 알겠다
단벽   (간절) 저도.. 생전의 어머께 형님에 대한 다라부루의 신탁은 들었습니다.
        허나.. 아버지께선 거부하셨다 들었습니다.
        아버지 당신의 실수로 얻은 아이를 그럴 수는 없다시면서요.. 헌데 어찌...!
산웅   그게.. 실수였어..
        타곤은.. 제 게걸을 위해 지 어미를 죽이는 것도 마다 않는 아이야.
        지 목숨을 지키기 위해서가 아니라.. 권력과 게걸을 위해서..
단벽   (아니라는 생각에 안타까워) 아.. 아버지... 그럴 리가...

산웅	(OL) 니가 이러니.. 내가 더 기를 쓰는 거다..!
	내가 죽기 전에 타곤도.. 아사론도.. 끝내놓지 않으면 넌,
	그들에게 휘둘리다가, 연맹을 이끄는 건 고사하고,
	새녘족의 지위마저 흔들리게 할 게다.
단벽	....
산웅	괜한 연민 따위는 버려. 누구도 믿어선 안 돼.. 형제일지라도..!

하고 가는 산웅, 보는 단벽.

S#16. 불의 성채 태알하의 방(밤)

문이 벌컥 열리고, 태알하가 놀란 얼굴로 방문 쪽을 돌아본다.
굳은 얼굴의 미홀과 해족 병사들이 들어온다. 그리고
결박당한 해투악이 끌려 들어와 쓰러진다.
차가운 무표정의 여비가 들어온다.
미홀이 무서운 얼굴로 다가온다.

| 태알하 | (겁에 질려) 아버지.. 왜.. 왜 이러세요? |

미홀, 태알하에게 다가와 거세게 뺨을 때린다.
쓰러지는 태알하. 태알하, 놀란 채로 아버지의 눈치를 본다.
그리고 해투악을 보는데,
해투악, 약에 취한 듯 보인다. 상황을 파악하는 태알하.

태알하	... 투악이한테 매혼제(자막: 환각에 취해 실토하게 하는 약)를... 쓰셨어요?
미홀	(무시하고 노려보며) 이 모든 게 타곤이 짠 판이라면서?
태알하	..... (겁에 질려 울컥) 죄.. 죄송해요...
미홀	(눈높이를 맞추고 태알하의 턱을 거칠게 잡고 흔들며) 이게..
	이게 뭐야 이 한심한 것.. 정말.. 타곤을 바라기라도 한 거야?
	마음에 품고.. 눈에 담았어?

| 태알하 | (무서워서 눈물이 날 것 같다) ... |

한심하다는 듯 거칠게 턱을 잡았다가 확 놓는 미홀,
숨을 몰아쉬며 눈치를 살피는 태알하.
미홀, 천천히 일어나 태알하 앞에 한 손을 내민다.
태알하, 덜덜 떨면서 미홀의 손바닥에 자신의 턱을 갖다 댄다.

| 미홀 | (그런 태알하의 머리를 쓰다듬으며) ... 타곤의 동태를 살피고 오라는
산웅 니르하의 명이다. 니가 바로잡아야겠다.. |

하고는 미홀, 탁자 위에 뭔가를 내려놓는다. 태알하 뭔가 싶어 본다.

미홀	비취산이다... (자막: 독의 일종. 무색, 무취, 무미하여 3무독으로 불린다)
태알하	...!!!
미홀	이 길로 바로 성 밖의 타곤을 만나거라.!
태알하	(놀라며) 타, 타곤을 죽이라는 말씀이세요? 산웅 니르께선 신성재판에서 타곤을...
미홀	네년이 망쳤어!
태알하	...!
미홀	타곤의 음모는 뭘까? 왜 자기가 죽는 판을 짠 걸까? 나 미홀은 그런 걸 고민하지 않아.
태알하	...
미홀	난 내가 짠 판이 아니면 놀지 않아. 가서 타곤에게 (가리키며) 이걸 먹여.
태알하	...
여비	...
태알하	(결심한 듯) 니르하께서도 아세요? 연맹장께서도 아셔야 하는 거잖아요.
미홀	(노려보다가) .... 연맹장께 보고를 드리려면 말이야, 내 한심한 딸자식이, 타곤의 젊은 몸에 잠시 눈이 팔려 실수를 했습니다.. 이 말부터 해야겠지.
여비	혼담은 당연히 깨질 테고요.
태알하	(시누이가 미운 표정으로 여비를 보고) ...

| 여비 | 아가씨, 타곤은 억울한 모함을 받고 자살을 한 겁니다. 허면 그 모든 미움을 아사론이 받게 될 거구요. |

태알하, 그런 여비와 미홀 보다가 탁자 위의 비취산을 보는 데서

| 타곤 | (반가운 E) 단벽아!!! |

S#17. 좁은 산길(밤)

타곤과 대칸 몇이 앞장서 말을 타고 오고 있고, 뒤쪽엔
행렬이 오고 있다. 타곤이 보면, 앞에 단벽이 와 있다.
타곤, 얼른 말에서 내려 단벽과 포옹한다.

타곤	얼마 만이냐!!
단벽	족히 3, 4년은 됐습니다!!
타곤	그래서 그런가.. 어른이 다 됐다!!
단벽	(으하 웃으며) 제 딸, 나린이가 열세 살입니다! 장가도 안 간 형님이 어디서 어른 타령이십니까!!
타곤	(기분 좋게 우하하 웃고는 뒤에 대칸들에다 대고 큰 소리로) 자 쉬어 간다..! 막사를 치거라..!
대칸들	예!!!!

타곤은, 단벽을 데리고는 어딘가로 간다.

S#18. 풍경 좋은 일각(밤)

타곤과 단벽 있다.

| 타곤 | 아버지는 평안하시지? |

단벽	.. 아뇨.. 실은.. 아버지께서.. 보내서 왔습니다.
타곤	....
단벽	형님이 한 올림사니 때문에.. 신성재판을 받아야 하는 건 아시죠?
	(자막: 올림사니: 죽기 전 혹은 죽은 후에 신께로 인도하는 의식)
타곤	.. 오는 길에 들었다. 누가 밀고를 했다고..
단벽	.. 아버지께서.. 걱정이 많으십니다.
타곤	....
단벽	.. 다시 부를 때까지.. 바다 건너 아니아츠에 가 계시는 게 어떠냐고..
타곤	(그런 단벽을 본다)
단벽	.....
타곤	네 생각이냐?
단벽	.. 아니.. 그게 아니라.
타곤	.. 고맙다. 아버진 니가 여기 온 거 알면 노하실 게다. 돌아가.
	위병단 총관이 연맹장 니르하 옆을 비워서 되겠어?
단벽	.. 지금 제 걱정 할 때가 아닙니다. 제 말을 따르세요.
타곤	니 맘은 알겠다만.. 지금 내가 도망치면.. 20년 동안의 나는..
	뭐가 되는 거냐?
단벽	(간절한) 형님..!!!!
타곤	.....
탄야	(간절한 E) .. 저기요..!

S#19. 대칸의 야영지(밤)

대칸부대와 와한족, 안자족 등의 이아르크인들이 야영을 하고 있다.
이아르크인들은 여전히 모두 묶여서 앉아 있는 가운데,
대칸의 박량풍이 와한족 쪽으로 오고 있다.

탄야	(간절) 저기.. 돌돌이가 많이 아픈 거 같아요.
박량풍	뭐? (하며 창 손잡이 끝으로 돌돌이를 쿡 찔러보는데)
검불	(간절, 다급) 돌돌이랑 저희, 이것 좀 풀어주십쇼.

저희가 좀 돌보겠습니다. 도망 안 가요.. 정말이에요.

무광   (다가오며) 뭐야?

박량풍   (살짝 고개를 흔들며, 작은 소리로) 애 안 될 거 같은데요.

무광, 돌돌이를 살핀다.
탄야, 둔지, 북쇠, 터대, 열손, 초설 등이 주목하고 있다.
무광이 돌돌이의 줄을 끊자, 박량풍이 돌돌이를
대열 바깥으로 끌어내어 나무에 기대 앉힌다.
치료해주나 싶어 안도하는 검불, 둔지, 북쇠, 초설, 열손.
무광이 돌돌이에게 다가오더니, 무심하게 목을 친다. 터지는 비명!
검불, "돌돌아..!! 안 돼...!!" 외치며 울부짖는다.
경악하는 모두들! 그리고는 언덕 아래로 목이 없는 돌돌이의
시신을 밀어버리니, 굴러 떨어진다. 모두 경악!!!!!
무광, 손에 들려 있던 돌돌이의 머리도 언덕 아래로 던져버린다.
모두 놀라 입을 다물지 못하는데, 탄야와 초설 쪽을 지나던 박량풍.

박량풍   (땀 흘리며 떠는 초설을 보고) 이것도 안 될 거 같은데요?

탄야   ...!!!

모두들   ...!!!

무광   아... 돌림병 아냐? (칼을 들고 다가오며, 무심히) 끌어내...

탄야, 우루미 등 와한족들이 경악하고 비명을 지른다.
묶인 채로 초설 앞을 몸으로 막고 가리며,
'안 돼요!', '살려주세요'를 외친다.
달새, '나부터 죽여라!' 외치며 거칠게 저항하는데

무광   안 비켜? 그년은 어차피 죽어!

우루미   살려주세요! 제발 살려주세요! 말 잘 듣겠습니다.

탄야   우리 씨족어머니십니다! (울컥) 돌보게만 해주세요.

모두가 아우성치고, 달새가 막으며 무광을 들이받으려 하자,

무광, 달새를 거칠게 가격한다. 나동그라지는 달새.

그리고는 초설의 줄을 끊어, 끌어내는 무광.

모두가 '안 돼요' 하며 난리치는데!

무광, 초설의 머리채를 확 잡아챈다!! 경악하여 조용해진 와한들!!

무광은 그런 그들을 보며 피식 웃고는 칼을 일부러 천천히 뽑는데

탄야, 울다가 빨개진 눈빛이 차가워진다.

탄야, 결심한 듯 묶인 손을 들어 손가락 하나를 물어뜯더니

피를 눈 주위에 칠한다.

탄야	(떨리는 목소리 E) 나는 와한의 탄야...

탄야　(떨리는 목소리 E) 나는 와한의 탄야...

무광　(들었던 칼 내리며) 뭐?

탄야　(묶인 채로 그 자리에 일어서며) 나는.. 와한의 탄야... 껍질을 깨는 자.
　　　나는 와한의 씨족어머니 후계자, 깨어 있는 모든 정령과,
　　　깨어날 모든 정령들과 이어진 와한의 당그리(자막: 당골, 무당).

무광　뭐? 너 뭐래는 거니..

탄야　나 와한의 탄야는 너희들을 저주한다.

박량풍　!!!

무광　!!!

초설　(힘겹게 보며) ...!!

탄야　(무광을 쏘아보며, 이를 악물고) 너희들의 돌담이 무너지고,
　　　너희들의 보금자리는 폐허가 되리라.

무광　...!! 저 미친년이! (하고 다가가는데)

탄야　나를 처음 손댄 자가 가장 참혹하게 죽으리라..!

무광　(멈칫) ...!!!

탄야　푸른 불이 폭풍처럼 너희들의 터전을 휩쓸 것이다.
　　　너희들과 너희들의 어머니와 너희들 아버지와 너희들의 아이의 시신이
　　　뫼를 이루고,

무광, 박량풍, 주변에 있던 전사들도 얼어붙어 탄야의 말을 듣는다.

와한족들도 모두 탄야를 주목한다.

신음하며 눈도 제대로 못 뜨던 초설의 눈이 번쩍 떠지며 탄야를 본다.

초설 (마음의 소리 E) 저 아이가.. 설마..

무광 저.. 저.. 미친년이..! (하고 다가가려는데)

탄야 (씹어뱉듯 독을 품고) 그들의 피가 강처럼 흐르다 엉겨붙어!
아우성치며 살아남는 자들이, 뒤엉킨 시신 속에서 (눈이 시뻘건 채로)
죽은 너희들의 딸과 아들을 구분하지 못하리라.

모두들, 탄야의 독기 어린 저주에 말문이 막힌다.
무광, 탄야의 모습에 공포를 느끼는 모습이다.
이때, 초설, 그런 탄야의 모습에서 환상을 본다.
거대한 흰 늑대 한 마리와 함께 서 있는 모습!

탄야 (악을 쓰듯) 살아남은...! 모든 어머니가 자식의 시신을 뜯어먹고
달이 뜨면 (빨간 눈에 눈물이 흐르며) 죽은 자식이 살아나
(흐느끼며) 다시 그들의 어머니를 뜯어먹으리라!
(눈물이 흐르고 씩씩대며) 흰늑대할머니이시여.
와한을 끝낸 저를 용서치 마시고,
저들 또한 결코 용서치 마세요.

무광, 무서워 어쩔 줄 모르는데, 어느새 온
기토하가 소리 지른다.

기토하 야! 저걸 그냥 듣고 있어? 죽여! 이것들 다 때려 죽여!

박량풍 아.. 저기.. (머뭇거리며) 처음 손댄 자가 끔찍하게 죽는다고...

기토하 이런 머저리 같은 새끼가! (하면서 박량풍의 가슴을 거세게 치는데)

타곤 (E) 잠깐..

모두들, 소리 난 쪽을 보면, 타곤이다.
탄야, 분을 못 이겨 이제 훌쩍이며 타곤을 노려본다.
타곤, 탄야의 눈을 본다.
탄야, 분노인지 공포인지 모르는 눈빛으로 타곤을 본다.

타곤, 탄야에게 다가간다.

타곤	왜 울어, 근데?
탄야	(노려보며) ...
타곤	그런 무시무시한 저주를 하고, 주문을 걸고... 왜 울지?
탄야	(노려보며) ...
타곤	우리가 그 주문을 피하려면, 어떻게 해야 하지?
탄야	...!
타곤	(얼굴을 가까이 하며) 어쩌면 되냐고...?
탄야	...... 우리 어머니...
타곤	(말 끊으며) 어차피 죽어, 저 여자.
탄야	아니, 우리 손으로 보내게 해줘.

타곤, 탄야를 보다가 뒤로 물러서며 기토하에게 고개를 *끄덕*한다.

기토하	예에? 저딴 게 무서워서 그걸 들어줘요???
타곤	너두 쟤, 손 못 대고 있잖아.
기토하	...! (당황) 아니 나야, 그냥... 아, 진짜 들어줘요?
타곤	큰일 앞두고 있다. 조심해서 나쁠 거 없겠지.

하고 돌아서는데, 태알하가 미소 짓고 있다. 그 뒤에 해투악.
놀라는 타곤.

태알하	(미소) 예뻐서 봐주는 거 아니고?
타곤	눈치챘어?
태알하	죽을래?

하고, 나란히 웃으며 가는 태알하와 타곤.
가는 타곤의 뒷모습을 보는 탄야.

S#20. 큰 나무 아래(밤)

초설, 누워서 숨을 거칠게 몰아쉬고 있다.
탄야가 그 앞에 무릎을 꿇고 앉는다.
뒤에 무광이 갑자기 탄야의 머리채를 거세게 잡는다.

무광   빨리 끝내라, 응? 허튼 수작 말고...
탄야   (머리채 잡힌 채로) 내 몸에 손대지 말라고 했는데.. 잊었어?
무광   이 미친년이, 오냐오냐하니까! (하면서 머리채를 확 꺾는데)
탄야   (노려보며) 초승달을 만난 어느 밤, 어느 한 손이 너의 심장을 꺼내리라.
무광   알았어 알았어.. 슬까스른 년(자막: 슬까스르다: 비위를 거스르다)..!

하고 가는 무광.
탄야, 주변을 보니 조금 떨어진 곳에 등을 돌린 대칸 몇이 보인다.
탄야, 초설을 본다. 초설, 간신히 눈을 뜨고 탄야를 본다.

S#21. 타곤의 개인 막사 안(밤)

타곤, 다가와서 태알하 안으려는데, 살짝 피하는 태알하.

태알하   도대체 무슨 생각이야?
타곤   (피식) ... (술병 보고는) 이건 뭐야?
태알하   감백로술. 니네 아부지가 먹더라. 슬쩍했지.
타곤   (잔에 따라보는데)
태알하   안심해, 맑은 술이야.

타곤, 술을 맛보려는데, 태알하 능숙하게 막으며

태알하   그 전에, 대답부터. 무슨 생각인 거야?
타곤   (미소로) 입 좀 축이고...

태알하   (미소) 아니, 대답부터..!

S#22. 큰 나무 아래(밤)

와한의 신성한 나무처럼 나무의 중간이 비어 있는 특이한 나무다.
초설과 탄야가 눈을 맞추고 있다. 탄야, 눈물이 그렁하다.

탄야   ...... 가시는 건가요?

초설   ...

탄야   (눈물 그렁하지만 차분하게) 저 때문인가요?

초설   (누운 채 눈빛으로)

탄야   제가... 푸른 객성과 죽음과 함께 온... 저주받은 년이라,
        이런 일이 벌어지고... (울컥) 어머니가 죽는 거예요?

초설   (힘겹게) .. 탄야야.. 이건 오래전부터 준비된 일이다..

탄야   예에...?

초설   비로소.. 난 내 사명을 내려놓게 됐구나.. 이젠 모두 너의 일이야.

탄야   (울컥 흥분) 저의 일이요? 저 같은 게 뭘 해요? (여기서부터 말 빠르게)
        전 씨족어머니 춤도 외우지 못했고 꿈도 만나지 못했어요.

초설   탄야야,

탄야   (울먹이며 빠르게) 저 어렸을 때, 꿈을 만난 적이 있다고 한 거...
        거짓말이에요!!

초설   ...

탄야   금은화 숲에서 뭔가가 절 불렀다는 그 꿈! ... 거짓말이라구요.
        거기에 은섬이네가 있긴 했지만.. 우연이었어요.
        사실 전... (흐느끼며) 이때껏 단 한 번도 꿈을 만난 적이 없어요.

초설   (가엾게 본다) ...

탄야   (울며) 이런 제가 뭘 해요? 둔해빠지고 탁해빠져서
        어무니 발끝에도 못 쫓아가는 제가 뭘 해요?

초설   태어나서 지금 이 순간까지 나도...

탄야   (흐느끼며) ....

초설	꿈을 만난 적이 없다.
탄야	(흐느낌이 멈추며 충격으로 본다) ...!!!
초설	어쩌면... 우리 와한의 시조이신 흰늑대할머니 이후로 아무도
	꿈을 못 만났을지도 몰라... 아마도 신들은 이 땅을 떠난 게지...
탄야	(충격으로 보며) 제가 마음속으로 하는 소리를 들으셨잖아요?
초설	그건.. 세상의 어머니들이 아직 어린 딸에게.. 다 할 수 있는 일이란다...
탄야	(충격) ...
초설	탄야야. 넌... 와한을 이끌어 다가올 세상을 견뎌내야 한다.
탄야	... 제가 와한을 어떻게요? 와한의 법칙을 제가 어떻게요?
초설	법칙 따윈 잊어버려. 그건 이미 깨졌다. 와한의 첫째 금기가 무엇이냐..
탄야	... 대흑벽을 우러르되... 넘지 마라
초설	우린 이미 대흑벽을 넘지 않았느냐...
탄야	...!!!
초설	금기는 깨졌다. 내가 대흑벽에 이르러 저들이 만든 거대한 걸 보고서,
	그제야 깨달았다. 우리가... 어디로 가고 있는지를...
탄야	어딘데요?
초설	(피식) 흰늑대할머니가 애초에 오셨던 곳...!
탄야	...!!!
초설	이제 너와 와한은 씨앗을 키우고, 짐승을 길들이는 세상을 만날 것이다...
	흰늑대할머니는 결국 이리될 것을 꿰뚫어 보셨었다.
탄야	(놀라 보며)
초설	.. 흰늑대할머니의 별다야(자막: 별자리를 간략히 그린 신물)를 찾아라.
탄야	...!
초설	거기에 이게 그려져 있을 게다. (힘겹게 바닥에 뭔가를 그린다)
	이 그림이 새겨져 있는 신물을 찾아, 가슴에 품어라...
탄야	(바닥의 그림을 본다) ...
초설	난 그게 무엇에 쓰일지 모른다. 허나 쓰일 것이다.
	내가 너에게 가르친 모든 것도 쓰일 것이다.. 잊어선 아니 된다..
탄야	어무니..
초설	그게... 너의 사명이다...
탄야	(흥분과 놀라움, 슬픔으로 보며) ......

초설	네가 오늘 저들을 저주할 때, 네게서 흰늑대할머니를 봤다.. (미소)
	넌 흰늑대할머니의 현신일지도 몰라..
탄야	...!!!
초설	.....
초설	난 기쁘게 이 모든 걸 너에게 전했다만.. (울컥) 가엾은 것...
탄야	어무니..
초설	날 애달파하지 마라..
	너의 마음은... 오직 너를 위해 쓰거라..
탄야	(울음 참으며) 어무니...

서서히 눈을 감는 초설과 울음을 참는 탄야의 풀샷에서 F.O.
F.I.
탄야가 초설을 나무 가운데 사이에 넣고는, 꽃으로 채우고 있다.
돌을 하나씩 옮기며 나무 사이를 메우고 있다. 그 위로,

탄야	(E) 정령들이시여, 당신께 우리 어머니를 돌려드립니다.
	우리는 항상 당신께 삶을 빚졌고,
	우리는 항상 당신께 죽음을 맡깁니다.
	당신은 항상 낳으시되, 낳은 것을 가지지 않으십니다.

S#23. 타곤의 개인 막사 안(밤)

(21씬 연결) 타곤과 태알하가 있다.

태알하	무슨 생각이냐고?
타곤	(술잔을 테이블에 놓으며) 나부터 물어보자.
태알하	(미소) 뭘?
타곤	넌... 무슨 생각으로 내가 시킨 대로 한 거야?
	내가 죽을지도 모르는 일인데...
태알하	(당황함을 감추려는 피식) .. 그거야. 널.. 믿으니까. (미소)

타곤	그래도 아부지한테 보고는 했어야 하는 거 아닌가?
태알하	...! 뭐...?
타곤	산웅은 아니더라도, 미홀한테는 했어야지. 타곤이 이런 걸 시켰다.. 그게... 네 임무니까.. (미소)

태알하, 미소가 싹 가시며 얼어붙는다. 한쪽에 타곤의 칼이 있다.
슬쩍 보는 태알하. 번개처럼 칼을 잡으려 하는데, 타곤이 막는다.
태알하, 그런 타곤을 능숙하게 피하며, 품에서 칼을 꺼내 공격한다.
타곤, 테이블의 칼을 집어 태알하의 공격을 막아낸다.

태알하	(타곤과 칼을 맞대고, 노려보며) 다 알고 있었어? 날 가지고 놀았어! 십 년이 넘도록 날 가지고 놀았어! 이 태알하를!
타곤	내 말을 들어봐!

다시 떨어져서 칼을 부딪히다가, 태알하는 침상에 넘어지게 되고,
타곤이 태알하를 올라탄 자세가 된다. 양손은 팔을 잡은 채다.

태알하	(발버둥 치며) 다 알았으면서! 내가 여마리(자막: 첩자)인 걸 알면서! 재밌었어!!?
타곤	(버럭) 여마리인 걸 알면서..!!!
태알하	(씩씩대며) ...
타곤	(나지막이) 그 이그트 아기를, 너한테.. 맡겼어...
태알하	...!!!

태알하, 멍해진다. 갑자기 모든 게 정지한 느낌!
태알하를 올라탄 타곤의 숨소리만이 거칠다.
서로 바라보는 둘. 타곤, 태알하의 칼을 빼앗아,
칼을 확 던져버리고는, 침대에서 내려온다.
태알하도 몸을 일으킨다. 타곤의 뒷모습을 본다.

타곤	이그트를 몰래 숨겼다. 그건 재판도 필요 없어. 그냥 끝장이야.

	근데.. 난 그렇게 했어, 너한테.
태알하	어째서...?
타곤	...
태알하	내가 여마리인 걸 알면서... 왜?
타곤	살려고..!
태알하	살려고? 그 불길한 이그트를 맡긴 게 살아보려는 거였다고?
타곤	아버지는 날 죽이고 싶어 했고, 아사론은 날 적으로 여겨!
	내가 살기 위해선.. 너희 아버지, 미홀밖엔 없었어.
	자, 이제 당신이 원하면 난 언제든 끝장이다!
태알하	...!!
타곤	그러니, 날 거두세요! 날 믿어주세요..!
	내 목숨은 이제 당신의 것입니다..!
탄야	(E) 우리는 항상 당신께 목숨을 맡깁니다.

S#24. 큰 나무 아래(밤)

탄야가 초설을 넣은 나무 가운데에 돌과 꽃가지들을 하나씩 옮기며
나무 사이를 메우고 있다. 그 위로,

탄야	(E) 우리는 항상 당신께 삶을 빚집니다.
	당신은 기르시되, 기른 것을 복종하게 하지 않으십니다.
타곤	(E) 근데 넌 그것만은 복종하지 않았어..

S#25. 타곤의 개인 막사 안(밤)

(23씬 연결)

타곤	그것만은 아부지 미홀에게 보고하지 않았어..
태알하	...

타곤	어째서지...?
대알히	...
타곤	왜 내게 가장 치명적인 걸 숨겼지?
태알하	...
타곤	(피식) 정말 날 바랬어? 눈에 담고 마음에 품기라도 했어?

타곤, 자조적인 미소를 띠며, 테이블로 가 술잔을 들어
마시려는데, 갑자기 확 달려들어 술잔을 쳐버리는 태알하.
깨지는 잔. 놀라는 타곤. 숨을 몰아쉬는 태알하.

타곤	(경악해서 보며) ... 독...? 너희 아버지가 또 굉장한 걸 만들었군..
	냄새가 없는, 맑은 독이라니 (태알하 보며) 그리고... 넌..
태알하	(숨을 몰아쉬며) ...
타곤	(태알하를 보며) 정말로 나를.. 품었었구나...
태알하	...
타곤	...
태알하	...
타곤	... 나도... 널 (돌아서며) 바랬다... 태알하...
태알하	(눈물이 맺히며 자조적 미소)
	내가 그때 조금만 철이 들었어도 아버지께 다 말했을 거야.
	(피식 자조로) 근데 난, 얼마나 날 믿으면 이그트를 나한테 맡길까..
타곤	....
태알하	철딱서니 없던, 어린 소녀인 난, 그렇게 널 마음에 품게 됐네?
	그래, 널 바랬어.
타곤	...
태알하	근데 왜.. 난 너한테 모든 걸 걸지 못하고 줄을 타는 걸까?
타곤	...
태알하	왠지 알아?
타곤	...
태알하	넌... 어떤 경우에도...
타곤	...

태알하	... 너의 아버지 산웅을 죽이진 못하니까.
타곤	...!
태알하	왜? 아버지가 없어지면 널 인정해줄 사람이 없으니까...
타곤	...!
태알하	(비웃듯) 몇 살이야, 대체...?
타곤	......
태알하	(나가려는 듯 외투를 들며) ... 우리 아버지한테 넌,
	해 뜨면 살아 있으면 안 되는 사람이야. 독살당했어야 하거든.
타곤	...
태알하	(피식) 근데 이렇게 살려놨으니... 뭔지 몰라도, 꼭 성공해라.
타곤	.....
태알하	실패하면... 이제 (미소 지으며) 나도 죽어.

하고 나가는 태알하. 한동안 나간 자리를 보고 있는 타곤.

S#26. 대칸의 야영지 일각(밤)

심각한 얼굴의 태알하가 가고 해투악이 급히 따라온다.

해투악	아가씨.. 어쩌셨어요?
태알하	(무시하고, 마음의 소리 E) 바보같이..
해투악	(걱정, 조바심) 아가씨.. 어쩌신 거냐구요..
태알하	(무시하고, 마음의 소리 E) 이 태알하가... 어쩌자구...
	이런 하찮은 마음에 내 생사를 건단 말야...! (하다가 멈칫)

ins.cut.〉3부 34씬 중,
태알하	타곤이 콧노래를 불렀다며..
해투악	그게 왜요? (cut.)
태알하	설레는 거야. (cut.)

태알하 표정 차가운데, 맞은편에서 무광이 탄야를 끌고 온다.

탄야   (마음의 소리 E) 어무니...
어쩌자구... 제게 이런 사명을 지우세요.... 나 같은 거한테..

무광, 태알하를 보자, 멈춰 서 목례한다. 태알하 그냥 지나가는데,
이때 탄야와 눈이 마주친다. 이상한 느낌으로 보는 태알하.

S#27. 타곤의 개인 막사 안(밤)

타곤, 멍하니 있다. 그 위로,

ins.cut.〉3부 35씬 중, 회상의 이면 컷.
조용히 어린 타곤의 목을 조르는 누군가의 손. 바로 산웅이다!
이를 악문 산웅, 점점 더 조르고, 어린 타곤이 숨이 막혀가는데,
그러다 도저히 못하겠다는 듯 멈추고 헉헉거리는 산웅!
목을 조르던 손을 확 풀어버린다. 캑캑거리는 어린 타곤!

괴로운 듯 눈을 감았다 뜨더니, 결심한 듯.

타곤   (밖에다 대고) 양차!

밖에서 양차가 들어온다.

타곤   은밀히 움직여야겠다..
양차   ...! (고개를 끄덕끄덕)

S#28. 아스달 전경(밤)

S#29. 대신전 불의 방(밤)

아사무, 앞에서 춤을 추고 있고, 아사못 옆에 있는데, 꺼지지 않는 불
앞의 아사론, 옆에 놓인 호리병 안에서 새어 나오는 연기를 흡입한다.

아사론   (마음의 소리 E) 아사무에게는 임하시는 신이, 어째서 나에게는
이 연기를 통해서만 오시는 것인가? 야속하구나..

하며 눈을 감고 두 팔을 벌려 명상하는 듯하자,
이때 아사론의 눈앞에 환영처럼 타곤의 모습이 보인다.
아사론, 놀라 눈을 뜨는데, 이때, 들어오는 아사욘.

아사욘   니르하... 성 밖에서 급하고도 은밀한 전갈입니다.
아사못   (의아) 성 밖이라니...?
아사욘   그게..
아사론   혹시 타곤이냐..?
아사욘   ...!!! (놀라) 예.. 그렇습니다..!
아사못   타곤이라니...?
아사론   (일어나며) 만나길... 원하더냐...?

S#30. 성 밖 폐허가 된 옛 물길족 마을(밤)

아사론, 횐산족 전사들과 함께 긴장된 표정으로 온다.
맞은편, 어둠 속에서 누군가 온다. 긴장하여 보는 아사론.
조금 밝은 곳으로 나오자, 타곤이다. 그 뒤에 양차 있다.
아사론 더욱 긴장한다. 이때 갑자기 무릎을 꿇는 타곤.

타곤   니르하...!
아사론   (머리를 굴리다가) ... (침착하게) 타곤, 너는 내일 신성재판을 받을 몸.

	어째서 나를 보자고 하였는가?
타곤	(고개를 조아리며) 부디.. 살려주시길 청합니다.
아사론	...!!
타곤	죽어가는 전사들이 안타까워, 감히 올림사뢰를 하였습니다.
	아사씨의 가주이시며, 아스달의 대제관이신,
	아사론 니르하께 용서를 청합니다.
아사론	(마음의 소리 E) 그렇지, 그렇겠지.. 너도 살아야겠지.. 나도 살아야 하고.
타곤	일생을 아스달의 번영과 산웅 니르하, 아사론 니르하 두 분의 영광을 위해
	살아온 저를... 발목을 잘라 네발로 추방하시겠습니까? 살려주십시오..!
아사론	사는 방법은 하나다.
타곤	...!

아사론, 흰산족 전사에게 고갯짓을 하면 무거운 상자를 들고 나와
상자를 열어 보인다. 금이 가득하다.

아사론	이것을 가지고 멀리 떠나거라.
	너라면 어디서든 다시 시작할 수 있지 않겠는가?
타곤	...
아사론	(마음의 소리 E) 연맹인들이 잠시 분노하겠으나, 곧 잊혀질 것이다.
타곤	니르하..! 니르하의 강과 같은 은혜에 마음을 다해 감사를 올립니다..!
아사론	(안도의 마음의 소리 E) 간신히 이 위기를 넘기는가...
타곤	허나... (고개를 들며, 목소리 톤 바뀌며) 저는, 떠나지 않고
	니르하께선, 연맹인들의 원망을 받지 않을 방법이 있다면...
	하시겠습니까? (미소)
아사론	...!?

아사론, 그런 타곤을 본다. 타곤, 아사론을 보는 데서.

S#31. 성문이 보이는 아스달 전경(아침)

성문이 열리고 대칸부대와 포로들이 들어간다.
맨 앞줄에 타곤이 있고, 기토하, 연발, 무광, 양차 등의
모습이 보인다. 포로들 중 탄야, 열손을 비롯한
와한족, 안자족 등의 이아르크인의 모습이 보인다.
타곤은 어두운 표정이다.
타곤이 성문을 통과하자마자 터져 나오는 함성!

S#32. 아스달 성문 안(낮)

타곤이 선두인 행렬의 양옆으로 성안의 사람들이
인산인해인데, 모두가 타곤을 보고 '타곤!' '타곤!'을 연호한다.
타곤은 여전히 굳은 표정이다.
성안으로 들어오는 줄줄이 묶인 이아르크인 노예들.
탄야, 열손 등이 놀란 표정으로 이 광경을 본다.
성안 사람들의 함성이 더 커진다. 주위를 두리번거리며 놀라는 탄야.

탄야	(마음의 소리 E) 정말 훤늑대할머니가... 이런 곳에서 오셨다고..?

선두가 어느 지점에 다다르자, 그 앞으로 가로막고 서 있는
훤산족 제관들이 보인다. 그 옆에 길선과 위병단의 모습도 보인다.
아사욘이 죽간으로 된 두루마리를 들자, 모두 조용해진다.
두루마리를 읽는 아사욘.

아사욘	새녁의 어라하(자막: 부족장)이시며, 아스달의 니르하이신 산웅의 아들...! 새녁족의 자제, 타곤...!
타곤	(말에서 내려 아사욘에게 고개를 숙이며) 예, 타곤이 맞습니다.
아사욘	그대는 아스의 여덟 신이 주관하는 신성재판에 그 이름이 올랐다..!
탄야	(무슨 상황인가 싶어 보며) ...
아사욘	그대는 칼을 내려놓고, 갑주를 벗고, 맨발이 되어 겸허히 훤산의 제관을 따르라..

하자, 타곤, 무장을 풀고, 신을 벗어 맨발이 되어 걷는다.

군중들, '이게 말이 돼!', '모함이야!' '타곤님 힘내세요' 등등

소리치며 소란스러운데..

이때 대칸들이 비장하게 '타곤!' '타곤'을 외치자

군중들이 모두 '타곤'을 연호한다. 연호하는 군중 속에

채은과 올백, 트리한, 라임, 모명진 등의 모습도 보인다.

탄야, 놀란 눈으로 군중을 보고 있는데 이때, 탄야의 얼굴에 번쩍!

햇빛이 반사된다. 다시 번쩍! 탄야, 찡그린 채, 햇빛이 반사된 쪽으로

고개를 돌리면, 거의 동시에 쉬마그를 쓴 누군가의 한쪽 손이 쓱

내려간다. 빠르게 사라지는 누군가. 그쪽을 의아하게 보는 탄야.

한쪽 높은 곳에서 그 광경을 보고 있는 산웅의 모습이 보인다.

여섯 명의 호위전사가 경호하고 있다.

채은, '타곤'을 연호하다가 그런 산웅의 모습을 본다.

그리고 고개를 돌리다 뭔가를 보고는 다시 확 보는데,

맞은편 군중 속에서 산웅을 노려보고 있는 은섬이다.

은섬, 호위전사에 둘러싸인 산웅을 본다. 그 위로,

ins.cut.〉 4부 8씬 중,

채은	나오면 혼자 나오나? 연맹장은 항상 여섯 명의 호위전사가 둘러싸고 있다고!
은섬	(결연하게, 마음의 소리 E) 저자가.. 연맹장 산웅 니르하...!!
채은	(마음의 소리 E) 저게.. 저게 진짜..! 기어코..!

채은, 은섬 쪽으로 접근하려 하지만 인파에 움직일 수가 없다.

다시 보면, 사라진 은섬. 걱정스러운 표정의 채은.

S#33. 대신전 가는 길 아우성의 숲(낮)

산웅과 대대, 호위전사 6명이 가고 있다.

단벽과 소당이 뒤에서 급히 온다. 단벽, 산웅 옆으로 와서 걷는다.

산웅	(작은 소리로) 태알하가 뭐라더냐?
단벽	태알하가.. 보이지 않습니다.
산웅	..! 보이지 않아..?
단벽	그리고...
산웅	...?
단벽	.. 어젯밤 타곤과 아사론이 만났답니다...
산웅	..!!! (걸음 멈추며 작은 소리로) 그게 무슨 소리야?
소당	누가 먼저 만나자고 했는지는 모르고, 만난 건 확실합니다. 이상합니다..
산웅	(생각하다가, 귀엣말로) 대신전에 무기를 숨겨 들어갈 수 있겠느냐...?
단벽	(놀라고 걱정스러운데) ...!! .. (어쩔 수 없이) .. 예에...

하고는 단벽, 소당 급히 반대쪽으로 달려간다.
산웅, 단벽이 간 쪽을 보다가 고개를 돌려 대신전 쪽을
비장하게 바라본다.

S#34. 대신전 안(낮)

8신이 조각되어 있는 대신전의 모습. 그 위로,

아사무	(E) 우...

S#35. 대신전 불의 방(낮)

자연적으로 만들어진 계단이 빙 둘러져 있고, 그 한가운데
물이 자작자작한 아주 얕은 수심의 연못이 있다.
그 연못 중간에 도드라지게 물 위로 올라온 평평하고 작은 바위가
있는데, 그 가운데 구멍에서 불꽃이 춤추고 있다.

자연계단에는 이미 많은 사람들이 빙 둘러앉아 있고 불길 너머로
아사무가 자작자작한 물에 무릎을 꿇고 엎드린 채,
앞 씬부터 이어지는 우... 하는 소리를 내고 있다.
고대 타악기를 든 제관들이 아사무 가까이에 있다.
타곤은 맨발로 불꽃을 마주하고 무릎을 꿇은 채, 아사무를 보고 있다.
타곤의 뒤에는 아사론이 신을 받으려는 듯 두 손을 하늘 향해 뻗고
고개를 든 채, 눈을 감고 있다. 손에는 시스트룸이 들려 있다.
아사론이 일정한 간격으로 손목을 흔들면 시스트룸 소리가 찰랑 하고
울린다. 이 소리는 아사무의 우.. 하는 곡성과 어울려
기괴한 분위기를 만들어낸다. 이때 산웅과 단벽 일행이 들어온다.
산웅이 오자, 사람들이 산웅에게 목례를 취하며, 산웅을 앞자리로
인도한다. 자리에 앉는 산웅. 그 옆에 단벽. 주변에 호위전사 6인이
맨손으로 착석한다. 아사론, 두 팔을 위로 든 채로 있다가
살짝 눈을 떠, 산웅이 온 것을 확인한다.
산웅, 무릎 꿇고 있는 타곤을 본다. 타곤 역시 슬쩍 고개를 돌려,
산웅이 온 것을 본다. 시선을 맞추지 않은 채 서로를 의식하는 둘.
아사론은 손을 내리고 불꽃을 향해 다가가서 그 앞에 꽂혀 있는
칼을 들고 다른 손으로 감싸 쥔다. 칼을 스윽 움직이니,
아사론의 손에서 붉은 피가 흐른다. 뚝뚝 흐르는 피를,
불꽃 위에 떨어뜨린다. 그러자, 아사무의 우.. 하는 곡성이
웃음소리로 바뀌며 기괴하게 웃기 시작한다. 타악기를 들고 있던
제관들이 연주를 시작한다. 타악기의 연주는 천천히 시작하지만
아사무의 웃음소리가 점점 빨라지자, 마치 박자를 맞추듯
연주도 빨라진다. 이윽고 아사무가 자리에서 일어나 기묘한
춤을 추기 시작하고, 연주는 점점 더 빨라진다.
아사론, 시스트룸을 흔들며 신을 받는 듯한 모습.
그 광경을 보고 있는 타곤, 산웅, 단벽, 제관들의 모습!
아사무의 웃음소리가 한순간 흐느끼는 소리로 바뀐다.
비명을 지르듯 소리를 높이다가 일순간 확! 멈추며,
풀썩 쓰러지는 아사무.
동시에 확 멈추는 타악기 연주. 갑작스런 고요가 엄습한다.

타악기를 연주하던 제관들 땀을 뻘뻘 흘리고 있다.
탈진할 것 같은 모습이다. 이때, 산발한 아사무가 고개를 든다.

아사론   잠들지 않는 신, 이소드넝께서 말씀하십니다.

모두들, 긴장하며 일어난다. 타곤도 일어난다.

아사무   (쇳소리인 듯 쉰 소리) 깊은 샘이 마르고. 하얀 짐승이 쓰러지면.
           꽃 속에 전갈은 잠이 든다. (타곤을 가리키며) 형제를 만나면
           술이 흐르는 곳에 피가 흐를 것이다.
모두들   (긴장하여) ......
산웅   (마음의 소리 E) 어차피 신탁은 중요치 않다. 중요한 건, 단지
           (아사론을 보며) 아사론의 해석..! 마음대로 신탁을 조작하여,
           연맹을 농락한 세월이 얼마더냐..!
아사론   타곤의 신성모독죄에 대한, 신의 말씀을 전하겠습니다.
산웅   (마음의 소리 E) 타곤의 죄를 선포하면, 연맹인들의 마음을 잃는다!
           타곤을 처벌치 않으면, 너희들의 권위가 무너진다!
           어찌할 것이냐, 아사론..!
아사론   새녘족의 자제, 타곤.
모두들   (긴장하여) ......
아사론   타곤에게..
산웅   ....
타곤   ....
단벽   ....
길선   ...
아사뭇   ...
아사욘   ....
모두들   ....
타곤   ...
산웅   ...
아사론   신의 영능이 임했습니다...!

산웅	...!!???
단벽	....!!!???
길선	(씩 웃는다)
모두들	..!!!!?????
아사론	(산웅을 본다)
산웅	(그런 아사론을 본다)
모두들	(작은 술렁임이 있다)
산웅	...!!!!!!!????? (타곤을 본다)
타곤	... (약간 고개를 돌려 살짝 미소 짓는)
타곤	(E) 허나...

ins.cut.) 새로 찍는 회상, 4부 30씬 연결.

타곤	저는, 떠나지 않고 니르하께선 연맹인들의 원망을 받지 않는 방법이 있다면... 하시겠습니까? (미소) (cut.)
아사론	(경악) 뭐라? 네놈에게 신의 영능이 임했다..? (cut.)
타곤	(빠르게) 영능이 임하지 않은 자가, 올림사니를 한 것이 문제! 저에게 신의 영능이 임했다면..!!!
아사론	네놈이.. 지금.!! (cut.)
타곤	선택받은 자가 올림사니를 한 것은 아무런 문제가 없습니다! 또한 그 선택은... 오직.. 아사씨가 인정해야 이루어지는 것! 이건 아사씨의 권위에 아무런 해가 되지 않습니다. (cut.)

다시 불의 방, 모두들 웅성거리며 서로를 본다.
산웅, 경악한 채로 아사론을 보고 있다.
아사론, 알 듯 모를 듯한 미소를 살짝 보낸다.

산웅	(마음의 소리 E) 이것이었는가...! 네놈들이 어젯밤 나눈 밀약이..!
아사론	흰산의 이름으로...! 또한 아사씨의 이름으로...! 하늘못의 주신이신 이소드녕의 권능과, 세상의 처음과 끝이신 아이루즈의 섭리로...!

산웅	(경악하여 보며) ...!
타곤	(살짝 미소를 띠며) ...
아사론	타곤에게 신의 영능이 임했음을... 공경히 선포합니다. 따라서...
	타곤의 올림사니는... 실로.. 정당하고, 마땅한 것입니다!

단벽, 당황하며 보고 있다가 산웅을 보니 산웅의 얼굴이
붉으락푸르락하고 있다.

단벽	(산웅에게 귀엣말로) .. 진정하십시오. 모두 보고 있습니다.
산웅	(그 말에 표정을 수습하고는) ... 제 보잘것없는 자식에게,
	신의 영능이 임했다니, 우리 새녘에겐 가히 닿지 않을 영광입니다..!
모두들	(그런 산웅을 보는데) ...
아사론	신탁은 끝나지 않았습니다.
산웅	...?
아사론	천지가 만물을 낳고 기르듯이
	하늘못의 샘이 하늘에서 땅으로 흐르고,
	어미와 아비는 자녀에게 생명을 내리고 또한 보살피는 것..!
산웅	...??
아사론	이것이 아이루즈께서 만드신 섭리..!
산웅	무슨 말씀을 하시는 겁니까?
아사론	아스달의 연맹장이신 산웅 니르하시여...
	자제분인 타곤을... 신성재판에 세우기 위해 발고하셨습니까?
산웅	...!!!
단벽	...!!!
모두들	(술렁이며) ...!!!!
아사론	타곤의 전공을 질투한 나머지, 그리.. 하신 적이 있습니까?
산웅	(당황) 무슨.. 그런 말도 안 되는..!
단벽	(당황해서 보며) ...
산웅	(가라앉히며 차분히) 어찌 그런 거칠고 흉한 말씀을 입에 담으시는지요?
	(마음의 소리 E) 무슨 수작이냐..!
아사론	그러하십니까...?

투서자	(E) 그리하셨습니다..!

산웅, 보면 투서자다. 경악하지만 애써 표정을 숨긴다.
모두, 투서자를 주목한다.

투서자	산웅 니르하께서 제게 명하셨습니다. 타곤이 신성을 모독했으니, 몰래 투서하라..!

모두들, 놀라서 웅성거리는데, 산웅은 굳은 표정이나,
당황하지 않고 차갑게 아사론을 본다. 그리고 타곤을 본다.

산웅	이소드녕과 아이루즈의 눈앞에서! 새녘의 주신이신 다라부루의 이름으로!
모두들	...
산웅	... 그러한 사실이.. 없소이다..!
아사론	그렇다면, 두 분 중 한 분은 신성한 여덟 신의 신전에서 거짓을 입에 담았습니다. 신성을 모독한 것입니다.
산웅	('이 새끼 봐라' 하는 차가운 미소로 보며) ...
아사론	신의 이름으로 참과 거짓을 가르기 전에 두 분 다... 대신전을 나가실 수 없습니다. 산웅 니르하시여, 따로 모시려 합니다.
산웅	말도 안 되는 소리..! 이런 일로 연맹장을 구금할 수는 없소! (단벽과 호위전사들에게) 가자..!

산웅이 움직이자, 단벽과 호위전사들이 함께 움직인다.
나가려는데 횐산의 제관들이 그 앞을 가로막는다.
타곤이 그런 산웅을 차갑게 바라본다.
산웅은 자신을 막아선 제관을 차갑게 바라보다, 미소를 짓는다.
그 순간! 그것이 신호인 듯 단벽과 호위전사 6인이 모두 칼을 뽑는다.
모두들 경악한다. 아사론도 놀라고 타곤은 놀라 벌떡 일어난다.
'칼이다!'. '대신전에.. 무기라니..!' 이곳저곳에서 웅성거리는데.

단벽과 6인의 호위전사가 칼을 들고 산웅을 둘러싼 채,
천천히 나가려고 한다. 흰산의 제관들 당황하며 길을 비켜주는데,
타곤, 아사론 옆으로 급히 간다.

타곤   (귓엣말로) 막아야 합니다. 산웅이 여길 나가면...!
          내전이 일어납니다..!
아사론   (긴장하여) ...!

그러고는 타곤이 길선에게 눈짓하면, 길선, "예" 하고는,
급히 나간다. 아사론은 결연한 표정으로 보고 있다가
결심한 듯 멀리 있는 아사욘에게 손짓한다.

아사욘   대신전에서 무기를 든 것은, 용서할 수 없는 대죄!
          막아라..!!

흰산의 제관 하나가 산웅에게 달려들려 하자,
단벽이 단칼에 베어버린다. 피가 용솟음친다.
터지는 비명소리...! '살인이다!', '신전에서 사람을 죽였다..!'
연이어 흰산의 제관들이 기합을 지르며 맨몸으로
산웅에게 달려든다. 호위전사 6인이 일제히 칼을 들고
달려드는 대로 베어버린다. 사람들의 비명소리가 여기저기서
이어지고 순식간에 피바다가 된다.

ins.cut.) 아스달 은밀한 일각
은섬이 와한족 전사의 분장을 하고 있다. 머리에 깃털을 꽂고
얼굴에 분칠을 한다. 비장한 얼굴이다.
은섬이 비장하게 결의를 다지며 분장을 하는 상황이,
신전의 아수라장 상황과 교차로 긴장되게 보여진다.

산웅을 보호하며 마구 칼을 휘두르는 호위전사들.
단벽이 제관들을 베며, 한쪽의 길을 트려 한다.

그야말로 아수라장이 된다.

S#36. 아우성의 숲 입구 일각(낮)

채은과 스천이 헐레벌떡 뛰어온다.

스천 (헉헉) 주인님... 대체 여긴 왜요?
채은 (헉헉거리며 두리번거린다)

하며 채은, 아우성의 숲 입구를 보면,
흰산족 전사들이 창을 들고 지키고 있다.
이때, 한쪽에서 나타나는 은섬. 도우리를 타고 있다.
발견하고 경악하는 채은!
채은은 보지 못한 채, 입구 앞, 창을 든 전사들을 보고 있는
은섬. 손에는 역시 창을 들었다. 결연한 표정의 은섬.
채은, 나지막이 '안 돼!' 하면서 은섬 쪽으로 뛰는데,
은섬, 결심한 듯 등자를 구르면 도우리가 달리기 시작한다.
입구 앞의 전사들, 뭔가 싶어 보다가 은섬이 돌진해오자,
'정지!', '멈춰!' 하며 경계하는데 도우리 돌진하다 점프하여
그들을 뛰어넘고, 2선에서 막아서는 전사들!
은섬, 화려한 기마 액션으로 제압한다.
결국 돌파하는 은섬.
아우성의 숲 안으로 무섭게 돌진해 들어가는 은섬의 모습.

S#37. 대신전 앞 아우성의 숲(낮)

단벽과 6인의 호위전사, 산웅을 호위하며 급히 나오고 있다.
모두 피투성이다. 이때 아우성의 숲에 숨어 있던 대칸부대가 무기를
들고 뛰쳐나온다. 양차와 무광, 기토하 등의 모습이 보인다.

기토하	니르하! 예서 나가실 수 없습니다...!!
단벽	기토하..! 네놈이 감히...!
무광	쳐라!

무광이 달려들자, 단벽이 무광의 공격을 흘리며,
그 뒤에 기토하와 붙는다. 단벽의 현란한 무술 솜씨!
단벽을 공격하는 기토하와 무광! 양차와 연발 4인의 대칸이
산웅을 둘러싼 6인의 호위전사와 싸운다.
당황하는 표정의 산웅. 싸움이 점점 격렬해지는데,
산웅 쪽 호위전사들이 밀리는 느낌이다.
대칸의 숫자가 늘어나며 산웅이 잡힐 것 같은데..! 이때!

| 은섬 | (E) 연맹장 산웅 니르하..!!! |

위기에 몰린 산웅, 놀라고 모두들 무슨 소리인가 싶어 주위를
두리번거린다.
들려오는 말발굽 소리. 저 멀리서 나타나는 은섬!
도우리를 몰고 돌진해온다. 단벽, 기토하, 연발, 무광 등
모두가 이게 뭔가 싶어서 돌진해오는 은섬을 본다.

| 은섬 | (달려오며 외친다) 연맹장..! 산웅 니르하..!!! |
| 산웅 | (자신을 구하러 온 것이라 생각하고 오바하여 손을 들고 외치며)
여기다! 나 산웅이 여기 있다..!! |

산웅, 은섬에게 달려가고 이를 본 양차가 산웅을 향해,
청동추를 날리는데, 이를 날카롭게 보는 은섬.

ins.cut.〉 2부 39씬 중,
탄야에게 양차가 청동추를 날리던 모습. (cut.)

은섬, 청동추를 향해 창을 던지자 청동추는 산웅에게 이르기 전에,
창에 감겨 땅에 떨어진다. ㄱ 틈에 손을 뻗어 산웅의 손목을 잡고
얼른 말에 태우는 은섬. 그리고는 말을 돌려 달려 나간다.
싸우다 말고 경악하여, 말을 향해 뛰는 단벽, 기토하, 연발, 양차,
무광 등의 모습.
결국 은섬의 말은 멀리 아우성의 숲을 빠져나가는데...

아사론   (E) 뭐라!!!

S#38. 대신전 안(낮)

아사론과 타곤이 있는데 연발이 보고한다.

연발   (당황하여) 갑자기 말을 탄 놈이 난입해서..
타곤   (심각) ...
아사론   이런..! (확 타곤을 보며) 어쩔 것이냐.. 어찌해야 하는가...
타곤   ... 휜산의 전사들을 서둘러 아스달로 불러야 합니다...!
아사론   (경악) ...!!!
타곤   위병단은 단벽이 장악하고 있어요...! 우리 대칸들만으론 역부족입니다!
아사론   (미치겠다) 상잔(자막: 서로 다투고 싸움)을... 하자고?
타곤   다른 방법이 있습니까...?

아사론, 미치겠는 한숨을 쉬며 고민한다. 보는 타곤.

단벽   (E) 뭐라?

S#39. 연맹궁 대회의실(낮)

대대와 단벽, 미홀이 있다.

대대	예, 산웅 니르하는 이리로 오시지 않았습니다..!
단벽	(당황) ..!
미홀	단벽님, 산웅 니르하를 구한 자가 누구요?
단벽	모르겠소. 소수부족의 전사 복장이었어요.
미홀	허면 아사씨 놈들에게 잡히신 게 아니겠소?
단벽	(자책하듯) 아.. 그자가 아사씨의 졸개였는가..?
미홀	지금 당장 위병단들 모두 집결시켜야 합니다..!
단벽	...! 아버지께서 인질입니다. 이대로 내전을 할 수는 없습니다..!
미홀	아니지요. 어쨌든 아스달 성내에선 위병단이 대칸에 비해 수적으로 압도적인 우위에 있어요. 대신전을 포위해야 합니다.! 휜산의 전사들이 모이기 전에요! 그래야 협상의 기회가 생깁니다.
단벽	...!! 소당!
소당	예!
단벽	위맹령(자막: 연맹을 지키기 위한 군사 동원 명령)이다..!

S#40. 연맹궁 전경(해 질 녘)

북소리가 울려 퍼진다. 그러자 곳곳에서 나각(螺角) 소리가 울리기 시작한다.

S#41. 장터 일각3(해 질 녘)

채은, 스천, 울백, 트리한, 라임, 모명진 등의 상인들이 나팔소리에 놀라 나와 보며 웅성거린다. 채은, 심각한 표정이다.

채은	(마음의 소리 E) 설마... 이 자식이... 기어이...
도티	(E) 언니...

채은, 보면 도티가 있다. 놀라서 보는 채은.

S#42. 대신전 앞 일각(밤)

기토하, 연발, 양차 등의 대칸부대가 모두 모여 있다.
긴장한 표정의 타곤이 보인다. 길선이 급히 온다.

길선   위맹령입니다..! 단벽이 위맹령을 내렸습니다..!
모두들   ...!!!
연발   (심각) 흰산의 전사들이 오려면 아직 멀었는데..!
타곤   (마음의 소리 E) 갑자기 나타난 그자는 대체 누구란 말인가...
기토하   타곤님, 명령을 내려주십시오!
타곤   (일어서며) 내가.. (비장하게) 아버지와 담판을 짓겠다!

S#43. 연맹궁 앞 일각(밤)

수많은 횃불이 일렁이고 있다. 위병단이 모여 있다.
앞에 단벽이 있다.

단벽   (모두에게) 가자...!!!

하고, 단벽을 필두로 위병단이 출동하는데,
이때, 급히 오는 편미.

편미   니르하께서 대신전에 잡혀 계신 게 아닙니다.
단벽   ...!?? 그럼?
편미   장터에.. 계시답니다.
단벽   장터라니...?
기토하   (E) 뭐? 장터?

S#44. 대신전 정문 앞(밤)

기토하 등의 대칸부대와 타곤이 있다.
타곤이 놀란 표정으로 무광을 보고 있다.

기토하   무슨 소릴 하고 있는 거야? 산웅 니르하께서.. 뭐?
           장터의 인질?
타곤   (심각하게 보며) ...
무광   아, 그렇다니까요.
기토하   아니, 누구의 인질이냐고오!!
은섬   (E) 아스달 사람들은 모두 들어라!!

S#45. 장터 3층 건물 창가 안 + 장터 광장(밤)

3층 건물의 3층에서 무릎까지 보이는 큰 창가 앞에 당당히 서 있는
와한족 전사 복장의 은섬!
앞에 있는 산웅의 목에 뼈칼을 겨누고 있다.
산웅은 황당한 표정이다. 이 풍경 위로,

은섬   나는 와한의.. 꿈.. 와한의 전사.. 은섬이다...!
           너희들의 족장! 연맹장 산웅 니르하는 나의 손 안에 있다.
           너희들은 기어이 우리 와한의 적이 되어,
           너희들 아버지의 죽은 몸을 거두겠는가? 그렇다면
           기꺼이 이자의 숨을 멈추리라
           너희들은 너희들 아버지의 살아 있는 손을 잡고 싶은가?
           와한의 사람들을 모두 이 앞으로 데리고 오라.
           내가 너희들의 아버지를 건네주고
           와한과 함께 너희들의 돌담을 넘어

대흑벽 아래로 돌아가겠다..!

은섬의 선전포고가 다음과 같은 장터의 상황 위에
보이스 오버로 흐른다.
#. 장터의 광장으로 물밀듯이 들어오는 단벽과 위병들.
#. 채은과 스천 등 장터의 상인들이 놀라서 모여드는 각각의 모습.
#. 은섬이 있는 건물을 포위하듯 에워싼 상인들과 위병들.

단벽   이게 어떻게 된 것이냐?
울백   예에.. 계속해서 저렇게 외치고 있습니다.
        저기로 올라갈 때 위병들 몇이 막으려고 했는데 당했습니다요.
단벽   정말, 두즘생이 이런 짓을 벌였단 말인가..!
        (하고는 편미에게) 일단 그 와한인가 하는 두즘생 것들을 데려오거라.
편미   예.!
소당   어쩌시려는 겁니까?
단벽   여하간 협상을 해봐야지. 말을 할 줄 안다고 말이 통할진 모르겠지만.

        이때, 한쪽의 군중이 소란스럽다. 보는 단벽.
        군중들이 타곤을 외친다. 군중들 사이가 확 갈라지며 길이 생기더니,
        타곤과 양차, 기토하, 무광, 연발 등의 대칸이 온다.
        타곤을 연호하는 사람들. 당혹스럽게 보는 단벽.

타곤   (앞으로 나서며 큰 소리로) 내가..! 올라가겠다...!!!

        군중의 연호소리는 더욱 커지고, 당혹하며 보는 단벽!
        타곤, 단벽을 본다. 단벽 걱정스럽게 눈을 맞추는데, 결연한 타곤,
        믿으라는 듯 고개를 끄덕이고. 어쩌지 하는 느낌으로 보는 단벽.

타곤   와한의 전사는 들어라...!
        나는 새녘족의 자제이며, 산웅 니르하의 아들, 타곤이다.

ins.cut.〉 장터 3층 건물 창가
은섬, 그런 타곤을 보고 있다.
산웅도 타곤을 보고 놀란 표정이다.

타곤   난 아버지의 살아 있는 몸을 안고 싶다.
         너희 와한 형제들의 살아 있는 몸을 돌려줄 것이다.

ins.cut.〉 장터 3층 건물 창가
타곤을 보는 은섬.
타곤을 보는 산웅.

타곤   내가 기꺼이 칼을 버리고 널 만나려 한다..!

장터의 사람들 모두, 타곤을 뜨거운 눈으로 본다.
타곤, 갑주를 벗고, 칼을 버리고 무장을 거둔다.
그런 타곤을 보는 은섬.
이때, 소당과 전사들이 와한족을 끌고 온다. 모두 묶여 있다.
탄야, 열손, 달새 등 모두의 모습이 각각 보인다.
어리둥절한 모습.

타곤   와한의 형제여! 내가 올라갈 것이다.
은섬   와한의 꿈.. 와한의 은섬, 산웅 니르하의 아들 타곤을 맞을 것이다..!
탄야   ...!!!
열손   ...!!!

탑 위의 은섬을 보고 경악하는 와한의 사람들.
단벽, 그런 타곤을 속수무책으로 본다.
타곤, 건물로 들어간다.

S#46. 장터 3층 건물 오르는 계단(밤)

계단을 오르는 타곤. 긴장한 표정이다.

S#47. 장터 3층 건물 문 앞(밤)

긴장된 표정의 타곤. 심호흡을 한다.
그리고는 손잡이를 잡는데, 찰칵! 하는 소리.
타곤, 긴장! 아래를 보면 몰래 숨겨온 짧은 칼에,
팔찌가 부딪힌 소리다.

ins.cut.〉 쇳소리에 놀라는 은섬의 얼굴. 갑자기 살기가 형형하다.

타곤, 안에서 들었을까 싶어 멈칫하며 초긴장한다.

ins.cut.〉 은섬의 빛나는 눈! "쓰ㅇㅇㅇㅇㅇ..." 소리를 낸다.
은섬의 혈관이 도드라지며 올라오는 느낌.

타곤, 다시 문을 조심스럽게 연다.

S#48. 장터 3층 건물 안(밤)

문을 열고 들어가는 타곤. 그새 창문은 닫혀 있다.
이때, 돌진해오는 은섬!
타곤, 눈을 빛내며 숨겨온 짧은 칼을 빼서 돌진한다.
격돌하려는 둘!
서로의 목덜미를 노리며 칼을 꽂으려는
두 짐승 같은 사내의 형형한 눈빛과 잔인한 미소!
정지화면 END.

"아스의 여덟 신" from 아사론 (부제: 아사론의 기도)

찰나의 블랙 화면. 쾅 소리와 함께
대신전 안의 8신 부조가 화면에 가득 찬다. 그 위로,

아사론　　(NA.) 세상의 운명을 결정하는 아스의 여덟 신이시여!
　　　　　우리가 우리의 어리석음과 하찮음을 깨닫게 하소서!

8신 부조에서 다라부루가 울부짖으며 양각되어 나온다.
다라부루와 새녘족이 아스 땅으로 오는 모습.
그들의 앞에 천연가스의 불기둥(현재의 불의 방의 불)이 솟아오른다.
놀란 새녘족과 불기둥 앞에서 제를 올리는 흰산족 당골의 모습.
이때 거대한 뱀이 나타나 땅을 기어 다닌다. 그 위로,

아사론　　(NA.) 대지의 신이며 새녘의 신! 다라부루시여!
　　　　　당신께서 아스 땅을 향해 올 때 하늘로 솟구치던 불줄기에게,
　　　　　'오직 잠자라' 명하여 아스를 낙원으로 이끄신 이소드녕의 권능을
　　　　　당신을 믿는 모두가 알게 하소서!

여러 갈래로 갈라지기 시작한 뱀은 계속 갈라지는 가운데,
화산 폭발이 일어나고 마치 화산 재가 거대한 새의 모습처럼 변하여
하늘을 가리고 세상은 어두워진다.
모두 동굴로 대피한 사람들의 모습. 오랜 시간이 지난 후 동굴에서
나오는 사람들. 하늘에 화산재가 걷히고 푸른 하늘이 나온다. 위로,

아사론   (NA.) 바람의 신 윤슬이시여!
          붕새가 하늘을 가려, 수천 날의 밤이 계속되던 그때, 이소드녕께서
          천둥과 번개로 붕의 눈을 물어뜯은 뒤, 당신을 깨워, 이 아스 땅에
          봄을 되찾아주셨음을 당신을 믿는 모두가 알게 하소서!

          계속 기어 다니던 뱀은 옆의 강물로 들어가고
          미하제의 모습을 한 사냥꾼이 사냥을 하고 있고,
          에차빕과 해족 사람들이 광산에서 돌을 캐내고 있다.
          이때, 그 신들을 거대한 강물이 덮쳐버리고 강물 안에서 커다란
          뱀이 튀어 오른다. 그 위로,

아사론   (NA.) 사냥의 신 미하제와 불의 신 에차빕이시여!
          활과 화살과, 불사의 생명수를 내리고..
          그대의 자손들을 들판을 뛰놀게 한 것도
          불을 머금은 돌을 토해내게 한 것도 오직 이소드녕이었음을
          당신을 믿는 모두가 알게 하소서!

          말을 타고 달려오는 아라문 해슬라, 바람의 망치로
          화면에 직선을 그으면 그 직선 위에 차례대로
          높낮음이 없이 서는 연맹인, 대칸, 제관, 위병 등 사람들.
          서 있는 사람들 뒤로 똑같은 연맹인, 대칸, 제관, 위병 등
          사람들이 점점 불어난다. 끝도 없이 불어나는 사람들.
          이 엄청난 인파를 높은 곳에서 보고 있는 거대한 뱀 한 마리 위로,

아사론   (NA.) 하여 세상의 섭리이시자, 법칙이신 아이루즈께서는
당신의 아들 아라문 해슬라를 보내시어,
이소드녕앞의 모든 씨족은 높낮음이 없음을 전하시며
이소드녕 앞에선 하나이며, 이소드녕앞에선 보잘것없음을
연맹인 모두가 알게 하셨습니다.

높은 곳에 있던 거대한 뱀 한 마리가 여러 갈래로 갈라지기 시작한다.
계속 갈라지던 뱀은 이소드녕의 머리카락으로 변하고 결국 이소드녕이
된다. 이소드녕에게 곡식과 동물을 바치는 연맹인들.
이소드녕의 머리카락의 뱀들이 스물스물 움직이더니 곡식과 동물을
바치는 연맹인들을 한 명 한 명 감싸고 옥죄인다.
괴로워하다가 머리가 터져 죽는 연맹인들. 그 위로,

아사론   (NA.) 하늘못의 주인이시며, 흰산의 주신이시며,
세상만물의 어머니이신 이소드녕이시여..!
저 연맹인들 모두를 품으소서.
하여..! 그들이 우리 아사씨에게 바치는 가축과 곡식과 재물과
향료와 청동이.. 이소드녕께 닿는 길임을..! 그의 가족과 형제가
번성하고 강건해지는 길임을.. 오직 깨닫고 알게 하소서.

세상 모든 전설의 시작

5부

S#1. 지난 회 줄거리 하이라이트

S#2. 장터 3층 건물 안(밤)

문을 열고 들어가는 타곤. 그새 창문은 닫혀 있다.
이때, 돌진해오는 은섬!
타곤, 눈을 빛내며 숨겨온 짧은 칼을 빼서 돌진한다.
격돌하려는 둘!
서로의 칼이 서로의 목을 향해 뻗는다. (4부 엔딩 지점)
이때, 타곤이 은섬의 공격을 흘려 피한다. 당황하는 은섬.
타곤, 은섬을 지나쳐,
맞은편에 의자에 뒤돌아 앉아 있는 산웅에게로 돌진한다.
그런 타곤을 뒤쫓는 이를 악문 은섬의 얼굴 위로,

은섬   (E) 와한의 꿈.. 와한의 은섬, 산웅 니르하의 아들 타곤을 맞을 것이다..!

ins.cut.〉새로 찍는 회상, 4부 45씬 연결.
은섬, 창을 닫고는 결박된 산웅을 보는데

산웅	(피식) 네놈은 이제 아무것도 얻지 못할 것이다.
은섬	...! 그게 무슨 소린가?
산웅	(차가운 미소로) 내 아들은 내가 죽기를 바라고 있으니..
은섬	!!??
산웅	내가 죽으면... 네놈이 모든 누명을 쓰게 될 것이다..!
은섬	..!!!

은섬이 뒤쫓지만 타곤이 더 빨랐다. 뒤돌아 의자에 앉아 있는
산웅의 뒤쪽 목을 베는 타곤! 놀라서 멈춰 서는 은섬.
타곤, 드디어 아버지를 죽인 흥분에 몸서리치며, 눈동자를 빛낸다.
그리곤 시신을 돌리려는데, 시신이 의자에서 힘없이 떨어져 내린다.
보니 산웅의 옷을 입고 있는 젊은 위병이다. 경악하는 타곤!
은섬은 타곤을 놀란 눈빛으로 보고 있다.
타곤, 당했다는 표정으로 피식하더니, 천천히 돌아서 은섬을 본다.
이때, 창 옆의 커다란 들통더미 뒤에서 산웅이 나온다.
셋이 삼각형으로 서 있는 느낌. 타곤, 보고는 자조적인 미소.
산웅도 미소 지으며 타곤을 노려본다. 그런 둘을 번갈아 보는 은섬!

S#3. 대신전 불의 방(밤)

아사론, 꺼지지 않는 불 앞에서 기도를 하고 있다.
옆의 호리병에선 연기가 가늘게 새어 나오고 있다.
불길의 높이는 약 70cm 정도. 그때 갑자기 불길이 30cm 정도로
잦아든다. 왠지 불길한 아사론.
이때, 아사욘이 들어와 아사론 옆에 선다.

아사론	(불에 시선을 고정한 채) 어찌 되었느냐...?
아사욘	타곤이 산웅 니르하를 구하겠다며, 홀로 들어갔다 합니다..!
아사론	(확 아사욘 돌아보며 불길) ...!!! 혼자...?

이때, 30cm로 잦아든 불길이 확 일어나며 1m 정도의 높이가 된다.
아사론, 불길을 확 바라보는데..

미홀   (E) 혼자..?

S#4. 연맹궁 복도(밤)

미홀과 여비가 있다.

여비   예.. 타곤이 혼자..
미홀   (심각) ... 산웅이.. 위험하다..!
여비   설마요...
미홀   가야 한다.. 막아야 한다..! 어서! (하고 급히 가는)

S#5. 장터 3층 건물 안(밤)

은섬, 타곤, 산웅이 삼각형으로 대치하고 있다.

은섬   (당당하게 산웅에게) 이제 약속을 지켜! 아스달의 연맹장..!
타곤   (그런 은섬을 보며 피식, 혼잣말로) 약속...?

ins.cut.) 새로 찍는 회상, 장터 3층 건물 안(낮)
산웅   (은섬의 목걸이를 손에 쥔 채) 니가.. 니가.. 아사혼의 아들이라고...? (cut.)
산웅   (은섬의 손을 덥석 잡으며) 연맹장으로서 약속한다...!
너희 와한족을 모두 풀어줄 것이야..!
아스달 사람, 모두가! 너의 어머니에게 빚이 있다..! (cut.)

타곤   어떤 상황에서도 살 길을 찾으시네요.. 아버지께선.

산웅	(미소로) 결국.. 다라부루의 신탁이 옳았구나..
은섬	니의 말부터 지키라고! 연맹장.!
산웅	(버럭, OL) 네놈이..! 아사론, 그 추악하고 더러운..! 늙은 구렁이와 손잡고..!
	이 아비를 죽이려 했더냐!
타곤	(이를 악문 채 미소로 보며) ...
은섬	(불안하고 당황하여) 연맹장! 먼저.. 약속한 대로..!
	(창을 가리키며) 저기로 가 외쳐!
	와한의 전사가..! 저자로부터 목숨을 살렸다고!!
산웅	(OL, 아랑곳 않고 빠르게) 지 어미도..!! 죽이려 하더니..
타곤	(미소 싹 가시며) ...!
산웅	이제 자기 아비마저 없애려는 것이냐?
타곤	(미소 가시고 뜨거운 눈으로 본다) ... 전 살고자 했을 뿐입니다.
산웅	아니.. 살고자 했다면.. 그때... 떠났겠지.

ins.cut〉 새로 찍는 회상, 연맹장의 집무실(낮)

산웅	.. 아스달을 떠나야겠다.. (cut.)
타곤	살려주세요. 아스달에 있게 해주세요.
	제가 할께요..! 제가 다 죽일 수 있어요! 제게 방법이 있어요.
은섬	(이를 악물고 무섭게 E) 연맹장... 어서... 창을 열고... 외치란 말야..!

은섬의 외침에 다시 현실로 돌아오면,

타곤	(산웅 보다가 은섬 보며) 넌 아무 대답도 못 들어.
은섬	뭐?
타곤	넌.. (산웅을 보며) 산웅이라는 사내에 대해,
	아무것도 모른다...
은섬	...!
산웅	(잔인한 미소로) 타곤... (창문의 문고리를 잡으며) 아비를 살해하려 한,
	너의 패륜을.. 연맹인들은 결코 잊지 않을 것이다.
은섬	(그런 산웅 보며 다행이라 여기는데) ...
타곤	잘못... 했습니다..

은섭   ...!!!

산웅, 문고리 잡은 손 놓고는 뒤돌아보며 놀란다.
타곤, 무릎을 꿇는다. 놀라는 은섭과 산웅!!

S#6. 장터 3층 건물 앞 광장(밤)

묶인 채로 몰려 있는 와한족들. 탄야와 열손, 달새 등의
모습이 보인다. 모두 긴장해 있다.

터대   (작은 소리로) 정말 저 위에 은섭이가 있는 거야?
뭉태   (작은 소리) 맞어.. 은섭이 맞어, (북쇠에게) 맞는 거 같지?
북쇠   (작은 소리) 응.. 맞어.. 은섭이가 우릴 구하러 온 거야..
탄야   (3층 건물 보며, 마음의 소리 E) 정말 우릴 구하러 온 거야?
북쇠   (작은 소리로) 우리 돌아갈 수 있어.. 끼니도 먹을 수 있고!
달새   아니, 은섭이가 정말 여기 족장을 잡은 거면...
          일이 잘못됐을 때, 우리가 보복당할 거야.
모두들   (달새의 말에 공포에 사로잡히는데) ...
탄야   (불안한 마음으로 3층 건물 쪽 보며) ...

S#7. 장터 3층 건물 안(밤)

놀란 은섭과 산웅. 그리고 무릎 꿇은 타곤.

타곤   이 아들이 꿇어앉아, 용서를 구하지 않습니까?
은섭   (황당) ...
산웅   (놀라 보고) ...
타곤   세상의 모든 아들은, 잘못을 합니다.
          용서하시고 다시 손을 잡아주시지요..

산웅	... 조금 전 아버지를 살해하려던 아들이다.
	그 아들을 용서하고 손을 잡으라..?
타곤	(간절하게) 예.. 제 손을 잡아주시고 안아주세요. (눈 번득이며) 그때..! 처럼 요..
산웅	그때... 니 손을 잡고 다시 안은 것이.. 가장 큰... 실수였지.
은섬	(그런 둘을 이해할 수 없다는 듯 보며)
산웅	한낱 아비의 정 따위를 끊지 못하고..
	널 버리지도.. 죽이지도 못한 나의 흔들림이 여기까지 오게 했어...
타곤	예.. 아버지.. 전 당신의 아들입니다. 저 하찮은 두즘생보단
	이 아들의 (자기도 모르게 울컥하며) 손을 잡아주셔야죠. 아버지...
산웅	내가! 그때의 실수 다시 할 것 같으냐?
타곤	(눈빛 변하며) 그때와는 다릅니다.! 전 아버지의 정을 구하려는 것이
	아닙니다!! 권력..! 다스림..! 그리고.. 아버지와 저의 게걸...
산웅	...!!!
타곤	저 밖으로..! 함께 나가..!
은섬	(불안하게 보는데) ...
타곤	제 손을 들어주신다면! 우리 부자를 보던 연맹인들의 의심은,
	봄날 마지막 눈자리처럼 사라질 것이요,
	제 이름을 외치던 연맹인들은! 그 앞자리에, 아버지의 이름을 놓을 것입니다!
산웅	(보며) ...
타곤	그때! 제 손을 잡은 아버지의 댓가는 견뎌야 하는 것투성이었으나!
	지금 제 손을 잡으신다면 누려야 할 것들뿐이십니다..!
은섬	(불안하다) ...
타곤	아버지... 전 이미 신의 영능을 인정받았습니다.
	제 영능마저 아버지께서 가지시면 이제 아사론이 무엇으로,
	아버지를... 겁박하겠습니까?
은섬	(산웅 한 번 보고 불안하여 애원하듯) 연맹장... 창문을 열고..!
	약속대로... 외쳐.. 어서..
	아들은 연맹장을 죽이려 했고... 와한의 전사가 연맹장을 살렸다고..!
산웅	...
은섬	창문을 열라구..!

타곤	(OL) 만약..! 그리하신다면... (무릎을 펴 일어서며 칼을 쥐고는) 정 아들을 버리신다면 (살기 번득이며) 제가... 보고만 있겠습니까?
산웅	...!
은섬	(OL) 내가 막을 거야! (이 악물고) 반드시 막을 거야. 난 죽어도 상관없어..!
타곤	(OL) 결단코...! (이를 악물며) 그리되지 않습니다. 저를 아시지 않습니까?

은섬, 역시 살기를 번득이며 칼을 잡고 자세를 취한다.
타곤도 칼을 쥔 손에 힘이 들어간다. 산웅, 역시 긴장한 눈빛으로
그런 은섬과 타곤, 또 창 쪽을 번갈아 본다.
은섬의 긴장한 얼굴 위로,

ins.cut.〉5부 2씬 중,
자신의 공격을 유려하게 피하며 가짜 산웅에게 돌진하던 타곤의 모습.

은섬	(마음의 소리 E) 내가... 저자를 정말 막을 수 있을까...?
타곤	(마음의 소리 E) 이 두즘생은 다르다.. 빠르고 강하다... 조금이라도 늦으면, 모두의 앞에서 아버지를 베게 된다..!

산웅이 창 쪽으로 움직이면, 바로 타곤이 산웅을 향해 돌진할 것 같고,
타곤이 조금이라도 산웅 쪽으로 움직이면, 바로 은섬이 타곤을 향해,
돌진할 것 같은 긴장감이 조여든다. 이때, 이 긴장을 깨며.

산웅	내가.. 너를...
은섬	...!
타곤	...!
산웅	어찌 믿느냐?
은섬	(경악) 연맹장...!!!
타곤	제 가장 큰 약점을 쥐고 계시지 않습니까?
산웅	그것은 나의 약점이기도 한 것이다...
타곤	예에... 그 약점은 오직 우리 부자의 것입니다.... 해서 어쩌면... (연기 중, 눈물 그렁) 우린 첨부터 싸울 이유가 없었던 거.. 아니겠습니까?

한 번만.. 한 번만 다시.. 저를 불쌍히.. 여기시고..

산웅   (흔들리는 눈빛으로 본다)

은섬   (불안하게 보며) ...

타곤   (손을 내밀며) 먼저 저의 손을..

산웅   ... (갈등하는 게 보인다) ...

타곤   잡으시지요... 아버지...

은섬   (마음의 소리 E) 아.. 안 돼..!

산웅   (타곤의 손을 본다) ...

은섬   연맹장...! 내가 그렇게 하도록 그냥 둘 것 같애!!

타곤   저 짐승은 제가 처리하겠습니다. 제 손을 잡으세요.
         그런 뒤에 함께 나가 제 이름을.. 예전처럼.. 다정하게 불러주세요, 아버지!

타곤의 손을 보는 산웅. 산웅을 보는 은섬, 칼을 세게 움켜잡는다.
살기등등한 눈빛! 그런 은섬을 보는 타곤 역시, 금방이라도
튀어나갈 듯한 자세로 기회를 본다.
점점 거칠어지는 셋의 숨소리와 심장 고동소리가 화면을 가득 채우고
화면은 마치 정지한 듯하다. 그러다... 콰광! 하면서
산웅이 창문을 향해 몸을 돌린다!
동시에 칼을 든 은섬도, 산웅에게 소리를 지르며 달려든다!
타곤, 역시 이를 악문 표정으로 산웅과 은섬 사이로 점프!
타곤, 한쪽 손으로 은섬의 칼을 쥔 손목을 잡아 비틀고는,
비명을 지르는 은섬을 한쪽을 잡아 던진다. 나동그라지는 은섬.
타곤, 그사이, 순식간에 산웅의 목덜미를 그어버린다.
경악하는 은섬..!!
산웅 목덜미를 잡은 채, 무슨 말을 하려는 듯 비틀거리다
타곤에게로 넘어지고, 타곤에게 기댄 채 꺽꺽.. 괴로워하는데,

산웅   (꺽꺽거리며) .. 미안하고.... 불쌍... 했다... 그때도.. 지금도..
         하.. 지만... 진작에.. 죽였어야.. 했는데..

타곤   (속삭이듯) 예.. 제가 어리고 힘이 없었을 때.. 그러셨어야죠...

하고는 타곤이 살짝 비켜서자 쿵 하고 쓰러지는 산웅.
순식간에 일어난 일에 은섬, 어안이 벙벙하다.
타곤, 산웅의 시신을 본다. 숨을 몰아쉬며 흥분한 느낌.

타곤   (흥분한, 마음의 소리 E) 했다.. 했어. 해냈다, 태알하..

은섬, 놀라운 얼굴로 타곤을 본다.

S#8. 대신전 불의 방(밤)

높이 솟는 불길! 벌떡 일어나는 아사론!

아사론   무슨 일이... 일어났다..!
아사욘   어떤 일이요...?
아사론   (불길을 보며, 마음의 소리 E) 아이루즈여, 무엇을 부추기려는가..!

S#9. 아스달 길 일각(밤)

미홀과 여비가 급히 오고 있다. 그 위로,

미홀   (마음의 소리 E) 어찌 일이 이 지경이 된단 말인가..
아들을 그리도 미워하더니.. 산웅 니르하..
대체 타곤을 왜 그리도 미워하기만 했단 말입니까..!
타곤   (E, 웃음소리)

S#10. 장터 3층 건물 안(밤)

타곤 웃고 있고, 은섬, 놀란 얼굴로 웃는 타곤을 본다.

타곤	(웃으며) 너.. 너 정말로.. 연맹장을 잡으면 니네 씨족을 풀어줄 거라 생각했어?
은섬	…
타곤	너.. 여기가 어떤 덴지 알아?
	나라라는 게 뭔지 알아?
은섬	나라…?
타곤	넌 결코 너희 씨족을 구하지 못해.
은섬	…!
타곤	(죽은 위병이 입은 산웅의 옷을 벗기며) 아무것도 모르니까…
	이곳이 어떤 곳인지도, 나라가 뭔지도… 세상을 움직이는 힘이 무엇인지도
	전혀 아는 게 없으니까… (벗긴 산웅의 원래 옷을 산웅에게 입히며)
은섬	어떻게 이런 짓을..
타곤	(피식) 응.. 것도 모르잖아… 결국 너희 씨족은 니가 죽인 게 되겠지..
은섬	나가서 모두에게 얘기하겠어, 니가 연맹장을 죽였다고!
타곤	그런 말을 믿을까? 누구도 확인할 수 없는 일을?
은섬	(당황, 미치겠다) … 우리 와한들은..
타곤	아.. 몰살이야. (하고는 피식 웃는데)

은섬, 충격과 당황으로 어찌할 바를 모르겠다.
타곤은 은섬 따위는 아랑곳 않고 산웅의 시신에 옷을 입힌다.
은섬, 그런 타곤을 보다가 이를 악물고 기합을 지르며 칼을 쥐고는
타곤에게 확 달려든다. 타곤 역시, 달려든다.
타곤과 은섬의 일합! (*숨겨진 컷 있음) 그러나 은섬이 나가떨어진다.

타곤	알아, 너 특별해. 놀라운 눈을 가졌어. 그 짧은 순간에, 대칸의 무예를
	베낀 것도 놀랍고… 근데.. (*은섬의 숨겨진 컷 있음)
	눈에 보이는 게 다는 아니지…!

하며 타곤이 은섬을 정신없이 공격하기 시작하고,
은섬은 막아내며 싸우지만 창가로 몰리면서 뼈칼까지 부러진다.
당황하며 공포에 사로잡힌 은섬!(여기 창은 앞의 큰 창과는 다른 쪽)

두려움에 떨며 뼈칼을 타곤에게 던지고, 손에 잡히는 대로 집어던진다.
그러나 타곤은 은섬이 던진 것들을 다 쳐내며, 다시 은섬을 공격하자
몰릴 대로 몰린 은섬이 공포에 젖은 채 창가에서 몸을 던진다.
타곤, 피식 웃더니 자기도 창가로 몸을 날리려는데,
그러다 뭔가를 본 듯 멈칫! 경악하는 표정에서!
(*타곤의 숨겨진 컷 있음)

단벽   (E) 위병단!!!

S#11. 장터 3층 건물 앞 광장(밤)

위병단   (우렁찬) 예!
단벽   1단장 소당! 2단장 편미! 3단장 길선!

소당, 편미, 길선 모두 '예!' 하고 앞으로 나선다.

단벽   더 이상 기다릴 수 없다..! 지금부터 안으로 돌입한다..!
길선   .. 단벽님... 안이 어찌 됐는지 알 수 없는 상황에서..
단벽   (단호하게) 이미 많이 지났다! 타곤 형님만 믿고 있으란 말이냐!
기토하   (다시 나서며) 단벽님!!! 타곤님을 믿고 기다리십시오!
단벽   (하자 칼을 확 뽑으며) 기토하, 네놈이 날 이길 수 있을 것 같으냐?
         여기 대칸에 지금 무백이 없는데, 날 상대할 자가 있더냐!
기토하   (노려보며) ...
단벽   여긴 아스달이고! 아스달의 치안은 위병단의 책임이다!!

하고는 단벽이 들어가자, 위병단들도 단벽의 뒤를 따른다.
대칸들, 어쩌지 못하고 따라가는 데서.

S#12. 장터 3층 건물 문 앞(밤)

민첩하고, 조용하게 오르던 위병단들, 일순 멈춘다.
문 앞에 이른 단벽이 주먹을 쥐고 있다.
그리고는 단벽이 손으로 '진입하라'는 모션을 취한다.
일순간 문을 부수며 진입하는 위병단들!

S#13. 장터 3층 건물 안(밤)

위병단 튀어 들어오고, 곧바로 뒤따라 들어오는 단벽!
보면, 타곤은 죽은 산웅의 시신을 붙잡고 울고 있고
은섬은 없다! 부서진 다른 쪽 창문만이 보인다.
아득한 표정의 단벽!

S#14. 장터 3층 건물 밖 좁은 골목(밤)

미친 듯이 도우리를 타고 달리고 있는 은섬.
아직도 공포에 사로잡힌 모습이다.

S#15. 장터 3층 건물 안(밤)

모두, 정지 상태인 듯 멈춰 서 있는데
단벽이 죽은 산웅 쪽으로 천천히 다가간다.

단벽	(떨리는 목소리로) 아.. 아버지?
타곤	(눈물 그렁한 얼굴로 단벽 보며) 단벽아...
단벽	(떨리는 눈빛으로) ...
타곤	(무너지듯 한숨 섞어) 미안.. 하다... 그놈을 막지 못했다..
단벽	(절망으로 눈을 감는다) ....

대칸들과 위병단, 일제히.. 무릎을 꿇으며 '산웅 니르하!'를 외친다.

S#16. 장터 3층 건물 앞 광장(밤)

긴장한 채 문 쪽만 보고 있는 사람들!
역시 긴장한 채 문 쪽만 보고 있는 와한족들!
그제야 온 미홀과 여비도 문 쪽을 본다.
이때 끼익 문이 열리면서, 타곤이 산웅의 시신을 업고 나온다.
바로 뒤엔 대칸들, 그 뒤로 단벽과 위병단 울면서 따라 나오고 있다.
모두들 놀라 정지한 채로, 아무 말 못하고 놀라서 본다.
큰 충격에 휩싸인 미홀. 보면서도 믿기지 않는 듯한데.

미홀   (타곤을 보며, 마음의 소리 E) 설마.. 설마 네놈이..!??

시신을 업고 나오던 타곤, 슬픔에 젖은 듯이 주저앉는다.
그러자, 뒤에 따르던 대칸들, '산웅 니르하' 외치고
뒤에 보고 있던 장터 상인들과 연맹인들도 모두 그 자리에서
무릎을 꿇으며 '산웅 니르하'를 여기저기서 외친다.

단벽   (눈이 벌건 채 위병단에게) 성문을 바로 봉쇄하고! 샅샅이 뒤져!
위병단   (역시 눈물 흘리며) .. 예!!

단벽, 그리고는 타곤 보면,
타곤, 주저앉은 채 산웅의 시신을 안으며 '으아!' 비명 아닌 비명을
지르며 통곡한다.
한쪽에 묶여 있는 와한들은, 이 상황에 당황하고 놀라는데

탄야   (당황하고 놀라, 마음의 소리 E) 은섬이.. 은섬인 어떻게 된 거야...!
            은섬.. 은섬아!!!!

S#17. 아스달 후미진 일각(밤)

여전히 말을 타고 달리는 은섬!

S#18. 장터 3층 건물 앞 광장(밤)

모두의 통곡이 이어지고 있는 가운데, 뒤늦게 도착한 아사론과
뒤따르던 아사욘 등 흰산의 제관들이 경악하여 이 광경을 본다.
아사론, 놀란 얼굴로 흐느끼는 타곤을 본다.
타곤, 아사론이 온 것을 눈치채고 잠시 흐느낌을 멈추고
아사론과 눈을 맞춘다. 섬뜩한 느낌에 놀라는 아사론.
타곤, 아사론과 맞춘 눈을 풀며 다시 흐느끼며 통곡한다.

타곤	(일어나 울부짖으며) 병든 호랑이의 간을, 구더기가 파먹듯이!
	날개 꺾인 봉황의 목덜미를, 쥐새끼가 물어뜯듯이!
	천한 짐승인 두즘생이, 아스달의 연맹장을!
	나의 아버지를 죽이고 사라졌다..!
탄야	(기쁜, 마음의 소리 E) ...!!! 살아 있구나!
	(묶인 채로, 고개를 들어 주위를 둘러보며) 은섬이.. 은섬이.. 살아 있어..!!!

하며 탄야, 둘러보는데, 그런 탄야를 보는 타곤의 살벌한 눈빛!
순간 그런 타곤을 보며 공포를 느끼는 탄야와 와한족들!

타곤	(와한족을 가리키며) 우리는 이를 어찌 갚을 것인가!!

순간, 공포에 사로잡히는 열손, 달새, 터대, 북쇠, 검불, 둔지,
아가지, 우루미, 탄야 등의 모습 컷컷컷컷!! 이때! 누군가의 소리!
모두 "죽여!! 죽이자!!!" 하며 돌을 던진다.

돌을 맞는 우루미의 머리! 피가 팍 하고 튄다. 공포 속의 와한족들!
그리고는 순간 '와아!!' 하고 몰려들어 무차별적으로
와한족을 때리기 시작하는 연맹인들!
당황한 위병단이 연맹인들을 막아보려 하지만,
이미 광기로 무장한 대중들은 위병단을 힘으로 밀치고 있다.
한쪽에서 이를 무심히 보고 있는 타곤.
그런 타곤을 바라보는 아사론.
아사론의 시선으로 타곤의 얼굴 퀵 줌 들어가면.
타곤, 입꼬리가 살짝 올라간다. 아사론, 쿵..!!

아사론   (마음의 소리 E) 설마.. 산웅을 죽인 것인가..!!

S#19. 숲속 일각1(밤)

달리던 도우리가 어느 순간 은섬을 떨어트린다.
떨어진 은섬, 정신을 못 차리고 다시 다가가 도우리의 등 위로
오르려는데 도우리가 또 은섬을 떨어트린다!
그래도 은섬은 도우리에 다시 타려는데 또 떨어뜨리는 도우리!
은섬, 아직도 공포에 젖은 듯 누군가 따라오지는 않을까
뒤를 돌아본다. 주변을 모두 돌아본다. 아무도 없다.
갑자기 들리는 비명소리!
은섬, 소리가 난 쪽을 확 본다! 아무도 없는 어둠이다!
이때 다시 비명소리! 은섬, 괴로운 듯 두 귀를 막는다.

S#20. 장터 3층 건물 앞 광장(밤)

그 비명이 이어지며,
아가지와 탄야, 터대, 달새, 열손은 몽둥이 혹은 돌로
구타를 당하고 있고, 북쇠와 뭉태 등등은 발길질을 당하고 있다.

이때 누군가 뛰어들어 우루미를 잡고 칼로 배를 십여 차례 찌른다.
겨우 막고 있던 위병단의 한쪽이 무너지면서
분노한 군중들이 아귀와 같은 모습으로, 묶인 와한족들을 향해
돌진해오고 공포에 질린 와한족들의 슬로우 컷에서.

S#21. 숲속 일각2(밤)

중간이 빈 나무 사이에 웅크리고 들어가 있는 은섬의 모습 풀샷.
카메라, 줌인하면, 달빛을 받은 은섬의 모습. 온몸을 덜덜 떨어
이를 부딪치는 소리가 들린다. 카메라, 다시 줌 인 하면
마치 앞의 와한족의 상황을 앞에서 보는 듯한 은섬의 눈빛!

ins.cut.〉2부 12씬 중,

초설　은섬이 니가... 우리 와한에 길한 사람이 될지...
　　　아니면 와한에 불길한 사람이 될 것인지는 알 수 없지.

은섬, 무서워서 흐느낀다.

ins.cut.〉5부 10씬 중,

타곤　결국 너희 씨족은 니가 죽인 게 되겠지.. (cut.)
타곤　아... 몰살이야. (하고는 피식 웃는데) (cut.)

이제 은섬도 '으아!!!' 소리를 지르더니,
발작적으로 옆의 돌을 돌에 내리치자 잘린 면이 날카로운 돌이 된다.
그리고는 그 돌을 드는 은섬! 그리고는 자신의 목을 겨눈다.
눈물이 그렁해진 채 자신의 목을 찌르려는 순간. 멈칫!
은섬이 뭔가를(자신의 팔꿈치 쪽) 본다!
그러더니 은섬 나무 사이에서 확 뛰쳐나간다.
은섬, 갑자기 옷을 거칠게 벗는다.
달빛에 자신의 몸, 여기저기를 비춰본다.

은섬   (놀란 표정으로 E) .. 설마.. 설마..!!!

S#22. 장터 3층 건물 앞 광장 (밤)

이제 광장엔 연맹인은 거의 보이지 않고,
와한족의 시신 10여 구와 머리 깨진 달새, 공포에 찬 열손,
여기저기 피투성이가 되어 널브러져 있는 검불, 둔지, 터대, 북쇠,
뭉태, 탄야 등이 있다. 이때 대칸들이 죽은 우루미를 끌어내자,
끌려진 자리로 피가 쭉 배어 나온다.
아가지, 힘든 몸을 일으켜 우루미를 잡으며 "안 돼요!!" 하려는데,
둔지, 아가지의 손을 잡아채며 하지 말라는 듯 말린다.
우루미 시체는, 그냥 끌려 나가고
공포에 찬 와한족 사람들 덜덜 떨기도 하고 울기도 하고 있는데,
눈물 자국만 남은 탄야, 이 광경을 멍하게 본다.
우루미를 끌고 간 대칸들은 무심히 대화한다.

무광   아.. 씨.. 위병단 이 새끼들 안 막고 뭐한 거야. 이게 다 얼마짜린데..
아오.. 저.. 젊은 애.. 저건 진짜 비싼데 아오..

하며 무광, 무심하게 우루미 목을 친다.
경악하지만 이젠 소리도 지르지 못하고 보는 아가지와 검불!
그리고는 옆에 있던 대칸13은 우루미의 목을 장대에 꽂는다.
이를 보던 아가지는 숨이 막히는 듯 실신하고, 검불이 부축한다.
역시 소리도 내지 못하고 보는 탄야. 그 위로,

탄야   (마음의 소리 E) 어머니... 어머닌 암것도 모르셨어요...
흰늑대할머니가 준 사명 따윈 없어요...
흰늑대할머니는 아셨던 거예요! 여기가 이런 곳이란 걸..!
여긴.. 그냥 오면 안 되는 곳이었어요...

장대에 꽂힌 우루미의 목, 보는 뭉태와 와한족들도 제정신이 아니다.

탄야   (오히려 담백한 톤의 마음의 소리 E) 끝났어요.. 모든 게.. 끝났어요..
                  와한은.. 끝났어..
은섬   (E) 아직.. 안 끝났어..!!

S#23. 숲속 일각2(밤)

은섬, 웃통만 벗은 상태에서 자신의 상의를 달빛에 비춰보며

은섬   (격한 감정으로 마음의 소리 E) 이건 내 게 아니야!! 타곤.. 타곤.. 이럴 수가.. 하...

하고는 눈물이 흐르는 은섬, 결연한 표정으로 상의를 움켜쥐며,

은섬   (슬프지만 기쁜 마음의 소리 E) 아직.. 안 끝났어..!
                  모두들.. 아직 살아 있다면.. 버텨..! 안 끝났어..!

S#24. 연맹궁 앞 일각(밤)

위병 20여 명이 서 있고 그들의 앞에 비단으로 싸여진 탁자가 있다.
타곤과 단벽이 산웅의 시신을 들어 조심스럽게 탁자 위에 안치시킨다.
길선과 20명의 위병, 한쪽 손을 다른 쪽 가슴에 대고 고개를 숙인다.
타곤, 망연자실한 표정으로 시신을 보며 눈을 감는다.

타곤   (마음의 소리 E) 아버지.. 평안히 가소서..
                  이 마음만은 한 조각의 진심입니다..

기토하를 비롯한 대칸들, 뭉클한 얼굴로 그 모습을 바라본다.

단벽, 고개를 떨구고 눈물을 흘린다.
미홀만이 의심 섞인 눈빛으로 그런 타곤을 바라본다.
그런 타곤의 모습에서.

S#25. 타곤의 옛집 앞(밤)

타곤, 걷고 있다.
앞에는 하호 하나가 횃불을 들고 길을 밝히고 있다.
뒤에는 대칸들이 호위하며 따르고 있다.
집으로 들어가는 타곤.

S#26. 타곤의 옛집 타곤의 방(밤)

달빛만이 창가에 비치는 어두운 방이다. 문이 열린다.
타곤이 힘없이 들어온다. 타곤이 초롱에 불을 밝히려,
부싯돌철을 부딪치자 반대편 벽이 살짝 밝아진다. 아무도 없다.
다시 부딪치자, 또 밝아지고, 역시 아무도 없다.
세 번째 부딪치고 초롱에 불을 붙이는 순간!!
그 뒤 벽면에 태알하가 확 빛을 받으며 갑자기 나타난다!
태알하 번개처럼 타곤에게 칼을 들이대고,
타곤도 반사적으로 칼을 뽑아 겨눈다!
해투악도 타곤에게 칼을 겨눈 상태다.
잠시 정적. 서로를 알아보고, 태알하 안도의 숨을 쉬며 칼을 내린다.

태알하	아휴... 놀랐다.. (탁자로 걸어가며) 이 방문을 여는 건, 우리 타곤 아니면 적일 거 아냐? (잔에 술을 따르다가) 어! 발목 멀쩡하네!
해투악	(타곤에게) 어떻게 되신 거예요? 잘되신 거예요?!!
태알하	(해투악에게) 거봐..! (타곤 발목 가리키며) 내가 멀쩡한 발목으로 걸어서 이 방에 들어올 거라 그랬지?

해투악	저도 그랬잖아요..!
태알하	(웃으며 타곤에게) 아니래요. 쟤는 발목 잘려서 네발로 온다고 했대요.
해투악	(억울해서) 타곤님! 저 그런 말 안 했어요!
태알하	(기지개 켜며) 아, 인제 뭐 좀 먹어야겠다.

(타곤에게) 너랑 막사에서 만나구 바로 여기에 숨어 있었어.
답답해 죽는 줄 알았네. 숨도 안 쉬고 계속 숨어 있었다구.

하며 태알하, 머리 모양을 정돈하는데,

타곤	(넋을 잃고 침대에 걸터앉으며 한숨처럼) ... 아버지께서... 돌아가셨다..

태알하, 놀라 멈칫한다. 굳는 태알하.
해투악, "예에...?" 놀라다가 태알하와 타곤의 표정을 살피고
진짜라는 것을 깨닫고는 힘이 풀려 그 자리에 주저앉는다.
태알하, 놀란 채 타곤을 본다.

타곤	...
태알하	...
타곤	....
태알하	....

태알하, 타곤이 걸터앉은 침대 앞으로 가 타곤 앞에서
자세를 낮추고 눈높이를 맞춘다.
타곤의 두 뺨을 두 손으로 감싼다. 타곤의 눈을 보는 태알하.

태알하	(한동안 보다가) ... 정말.. 이구나...
타곤	...
태알하	(한동안 보다가) ... 정말.....

하고는 타곤을 안는 태알하.

태알하   (귀에 대고 작은 소리로) 했구나..

타곤   ...

태알하   (토닥이며 작은 소리로) 고생.. 했어..

태알하, 타곤을 계속 토닥인다. 타곤, 눈물이 흘러내린다.
태알하, 천천히 입을 맞추는데 타곤이 격렬하게 입을 맞추기
시작하자, 얼른 나가는 해투악.
점점 격렬해지는 둘의 모습에서

은섬   (E) 타곤을 만나야 해!

S#27. 하림의 약전(밤)

쉬마그를 두른 채 들어온 은섬을 보고 놀라고 있는 도티, 채은.

도티   (은섬 보자, 기뻐 일어나며) 은섬 수수!!

하는데, 그새 채은이 은섬을 구석으로 밀어 몰아붙이며

채은   (작은 소리로) 너 어떻게 된 거야?

은섬   (그런 얘기 할 기분도 상황도 아닌, OL) 그놈 집 어디냐구?

채은   (역시 팽팽) 니가 연맹장 죽였어?

은섬   타곤이라는 놈 집 어디냐니까!

채은   니가 죽였냐구?!!!

하고 채은이 소리치자, 도티가 채은과 은섬의 손을 잡는다.
그런 도티를 보는 채은과 은섬. 진정한다.

은섬   (다시 채은을 똑바로 보며 낮지만 단호하게) 난, 아냐..!

채은   그럼 누구야?!!!

은섬	내가 아니면 누구겠어?
채은	...!!! .. 말도... 안 돼...
은섬	믿든 말든 내 알 바 아냐! 타곤의 집만 가르쳐줘!!
채은	알아서 뭐하게?
은섬	찾아갈 거야. 그놈한테 전할 말이 있어.
채은	죽을라고 환장했어?
은섬	(단호) 아니! 그게 나도 살고, 와한도 살릴 길이야! 알려줘!!
채은	....
은섬	길이 있다고!!
태알하	(E) 근데..

S#28. 타곤의 옛집 타곤의 방(밤)

사랑의 행위를 끝낸 듯한 태알하와 타곤이 침대에 누워 있다.
타곤과 태알하, 긴 로브 형식의 잠옷을 입고 있다.

태알하	왜 살려뒀어? 그 두즘생...
타곤	...
태알하	그놈이 아무리 뛰어나도 넌 잡을 수 있어,
	근데 도망가게 놔둔 거지?
타곤	...
태알하	(미소) 뭔가 다른 생각이 있어? 또 뭐야?
타곤	.... 다른 생각이 없어...
태알하	...?
타곤	... 그냥 쫓을 수가.. 없었어.
태알하	(몸을 일으키며, 심각) 왜애...?
타곤	...
태알하	설마... (깨달은 듯, 타곤 다리를 덮고 있는 로브를 걷으며) 이 상처...!?
채은	(황당하다는 듯, E) .. 길? 방법?

S#29. 하림의 약전(밤)

(27씬 연결)

채은   무슨 방법? 여기 니 말 믿을 사람 하나 없는데..!
            일을 이 지경으로 만들고, 뭐?
            (황당, 웃음) 이제 와서 니네 씨족을 살릴 방법이 있어?

은섬   ...

채은   야.. 아스달에서 니넬 뭐라고 부르는지 알아? 두즘생이야.

은섬   ...?

채은   날지도 못하면서 두 발로 걸어 다니는 짐승! 바로 닭과 너희들...!

은섬   ...!

채은   (답답해서) 정말 짐승이야? 생각을 못해?

은섬   ...

채은   타곤을 만난다고? (쏘아붙이며) 지금 니 목숨이나 살릴 수 있을 거 같애!!?

은섬   ...

채은   (짜증나는 듯 돌아서며) ...

은섬   타곤의 비밀을 알았어... 그놈의 숨통을 끊을 수 있는.

채은   ...! (돌아서며) 비.. 밀?

은섬   (비장하게 나지막이) 짐승.. 이냐고..? 생각을.. 못하냐고?
            아니.. 생각을 해. 생각을 한다고..
            니 말대로.. 이곳에 대해 암것두 모르고 낯선 것투성인데도...
            (울컥) 미친 듯이... 어금니를 깨물고...! 손톱이 깨지도록 바닥을 긁으면서
            이를 악물고 생각. 생각이란 걸 해... 구해야 하니까.. 살려야 하니까...

채은   (그런 은섬 보며) ...

은섬   (괴로운 듯 눈을 감는다)

채은   뭔데... 비밀이?

은섬   ...... 봤어... 그놈의 숨통...!

은섬의 표정 위로 ins.cut.〉 5부 10씬 중,

은섬, 타곤에게 확 달려들자, 타곤 역시, 달려든다.
타곤과 은섬의 일합!
(*앞 씬에서 없었던 슬로우 화면으로 은섬, 타곤의 공격에
당하면서도 타곤의 다리를 얕게 벤다. cut.)

타곤　　알아, 너 특별해. 놀라운 눈을 가졌어. 그 짧은 순간에, 대칸의 무예를
　　　　베긴 것도 놀랍고... (이후 E) 근데.. 눈에 보이는 게 다는 아니지.

타곤의 소리 위로, 은섬이 일어나며 습관적으로 자신의 팔에
칼에 묻은 피를 닦는 컷!!
(앞 씬에선 보이지 않고 여기서 보여지는 cut.)

ins.cut.〉새로 찍는 회상, 장터 3층 건물 안(밤)
산웅　　(차가운 미소로) 내 아들은 내가 죽기를 바라고 있으니.. (cut.)
은섬　　그게 무슨 소리요? 아들이 아버질 죽길 바란다?
산웅　　나도 내 아들을 죽이려 했었다... 젊은 날의 실수였다..

ins.cut.〉5부 7씬 중,
타곤　　제 가장 큰 약점을 쥐고 계시지 않습니까?
산웅　　그것은 나의 약점이기도 한 것이다...

ins.cut.〉5부 21씬 중,
돌을 드는 은섬! 그리고는 자신의 목을 겨눈다.
눈물이 그렁해진 채 자신의 목을 찌르려는 순간. 멈칫!
은섬이 뭔가를(자신의 팔꿈치 쪽) 본다! (21씬엔 없고 여기서 보이는)

현실의 은섬, 생각하다가 차가운 미소를 짓는다.

채은　　뭘 봤는데..?
은섬　　(마음의 소리 E) 타곤은...

ins.cut.〉

#5부 10씬, 타곤의 다리에 스치며 은섬의 뼈칼에 묻는 보라색 피!

#5부 23씬, 달빛 아래서 선명하게 보이는 은섬 옷에 묻은 보라색 피!

은섬   (미소, 마음의 소리 E) 타곤은 이그트였어...! 나와 같은...!
태알하   (경악, E) 들켰다고?

S#30. 타곤의 옛집 타곤의 방(밤)

태알하, 경악해서 타곤을 보고 있다. 풀어진 붕대 사이로 보이는
보라색의 피떡이 붙어 있는 타곤의 다리 상처.

태알하   (경악하여) 그 두즘생이 이걸 봤다고?
타곤   ... 확실하진 않아.
태알하   확실하진 않아? 이게 그렇게 말할 수 있는 일이야?
        생각해봐.. 봤어? 못 봤어?

타곤의 표정 위로, ins.cut.〉 5부 10씬 중,
타곤이 은섬을 정신없이 공격하는 (cut).
은섬의 뼈칼이 부러지는 (cut.)
두려움에 떨며 뼈칼을 타곤에게 던지는 (cut.)

ins.cut.〉 새로 찍는 회상, 5부 10씬 연결.
타곤의 시점에서 은섬이 창을 뚫고 도망간다.
타곤, 씨익 웃더니 쫓기 위해 확 튀어 가려다가 멈칫!
보면, 자기의 다리에서 보라색 피가 배어 나오고 있다.
여유롭던 표정이 순식간에 불쌍할 정도로 당황하는 표정이 된다.
다리를 걷어 올리니, 보라색 피가 선명하다.
주위를 급히 두리번거리더니, 위병의 시체를 보고 급히 가다가,
헛디뎌 넘어진다. 덜덜 떠는 손으로 위병의 옷을 찢어, 급히 상처를

묶는 타곤. 문 쪽에서 우르르 계단 오르는 소리 들린다.
미치겠는 마음에 눈물이 날 것 같다. 결국 급히 동여매고
아버지의 시신 앞으로 가다가, 은섬의 뼈칼을 본다. 얼른 집는다.
그리고 뼈칼 주변에 떨어진 핏방울도 얼른 닦는다.
그리고는 산웅에게로 가서 앉았는데, 이때 문이 쾅 열리면서
단벽과 위병들이 들어온다. 황망한 얼굴로 단벽을 보는 타곤.

다시 현실의 타곤.

태알하	봤든지.. 못 봤든지.. 그놈 칼엔... 보라색 피가... 묻었겠네..
타곤	칼은 내가 챙겼어. 문제는.. 그 아수라장 속에서 그 짧은 순간,
	그놈이 피를 봤느냐, 보지 못했느냐...!

S#31. 하림의 약전 일각(밤)

날카로운 돌칼을 꽉 쥔 은섬의 손 클로즈업. 은섬, 손을 펼친다.
쥐고 있던 칼이 툭 떨어진다. 손에 보라색 피가 선명하다.
반대쪽 손에 들고 있던 자신의 상의에 묻은 타곤의 핏자국을 본다.

은섬	(마음의 소리 E) 하늘 아래.. 나 혼자는 아니었어..

ins.cut.〉3부 40씬 중,

농부	(에이 모르겠다) 괴물이죠..!! (cut.)

은섬, 괴로운 듯 눈을 천천히 감았다 뜨고는,

은섬	(마음의 소리 E) 이렇게 만나네.. 괴물의 자식 둘이..

S#32. 흰산 전경(낮)

(자막: 흰산의 성지)
산을 오르는 무백의 모습. 숨을 헐떡인다. 어느 지점에 오르자,
흰산의 제관들이 무백을 의아하게 본다. 무백 손을 모아 예를 취한다.

신녀들(E) (5명 정도의 신녀들이 함께 작게 웅얼거리는 주문 소리)

S#33. 흰산의 신성동굴(낮)

무백, 들어오자, 크지 않은 동굴에 다른 이야기를
가진 벽화 10개 정도가 차례로 그려져 있고,
한쪽엔 흰산족의 신성꾸러미와 별다야 등이 비치되어 있다.
돌들이 벽처럼 막혀 있는 곳에 온천처럼 물이 보글보글 끓고 있는데
거기서 하얀 김도 꽤 나오고 있다.
신녀들은 물을 보며 뒤돌아 앉은 채 소리를 내며,
몸을 흔들흔들하고 있다. 아사사칸은 그 신녀들 뒤에서, 역시
뒤돈 채 앉아서 명상하고 있다. 무백의 시선으로 어른거리는 듯하다.

무백   (아사사칸 바로 뒤로 와서) 물길족의 전사... 무백입니다.
사칸   (뒤돌아보며) ...
무백   (긴장하여) ..
사칸   (무백의 얼굴을 살피다가 한탄) 아.. 도무지 신의 뜻을 알 수가 없구나..
무백   예에? (하며 사칸을 보는데, 사칸이 말하는 모습이 어른거리며 보이다)
사칸   네놈은 대칸이 아니더냐, 어찌 네놈이란 말인가...
무백   (놀라) 제가 온 까닭을 아시는지요?
사칸   그 까닭은 헤아리지 않는다. 널 보낸 신의 까닭을 헤아려야 할 것인데..
무백   ...
사칸   앉거라..
무백   (앉으며, 아직까지는 정신이 혼미하지는 않은) 아사사칸이시여,
       제가 지혜를 얻고자 합니다. 제가 실은 이아르크에서...

사칸	(OL) 천부인에 대해서 아느냐?
무백	... (머뭇) .. 아이루즈께서 천부인 세 가지를 내려보내
	이 세상을 여셨다 들었습니다.
사칸	천부인 세 가지가 무엇이냐?
무백	(점점 정신이 혼미해진다) 칼과 방울... 그리고 거울이 아닙니까..?
사칸	그래.. 그리고 세상을 끝낼 때에도,
	세 개의 천부인을 내려보낸다 하셨지.
	세상을 벨 칼과.... 세상을 울릴 방울과.... 세상을 비출 거울.....
	이 셋이... 세상을 끝낼 것이다.
무백	.. 예.. 헌데 제가 여쭙고자 하는 것은...
사칸	(OL) 그리되면 지금의 세상을 끝내고 다시 태고로 돌아갈 것이다.
무백	(난감) ...
사칸	(무백 똑바로 보며) 20여 년 전 어느 날!!
	그 천부인 셋이 함께 세상에 나타났다..!!
무백	....!!??
사칸	그리고 어젯밤.. 다섯 개의 별이 한 줄로 서고
	객성이 나타나, 자미원의 대장별을 범했다.
무백	....?? 무슨 말씀이신지...
사칸	어제 아스달에서 아비를 죽인 아들이 있을 것이다.
무백	.. (말하는 사칸의 모습이 많이 어른거리고) ..
사칸	그 살부자가 천부인에 맞서, 이 세상을 이어갈 것이다.
무백	.. (말하는 사칸의 모습이 많이 어른거리고) ..??
사칸	그자를 찾아 돕거라... 아니면 이 세상은 끝난다..
무백	세상이 끝난다니. 그건 또 무슨 말씀이신지.
사칸	사람의 세상... 아사씨가 신과 교통하여 사람이 모였다.
	그렇게 만들어진 것이, 이 문명이고 연맹이다.
	이 세상이 끝나면 우린 태곳적 짐승처럼 살아가게 될 것이다.
무백	.. (사칸의 말도 웅얼거림이 생긴다) ....
사칸	... 가거라...
무백	혹시... (점점 자신도 혼미해지자 정신 차리려 노력하면서)
	위대한 어머니 아사신과 리산이 향한 곳이 남쪽입니까?

사칸	남쪽일 것이다..
무백	남쪽이면 혹.. 대흑벽 너머 이아르크 쪽일 수도 있습니까.
사칸	그럴 수도 있겠지. 어찌 그러느냐?

무백, 바로 답을 하지 않고는 한쪽에 걸려 있는 별다야를 가리키며

무백	(계속 쓰러질 것 같은 현기증에 어떡하든 정신을 똑바로 차리려 노력하면서) 저것이 위대한 어머니 아사신께서 남기신 것입니까..
사칸	그럴 리가 있겠느냐. 아사신께서 아사씨의 직계로만 이어지던 신물을 가지고 사라지셨다..
무백	.. (말도 어눌해졌다) 그럼 저것은..?
사칸	이후에 우리가 다시 만든 것이지.. 원래 것이 어디 있는지는 아무도 모른다..
무백	......!!

S#34. 흰산의 신성동굴 앞(낮)

휘청거리며 나오는 무백. 정신을 차리려 머리를 흔든다.
정신을 가다듬는 무백. 그 위로,

무백	(E) 저것의 뒷면엔 무엇이 있습니까...

무백, 품에서 뭔가를 꺼낸다. 와한족의 별다야의 앞면이다.

사칸	(E) 뒷면에는 아무것도 없다.. 그것까진 전해지지 않았으니...

무백, 이때 별다야를 뒤집는다. 흰산의 심장 문양과 불과
발자국 세 개가 보인다. 결연한 표정의 무백.

S#35. 장터 상징물 앞(낮)

대대	연맹장 니르하를 죽인 두즘생을 잡는 데 공을 세운 연맹인은!
	청동 여덟 괴, 조와 수수 각각 열 항아리를 내릴 것이다..!
복창꾼들	(모션을 섞어가며 큰 소리로 복창)

사람들이 모여 있고 제화단 위에 선 대대가 문서를 들고 읽고 있다.
대대의 주변엔 복창꾼 3명이 서로 다른 방향을 보며 서 있다.
대대의 말을 복창하는 복창꾼들.
한쪽에는 단벽과 소당, 편미 그리고 위병단이 있다.

단벽	아직 성을 빠져나가지 못했다..! 그 두즘생을 반드시 잡아..!
	아버지 영전에 바칠 것이다. 알겠느냐?!
위병단	예..!

S#36. 타곤의 옛집 타곤의 방(낮)

금방 일어난 듯 침대에 앉아 있는 타곤. 물을 마신다.
자신의 다리 상처를 보더니, 다시 수심이 깊다.

태알하	(들어오며) 일어났네.

타곤, 보면 태알하가 예복을 들고 들어온다.

태알하	어때? 멋있지? 오늘 올림사니 할 때 입을 예복...!
타곤	(시큰둥) 그렇네... 좋네..
태알하	(그런 타곤 보다가 옆에 앉으며) 타곤.. 내가 말야.. 생각을 해봤는데 그놈.. 두즘생이잖아.
타곤	... 두즘생이지.
태알하	아스말을 쓰는 건 신기하긴 한데... 뭐 이쪽에서 내려간 사람들의 후손일 수도 있고... 어쨌거나 두즘생이란 말야.

타곤	그래서?
태알하	(옷 놓고 타곤에 바짝 다가가 앉으며) 니 상처를 봤다고 해도 개들이 이그트를 알 리가 없잖아?
타곤	...
태알하	자그마치 이아르크, 남쪽 끝에 살던 애들인데, 뇌안탈도 본 적이 없을 텐데 이그트를 어떻게 알아? 피를 봤다 해도 그냥 신기하게 생각하겠지.
타곤	...
태알하	진짜 만 중에 하나, 안다고 해도 이그트라는 게 이곳에서 어떤 의미인지. 그 두즙생이 무슨 재주로 알겠어?
타곤	(물끄러미 보다가 피식) ..
태알하	왜 웃어?
타곤	고맙다..
태알하	?
타곤	어떻게든 내 마음 잡게 해줄려고 애쓰잖아.

태알하, 피식하더니 타곤 앞에 쪼그리고 앉아 얼굴 눈높이를 맞춘다.

태알하	타곤... 오늘이.. 어떤 날이야.. 너한테 우리한테.. 너무 중요한 날이잖아.
타곤	(태알하 보며) ...
태알하	넌...
타곤	(태알하 보며) ..
태알하	넌.. 신이 될 거야.
타곤	... (보일 듯 말 듯 미소 지으며) ...
태알하	그게, 내가 널 택한 까닭이고.. 오늘은 그 첫걸음을 딛는 날이야. 마음 빼앗기지 마. 고작 두즙생한테..
타곤	(따뜻한 마음으로 태알하 보며) ...
태알하	보라빛깔 애벌레는... 나비가 되고...
타곤	....
태알하	(분위기 잡다 재촉하듯) 아, 나비가 되고..!

타곤	(미소 지으며) 비바람 속에서도... 날개를 편다...

그렇게 서로를 바라보는 타곤, 태알하 두 연인.

미홀	(E) 대체..! 태알하를 잡으라 한 게 언제야!

S#37. 연맹궁 소회의실(낮)

미홀과 여비, 흘럽이 있다.

여비	찾고 있습니다만...
미홀	(OL) 분명 이년이 무슨 일을 꾸민 것이다.. 빨리 찾아야 한다.
여비	예.

하는데, 단벽이 들어온다. 미홀, 흥분된 표정을 능숙하게 바꾸며,

미홀	오셨습니까...?
단벽	하시려는 말씀이 뭡니까..?
미홀	아무리 생각해도 그 두즘생이 산웅 니르하를 죽일 이유가 없다는 겁니다.
단벽	(황당) 그럼 타곤 형님이 아버지를 죽였다는 겁니까?
	그럴 이유는 또 뭡니까?
미홀	뒤집어씌울 놈이 있었으니까요!
단벽	...!!
미홀	얼마나 좋은 상황입니까? 아무도 보지 않는 곳에 셋만 있었습니다.
단벽	밖엔 수많은 연맹인이 기다리고 있었죠!
	아버질 살려 나온다면, 그야말로 영웅이 됩니다! 헌데 어째서!
미홀	(OL) 이미 영웅입니다. 어제.. 타곤을 보는 사람들의 눈빛을 보셨습니까?
	이대로라면 타곤이 연맹장이 될 겁니다..
단벽	미홀님!!!
미홀	(OL) 타곤이 연맹장이 된다면!

단벽	...
미홀	.. 단벽님이 그 자리에 계시겠습니까, 우리 해족이 무사할 수 있겠습니까?
	막아야 합니다..!
단벽	(나가려고 일어서며) 증좌도 없이.. 형님을 모함할 수는 없습니다.
미홀	예.. 허니, 얼른 그 두즘생을 잡으셔야지요.
	그놈이 유일한 목격자니까요.
단벽	(나가려다 돌아보며) ... 태알하님께선.. 어디 계십니까?
	신성재판 날 아침부터.. 안 보이십니다.
미홀	(약간 당황하며) .. 아.. 그날 몸이 많이 안 좋아져서 니르하의
	명도 행하질 못하고 쉬고 있습니다.
단벽	.. (보는데) ..

S#38. 연맹궁 복도(낮)

단벽 나오자, 소당과 편미가 대기하다 따른다.

단벽	(걸으며) 각 들목의 위병단을 더 늘려라. 5단 11단을 성안으로 들여.
소당	(걸으며) 예, 단벽님.
단벽	우린 그놈의 얼굴을 모른다. 수상한 자는 붙들고 질문을 해.
	연맹인은 알고 두즘생은 맞출 수 없는 질문을..!
편미	예.
단벽	(걷다가 멈추며) 그리고 태알하...!
편미	...
단벽	태알하와 그 시녀 해투악도 함께 찾도록 해라.

S#39. 연맹궁 소회의실(낮)

미홀이 나갈 채비를 하고 흘립이 따라다닌다. 뒤에는 여비가 있다.

흘립	그 두즘생이 잡히기만 기다릴 순 없습니다.
	우린 단벽과 처지가 다릅니다. 타곤이 정말 연맹장이 되이,
	우리에게 청동기술의 비밀을 요구해온다면..
미홀	(심각) ...
흘립	산웅 니르하도 계시지 않은 마당에 누가 그걸 막아주겠습니까?
미홀	... 한 사람이 있지. 딱 한 사람이... (하고 나간다)

S#40. 연맹궁 복도(낮)

나오는 미홀과 여비, 흘립 급히 걸어간다.
이를 보는 누군가의 시선, 길선이다. 그 옆엔 수하 한 명 있다.
길선이 눈짓하면 미홀을 쫓는 수하.

길선	(E) 타곤님.

S#41. 타곤의 옛집 타곤의 방(낮)

앉아 있던 타곤이 올려다본다. 길선이다. 뒤쪽에 태알하가 있다.

길선	미홀이.. 움직였습니다.
타곤	어디로..
길선	말씀하신 대로... 대신전입니다.
태알하	..! 거봐. 우리 아버지 그런다니까.
타곤	(태알하 보며, 옅은 미소) ... (벌떡 일어서며) 이제 내 차례군.

S#42. 대신전 아사론의 집무실(낮)

올림사니 예복을 입느라 양팔을 펼친 채, 놀란 표정의 아사론!!

올림사니 예복을 입혀주던 제관 2명,
시스트룸 등의 신물을 챙기던 아사욘과 아사못,
청동거울을 열심히 닦고 있던 여인들도 모두 놀란 표정이다.
아사론이 앞을 보면, 제관의 안내로 미홀이 와 있다.

미홀   (아랑곳 않고 의미심장한 표정으로 아사론을 보며)
        고백할 것이 있습니다.
아사론   고백이라? (마음의 소리 E) 미홀.. 이번엔 또 무슨 계략인 것이냐..?

S#43. 연맹궁 위병 총관실(낮)

역시 놀란 표정의 단벽. 보면 타곤이다.
타곤 다가오자, 위병들 타곤을 막아선다. 타곤 멈추고는,

타곤   너의 허락을 받아야 할 것이 있어, 왔다...
단벽   허락이요? (마음의 소리 E) 타곤 형님이.. 아버질 죽인 걸까?
        .. 음모인가..?

S#44. 대신전 아사론의 집무실(낮)

아사론은 청동거울 앞에서 예복의 옷매무새를 만지고 있다.
의자에 앉은 미홀은 그런 아사론을 보고 있다.

아사론   (청동거울을 보며) 대제관에게 고백한다는 것이 무슨 뜻인지는 아시지요?
미홀   (OL) 신성재판에서 타곤에게 신의 영능이 임했다고 하신 것..!
아사론   (움직이던 손이 멈췄다)
미홀   애초에.. 타곤의 생각이었지요?
아사론   ...! (내심 놀랐으나, 천천히 돌아서며 더 근엄하게)
        대제관의 모든 말과 행동은 대신전에 모신 아스달, 여덟 신의 뜻!

타곤의 생각이라니..! 감히..!

미홀	모든 게... 처음부터 타곤의 음모였습니다!!
아사론	뭐라?
미홀	(OL) 신성재판 전날 밤! 니르하께선 타곤을 은밀히 만나셨을 겁니다...
아사론	이자가! 기어이!
미홀	(버럭, OL) 타곤이 니르하께 자기의 영능을 인정해달라 했을 겁니다..! 아닙니까!
아사론	...!
미홀	니르하... 제 딸 태알하는 제가 타곤에 붙여놓은 여마리(자막: 첩자)였습니다. 헌데 그 애마저 타곤에게 넘어갔습니다..! 우리 모두가 타곤에게... 당한 것입니다...
아사론	...
미홀	...
아사론	해서.. 무슨 말을 하려 하는가...?

S#45. 연맹궁 위병 총관실(낮)

마주 앉은 타곤과 단벽. 긴장감과 어색함이 흐른다.

단벽	(차갑게) 무슨 허락을 받으러 오셨나요?
타곤	(OL) 아버지..
단벽	....?
타곤	내가.. 아버지의 올림사니를 하면 안 되겠느냐..?
단벽	(허를 찔린 듯 예상치 못한 말에 놀란) ...!
타곤	(간곡하게) 니가 안 된다고 하면 그만두겠다..
단벽	(전혀 생각지 못한 자신이 좀 부끄러운) ......
타곤	(한숨 쉬고는) 너 또한 그렇겠지만, 방금 아비를 잃은 내가 이런 일을 상의할 곳이 너뿐이지 않느냐.
단벽	...
타곤	넌 아버지께서 가장 믿던 아들이고, 새녁족의 가주다.

난 니 형이지만 어머니를 알지 못하는 버금바리고. (한숨)
...... 못난 아들이지만... 아버지의 마지막은..

단벽　(차갑게) 연맹장의 올림사니는 대제관께서 하십니다.

타곤　대제관의 허락은.. 내가 얻어보겠다..

단벽　(OL) 아버질..

타곤　(멈칫)

단벽　.. 죽었습니까?

타곤　.. 뭐? 내가 아버질 어째?

단벽　신성재판 이후에 대칸들이 아버지를 공격했습니다!!

타곤　알아야 했으니까! 정말로 아버지가 그자를 시켜서 나를 발고한 것인지!!!

단벽　.. (할 말이 없고) ..

타곤　아버지와 얘길 하고 싶었다. 대체 나한테 왜 그렇게까지 하셨는지..

단벽　(보다가는) .. 난 언제나 형님 편을 들었습니다.
　　형님이 혼자 그리로 들어갈 때! 형님을 믿고, 실력을 믿었기에..!
　　간절히 기대했습니다.! 형님이 아버지의 목숨을 구한다면..
　　이 길고 긴 갈등도 끝이 날지 모르겠구나... 아버지도 마음을 돌리시겠지..
　　근데 아니었습니까? 형님이 아버질 죽였습니까?

타곤　.. (떨리기까지 하며) 내가 왜!

단벽　(고조되며 빠르게) 형님도 지쳐서!
　　아버지가 미웠겠지요. (바로 이어서) 죽였습니까!!!

타곤　... (놀라 보며)

단벽　... (노려보며)

타곤　죽이고 싶었다...

단벽　...!!!

타곤　아버지가 아니라 너..!

단벽　...!!!

타곤　바로 너.! 니가 죽었으면 했어!

단벽　....!!! (가슴 아프게 보는데) ...

타곤　니가 없어지면 혹시 아버지가 날 좋아하지 않을까..?
　　너에게 하시는 것처럼 내게도 따뜻하게 대해주지 않을까..?

단벽　....

타곤	'떠나라' 한 물에 흰 돌이 부서지도록!
	'가라!'고 한 땅에 푸른 돌이 깨지도록!
	달의 평원에서도! 대흑벽 너머에서도! 난, 생각했어.
	이만하면 아버지가 인정해주시지 않을까...
단벽	(진심을 느끼지만) ...
타곤	(분노로) 이제 난..! 영원히 인정받지 못하게 됐다..!
	이런 내가 아버질 죽여?
단벽	... 태알하..
타곤	...!
단벽	아버지가 형한테 태알하를 빼앗았으니까..
타곤	...
단벽	아닙니까?
타곤	그래, 죽이고 싶었지.. 미홀을...!
단벽	..!
타곤	열일곱 어린 내가 처음으로 마음 붙인 사람이 태알하였어.
	미홀은 그걸 이용해서, 태알하를 아버지의 여마리로 만들었고.
단벽	...!
타곤	(분노하듯) 미홀 그자는 내게서 태알하를 빼앗아갔고,
	어금니 있는 뱀처럼 아버지와 날 이간질했어..!
단벽	...!!
미홀	(E) 타곤은..

S#46. 대신전 아사론의 집무실(낮)

아사론과 미홀 있다. 아사론은 이제 미홀의 말에 집중한다.

미홀	왕이 되려는 겁니다..!
아사론	왕? 왕이... 무엇인가..? 아..!
미홀	....
아사론	그.. 자네들이 왔다는 먼 서쪽, 레무스에 있었다는..

미홀	예... 하늘 아래 모든 것 중에 으뜸인 사람이지요.
아사론	(피식) 타곤이 그런 황당한 것이 되려 한다?
미홀	... 예..
아사론	... (황당하다는 듯 피식) ...
미홀	허니.. 대제관 니르하께서 연맹장이 되십시오.
아사론	.....!!!!
미홀	제가 돕겠습니다.
아사론	...!!! (그러나 짐짓) 제관은... 연맹장을 맡지 않는다.
미홀	칸사르 니르하의 전례가 있습니다..!
아사론	...
미홀	(목소리 낮추어) 각 부족의 어라하들은 제가 맡겠습니다.
	허니, 어라아지에서 산웅 니르하의 죽음에 대한 책임을 물어
	타곤을 치고 (일어나 고개 숙이며) 연맹장에 오르십시오!
아사론	...!!

S#47. 연맹궁 위병 총관실 앞 복도(낮)

타곤, 천천히 문을 열고 나오는데, 감정이 격해져 보인다.
양쪽의 위병들, 타곤을 보며 예를 취하고, 기다리던 무광이 따른다.
단벽, 살짝 문을 열고 나와서 타곤의 뒷모습을 본다.
이때 휘청이는 타곤. 부축하는 무광. 보는 단벽의 표정.
타곤, 씩 미소 짓는다.

무광	와한들은.. 어찌할까요?
타곤	(미소로) ...

S#48. 대칸의 막사 안(낮)

무광이 들어와 있다. 기토하와 연발이 놀란 표정으로 본다.

연발	뭐? 와한족 개들 다?
무광	예.. 오늘 밤 산웅 니르하 올림사니 끝나면, 다.. 목 잘라서.. 꽂아서 장터에다가 걸래요.
기토하	아 진짜로? (연발에게)... 이거 우리 노예값 못 받는 거 아니냐?
무광	형님 한가하시네. 노예값이 문제예요?
기토하	그럼 뭐가 문제야?
무광	우리가 노예 안 잡아왔으면 와한의 은섬인지 뭔지도 안 나타났을 거구.. 연맹장 산웅 니르하도.. 그런 일 안 당했고...
연발	그럼 우리 잘못이라고?
무광	그니까. 혹시라도 연맹인들이 우리 책임 어쩌구 하기 전에.. 희생양이 필요하다.. 이거죠.. 아, 형님 너무 무식해. (하고 간다)
기토하	(가는 무광 보며) 야, 연발.. 우리 같이 쟤 언제 한번 조지자..
소당	(E) 대칸들 아깝겠네..

S#49. 군검부 마당(낮)

군검부 마당을 소당과 편미가 걷고 있다.

편미	(걷다 서며) 그러게.. 노예가 다... (아래를 보며) 대칸들 재산인데..

이때 카메라 부감을 비추면, 소당과 편미가 서 있는 바닥에
넓게 창살 같은 것이 있고 그 안에 바글거리는 와한족의 모습.
아래에서 달새가 위를 올려다보며 노려본다.

소당	니들 모두 내일 죽게 됐다. 목 잘려서 걸릴 거야...

S#50. 군검부 지하감옥 안(낮)

놀란 표정의 달새, 터대. 뭉태, 역시 놀라서 고개를 들고 일어선다.
위 창살에 지나가는 소당과 편미가 앙각으로 보인다.

뭉태   (모두에게) 내.. 내일.. 목.. 목을 자른다고..?

하고 보면, 모두들 믿지 못하겠는 듯 멍하고 열손은 절망하듯
고개를 숙인다. 탄야만 한쪽 벽에 횟돌로 늑대 그림을 그리고 있다.
이때 탄야를 확 밀치는 뭉태. 넘어지는 탄야. 모두들 놀라 본다.

뭉태   너 때문이야..! 니가.. 니가..! 금은화 숲에서..
        (울컥) 은섬이를 데려오지만 않았어도..! 그때 꿈을 만나지만 않았어도..
탄야   (쓰러진 채로 망연자실) ...
달새   야! (멱살을 잡으며) 뭉태, 그게 뭔 말도 안 되는 소리야..!
뭉태   (괴력으로 달새의 멱살을 확 뿌리치자 달새 확 밀리고) 아니! (눈물이 흐른다)
        우리 잡혀올 때..! 은섬이가 (탄야 보며) 널 구하러 왔어!
        너 그때.. 그냥 은섬이랑 도망쳤으면 됐어..!
        니가 뭐라고.. 와한이랑 함께 있겠다고.. 니까짓 게 뭐라고!
탄야   ...
뭉태   (울면서) 은섬이가 괜한 짓 해서.. 우리 이렇게 된 거야..
모두들 .. (같이 훌쩍이는데) ..
열손   .... 껍질을.. 깨는 자. 푸른 객성이 나타나는 날..
모두들 (열손을 보며) ...
열손   오리라.. 그리하여 와한은 더 이상 와한이 아니리라...
탄야   (보며) ...
열손   오래도록.. 이 예언의 뜻을 궁금해했다...
모두들 ....?
열손   탄야야..
탄야   (보며) ..
열손   (슬프게) 예언의 아이.. 또. 누가 뭐래도 (울컥) 어여쁜 내 딸아..
탄야   ... 아.. 버지..

열손	(모두 보며 자책과 슬픔으로) 내 딸 탄야가.. 저주의 아이다.
모두들	...!!!
열손	푸른 객성은 저주의 별이었어.. 은섬이도 저주받은 거고...
	저주의 아이가.. 결국 저주의 아이를 불러들인 것이다.
달새	씨족아버지, 그 무슨 말씀이세요! 말도 안 돼요!
탄야	(나서며) 맞아... 아부지 말이 맞아.
달새	...!
탄야	.. 저주가 아니고서야. 어떻게 이런가 싶어.
	세상에 눈을 뜨고 지금까지... 정령의 춤을 배우려 했고,
	꿈을 만나려 했고.. 주문을 걸어보려 했는데 한 번도 안 됐어..
열손	..
탄야	근데.. (피식).. 주문이.. (울컥) 딱 한 번 성공했어.. 은섬이.!
달새	...!
탄야	그것 때문에 우리도 다 죽게 됐고.. 주문에 걸린 은섬인...
	우리 구하려고 되도 않는 짓 하다가 결국 죽겠지...
모두들	(절망하여) .....
아가지	.. 열손아부지..
모두	(본다)
아가지	전 우루미처럼 목이 잘려서 죽으면 안 돼요.
검불	맞아요. 그럼 전 우리 돌돌이 못 만나고.. 아부지 어머니.. 모두..

하고 울면, 모두들 눈물이 흐르는데..

열손	마지막 판가름을 하겠다..
모두들	...!!
열손	목이 잘려 죽으면, 우리의 마지막 숨결은 흰늑대할머니께 닿지 못하고,
	바람에 흩어질 테니..
달새	...!
열손	그 전에.. 우린 서로의 목을.. 조를 수 있다...
모두들	...!!!
열손	이제 모두 자기 생각을 얘기한다...

모두, 경악하여 열손을 보고 뭉태는 갑자기 울기 시작한다.
달새, 괴로운 듯 눈을 감고 터대와 북쇠도 눈물이 터진다.
탄야, 고개를 돌려 자기가 그린 흰 늑대 그림을 본다.

S#51. 하림의 약전(밤)

은섬   (경악) 뭐라고?

은섬과 채은이 있다.

은섬   ...! 언제?
채은   오늘 밤 연맹장의 올림사니가 있어... 끝나고 아침 해가 뜨면..
은섬   ...! (급히 움직이며)
채은   어디 가!
은섬   타곤을 만나야지. 니가 알려준 그 집으로 가면 되겠지. (가려는데)
채은   가도 없어..! 당연히 아버지 올림사닌데 연맹궁 앞에 있겠지.
은섬   (멈칫) ...
채은   일단 생각을 해. 이렇게 빨리 처형할 줄은 몰랐는데..
은섬   말미가 없어. 그냥 뭐든 해야 해... (하고 가는데)
채은   너희 씨족을 구하고 싶은 거야, 아님 같이 죽고 싶은 거야..!?
은섬   구하고 싶고... 못 구한다면... 그냥 같이 죽고 싶은 거야.

하고 가는 은섬, 미치겠는 채은.

S#52. 대신전 아사론의 집무실(밤)

아사못이 올림사니 예복을 다 입은 아사론의 옷매무새를
마지막으로 다듬고 있다. 이때 급히 들어오는 아사욘.

아사욘	(다급하게) 니르하...!
아사론	(또 뭔가 싶어) 왜 그러느냐?
아사욘	지금... 연맹궁 앞에서...
아사못	.. 연맹궁 앞에서 또 뭐..?
아사욘	.. 타곤이..
아사론	(날카로운 눈빛으로 보며) ....??
아사욘	연맹장 니르하의 올림사니를 한다 합니다..!
아사못	.. 올림사니라니?? (아사론에게) 있을 수 없는 일입니다..!
아사론	.. (당혹스러우면서도 분노가 이는데) ..
아사못	감히 연맹장 니르하의 올림사니를 제깟 놈이...! 더구나 버금바리가..! (아사론에게) 이대로 둬선 안 됩니다!
아사론	(결기를 다지며) 가자...

하고 나가는 아사론. 따르는 아사못, 아사욘과 하급제관들. 그 위로,

| 미홀 | (E) 되었다! |

S#53. 아스달 거리 일각(밤)

해족의 하호1이 막 보고한 듯 앞쪽에 있고,
여비와 하호들은 놀라고 미홀은 눈을 반짝이고 있다.

여비	되다뇨? 연맹장의 올림사니를 타곤이 하다니요..! 아사론 니르하께서 가만히 있지 않을 겁니다.
미홀	(웃으며) 가만있을까 봐 걱정하고 있던 차다...!
(E)	(누군가가 흔드는 방울소리)

S#54. 연맹궁 앞 일각(밤)

계속되는 방울소리와 함께, 무대의 가운데 서 있던 30여 명의
사람들이 비단 만장(밑을 흔들리지 않게 고정시켰음)을
동시에 내리면, 한가운데 우뚝 서 있는 타곤.
타곤의 앞에는 원탁이 있고, 그 위에 곰 가죽이 깔려 있고,
곰 가죽 위에 전쟁용 연맹장 옷을 입힌 산웅의 시신이 있다.
산웅의 손에는 평소에 쓰던 청동칼 몇 자루가 쥐어져 있고,
머리 옆에는 투구와 평소 쓰던 무기들도 있다.
이때! 타곤이 청동 시스트룸과 향불을 든 두 손을 번쩍 들어 올리자,
방울소리는 멈추고, 타곤이 흔드는 청동 시스트룸에 맞춰 여러 명이
북을 친다.

ins.cut.〉 연맹궁 앞이 가까운 높은 일각
아무도 없는데, 누군가가 혼자 연맹궁 쪽을 보고 있다.
옆엔 꽤 큰 궤짝이 있다. 누군지는 알 수가 없다.

타곤은 그 북소리에 맞춰, 향불을 산웅의 시신 발끝에서부터
머리끝까지 8번 정도 흔든다. 그때마다 연기가 나온다.
타곤이 머리끝까지 연기를 쏘이고, 향불을 높이 들자,
이때부터 북소리가 빨라지다가는, 타곤이 뒤로 한 발 한 발
물러서 다시 시스트룸을 흔들자, 북소리가 일제히 멈춘다!

타곤 아스 땅의 주인이시며, 검은 땅의 어머니이신 다라부루여!!
모두 (여기저기서 E) 하라마하멘!

사람들의 모습. 길선, 무광, 연발, 기토하 등등.. 그리고
단벽의 모습(단벽은 미묘한 표정). 그 위로..

타곤 (사람들의 표정과 모습 위로 E) 큰곰의 계승자이자 새녘족의 어라하이시며,
우리의 아버지인 산웅을, 다라부루께 다시 돌려드리오니,
받아주소서!

모두	(여기저기서 E) 미르히샤!
타곤	두 개의 목소리와 한 송이 금은화와 바람의 망치와,
	또한 칸모르와 함께 재림하실.. 아라문 해슬라여!
모두	(여기저기서 E) 하라마하멘!

타곤, 횃불을 들어 산웅의 시신 앞에 선다.

S#55. 타곤의 옛집 앞 거리(밤)

아직도 많은 사람들이 횃불을 들고 올림사니 하는 곳으로 가고 있다.

해투악	(E) 안 들킬게요!

S#56. 타곤의 옛집 마당(밤)

밖으로 나가는 문 앞에서 온 얼굴을 천으로 감싼 해투악이
태알하에게 잡혀 있다.

태알하	안 돼! 너 그러다 우리 아버지한테 잡혀.
해투악	미홀님한테 잡혀도 입도 벙긋 안 할게요.

ins.cut.) 주변 일각
쉬마그를 한 은섬이 숨어서 매서운 눈빛으로 보고 있다.

태알하	저번에 니가 입도 벙긋 안 해서 그 난리가 났니?
해투악	(애원) 진짜 안 잡혀요. 진짜요.. 믿어주세요. 진짜 걱정하지 마세요.
태알하	(단호) 들키면 용서 안 해..
해투악	(신나서) 예..!

하고는 얼른 문 열고 튀어나가는 해투악.

태알하, 그런 해투악을 보다가 문을 닫는다.

ins.cut.〉 주변 일각, 그런 태알하를 보는 은섬.

아사론   (E) 멈추거라..!

S#57. 연맹궁 앞 일각(밤)

타곤, 멈추고는 본다. 아사론과 미홀, 그리고 흰산의 제관들이다.
뒤에 단벽과 위병단장들 있다. 이를 놀라서 보는 사람들.
아사론은 단상 쪽으로 몇 걸음 더 다가가서 타곤을 올려다보며
위엄 있고 무서운 소리로 꾸짖는다.

아사론   타곤.. 너는 꿈을 만난 적이 있는가?

타곤   ....

아사론   .. 꿈을 만난 적이 있는가?

타곤   .. 없습니다..

미홀   ....

단벽   ....

아사론   허면.. 정령의 소리를 들은 적이 있는가?

타곤   ...

아사론   답하라!!

타곤   .. 없습니다.

아사론   꿈도.. 정령의 소리도 들은 적이 없다면, 당연히 신의 말씀도
           들은 적이 없을 것이다! 그러한가?

타곤   .. 예..

아사론   헌데 어찌 감히 연맹장 니르하의 올림사니를 한단 말인가?

타곤   ... 허나.. 대제관 니르하께서 제게 영능이 있다고..

아사론   (OL) 네놈의 영능이란 고작...!

전쟁터에서 죽은 혼백을 인도하는 것에 지나지 않는 것이다..!

미홀 　.. (아사론 파이팅!!) ...

단벽 　.. (그런 것인가?) ....

대칸들 　....

연맹인들 　(실망하는 기색이 보이고) ..

아사론 　헌데 네놈이 감히 아스달의 연맹장이신 니르하의 올림사니를 해?
　　　당장 내려오라!!

타곤 　....

아사론 　아스달의 시작인 아사씨의 권능과 이소드녕의 이름으로, 명한다.
　　　당장 내려와, 네 죄의 값을 기다리라!!!

하면, 모두의 시선이 쏠리는 가운데 타곤, 햇불을 쥔 채
천천히 뒤를 돈다. 타곤은 그렇게 초라하게 내려오는데 이때!

타곤 　(뒤로 돌아선 채로 낮게 완전히 달라진 목소리 E) 무릎을 꿇으라 아사론..

아사론, 미홀, 단벽, 대칸들도 모두 놀라, 뭔 상황인가 싶다.
천천히 돌아서는 타곤의 눈빛과 표정과 말투 등
모든 것이 변해 있다.

타곤 　무릎을 꿇으라 하지 않았느냐!!

아사론 　(경악하여 보며) ...!!!

타곤 　내가 타곤 이자의 몸을 잠시 쓰고 있다 하여
　　　너희가 감히 나를 알아보지 못하는 것인가!!

아사론 　....?

미홀 　....?

단벽 　....?

길선, 연발, 무광, 기토하, 대대 등등등 사람들의 의아한 표정.

ins.cut.〉 연맹궁 앞이 가까운 높은 일각

연맹궁 쪽을 보고 있던 누군가, 슬그머니 입가에 미소만 지어진다.
그러더니 궤짝을 연다. 나오는 한두 마리의 반딧불이.

아사론 (아직 기개 넘치는) 감히 누구 앞이라고 거짓으로 신을 참칭하려 하느냐!!
타곤 아사론... 내가 잠시 이 몸을... 쓰겠다 했다..
내 잠시 이 혀를, 이 입술을 쓰겠다 했다...
아사론 ... 이 이 이런... 놈을..
타곤 아사론.. 내가.. 아사씨의 그 손을 잡아 일으켰다...
내가 그 머릴 감싸 안았다... 헌데 너희는 나를 모르느냐?

단벽, 길선, 연발, 무광, 기토하 등등의 사람들이
설마 하는 표정을 지며, 경악한다.
미홀, 아사론 등은 위기감에 경악한다.
이때, 군중 뒤에 나타난 무백. 어리둥절한 표정으로
무슨 일인가 싶어 앞으로 나아간다.

S#58. 타곤의 옛집 마당(밤)

해투악이 간 자리에서 서성이는 태알하.

태알하 (마음의 소리 E) 타곤.. 잘하고 있는 거겠지.. 오래도록 꿈꾸던..

하다가, 헉하는 태알하. 뒤에서 누군가의 손에 들린 칼이,
목을 겨누고 있다. 경악하는 태알하. 쉬마그를 쓴 은섬이다.

무광 (혼잣말 E) 아라문..

S#59. 연맹궁 앞 일각(밤)

(57씬 연결)

무광   .. (아직은 읊조리듯) .. 아라문..

기토하   ... (무광 한번 보더니) ... 아라... 문..

타곤   내가 너희 아사씨의 숨을 이었고, 손으로 무릎을 쥐어 일으켰다.
     내가 너희 새녘족의 핏줄을 이었고, 그 다리를 보듬어 검은 땅을 뛰게 했다.

무광   해슬라!!! 아라문 해슬라이시다!!! 타곤님이 아라문이다!!!

하는 순간, 점점 많은 수의 반딧불이들이 연맹궁 앞으로 온다.
그걸 보자, 무광은 더욱 흥분하여 외치고!
대칸들, 역시 흥분하여 하나둘씩 아라문 해슬라를 외치며
무릎을 꿇고 외쳐댄다.
그러자 모여든 사람들도 하나둘씩 아라문 해슬라를 외치며
무릎을 꿇는다. 아사론과 미홀은 미치겠는데..

S#60. 타곤의 옛집 마당(밤)

은섬, 뒤에서 태알하의 목에 칼을 들이대고 있다. 긴장한 태알하.

태알하   누.. 누구야..!

파르르 떨리는 태알하의 왼손. 덥석 잡는 은섬의 손.
놀라는 태알하. 그 손에 뭔가를 쥐여주는 은섬.

은섬   이걸 너의 주인에게 전해라.

태알하   그.. 두즘생.. 두즘생이구나..!

은섬   내일 달이 대신전에 걸릴 때, 날 만났던 곳으로 나오라고!

태알하   (긴장하여) ...

은섬   그 전까지 우리 와한의 발톱 하나 으깨지도, 코 하나도 뭉개지 마라..!

하고는 어둠 속으로 사라지는 은섬. 태알하, 꼼짝 못하고 서 있다가
다리에 힘이 풀리는 듯 주저앉는다. 그리곤 손에 쥐여준 것을
보는데, 평범한 남자 상의다. 뭐지..? 하고 보다가,
급히 안으로 들어간다.

S#61. 타곤의 옛집 타곤의 방(밤)

확 펼쳐지는 은섬의 상의. 태알하, 옷을 살피다가 한 곳에
시선이 멈춘 채, 경악한다.
보면, 옷 팔꿈치 부근에 묻은 선명한 보라색 핏자국이다..!

태알하   (경악하여) 타.. 타곤....
           (놀란 얼굴로 고개 확 돌리며) 타곤..!!

S#62. 연맹궁 앞 일각(밤)

(59씬 연결)
이젠 반딧불이가 타곤의 뒤로 몰려와 타곤을 감싸듯이
불빛을 내고 있고, 사람들은 점점 더 열광하고
두 손을 하늘로 들어 올리는 타곤!
보는 사람들은 더욱 열광하고
이를 보는 아사론과 미홀, 큰일 났다 싶다.
모두가 아라문 해슬라를 외치는 모습과 갑자기 나타난 반딧불이에
스스로도 도취된 타곤.

ins.cut.〉 다른 거리 일각, 결연한 표정으로 가는 은섬.
은섬   (뒤돌며, 마음의 소리 E) 타곤, 와한이 다치면 아스달 모두가,
           니가 이그트란 걸 알게 될 거다..!

#. 아라문으로 빙의한 타곤의 열정적인 모습 (cut.)

#. 위기감으로 경악한 태알하의 모습 (cut.)

#. 이를 악문 미소를 짓는 은섬, 3분할 END.

"이그트 박해의 역사" from 하림

쓰러지듯 바닥에 눕혀진 여인의 얼굴이 보인다.
숨을 거둔 여인의 눈동자에서 반짝하고 보라색 빛이 사그라지자,
여인의 머리 뒤로 번져나가는 보라색 피가 땅바닥을 적신다.
그 앞에 누군가가 허리를 굽혀 그 여인을 내려다본다.

하림 (NA.) 이그트.. 태생적으로 꿈을 만날 줄 아는, 뇌안탈과 사람의 잡종...
     하.. 아스달이 그들을 처음부터 불길하고 끔찍하게 여겼던 건 아니었소.

     어두컴컴한 밤하늘 자욱한 구름들 사이로 뜬 평온하게 뜬 반달.
     카메라 틸 다운 하면 평온한 하늘과는 달리 아스달 곳곳에서
     불타는 민가들이 보인다.
     소매로 입을 틀어막은 채 기침하며 집에서 뛰쳐나오는 사람들,
     물을 길어 나르며 불을 끄려 애쓰는 사람들도 보인다.

하림 (NA.) 백수십여 년 전, 아스달 역사상 가장 큰 불이 났던 밤..
     그때부터였죠. 어디서부터 시작됐는지도 모르는 불길은
     삽시간에 아스달을 에워쌌고, 모두가 비탄에 잠겨 있던 그때..
     누군가가 외쳤지요...

연맹男 이그트다! 뇌안탈의 자식들이 불을 질렀다!! (외치는 남자의 모습)

     도망치다 넘어진 이그트 男에 달려들어 칼로 찔러 죽이는 여자들.
     애원하는 여인의 아이를 뺏고는 단숨에 칼로 목을 찌르는 남자,

그리곤 이그트 아이 시체를 마치 짐승처럼 다리 한쪽을 잡아
끌고 가더니, 시체 더미 위로 던지고는 불을 붙인다.

하림 (NA.) 성난 연맹인들은 이그트를 닥치는 대로 잡아 죽이기 시작했소..
뇌안탈만큼 강하지도 못하고 사람만큼 뭉치지도 못했던 이그트들은
속절없이 당해야만 했었지요.. (깊은 한숨)
수백의 목숨이 그리.. 사라졌소..

울부짖는 이그트의 모습. 팍! 하고 보라색 피가 화면을 뒤덮는다.

하림 (NA.) 수백의 생명이 죽었지만, 이그트가 자초한 일이니,
연맹인들은 그저.. 마땅히 대가를 치른 것이라 여겼지..
근데 말이오...

불의 방, 꺼지지 않는 불 주위로 모여 앉은 제관들.
모두 제 앞에 놓인 호리병 안에서 새어나오는 연기를 흡입한다.

하림 (NA.) 제관들... 아사씨들.. 오랜 수련을 하고 나서야 간신히 꿈을 만나는 그들..
아사신의 핏줄이 끊기고 신성을 의심받던 그들이...
적으로 삼기에 가장 좋은 상대가 누구였을까...

첫 컷. 쓰러진 이그트 여인을 내려다보는 누군가 고개를 들면,
아사씨의 신관이다. 비웃듯 잔인한 미소를 짓는다.

하림 (NA.) 그때 이후로, 이그트는 더럽고 불길한 존재가 되었다 합니다..

이그트는.. 건방지게도 꿈을 만나기에.. 그리된 것이오...
다른 이유는... 아무것도... 없었소...

이그트 여인의 시신을 놓고 걸어가는 아사씨 신관의 뒷모습.

세
상
모
든

전
설
의
시
작

6부

S#1. 연맹궁 앞 일각(밤)

모두가 아라문 해슬라를 외치는 모습에 도취된 타곤.

ins.cut.〉 다른 거리 일각, 결연한 표정으로 가는 은섬.

은섬　(뒤돌며, 마음의 소리 E) 타곤, 와한이 다치면 아스달 모두가,
　　　니가 이그트란 걸 알게 될 거다..! (5부 엔딩 지점)

그런 사람들의 반응에 더욱 밀어붙이듯, 타곤의 눈빛과 몸짓에
더욱 힘이 들어가면서 두 손을 하늘로 들어 올리는 타곤!

타곤　나 아라문은 너희를 하늘로 이끄는 배다..!
　　　너희들 중 눈을 뜬 자, 나의 배에 오르라.
　　　나의 배에 올라 위대한 연맹을 이루라..!

보는 사람들은 더욱 열광하고
타곤, 도취된 표정으로 이들을 보다가
정신이 혼미해지며 스르륵 쓰러진다.
그런 타곤을 보며 순간 '웅성' 하는 연맹인들!

그리고 흥분된 표정의 기토하, 연발, 무광 등의 대칸들!
그런 타곤을 보는 단벽. 미홀. 아사론.
그리고 무백의 표정. 그 위로,

ins.cut.〉 5부 33씬 중,

사칸 어제 아스달에서 아비를 죽인 아들이 있을 것이다.

무백 (믿기지 않는 마음의 소리 E) 설마... (하다가 타곤을 확 본다)

그런 아스달 사람들 모두의 풀샷에서.

S#2. 대칸의 막사 안(밤)

흥분한 무광이 들어오는데, 무백이 있다.

무광 형님! 언제 오셨소? 타곤님 보셨어요? 못 봤죠? 아..!

무백, 일어나 다짜고짜 무광의 멱살을 잡는다.

무광 (당황하며) 혀.. 형님 왜 이래요!
무백 니르하가 죽는 건 계획에 없었다! 어떻게 된 거냐..!
무광 아.. 일이 좀 복잡하게 됐어요.
무백 (분노로) 수작 부리지 말고 똑바로 얘기해..
무광 수작이라뇨? (멱살 뿌리치며) 아 이것 좀 놔요.
　　　　그 두즘생 놈이, 예? 니르하를 납치해가지고
무백 (OL) 그래서 그 두즘생이 니르하를 죽였다고?
무광 아니 그럼 누가 죽여요?
무백 (꽝 하며 탁자 친다) 내가!! 지금 하림을 만나고 왔어..!!
무광 누구요? 하림? 약바치 하림?
무백 (이 악물고 또박또박) 하림이. 산웅 니르하의. 시신을. 모셨는데..

무광	모셨는데.. 뭐요?
무백	일자 검흔..! 깊이가 다섯 치!
무광	...!!! 사.. 산웅 니르하의 시신에..?
무백	한 합에 목이 반 이상 잘렸어! 그 두즘생이!
	청동검이라는 건 구경도 못해본! 그 두즘생이!!
	그런 상처를 남길 수가 있어!!? 너 머저리야?
무광	(진짜 타곤이 죽었나 싶은 생각에 살짝 놀라서 멍) ...
무백	똑바로 말해..! 진짜 무슨 일이 있었는지..!!
무광	....
무백	....
무광	(결심한 듯) 젠장! 솔직히! 타곤님이 산웅 니르하를 죽였다 한들
	그게 무슨 상관이요?!

무백, 무광의 얼굴을 주먹으로 친다. 무광 나동그라진다.

무백	(분노를 참으며) 니르하가 아니었으면.. 우린.. 둘 다 오래전에 끝났어..
무광	(화내며) 그리고는 평생 이용해 먹었지, 우릴!
무백	....
무광	하지만 타곤님은 달라! 타곤님은 아라문 해슬라야!!
무백	...!
무광	타곤님은! 진짜..! 아라문 해슬라의 재림이라구!
무백	...!!

무백, 무광을 노려보다가 막사를 나간다.
무광, 무백이 나간 쪽을 노려본다.

S#3. 아스달 전경(낮)

연맹인	(E) 아라문 해슬라시다..!!

S#4. 타곤의 옛집 앞 거리(낮)

연발과 양차, 그리고 대칸 몇의 호위를 받으며 타곤이 지나가는데
타곤을 발견한 사람들이 연호한다. 무릎을 꿇으며 기도하는 사람도
보인다. 미소와 자신감이 가득한 얼굴로 걷는 타곤.

연발   야.. 정말 내가 아라문 해슬라를 모시고 걷다니..! 뿌듯합니다..!
타곤   그만해라.. 난 정말 하나도 기억 안 난다.
연발   신이 임하는 게.. 그런 거죠. 본인은 기억 안 나고...
해투악   (완전 신난 E) 정말 대단했다니까요!

S#5. 타곤의 옛집 타곤의 방(낮)

신나서 떠드는 해투악.

해투악   아가씨! 제 말 듣고 계신 거예요?!

카메라 팬 하면 태알하는 심각하다.
이때, 득의양양한 표정의 타곤이 들어온다.

해투악   (화들짝 놀라며) 어머! 아라문 해슬라님..!
타곤   (미소로) 아.. 너까지 그러지 말고..
해투악   아니 왜요..! 타곤님은..
태알하   (해투악 보며 차갑게) 나가...

타곤, 태알하를 보며 심상치 않음을 느낀다.
해투악도 눈치채고 얼른 나간다.

타곤   (의아) 왜.. 그래?

태알하, 말없이 일어나더니 은섬의 상의를 탁자 위에
확 펼친다. 팔꿈치 부근에 보라색 핏자국이 선명하다...!

타곤	...!!! (경악하여 떨리며) 이.. 이게... 이게 뭐야..!
태알하	그 두즘생 놈이 여길 왔었어...
타곤	...!
태알하	잘못 생각했어. 이그트가 뭔질 알아. 아니, 뭔질 아는 정도가 아니라,
	이 아스달에서 이그트가 어떤 의미인지.. 정확히 알아.
타곤	(불안, 심각) 이것만... 놓고... 사라졌어...?
태알하	오늘 달이... 대신전에 걸릴 때...
타곤	(불안) ...
태알하	날 만났던 곳으로 와라...
타곤	...!!!
태알하	그때까지.. 와한의 발톱 하나 으깨지도... 코 하나 뭉개서도 아니 된다..!
타곤	...!!!!!!

S#6. 하림의 약전(낮)

채은 앉아 있는데, 은섬은 그 앞을 왔다 갔다 하고 있다.

채은	정말.. 타곤님이.. 나올까..?
은섬	(왔다 갔다 하다가는) 나와. 틀림없이 나올 거야.
채은	도대체.. 살 길이 뭐길래 그렇게 확신하는 거야..?
은섬	(왔다 갔다 하며 마음의 소리 E) 이그트... 타곤은 이그트니까...
	(문득 생각난 듯 채은 보며) 근데 말야..
	여기서 이그트는 불길하다면서.. 넌 괜찮다고 했어..
	심지어 뇌안탈이 예쁘다고까지 했어. 넌 왜 괜찮은 거야?
채은	(당황) 나는 그냥.. 뭐... (둘러대며) 어디서 주워들었어.
	나도 본 적은.. (자신 없게) 없지..

은섬	.. 그런 정도로 날 그렇게 도와준 거라고?
채온	그건!! 넌 이상하게 낯이 익어서..
	(하다가 확 말 돌리며) 너 정말 안 알려줄 거야? 살 길이 뭔데?
은섬	(역시 말 돌리며 OL) 미홀..? 너 미홀이라는 사람 알아?
채은	(보다가는 뭔가 싶은 듯) .. 너.. 진짜 대중없다..
은섬	타곤의 집에 그 사람 딸이 있었어.
채은	.. 딸..? 아, 태알하...!
은섬	태알하? 그래... 그 사람들 얘기 좀 해줘봐.
채은	무슨 얘길 해달라는 거야?
은섬	무슨 얘기든...! 타곤에 대한 것이면 뭐든지..!

S#7. 타곤의 옛집 타곤의 방(낮)

태알하 있고, 타곤은 탁자 위의 옷자락을 보며, 의자에 앉은 채,
두 손으로 얼굴을 감싸고 괴로워한다.
태알하, 그런 타곤에게 다가가 타곤의 손을 내리고 두 손으로
얼굴을 잡아 자신을 보게 한다.

태알하	(단호한) 정신 차려..
타곤	(태알하의 두 손 안에 있는 타곤의 얼굴은 아직 짜증 불안)
태알하	타곤... 우리 할 일이 많아. 단벽은 내가 맡을게..
	하지만 이건 니가 해결해야 돼.
타곤	...
태알하	그 두즘생은 결코 이걸 퍼트리지 못해. 와한족이 살아 있는 한.
타곤	(아직 짜증스러워 눈을 감아본다)
태알하	놈이 만나자고 한 건 오늘 밤이야. 니가 나가야 돼.
타곤	(눈을 감은 채 심호흡을 한다)
태알하	나가서 죽여.
타곤	(눈을 뜬다. 태알하를 보며 태알하의 손을 천천히 푼다)
태알하	가서 입을 닫고 오라고.

타곤	(이미 냉정해진 말투) 도와주는 사람이 있어.
태알하	....?
타곤	(물을 마시고는) 두즘생이 아버지의 이름을 알고, 말을 탔고, 이그트를 알아!
	이그트가 아스달에서 어떤 의미인지도 알잖아...!
태알하	... 세상에 어떤 연맹인이 두즘생을 도와?
타곤	두즘생이 혼자서 그 짧은 동안에
	이걸 모두 알아낼 수는 없어... 아스달 사람 중에
	분명히 돕는 사람이 있어, 또..!
태알하	... 만나자고 한 곳이 장터 한복판... 니가 그 두즘생을 죽이면...
타곤	그 돕는 사람한테 다 퍼뜨리라고 했을지도 모르지.
태알하	(걱정) 그럼 어떡하지..? 어째야 하지..?
타곤	..... (골똘하게 뭔가 생각하는 듯)
태알하	타곤...!
타곤	(벌떡 일어서며) 와한족..!
태알하	와한족 뭐?
타곤	처형부터 중지시켜야 돼!
태알하	(경악) 처형하라고 했어???!!

S#8. 군검부 훈련장 (낮)

위병단이 처형대와 잘린 목을 꽂을 긴 장대를
와한의 수대로 들고 오고 있다. 이때 무광과 박량풍 등 온다.
무광, 들고 있던 큰 청동검을 한번 휙 휘둘러보더니

| 무광 | (위병단에게) 이제 데려와! |

S#9. 군검부 지하감옥 안 (낮)

천장의 창살을 통해 햇살이 들고 있다. 창살에서 물이 똑똑 떨어진다.

탄야는 아직도 흰 늑대 그림만 보고 있고, 다들 울어서인지 눈은 빨갛고,
아무도 입은 떼지 못하고 있다.

열손   (천장 보며 처연) 마지막 판가름이다..
        목이라도 붙어서 죽어야.. 흰늑대할머니에게 찾아갈 수 있다...
        이젠 여유가 없으니.. 각자 알아서.. 정한다..
모두   (잠잠한데)
검불   (결심한 듯) .. 난.. 흰늑대할머니한테 가야겠다..!
모두   (보는데)
검불   (둔지 보며) 둔지..!
둔지   (눈이 빨개져서 검불 본다) ...
검불   (간절하게) 난 우리 돌돌이한테 가야 한다. 내 목을 졸라라.
둔지   난.. 난 못한다..!
검불   너의 동무, 검불이 바란다.. 제발..!

        검불, 둔지의 팔을 억지로 자신의 목에 갖다 댄다.
        둔지, 목을 조르지 못하고 팔을 빼지도 못하고 엉엉 운다.
        검불도 엉엉 운다. 모두 같이 우는데..

탄야   (차분해져서는) 판가름은 다 같이 와한의 길을 정하는 것..
열손   (탄야 보며) ...
탄야   그동안 우린 뭐든 함께했다.. 힘든 것도.. 즐거운 것도..
        각자 정하는 건.. 판가름이.. 아니다...
둔지   맞다, 열손..! 판가름의 마지막은 씨족아부지가 현명한 생각을 하는 거다!
터대   맞다! 씨족아부지가 해야 한다!
열손   (눈을 질끈 감고) .. 하...

        하는데, 이때 위에 뚫린 창살 위에서 위병단의 소리가 들린다.
        "와한족 새끼들, 처형장으로 끌고 오라신다..!"
        그 소리에 놀라는 와한들, 모두 간절하게 열손을 본다.

열손	... 나 열손.. (떨리는 목소리로) .. 현명한 생각을.. 하겠다..
모두	... (눈물을 떨구며 열손을 본다) ..
열손	.. 모두..
모두	...
열손	.. 자기 옆의..
모두	....
열손	.. 동무를.. (하며 자기 옆을 보니 탄야. 결국 눈물이 확 터지며) 못한다..
탄야	(같이 눈물 터진다) ...
열손	(울면서) 내가.. 내가.. 씨족아버지랍시고 지금까지 우리의 일을 결정했다. 하지만.. 이건.. 못하겠다.. 아니.. 다 아무것도 못하겠다..

모두 열손과 함께 울고, 탄야, 그런 열손 보며 마음이 아픈데.

달새	(벌떡 일어나 울부짖으며) 왜들 울어?! 그만 울어! 난! 목이 잘려서 죽어도 좋고! 흰늑대할머니한테 못 가도 상관없어..! 난 그놈! 올미 죽이고 돌돌이 목 친 그놈..! 그놈만 죽이면 돼..!

하는데 이때 문이 열린다. 모두 '죽이러 왔구나!' 완전 긴장!!!
갑자기 달새, 눈빛이 희번덕하더니, 다짜고짜 확 달려든다!
들어오던 타곤, 가볍게 달새를 한쪽 손으로 제압한다. 나뒹구는 달새!
놀라 보는 와한족들. 타곤과 기토하다.
보면, 타곤이 쭉 와한족들을 본다. 와한족들, 모두 시선을 피한다.

기토하	(모두에게) 너희 씨족의 은섬이란 짐승에 대해 알고자 한다. 누가 가겠는가!?
탄야	(역시 시선을 피한 채로, 마음의 소리 E) 은섬이..?!

기토하와 타곤 훑어보는데 모두 시선을 피한다.
탄야, 뭔가 결심한 듯, 그림 그리던 돌을 본다.
돌이 날카롭게 부서져 있다. 날카로운 돌을 꼭 쥐는 탄야.

탄야의 손에 피가 배어 나온다. 탄야의 눈빛이 형형하다.
그러다가 탄야, 싹 고개를 든다. 타곤과 눈이 마주친다.
탄야, 시선을 피하지 않는다. 타곤, 다가온다. 떨리는 탄야.
타곤, 벽에 그려져 있는 흰 늑대 그림을 본다.

타곤	(피식하며) 이런 게.. 너희를 지켜주는 거야?
탄야	.. 내가.. 가겠다...

타곤, 그런 탄야를 본다. 그리고는 말없이 나간다.
그러자 기토하가 탄야를 끌고 나간다.
와한족들은 끌려 나가면 죽는다고 생각하기에 '탄야!!'를
외치며 눈물 흘리는데..

S#10. 군검부 3층 건물 망루(낮)

타곤, 망루처럼 터져 있는 곳에서 밖을 보며 뒤돌아 서 있다.
이때, 기토하가 탄야를 데리고 들어온다.

기토하	데리고 왔습니다.
탄야	(타곤의 뒷모습을 보며 마음의 소리 E) 은섬아.. 이제 내가 주문을 풀어줄게.
타곤	(뒤돌아보지 않고) 두고 나가거라.

기토하 나간다. 탄야, 타곤의 뒷모습을 본다.

탄야	(마음의 소리 E) 주문을 건 내가 죽으면.. 니 주문도 풀릴 거야..
타곤	(뒤돌아보지 않은 채, 밖의 풍경 보며) 저 어마어마한 건물, 휘황찬란한 장터에, 좋은 옷과 수십 수백 가지의 물건들... 다 처음 봤겠지...?
탄야	(돌 꼭 쥐며, 마음의 소리 E) 주문이 풀리면.. 살아남아서.. 훨훨 날아가.. 은섬아...
타곤	저기 저 연기 보이지..? 불난 게 아냐. 불의 성채란 곳이지..

탄야	.. (그제야 연기 나는 곳을 본다) ..
타곤	불의 성채에선 늘 연기가 나..
	저 연기가.. 우리에게 이 많은 것들을 가져다줬다.
탄야	.....
타곤	너희도.. 그런 걸 누릴 수도 있었는데.. 그 은섬이란 놈만 아니었으면..

하며 타곤, 뒤를 돈다. 탄야, 타곤을 본다.

타곤	그놈이 아스달에 와본 적이 있나..?
탄야	.. (타곤의 목덜미를 보며) ...
타곤	(대답이 없자 살짝 짜증) 도대체 그놈이. 연맹장을 어찌 알며..
탄야	.....
타곤	어떻게 연맹장이 있는 곳에 정확하게 나타날 수 있지..?

탄야의 표정. 그리고 날카로운 돌을 꼭 쥔 손 클로즈업.

탄야	(오로지 죽일 생각) ...
타곤	그 두즘생 놈이 말을 타.. 말 타는 법은 어떻게 알지?
탄야	... (타곤의 목덜미를 본다.)
타곤	(신경질적으로) 이아르크 어디에도 말을 타는 놈은 없어...
탄야	.... (마음의 소리 E) 한 번에 숨통을 찔러야 해..
타곤	(가까이 다가와서는) 그리고.. 너희들.. 혹시.. 이그트란 걸 알아..?
탄야	... (계속 타곤의 목을 본다)
타곤	뇌안탈을 알아..?
탄야	... (계속 타곤을 본다)
타곤	(이젠 탄야에게 얼굴을 확 들이대며, 버럭) 보라색 피!!
탄야	...!!!
타곤	이그트는 사람과 뇌안탈 사이에서 태어난 괴물이야, 피는 보라색이고!
탄야	(놀라서 본다)
타곤	사람이 신의 축복이라면 이그트는 신의 저주지!
	불길하기 짝이 없는 놈들..! 그래서 이곳에선 이그트가 보이는 순간,

탄야	...!
타곤	모두 죽여버린다..!
탄야	(긴장하여 떠는데)
타곤	(계속 얼굴 가까이 하며) 왜 갑자기 떨지..?

하는 순간 탄야, 손을 뻗어 가까워진 타곤의 목을 공격한다!
그러자 타곤, 한쪽 손으로 탄야의 공격을 가볍게 막아내고,
빠르게 다른 쪽 손으로 탄야의 목을 확 쥐어 한 손으로 든다.
들려서 캑캑거리며 괴로워하는 탄야.

타곤	아스달에서 이그트는 그런 존재야 근데!
탄야	(캑캑) ...
타곤	아스달에 온 지 얼마 되지도 않는 두즘생 새끼가.. 어떻게 그걸 아냐고..!

탄야, 계속 괴로워하고 그런 탄야를 노려보는 타곤!
타곤, 보다가는 신경질적으로 그냥 놔버린다.
아래로 쿵 떨어지는 탄야. 엎어져서 목을 잡고 캑캑거린다.
타곤, 신경질적으로 돌아서 창밖을 보며 마음을 가라앉히려 한다.

탄야	(엎어진 채 목을 수습하고는) 겁쟁이들...!
타곤	(돌아본다) ... 겁쟁이?
탄야	(타곤 똑바로 보며) 자신과 다른 걸 두려워하니까..! 그래서 죽이는 거지...!
타곤	...!
탄야	우리 와한은 그런 마음을 가지지 않아.
	땅은.. 이름 없는 풀은 내지 않는 법이니까..
타곤	(보며) ...
탄야	이그트란 것도 그 이름이 있을 땐, 존재하는 까닭이 있는 거야.
타곤	(그런 탄야를 본다)
탄야	(이제 죽겠거니 싶어서 눈을 감으며) ... 죽여라...
타곤	(E) 나가..
탄야	...!!!

타곤	나가라고.. 내 앞에서 꺼지라고... 니네 씨족한테 돌아가라고..!
탄야	(천천히 일어나다가는 문득) 왜.. 날 죽이지 않지..?
타곤	...
탄야	니네한테 우린 개미보다 못하잖아. 더구나 난 널 죽이려 했어.. 근데 왜..
타곤	(어이없다는 듯 피식) 못 죽이게 됐어... 죽이기는커녕..
탄야	...?
타곤	발톱 하나 으깨지도 못하고 코 하나 뭉개지도 못하게 됐네, 빌어먹을..!
탄야	(경악) ..!!

타곤, "밖에!" 소리친다. 기토하, 들어와서 탄야를 데리고 나간다.

S#11. 군검부 복도(낮)

탄야, 기토하에게 끌려가고 있다. 탄야의 놀란 얼굴.

ins.cut.〉 2부 20씬 중,

은섬	걱정 마, 그동안 별일 다 있었지만.. 죽기는커녕, 발톱 하나 으깨지지도 않았고 코 하나 뭉개지지도 않았으니까!

탄야	(마음의 소리 E) 은섬이야..!

S#12. 군검부 지하감옥 안(낮)

탄야, 떠밀려서 들어온다. 열손, 달새, 뭉태, 북쇠, 터대 등이
탄야에게 다가간다.

탄야	(멍하게) ... 우리.. 죽지 않을 것 같아요.
달새	...? 그게 무슨 소리야?
탄야	그랬어요.. 우릴 죽이지 못한다고..

뭉태	더 얘기해봐! 갑자기 그게 무슨 소리야!
탄야	그놈이.. 이렇게 얘기했어요.
모두	(탄야를 주목하며) ...
탄야	너희들을 죽이기는커녕..
모두	(주목한다) ...
탄야	발톱 하나.. 으깨지도..
모두	(경악하여) ...!
터대	코 하나 뭉개지도..?
모두들	(어리둥절 놀라 서로를 보며)
달새	은섬이?
북쇠	은섬이가 뭔가 하고 있구나..! 우릴 살리려고..!

하면 모두, 무서우면서도 기대하는 표정으로 서로를 본다.
탄야, 벅차서 와한들을 본다.

S#13. 군검부 3층 건물 망루(낮)

밖을 보고 있는 타곤. 멀리 '산웅이 죽은 3층 건물'이 보인다.

S#14. 장터 3층 건물 안(낮)

비어 있는 듯하지만, 카메라 팬 하면 쉬마그를 쓴 은섬이
한쪽 구석에서 줄을 가지고 뭔가를 만들고 있다.

해투악	(소리치며 E) 왜 이러세요?

S#15. 장터 일각1(낮)

장터 가운데서 경비를 서고 있던 위병들이 해투악을 추포하고 있다.
편미가 급히 와서 해투악의 얼굴을 확인한다.

편미   해투악.. 맞네.. 태알하님 어딨어!
해투악   흥! 그걸 왜 얘기해야 돼요, 제가?
편미   (위병단에게) 얘들아! 끌고 가..!

위병단들, 해투악의 양옆으로 서서는 끌고 가려고 하자
해투악의 한쪽 옷에서 가죽 서찰이 툭 하고 떨어진다.
편미, 서찰을 집어 들자, 해투악 '안 돼요' 하는데 빼앗긴다.
그런 편미를 보는 해투악의 표정 위로,

ins.cut.〉 새로 찍는 회상, 타곤의 옛집 타곤의 방(낮)
태알하   너랑 나를 잡으라고 단벽이 명을 내렸대..
         넌 이걸 들고 위병단한테 자연스럽게 잡히기만 하면 돼.

해투악, 서찰을 든 편미를 뒤로 힐끔힐끔 보며 끌려간다.

S#16. 연맹궁 위병 총관실(낮)

단벽과 대대, 편미 있는데

편미   해투악을 추포했습니다..!
단벽   ...! (일어서며) 태알하는?
편미   해투악 혼자 있었습니다. 그리고 이걸 (서찰을 내밀며) 가지고 있었습니다.
         미홀님께 보내는 글발이랍니다.
단벽   (서찰을 받아 펼치는데) 해족의 문자구나...
         (옆에 대대에게 넘기며) 읽어보게.

대대, 받아 보고는 당황하는 표정.

단벽	... 무슨 내용이냐?
대대	(서찰을 보며) 아버지. 새한마높에게 다음 지시를 받으시는 대로,
	전달해주세요.
단벽	새한마높?
대대	일이 급합니다.... 태알하... (하고 단벽 본다)
단벽	(뭐지? 하는 느낌으로) ...
대대	아니.. 산웅 니르하께서 하늘로 돌아가신 판에 누가 미홀님에게 지시를..?

의아한 단벽의 표정 위로, ins.cut.〉 5부 37씬 중,

단벽	신성재판 날 아침부터.. 안 보이십니다. (cut.)
미홀	(약간 당황하며) .. 아.. 그날 몸이 많이 안 좋아져서 니르하의
	명도 행하질 못하고 쉬고 있습니다. (cut.)

단벽	(심각, 마음의 소리 E) 미홀... 거짓이었던가..
	그리고.. 새한.. 마높...?

S#17. 대신전 아사론의 집무실(낮)

불쾌감과 위기감이 가득한 아사론, 미홀 있다.

미홀	연맹인들의 분위기는 보셨지요?
아사론	(이를 꽉 깨문 채 부들부들 떠는) ....
미홀	(부추기며) 지금 이대로 아라아지가 열린다면,
	타곤이 연맹장입니다..! (자막: 아라아지: 전체 씨족장회의)
아사론	.. (금단 증상인지 초조 불안과 짜증이 솟구친다)..
미홀	대제관 니르하께서 영능을 인정했고,
	그 힘으로 산웅 니르하의 올림사니까지 했어요..!
아사론	....
미홀	이 상태로 연맹장까지 된다면, 산웅 니르하와는 비교도 안 되는

힘을 갖게 됩니다.

아사론	....
미홀	제가 단벽을 설득하겠습니다!
아사론	....
미홀	타곤을.. 치시지요.!
아사론	.. (초조, 불안) 내일 새벽 때가 되면 신탁을 받겠다..
미홀	급합니다. 지금이 아니면 앞날을 헤아리기 어렵습니다...!
아사론	....
미홀	단벽이 외곽의 위병단도 성내로 들어오라 명했습니다.
	이제 수적으로 대칸을 압도할 것입니다..!
아사론	(초조, 불안) 자네가 단벽을 진정 움직일 수 있겠는가..?
미홀	(고개를 숙이며) 허락해주신다면..! 반드시 해내겠습니다..
아사론	.. (초조, 불안) 명분은...?
미홀	...!!! 산웅 니르하의 죽음을 방조했거나,
아사론	....
미홀	아니면, 직접 살해한 것이겠지요..
아사론	......

S#18. 연맹궁 위병 총관실(낮)

단벽, 혼자 고민하고 있는데, 들어오는 미홀.

미홀	단벽님.. 제가 바로 묻겠습니다.
단벽	....
미홀	만약에 산웅 니르하께서 둘 중 하나를 죽이고자 하셨다면
	아사론이겠습니까? 타곤이겠습니까?
단벽	.. (답을 알아서 말 못하는) ...
미홀	단벽님도 아실 겁니다. 타곤이 답이라는 걸.
	산웅 니르하께서 그리도 미워하실 땐 몰랐습니다.
단벽	....

미홀	타곤은.. 요물입니다. 쳐내야 합니다..!
	그러지 않으면 타곤이 연맹장이 됩니다.
단벽	....
미홀	그러니 우리가 힘을 합쳐 아사론 니르하를 연맹장으로 만들고!
단벽	....!!! 뭐라고요? 아사론을요?
	아버지께선 아사씨의 전횡을 막기 위해, 일을 꾸미시다
	이리되셨습니다. 헌데 뭐요?
미홀	지금은 타곤을 먼저 제거하고 다음을 생각하는 게 맞아요.
	그러니 위병단을 이끌고 가서 타곤을 추포하세요..!
단벽	..!!!!! 무슨 이유로 형님을 추포한단 말입니까..!
미홀	산웅 니르하를.. 타곤이 살해했다..
단벽	...!! 이런.. 말.. 말도.. 안 되는..! ... 그만하시오! (하고 돌아서려는데)
미홀	제 딸 태알하가..
단벽	(멈칫)
미홀	여마리였다는 걸 짐작하실 겁니다.. 제가.. 아는 게 있습니다..!
	타곤이 산웅 니르하를 살해한 겁니다..!
단벽	(돌아서며) ...
미홀	단벽님! 저를 믿고 위병단을 몰고 가 타곤을 추포하세요!
	그리고 그 두즘생 놈을 잡으면 반드시 바른 말이 나올 겁니다..!
단벽	(미홀 보며) ...
미홀	(간절하게) ...
단벽	미홀님... 혹시... (툭 치고 들어오는) 새한마높이란 자를 아십니까?
미홀	(뜬금없는 소리에) 새한.. 마높? 그게 누굽니까?
단벽	...!!! (마음의 소리 E) 당신 딸이 당신한테 한 말인데 왜 나한테 묻습니까!?
미홀	(재촉하듯) 단벽님. 어서 타곤을..
단벽	(OL) 아버지의 죽음에 대해서 아시는 게 있다면 말씀을 하시고
	증좌가 있다면 가져오시지요..!
	(하고는 나가며 마음의 소리 E) 새한마높이 아사론이었던 건가..!
	애초부터 아사론과 함께였던 것인가..!!

미홀 미치겠는데, 여비 들어온다.

| 미홀 | 안 되겠다. 밤에 해족 병사를 움직여야겠다. |
| 여비 | .. 예. |

S#19. 타곤의 옛집 타곤의 방(밤)

태알하, 청동거울 앞에서 화장을 하고 있고
그 뒤에 길선이 보고하고 있다.

길선	단벽님과 미홀님의 큰소리가 문밖을 넘었습니다.
태알하	(피식 웃으며) 그래요..? 역시 단벽님이네, 강직해서... (피식)
길선	헌데 이 중요한 때 타곤님께선...?
태알하	.. 응, 이렇게 중요한 때에 더 중요한 일, 하러 갔어요...!
	(마음의 소리 E) 타곤.. 이 고비만 잘 넘기면 돼, 부디...!

S#20. 장터 3층 건물 앞 거리(밤)

어둠 속을 얼굴을 가린 누군가가 나타난다.
타곤이다. 주위를 살피고는 계단을 오른다.

S#21. 장터 3층 건물 안(밤)

문이 열린다. 들어오는 타곤.
새어 들어오는 달빛이, 한가운데 의자를 비추고 있다.

| 타곤 | (주변을 둘러보더니, 한쪽 어둠 속을 바라보며) 거기 있는 거 알아, 나와. |
| 은섬 | (E) 거기에 앉아. |

타곤, 천천히 의자로 걸어간다. 그런 타곤을 훑어보는 은섬의 시선.
타곤의 이마, 코, 입술, 목덜미를 이상한 감정으로 본다.

은섬   (마음의 소리 E) 나와 같은... 보랏빛의 피가 흐르고 있다.. 저 안에..

타곤, 의자 양쪽 팔걸이에 있는 올가미를 보곤 피식 웃는다.
이때 어둠 속에서 은섬의 목소리가 들린다.

은섬   (E) 앉아. 허튼짓하면 난 바로 사라질 거야.
타곤   하... (하면서 순순히 의자에 앉는다)
은섬   (E) 올가미에 팔을 넣어서 당겨.

은섬이 지시한 대로 하는 타곤.
그제야 뒤쪽에서 은섬이 나오는 소리가 들린다.
이때, 오른팔걸이에 묶인 자기 팔에 힘을 확 주는 타곤.
그러자 오른팔걸이가 한 번에 우지끈! 하고 끊어진다.
놀란 은섬, 경계하며 칼을 들어 자세를 취하는데

타곤   (앉은 채로) 이그트는 사람과는 많이 달라.. 뇌안탈만큼은 아니지만.
         너야 잘 모르겠지..
은섬   (마음의 소리 E) 잘 알지...
         (하고 타곤에게) 허튼짓하지 말랬지. 사라질까..?
타곤   아.. 미안.. 계속해봐...
은섬   우리 와한 사람들은 어딨지?
타곤   무사해. 처형도 중지시켰어...
은섬   (뒤에서 괴로운 듯 고개를 숙인다) 풀어줘. (고개 들며) 모두.
타곤   절대 안 되지.
은섬   내가 데리고 이아르크로 사라질게.
타곤   (피식) 널 어떻게 믿고?
은섬   나 와한의 은섬은 약속을 지킨다!
타곤   넌 날 믿어?

무릎까지 꿇고도 아버지를 죽이는 날 봤는데..?

은섬 ....

타곤 내가 이아르크 끝까지 따라가서 너하고 니네 씨족 다 죽이면 어쩌려고?

은섬 풀어주지 않을 거면, 어쩔 건데?

타곤 비록 노예지만 괜찮은 자리를 약속하지.

은섬 ....

타곤 아마 이아르크에선 사냥이 안 되면 제대로 먹지도
    못했겠지만 여긴 그럴 일은 없어.

은섬 ....

타곤 내가 이그트인 걸 떠들면 니네 씨족은 몰살이야.
    (이 악물며) 내가 이그트인 걸 들켜서 연맹인들에게 갈갈이 찢기기 전에,
    (살벌하게) 니네 씨족은 다 죽이고 죽을 거야..!

은섬 그럼 니가 이그트인 걸 모두가 알게 할 거야!

타곤 그래! 그래서.. 이제 와한족은 내 목숨이야!
    넌 내 비밀을 갖고.. 난 와한족을 갖는 거야..

은섬 ....

타곤 넌 내 비밀을 지키고, 난 와한을 지키는 거지. 똥 같은 일이지만.

은섬 (나지막이 OL) 왜....

타곤 ...

은섬 날 죽여서 입을 막으려고 하지 않지..?
    니 말대로 이그트는 그 정도 힘은 있잖아.

타곤 실패하면? 정말 곤란하지... 성공했다 해도...

은섬 ....

타곤 니가 누구한테 내 비밀을 이미 얘기했으면?

은섬 ... 한결같이 사람을 못 믿으니, 오히려 믿음이 가네..

타곤 (짜증과 진심인 마음을 담아) 어쩔 거야?

은섬 좋아.. 난 입을 닫겠다. 와한이 살아 있는 한.

타곤 너희 씨족 죽이지 않겠어, 니가 입을 닥친다면..! 하지만..!!
    언젠가.. (잔인한 미소로) 내 비밀을 아는 널, 반드시 찾아내 죽일 거야..

은섬 언젠가 반드시 난 아스달로부터 와한을 구해낼 거야.

타곤 (피식) 우리 아스달은.. 결국 이 세상 전부로 뻗을 거야.

너도 대흑벽의 거대한 사다리를 봤겠지.. 구해내면? 어디로 갈 건데..?
니들 세상이 남아 있을까..?

은섬   ...! (당황했지만 아무렇지 않은 척) 글쎄.. 구해내고 생각해보지..

하고는 어둠 속으로 사라지는 은섬.
타곤, 신경질적으로 나머지 한쪽 팔에 힘을 주자,
팔걸이가 확 부러져버린다.

S#22. 아스달 길 일각1(밤)

은섬, 빠르게 달리다가 헉헉거린다.
인적이 드문 곳에 이르자 뒤를 돌아보는 은섬. 안 따라오는 것을
확인하고는 그제야 안도가 되는 듯 긴 한숨을 내쉰다.

은섬   (마음의 소리 E) ... 탄야야.. 살아 있어야.. 해. 꼭 다시 구해낼게...

S#23. 타곤의 옛집 타곤의 방(밤)

태알하 있는데 들어오는 타곤.

태알하   (다가와서는) 어떻게 됐어?
타곤   걱정 안 해도 돼.
태알하   어떻게 했는데?
타곤   (피곤한 듯 침대 누우며) 눈 좀 붙이고 나서.. 그때 얘기해줄게.
태알하   (피식) 잘됐나 보네. (타곤 보다가는 돌아앉으며) 또.. 해낸 것 같네. (미소)
         그동안 넌 항상 냉정하고, 침착하고,
         생사가 갈리는 순간에도 두려워하지 않고 오히려 기회를 잡고...
타곤   (돌아서 보며) ...
태알하   (미소 멈추고) 근데 왜, 이그트 문제에만 어린애처럼 정신을 못 차릴까?

타곤	그러게... 웬까...
태알하	그러면서... 사야는 또 왜.. 데려오고..
타곤	.. (누운 채) 사야? 그게 누군데?
태알하	(어이없어하며) 누군데..?!! 내가 걜 어떻게 키웠는데!
타곤	.. (돌아누워 태알하 본다)
태알하	20년 전쯤.. 니가 나한테 갑자기 맡겼던.. 아기 이그트.
타곤	걔가 왜 사야야?
태알하	아! 내가 그 얘기 안 했나? 자기가 지었어 어느 날.
	자길 앞으로 사야라고 부르라고 하더라구.
타곤	(누워 피식 웃으며) 걔 여전히 불의 성채, 그 탑에 갇혀 있어?
태알하	20년 동안 갇혀만 있었으면 돌아버렸겠지. 가끔 밤에 나가기도 해..
	(보며) 그 정도 앞가림은 하게 가르쳤지.
	이그트인 게 들키면 죽고 사는 문제란 건 잘 알고 있어.

S#24. 불의 성채 필경관 + 중앙마당(밤)

(자막: 불의 성채: 해족의 주거지)
불의 성채의 제일 꼭대기 탑이다.
탑 안에 누군가가 창밖의 달을 보며 서 있는 듯한 실루엣.
그 실루엣의 시선이 아래쪽을 향한다.
시선이 향하는 곳을 보면, 불의 성채 정문이 열리며 수레가 들어온다.
해족 병사들이 수레문을 연다.
보면, 와한족들이 모두 입에 재갈이 물린 채 가득 타고 있다.
와한족들을 수레에서 우르르 끌어내리는 해족 병사들.
탄야, 열손, 달새 등등 경계심과 공포로 두리번거리는 모습.

뭉태	(탄야 보며, 마음의 소리 E) 여긴 또 어디야..? 여긴 뭐야 도대체...
달새	(역시 탄야 보며, 마음의 소리 E) 그러니까.. 어떻게 된 거지..?

탄야, 탑을 올려다본다. 그 위로,

ins cut.) 새로 찍는 회상, 군검부 지하감옥 안(밤)

모두 잠든 가운데, 홀로 깨 있는 탄야.

밖에서 병사들 목소리가 들린다.

해족병사2　(작은 E) 불의 성채로 데려간다고?

탄야　(연기가 피어오르는 탑을 다시 올려다보며 마음의 소리 E) 여기가.. 불의 성채!

그런 그들을 보는 탑 안의 실루엣과 풀샷에서

S#25. 대칸의 막사 전경(아침)

타곤　(버럭 E) 뭐??!!!

S#26. 대칸의 막사 안(낮)

버럭 하며 탁자를 쾅! 내려치는 타곤.

연발, 기토하, 무광, 양차 등등 대칸들, 영문을 모르는 얼굴로 서 있다.

타곤　사라지다니?? 와한족이 어디로 사라져!!!

연발　저.. 사라진 게 아니구... 이송됐다고..

타곤　어디로..!?!!

길선　(급히 들어와 인사하고) 타곤님, 지금 장터 제화단에서 필경장 대대가..

타곤　대대가.. 뭐?

S#27. 장터 상징물 앞(낮)

사람들이 모인 앞에서 대대가 제화단 위에서 문서를 들고 읽고 있다.
대대의 말을 복창하는 복창꾼들.

대대	산웅 니르하를 살해한 두즘생은 들어라! 내일 해가 뜨기 전까지 연맹궁 앞으로 스스로 오지 않는다면! 너희 씨족의 껍질을 벗기고 목을 잘라 아우성의 숲에 높이 걸어두리라!
복창꾼들	(모션을 섞어가며 큰 소리로 복창)
사람들	('그래야지' '내가 하게 해주시오' 등등 웅성웅성)
대대	또한 이 얘길 들은 연맹인들은 이 얘기가 그 두즘생의 귀에 들어가도록 모두모두 떠들고 다니도록 하라!!

사람들 틈에 끼어 이를 보고 있는 채은, 스천!!! 경악한다!!!

S#28. 연맹궁 대회의실(낮)

미홀과 아사론이 앉아 있다.

미홀	자기 씨족을 구하겠다고 그 황당한 일을 벌인 놈이니.. 들으면 반드시 나타날 겁니다!
아사론	나타나서... 산웅은 지가 죽였다고 하면...?
미홀	니르하. 진실은 중요하지 않습니다. 그놈에게 나올 말은 단 하나.. 타곤이 산웅 니르하를 죽였다! 바로 그것입니다. 아니라면 그렇게 만들어야죠...
아사론	(한숨) ...
미홀	나타나지 않는다면.. 가짜 두즘생이라도 준비하겠습니다..! 어차피 그놈 얼굴은 아무도 모르지 않습니까..?

S#29. 불의 성채 중앙마당(낮)

가운데에 있는 해족의 큰 중앙마당 뒤로 해족의 주거지가 보인다.
중앙마당 오른쪽에 필경관이, 위쪽에 청동관 건물이 있다.
청동관 앞에 무수히 쌓여 있는 푸른 동광석이 보인다. 옆으로는 부서진
거푸집과, 고장 난 활과 칼 등 청동 무기들이 한 무더기 쌓여 있다.
그 옆 한쪽 구석에 묶인 와한족들이 있다.

탄야   (심각한, 마음의 소리 E) 내가 생각한 게 맞다면....
         (하면서 확 고개를 들어 청동관의 굴뚝과 연기를 본다)

탄야, 계속 심각한 얼굴로 하얗게 피어오르는 연기를 보고 있다.
불안한 뭉태, 보면 옆에 열손도 하늘을 멍하니 쳐다보고 있다.
뭉태와 달새 등 모두들 따라서 멍하게 하늘을 쳐다본다.

북쇠   (무서워하며) 뭘 태우나 본데.. (생각난 듯) 우릴 태워 죽이려는 거 아녜요?!
열손   (마음의 소리 E) .. 저건 산 것을 태우는 게 아니다.. 저건..
탄야   (연기 보다가 열손 확 돌아보며) 그럼 뭘 태우는 건데요..?
열손   (놀라) ...!!!
탄야   산 것이 아니면 뭔데요? (하며 다시 연기 본다)
열손   (놀라 탄야 보며) 글쎄... 그건 잘.. (하며 탄야를 뚫어지게 본다.)
탄야   (심각하게 굴뚝을 보다가, 마음의 소리 E) 만약 당신이.. 우리를 살려야 하는
         거라면.. 빨리 우릴 찾아내..!

이때, 탄야의 얼굴에 번쩍! 하고 햇빛이 반사된다.
탄야, 고개를 획 돌려 탑을 본다. 탑 위에서 다시 뭔가 번쩍한다!
찡그리며 보는 탄야.

은섬   (경악 E) 뭐라고?

S#30. 하림의 약전(낮)

은섬이 놀라고 있다. 앞에 채은 있다.

채은   어. 나타나지 않으면 다 목을 자르겠대.
은섬   (배신감과 분노에 이를 악물고) 타곤.. 그새 약속을.. 어기겠다..? (일어선다)
채은   어쩌려고? 나가서 그 타곤의 비밀인지 뭔지 다 퍼트리려고?
        그러면, 너희 씨족들은 바로 다 죽어.
은섬   (나가려다 멈칫) !
채은   그니까.. 애초에 말이 안 되는 거였어. 이거..
은섬   (의미심장한) .. 아니.. 퍼트리지 않아.
채은   그럼?
은섬   ...... 우리 와한에겐 없고 여기엔 있는 게 있어.
채은   ..?
은섬   내가 연맹장을 잡을 때, 연맹장을 놓고 두 패거리가 싸웠어...
        연맹장은 씨족아버지 같은 거라며. (피식) 그런 건 처음 봐.
채은   ... 근데?
은섬   또 연맹장이 나한테 그랬지. 자기 아들 타곤이 자길 죽이려 한다고..
        자기가 타곤을 죽이려 했기 때문이래... (피식)
채은   뭔 소리야?
은섬   여긴.. 편이라는 게 있어. 같은 울타리 안인데도..
        서로 편이라는 게 있고 패거리가 달라.. 너무 신기하게도..
채은   ...!
은섬   같은 울타리 안에 친구와 적이 함께 있어.
        와한의 적은 항상 울타리 밖에 있었는데...
채은   (집중해서 듣다가) 그.. 그래서? (하고 은섬 보면)
은섬   .. 미홀...
채은   .....
은섬   니가 그랬잖아. 가장 확실한 타곤의 적이 있다면 미홀일 거라고.
채은   그럼.. 그때 미홀과 태알하에 대해서 물은 게..?
은섬   타곤이 어떻게 나올지 모르니까...
채은   ...
은섬   타곤만 사람을 못 믿는 게 아냐..

나도 여기 오니까 그렇게 되네. 다음 방법을 생각했어...

채은   .. 다음 방법이 뭔데?

은섬   이젠 미홀... 그자에게 타곤을 쓰러트릴 무기를 들려주고

와한을 지키겠어.

채은   (은섬을 놀란 눈으로 계속 보며) 하..! 어떻게 이런 짧은 시간에...

연맹 사람들의 관계를 이용해서 지략을 짤 생각을 하지...?

은섬   ... 지략? 짜? 그게 뭔데?

채은   (더 기막힌) 지략이라는 게 뭔지도 모른다는 애가.. 힘의 관계를 이용해서

타곤을 치겠다? 그런 생각을 한 거야?

은섬   ... 그냥 그런 생각을 했어. 구해야 하니까..

미홀은 어디에서 만날 수 있지?

채은   (그냥 보다가) 만나지 않고 전할 수 있어. (하더니 탁자로 가서 뭔가 집는다)

은섬   만나지 않고 무슨 재주로?

채은   (갑골문으로 써 있는 목편 조각을 들며) 이거야.

은섬   그게.. 뭐야? 나무토막에 그림이 있네?

채은   이게 바로.. 글자라는 거야..!

은섬   글자? (다가와 목편 받아 보며) 자세히 얘기해봐..

이게 나 대신 내 뜻을 전할 수 있다고?

채은   그러니까 이게 뭐냐면...

은섬   (채은에게 집중하는데) ...

채은   (그런 은섬 보고) ... 너 좀 무섭다..

은섬   ...?

채은   너 아까부터 뭔가 재밌어하는 거 같아...

은섬   ...!

ins.cut.〉 2부 20씬 중,

탄야   사실은... 막.. 재밌는 거지? (cut.)

은섬   입술이 마르는 것도 같으면서도 가슴팍을 누가 막 간질이는 것도 같고,

그래서.. (눈치 보며) 재밌네.. 싶기도 하구.. 이거 무슨 병인가? (cut.)

채은   야.. 무슨 생각해? 재밌냐고 묻잖아.

은섬   ... (슬프게 미소) 응.. 재미있네... (슬프게) 무슨... 병인가 봐..

S#31. 연맹궁 앞 일각(낮)

여비, 혼자 걸어가는데,

도티   (E) 저기요..

여비, 뒤를 확 돌아보면 도티가 있다.
도티, 여비에게 다가가 손에 목편 하나를 쥐여준다.

도티   (순진한 얼굴로) 저는 아무것도 몰라요.. 어떤 사람이 전해달래요.

하고는 도티, 뛰어서 가버린다.

여비   (뭐지..? 하면서 목편의 갑골문을 읽고 깜짝 놀라는) ...!!!!!

S#32. 연맹궁 소회의실(낮)

목편을 보고 놀라고 있는 미홀.
앞에는 여비 있고, 옆에는 흘립이 있다.

흘립   (목편을 받아 읽어보는) 타곤을 쓰러트릴 무기.. 얼마를 내겠소?
       달이 대신전 위로 질 때.. 거치즈멍 앞으로.
여비   (심각) 타곤의 음모일 수도 있습니다.
흘립   하지만 무시할 수는 없지요. 정말 타곤을 쓰러트릴 무기라면!
미홀   .. (심각한데) ..

S#33. 군검부 지하감옥 복도(낮)

타곤이 초조와 불안으로 급히 가고 있다. 따르는 연발.
와한족이 갇혀 있던 감옥으로 확 들어가는 타곤.

S#34. 군검부 지하감옥 안(낮)

급히 들어오는 타곤. 아무도 없다. 따라 들어온 연발.

타곤　　한두 명도 아니고, 이것들이 다 사라졌는데, 어디로 갔는지 모른다고?
연발　　(눈치 보며) 예에...

ins.cut.) 6부 5씬 중,
태알하　그때까지.. 와한의 발톱 하나 으깨지도... 코 하나 뭉개서도 아니 된다...!
(cut.)

ins.cut.) 6부 21씬 중,
은섬　　그럼 니가 이그트인 걸 모두가 알게 할 거야! (cut.)

확 돌아서 나가려던 타곤, 갑자기 천천히 뒤돌더니 무엇인가를 본다.

북쇠　　(E) 그게 무슨 소리야?

S#35. 불의 성채 중앙마당(낮)

와한족들이 묶인 채로 모여 앉아 있다.

달새　　니가 어제 만났던 그놈은 우릴 살리려 하고...
　　　　　우릴 죽이려고 하는 놈은 또, 따로 있다고?

탄야	(심각) 응.. 그런 거 같애. 이상하잖아?
	이리로 데려오는 걸.. 들킬까 봐 걱정하면서 그... 뭐지? 수렌가,
	여하간 그런 것에 우릴 태웠어.
북쇠	(그래도 잘 모르겠다) ....
탄야	타곤인가 뭔가가 우릴 찾아낼 수 있다면.. 우리한테 희망이 있어!
달새	우릴 살리려는 사람이 있다 쳐.
	우릴 어떻게 찾아내겠어? 니 말대로 몰래 나왔잖아.
탄야	흰늑대할머니가 도와주신다면...!
뭉태	(아직도 그놈의 흰늑대.. 환장하겠다) 어휴... 흰늑대할머니...

S#36. 군검부 지하감옥 안(낮)

벽에 그려져 있는 흰 늑대 그림이 클로즈업된다.
그림을 가만히 보고 있는 타곤.

연발	어? 이 새끼들.. 그새 또 뭘 그려놨네..?

카메라 빠지면 흰 늑대 옆에 굴뚝과 연기 그림이 클로즈업된다.

ins.cut.〉 6부 10씬 중,
타곤	저기 저 연기 보이지..? 불난 게 아냐. 불의 성채란 곳이지.. (cut.)
탄야	왜.. 날 죽이지 않지..? (cut.)

타곤	(탄야가 남긴 단서임을 깨닫고 기막힌 듯 웃는) 하...!
연발	(의아한) 왜... 그러십니까?
타곤	은밀히 대칸들 모두를 집합시켜..
연발	예..?
타곤	(낮은 목소리로) 해가 지고 밤이 깊어... 달이 대신전 위로 질 때..
연발	...??
타곤	불의 성채를 친다!

연발	(놀라) 예...?? (떨려) 불.. 불의 성채요..?
미홀	(E.) 불의 성채로 데리고 와.

S#37. 연맹궁 소회의실(낮)

미홀과 흘립, 여비가 있다.

미홀	(여비에게) 니가 오늘 밤 이 자리에 나가서... 확인을 해.
	혼자인지 여럿인지, 미행이 있는지.. 모두...!
	괜찮다면 불의 성채로 데려와라..
여비	그리하겠습니다.
미홀	돌아오지 않으면 난 타곤의 음모로 알겠다.. (의미심장한데)

S#38. 아스달 전경(밤)

밝은 보름달이 대신전 위로 지나간다.
곧 구름에 가려질 것 같은 보름달 위로
부엉이 우는 소리가 들린다.
카메라 내려오면, 무백이 불길한 얼굴로 걷고 있다.

무백	(마음의 소리 E) 와한은.. 아마도 아사론이 빼돌렸을 것이다..
	그 두즘생은 아직 성안에 있고... 타곤은 다른 마음을 품었다...
	어찌할 것인가 무백..

ins.cut.〉 5부 33씬 중,

사칸	어제 아스달에서 아비를 죽인 아들이 있을 것이다. (cut.)
	그 살부자가 천부인에 맞서, 이 세상을 이어갈 것이다. (cut.)

무백	(마음의 소리 E) 타곤...! 그게 타곤이란 말인가..?

ins.cut.〉 새로 찍는 회상, 일각(낮)

기토하 (갑자기 다가오며 작은 소리로) 저기, 형님.. 아무래도 그놈 같아요..
그 이아르크에 말 타던 놈. 그놈이 산웅 니르하 살해한 놈인 거 같아요.

ins.cut.〉 2부 42씬 중,
도우리를 타고 달리는 은섬, 쫓는 무백.

무백 (마음의 소리 E) 저게 칸모르라면... (cut.)
무백 아라문.. 해슬라..? (cut.)

무백 (마음의 소리 E) 그리고 세상을 끝낼..! 천부인 셋! 칼과 방울, 그리고 거울...

S#39. 불의 성채 중앙마당(밤)

누군가가 손에 쥔 청동거울 클로즈업.
달빛을 받은 청동거울의 반사빛이 어딘가를 향하고 있다.
빛이 닿은 곳은 자고 있는 탄야다. 탄야의 눈에 빛이 어른거린다.
탄야, 잠결에 빛을 느끼는 듯하다.
탄야의 시점으로 붉고 따뜻한 기운이 느껴진다. 뭔가 기분 좋은 느낌.
그러다 눈을 뜨고 확 일어나는 탄야.
자기 앞에 서 있는 누군가. 놀라는 탄야.
탄야가 소리를 낼 것 같자, 그 '누군가'가 얼른 검지손가락을
자기 입술에 갖다 대며 조용하라는 모션을 취한다.
주위를 살피느라 고개를 돌리는 누군가. 달빛을 받아 얼굴이 보인다.
은섬이다..! 경악하는 탄야. '으.. 은서.. ㅁ' 하려는데
다시 한 번 조용하라는 모션을 취한다.
은섬은 은섬인데, 옷이 전혀 다르다. 화려하진 않지만
고급스러운 하얀 옷을 입었고 예쁜 곡옥이 가운데에 달려 있는
귀걸이와 목걸이를 했다. 의아하고 놀라워 보는 탄야.

'누군가' 천천히 한 걸음씩 뒷걸음치며,

탄야에게 손가락으로 위쪽을 가리킨다.

탄야, 위를 보는데 탑이 보인다.

그리고 다시 보면 사라진 누군가. 놀라는 탄야. 이때! (cut.)

'헉' 하고 벌떡 꿈에서 깨어나는 탄야. 식은땀이 난다. 주위를 보는데

역시 아무도 없다. 열손이 그런 탄야에 놀라 일어난다.

열손   (걱정스럽게) 왜 그래?

탄야   (작은 소리로) 아부지... 여기 은섬이 왔었어요.

       꿍돌로 된 목걸이와 귀걸이를 하고!!

열손   (멍하니 보며) ...

탄야   (열손의 멍한 시선 느끼고는) 정말이에요! 정말이라니까요!

       은섬이가 왔어요! 우릴 구하러 온 거예요! 저기 분명히 있었는데!

열손   ....

탄야   아부지, 진짜예요!

열손   탄야야...

탄야   예에..

열손   니가.. 아마도.. 드디어..

탄야   ...???

열손   꿈을.. 만난 듯하다...

탄야   (경악) ...!!!

열손   드디어... (눈시울이 뜨거워지며) 니가 꿈을 만났구나, 왜.. 이제 와서..

탄야   .... (멍하고 슬프다) ... 꿈..? 이제 아무 소용도 없는데...

열손, 슬프게 탄야를 보는데 탄야, 한숨 쉬고 고개를 돌리다가

뭔가를 보고 놀라는 데서!

S#40. 거치즈멍 호수 일각(밤)

여비가 횃불을 든 채 길을 걷고 있다.
이때, 여비의 뒤쪽에서 들리는 소리.

은섬   (E) 미홀은 어딨소..?

여비, 소리 나는 쪽으로 확 돌아보려는데

은섬   (E) 그대로 걸으시오. 앞만 보고..
여비   (앞으로 고개 돌리며) 미홀님께서 뵙기를 원하십니다.
은섬   ....
여비   따르십시오. 미홀님을 뵐 것입니다...
은섬   .... 만약.. 허튼짓을 한다면..
여비   함정은 없습니다.. 우리야말로 간절합니다...
은섬   ... 앞장을 서시오...

가는 여비와 따르는 은섬.

S#41. 언맹궁 대회의실(밤)

아사론, 아사못, 단벽 있다.

아사론   단벽님.. 우린 진실을 찾고자 하는 것뿐이오.
         산웅 니르하 죽음의 진실..! 미홀님께 들었겠지만..
단벽   (마음의 소리 E) 당신은.. 미홀과 언제부터 한편이었소..?
아사론   해서.. 그 자리에 있었던 두즘생을 잡기 위해..
         와한족들을 인질로 한 겁니다. 헌데...
단벽   .... (마음의 소리 E) 당신이 새한마높입니까...?
소당   (급히 들어오며) 큰일 났습니다..! 대칸들이 무장한 채...
         불의 성채 쪽으로 가고 있습니다.
아사론   (벌떡 일어나며) 뭐라...?

단벽	...!!!
은섬	(F.) 어디로.. 가는 것이오?

S#42. 아스달 길 일각2(밤)

여비 앞장서서 걷고, 그 뒤로 쉬마그를 쓴 은섬이 따라 걷고 있다.

여비	불의 성채입니다..

문이 열리는 소리(E)

S#43. 불의 성채 중앙마당(밤)

와한족들 뭔가 싶어 눈이 동그래져서 있는데,
불의 성채의 웅장한 문이 열리며
아사론, 단벽과 위병단들이 우르르 들어온다.
이들의 모습에 놀라는 탄야, 열손, 달새, 북쇠, 뭉태, 터대 등 와한족들.
놀란 얼굴로 그들을 맞이하고 있는 미홀. 뒤엔 해족 병사들 몇 있다.

미홀	(아사론, 단벽에게) 대체 무슨 일입니까!
아사론	타곤의 대칸부대가 이리로 쳐들어오고 있소!
미홀	(당황하다가) .... (경악) 와한족.! 와한족을 뺏으러 오는 것입니다..!
	(급한) 당장 이것들을 필경관 안으로 끌고 들어가라! 어서..!!
해족병사2	(당황) ... 예?.. 예!

그러자, 곁에 서 있던 해족 병사들 5~6명 분위기 파악하고는
와한족을 툭툭 치며 "얼른 일어나" 하여 급히 일으킨다.
무슨 일인지 놀라 보는 탄야와, 열손, 달새 등 와한족들.
이때, 단벽과 위병단이 다가와 우왕좌왕하는 와한족들을

필경관 건물로 거칠게 끌고 들어간다.

ins.cut.〉 필경관 위의 탑
이 상황들을 보고 있는 누군가의 뒷모습.

S#44. 필경관 1층 넓은 공간(밤)

해족 병사들에 의해 끌려 들어오는 와한족들.
이어 들어오는 미홀, 아사론, 단벽. 놀란 흘립이 뛰어나온다.

흘립   (아사론을 보고 예를 취하고) .. 아니 이게 대체 무슨 일입니까?
미홀   (흘립에게, 바로) 일단 이것들을 서쪽 광에 가두거라.
흘립   (와한족 보며, 불안) 예..?!

이때, 갑자기 밖에서 들리는 부서지는 소리!
연이어 해족 병사들과 대칸 등의 소란스러운 소리가 들린다.
놀라는 미홀과 흘립! 아사론과 단벽..!
미홀, "어서!!" 하며 흘립을 재촉하고
와한족들, 당황한 채 흘립과 해족 병사들에 의해 어디론가 끌려간다.

S#45. 불의 성채 중앙마당(밤)

여덟 명 정도의 해족 병사들이 문을 닫은 채 몸으로 막고 있다.
주변의 너덧 명의 해족 병사들이 더 달려와 힘을 보태지만,
밖에선 계속해서 통나무로 문을 부순다!
해족 병사들, "물러나라!" "여긴 해족의 땅이다!!" 하며
힘겹게 외쳐보지만, 결국 통나무에 밀려 문이 부서진다.
불의 성채 안으로 밀고 들어오는 대칸들의 모습!!!

S#46. 필경관 1층 넓은 공간(밤)

'쾅' 하는 소리와 함께 문이 거칠게 열리고, 기토하, 연발, 양차,
무광을 위시하여, 대칸들이 위압적으로 들어온다.
놀라서 보는 아사론, 미홀, 단벽과 위병단들.
마지막으로 타곤이 들어온다.

미홀	(놀랐지만 침착하게) 아니, 타곤님... 이게 대체 무슨 일입니까?
	이곳 '불의 성체'입니다 대칸을 이끌고.. 이리하셔도.. 됩니까?
타곤	이아르크에서 잡아온 두즘생들은 애초에 대칸의 재산..!
	와한을 돌려받으러 왔습니다.
아사론	(나서며) 궁색하구나 타곤.. 이여... 그런 이유가 아니지 않은가?
모두들	(아사론 주목하며) ...
아사론	우리가 와한을 이리로 데려온 것은,
	산웅 니르하를 살해한 그 두즘생을 잡기 위한 것!
	그대는 그 두즘생이 잡히는 것이... 두려워 이리로 왔다.

모두들, 무슨 소리인가 싶어 놀란 얼굴이다.

아사론	아닌가..? 진실이 두려워 이곳에 왔다.. 아닌가?
타곤	진실... 진실이라... 진실은 밝혀야지요.
	허나.. 미홀님 당신께 그것을 맡길 수는 없습니다.
미홀	예? (미소로) 어째서요? 어째서 그렇습니까?
타곤	신성재판 전날 밤... 절 죽이려 하셨으니까요.
아사론	!!!
미홀	!!!
단벽	!!!
타곤	그 두즘생을 잡아, 절 모함하려는 것이니까요.
미홀	(황당하다는 듯) 제가요? 제가 타곤님을 죽이려 해요?
타곤	태알하를 보내 절 살해하려 하셨지요.

미홀	(OL) 말도 안 되는 소리!
타곤	비취산..! (자막: 무미, 무색, 무향의 독)
미홀	..!
모두들	...??? (비취산이 뭐지?)
타곤	(둘러보며) 냄새도.. 맛도.. 빛깔도... (피식) 아시죠?
미홀	(당황스러운 표정) ... 글쎄요.. 그게.. 뭔지...
단벽	(미홀 보고 타곤 보며,. 마음의 소리 E) 미홀이.. 타곤을 죽이려 했다고..?! 그건 아버지의 명일 리 없다!

ins.cut.〉 4부 33씬 중,

단벽	태알하가.. 보이지 않습니다.
산웅	..! 보이지 않아..? (cut.)

단벽	(마음의 소리 E) 미홀... 신성재판 전.. 그때부터... 아사론과..! (하고 아사론을 날카롭게 본다)
아사론	타곤..! 그대가 미홀님과 무슨 오해가 있고, 어떤 다툼을 했든지 상관없다! 그대는 연맹의 본을 어기고 '불의 성체'에 대칸을 들였다! 연맹장이 계시지 않으니, 흰산의 어라하이며, 대제관인 나, 아사론에게 권능이 있다..! 타곤을 연맹의 이름으로 추포한다.
모두들	...!!!
아사론	타곤, 포기하라. 이미 아스달 전역의 위병단에게 연통이 되었고, 이미 이곳을 향해 오고 있을 것이다. 대칸이 용맹하다 하나, 수적으로 되겠느냐..? 순순히 추포에 응하라.
타곤	... (피식)
아사론	위병단! 뭐하고 있는 것인가! 타곤을 추포하라!

위병단, 모두 단벽을 본다.

아사론	단벽님, 뭘 하십니까? 어서 명을 내리세요..!
단벽	(결심한 듯) 미홀...
아사론	..?

미홀	...???
단벽	신성재판이 열리던 날, 아침... 당신 딸 태알하는 사라졌다. 당신은 무얼 하고 있었나..? 누구의 명을 받고 있었나...?
아사론	...!!
미홀	그게 무슨 소리요! 당연히! 산웅 니르하의 명을..!
단벽	(OL) 아니! 아버지는 그런 명을 내릴 리가 없어! 타곤이 재판을 받기 전에 죽었다면! 가장 이득을 보게 되는 것은
아사론	...
미홀	...
단벽	그날 궁지에 몰렸던.. (천천히 가리키며) 대제관.. 아사론이다..!
모두들	...!!!
단벽	위병단 전원 발검!

위병단, "예!" 하며 모두 칼을 뽑는다. 경악하는 모두들.

단벽	진실을 밝히기 위해 대제관 니르하와 해족의 어라하 미홀님을 위병단으로 모실 것이다..!

위병단, 모두 칼을 들고 아사론과 미홀, 그리고 흰산의 제관 몇과
해족 병사 몇이 있는 곳을 포위해 들어온다. 당황하는 아사론, 미홀.
그걸 보며 보일 듯 말 듯 미소 짓는 타곤.

미홀	(당황하다 웃으며) 이런 황당한 일이... (고개를 들어 2층 회랑의 흘립과 눈을 마주치고는) 오늘은 보름이지만.. 마침 밤하늘엔 먹구름이 달을 가리고...
타곤	...?
미홀	(손을 들며) 여긴.. "불의 성채". 나의 집이다..

미홀, 손을 들었다 내리자 2층 회랑의 흘립이 벽에 걸린 줄 하나를
잡아당긴다. 그 순간 1층과 2층에서 조명으로 쓰이던 벽횃대 위에
있던 뚜껑 같은 것이 쑥 내려가며 모든 불이 동시에 꺼진다.

모두들 당황하고, 여기저기서 '움직이지 마!', '횃불을 가져와라'
등등을 외치고 때때로 비명이 터지며 어둠 속 아수라장이 된다.

S#47. 필경관 1층 서쪽 광(밤)

탄야, 달새, 열손 등 와한족들이 각자 묶인 채로 앉아 있고
그 앞엔 경비하던 해족 병사2가 있다. 갑자기 밖에서
소란스러운 소리가 들리자 뭔가 싶어서 놀라는 모두들!
해족 병사2, 문을 살짝 열고 보는데 밖에 난리가 난 것 같다.
다시 문을 닫고 들어오는데 그 순간!
달새가 묶인 채로 해족 병사2를 들이받고 해족 병사2가 칼을 뽑자
달새는 묶인 손으로 칼을 든 해족 병사2의 손을 필사적으로
잡는다. 결국 칼을 거꾸로 하여 해족 병사2를 죽이는 달새.
와한들 흥분하고, 달새, 칼로 재빠르게 자신의 줄을 끊고
가까이 있던 탄야의 줄을 끊는다.
뭉태, 북쇠, 터대, 둔지, 검불, 아가지 등등이
'나두 나두' 하며 달새에게 손을 내민다.
달새, 재빠르게 다른 와한들의 줄을 끊자
줄이 끊긴 와한들은 아직 묶여 있는 와한들의 줄을 풀어준다.
탄야도 열손의 줄을 풀자, 모두들 열손을 본다.

달새   (흥분하여) 열손아부지.. 어쩔까요?
          우리 저것들 한 놈이라도 죽이고 싸우다 죽어요!
검불   그래요.. 와한의 이름으로!
달새   와한의 이름으로!
열손   아니..! 이제 와한은... 끝났다..

열손의 소리에 놀라 쳐다보는 탄야와 와한들의 모습.
열손, 와한들을 한 명 한 명씩 쳐다보는데

열손	마지막 현명한 판단을 하겠다..! 이제 와한의 씨족아버지 나.. 열손..!
	(뭉태 보며) 와한의 뭉태..! (북쇠 보며) 와한의 북쇠...!
	(아가지 보며) 와한의 아가지...! 와한의 모두들...!
	지금부터 와한이란 이름으로 묶인 이 모든 매듭을 푼다..!

묶여 있던 줄을 금세 다 푼 와한들의 모습.
그러나 아직 묶여 있던 손목에 빨갛게 자국이 남아 있다.

열손	(마지막으로 탄야 보며) 탄야야.. 너도 내려놓거라..
	와한의 탄야도.. 나의 딸도.. 껍질을 깨는 자도...
탄야	(흔들리는 눈빛으로) ... 아부지..
열손	(모두에게) 이제 우리는 각자다. 각자가 정하고.. 각자가 살아간다.
모두들	(보며) ...
열손	누군가 죽을 거구.. 누군가는 살 거다..
	이제 우린 죽어서 만날 것을 바라지 말고..!
	살아남아서.. 다시 함께하길 바라자... 다시는...!
모두들	...
열손	함께 죽을 것을 결심하지 말자.. 가라..!

열손과 눈이 마주치는 와한들, 울컥하는데
이때, 달새는 결심한 듯 벌떡 일어나 문을 향해 걸어간다.
그러자 와한들 모두 뜨거운 눈빛을 주고받는다.
달새를 따라 칼을 들고 우르르 나가는 와한들.
탄야, 눈물이 그렁한 채, 열손을 보고는 나간다.

S#48. 불의 성채 돌담길 밖1(밤)

(아직 불의 성채 정문이 보이지 않음)
은섬과 여비, 불의 성채 바깥쪽 돌담길을 걷고 있다.
이때, 돌담길 안쪽에서 대칸들과 제압당한 해족 병사,

위병단들의 어수선한 소리가 들린다.

위병단   (E) 어떻게 된 거야?! 움직이지 마!!
대칸   (E) 횃불! 필경관으로 횃불 가져와!!

여비, 뭔가 비상상황이 벌어졌음을 직감하고 긴장한다.
반면 불길한 느낌에 놀란 은섬, 주위를 두리번거린다.
이때, 밤하늘에서 먹구름 사이로 달이 나오고 있다.

S#49. 필경관 1층 넓은 공간(밤)

우르르 나온 와한들, 어둠 속이라 누가 누군지 분간도 되지 않고
위병들, 대칸, 해족 병사들까지 모두 섞여 아수라장이다.
'움직이지 마!', '얼른 횃불을 가져와라'를 외치는 대칸과 위병들.
어둠 속의 탄야, 두리번거리며 보다가
어둠 속에서 얇게 새어 나오는 빛을 보고는 급히 그리로 움직인다.
필경관 서가로 연결된 문의 손잡이를 잡는 탄야. 문을 연다.

S#50. 필경관 서가(밤)

창을 통해 달빛이 들어오는 필경관 서가의 모습.
넓은 홀이 보이고, 얇은 가죽 두루마리와 죽간들이 정렬되어 있다.
들어오는 탄야, 이것들은 뭔가 싶어 두리번거린다.
밖에는 아직도 소란스러운 소리가 들린다.
서가 한쪽에 문이 보인다. 그 문을 보는 탄야.
탄야, 주변을 살피며 조심스럽게 문을 향해 다가간다.
문을 여는 탄야. 계단이 보인다.
탄야, 주먹 쥔 손을 천천히 펴본다. 손 안의 예쁜 곡옥!

ins.cut.〉새로 찍는 회상, 6부 39씬 연결.
열손, 슬프게 타야를 보는데 타야 한숨 쉬고 고개를 돌리다가
뭔가를 보고 놀란다.
타야가 보고 있는 것은 땅에 떨어진 곡옥!

ins.cut.〉6부 39씬 중,
'누군가'의 목걸이에 있던 곡옥. (cut.)
'누군가'가 손가락으로 위쪽을 가리키고,
타야 위로 고개를 들자, 보이는 탑! (cut.)

타야   (마음의 소리 E) 꿈이.. 아니었어..!

결심한 듯 계단을 오르는 타야.

S#51. 불의 성채 돌담길 안 뒷마당(밤)

달새와 북쇠는 주위를 살피며 뒤를 돌아보며 급히 오고 있다.
북쇠, 그새 다쳤는지 다리를 절며 온다.
달새, 돌담에 다다르자, 얼른 몸을 웅크린다.

달새   (작지만 다급히, 북쇠에게) 빨리!
북쇠   (뒤돌아보며) 뭉태랑.. 터대는..!
달새   (작지만 다급히) 빨리! 빨리!

북쇠, 망설이다 천천히 달새의 등을 밟고
안간힘을 써서 담 위로 올라간다.
이번엔 북쇠가 담 위에서 달새의 손을 잡아 끌어올리자.
달새, 간신히 올라온다.
이때, 뒷마당 한쪽에 나타난 양차!
담 위에 있는 북쇠와 달새를 본다.

그러나 달새와 북쇠, 이를 알아채지 못하고,
돌담 아래로 확 뛰어내린다.

S#52. 불의 성채 돌담길 밖2(밤)

달새와 북쇠, 쿵 하고 바닥으로 떨어진다.
북쇠 "악!" 하고 절던 다리를 잡으며 소리를 지르는데,
달새가 얼이 빠져 앞을 보고 있다.
북쇠도 앞을 보면..
그 앞에 역시 놀라서 보고 있는 여비와.... 은섬! 은섬이다..!!

북쇠   (놀라) 은섬아!!
은섬   (놀라) 북쇠.. 달새야..!
여비   (놀란, 마음의 소리 E) 은섬??!!!

달새 놀란 마음에 은섬에게 다가가는데 은섬의 시선이 위를 향한다.
시선 따라가면 담 위에 선 양차의 차가운 시선.
북쇠와 달새를 자신의 뒤로 숨기고 긴장한 채 양차를 보는 은섬..!
양차, 사뿐히 뛰어내려 은섬과 마주 선다.
여비, 놀란 채 은섬과 양차를 번갈아 본다.

여비   (마음의 소리 E) 대칸이 왜 불의 성채에서..?!!

여비, 슬슬 뒷걸음치더니, 확 돌아서 뛰어간다.

S#53. 계단이 끝나는 곳(밤)

탄야, 숨찬 듯 헉헉거리며 계단이 끝나는 곳에 긴장하여 서 있다.
계단이 끝나는 곳에 문이 하나 있다.

탄야, 심호흡을 하고 천천히 문을 연다.

S#54. 필경관 탑 꼭대기 방(밤)

문을 열고 안으로 들어서는 탄야.
계단과는 달리, 벽횃대의 불이 환히 밝혀진 꽤 넓은 공간의 방이다.
마치 돌을 짜 맞춘 듯 촘촘히 쌓아 올린 벽면에는
얇은 가죽에 아스달 곳곳을 그린 듯한 그림들이 가득 붙어 있다.
돌돌 말린 죽간들이 쌓여 있는 나무책상과 그 옆에는 광이 날 정도로
깨끗하게 닦여 있는 커다란 전신 청동거울이 눈에 띄는데..

ins.cut.〉 2부 26씬 중,

탄야   어제도 꿨어..? 어무니 꿈?

은섬   아니. 어제는 맨날 꾸던... 갇혀 있는 꿈.
            (앞을 보며) 돌로 사방이 막혀 있는 그런 곳에 내가 갇혀 있어..

탄야, 경계하듯 주변을 둘러보는데, 그 위로 은섬의 목소리(E)와
함께 방의 곳곳이 보인다. 그림의 글씨 클로즈업. 그 위로,

은섬   (E) 무두질한 가죽 위에 이상한 그림을 그려서는 걸어놨고..

죽간 클로즈업. 그 위로,

은섬   (E) 나무 조각을 실로 엮어서 돌돌 말아놨는데..

탄야, 은섬이 묘사한 꿈의 공간과 정확히 들어맞자 경악한다.

탄야   (경이로운, 마음의 소리 E) 여긴.. 은섬의 꿈속이야..!!!

S#55. 불의 성채 밖 일각1(밤)

여비, 정신없이 뛰어가는데
이때, 앞에서 무백이 오고 있다.

무백   (혼잣말로) 여비...?
여비   (다급하게) 무백님...!
무백   (놀라) 무슨 일입니까?!
여비   (잠시 망설이는) ... 산웅 니르하를 죽인 그 두즘생 놈입니다..!
무백   (경악) ..!!!
여비   저쪽... 저쪽이요..!

무백, 여비가 가리킨 방향으로 뛰기 시작한다.

여비   (가는 무백을 보며, 마음의 소리 E) 그래.. 차라리 무백이라면...!

S#56. 불의 성채 돌담길 밖2(밤)

은섬과 양차 서로 대치하듯 서 있고,
달새와 북쇠는 은섬 뒤쪽에 있다.
은섬과 양차, 서로에게서 눈을 떼지 않은 채 긴장하며 있는데

은섬   (양차에게 눈을 떼지 않은 채) 달새야.. 북쇠 데리고.. 어서 가..!
달새   ....!!
북쇠   은섬아..!

달새와 북쇠가 가지 않고 머뭇거리자
은섬, "어서!!" 하며 소리를 지른다.
이를 보고 있던 양차, 말없이 청동추를 꺼내
결연한 눈빛으로 손에 감는다.

S#57. 필경관 탑 꼭대기 방(밤)

탄야, 놀란 얼굴로 주위를 둘러보는데...
그러다 청동거울을 본다. 어둡지만 물가에 비친 모습보다
훨씬 선명해 깜짝 놀란 나머지 뒤로 확 물러나려다
발에 치이는 무언가. 청명한 소리가 울린다. 허리 숙여 보면
방울이다. 줍는 탄야. 그리고 몸을 일으키다가
뭔가를 보고 굳는 탄야!!!

S#58. 불의 성채 밖 일각2(밤)

뛰고 있는 무백의 모습.

ins.cut.〉 5부 33씬 중,

사칸   (무백 똑바로 보며) 20여 년 전 어느 날!!
      그 천부인 셋이 함께 세상에 나타났다..!! (cut.)
사칸   (E) 천부인 세 가지가 무엇이냐? (cut.)

S#59. 필경관 탑 꼭대기 방(밤)

얼어붙은 탄야. 청동거울을 보고 있다. 청동거울 속에
달빛을 받은 누군가가 커튼 뒤에 쭈그리고 앉아서
고개를 빼꼼히 내논 채 보고 있다.
청명한 방울 소리가 울린다.

사칸   (E) 세상을 울릴 방울과.... (cut.)

탄야, 방울을 든 채, 뒤돌아보지 않고 거울 속의 사내를 본다.

ins.cut.〉 불의 성채 돌담길 밖
양차 앞의 은섬, 쓰으...! 하는 소리를 내며,
천천히 칼을 뽑는다. 은섬의 짐승 같은 눈빛! 그 위로,

사칸   (E) 세상을 벨 칼과... (cut.)

탄야가 놀라 보고 있는 거울의 사내! 은섬과 똑같이 생긴 사야다.
경악하는 탄야.
거울 속의 커튼 밖으로 얼굴을 내민 사야가 놀란 듯 신기한 듯
설레는 듯 겁먹은 듯 보고 있다. 그 위로,

사칸   (E) 세상을 비출 거울이다...!

놀란 얼굴의 탄야와 역시 놀란 듯 그런 탄야를 보는 사야,
그리고 결연한 표정으로 비장한 은섬의 얼굴 3분할되며.

사칸   (E) 그 셋이 이 세상을.. 끝낼 것이다..

END.

"칼, 거울, 방울의 탄생" (실사)

#. 이아르크 어딘가
맑은 낮. 푸른 하늘 한쪽에 별이 빛나고 있다.
젊은 열손이 하늘을 보고 있다.

열손 (하늘을 보며) 아이구... 하필 이럴 때 객성이 나타나서..
오늘 애를 낳으면 어쩌나..
(E) (아기 울음소리)

#. 아스, 숲속 일각
역시 하늘에 별이 빛나고 있다.
아기 울음소리를 듣고 뛰어가는 라가즈.

#. 동굴 안
아사혼이 숨을 헉헉거리며 널브러져 있고
들어오는 라가즈. 갓 태어난 두 이그트의 모습이 보인다.
놀라는 라가즈. 간신히 미소를 지어 보이는 아사혼.